*Jane Linfoot*

# Der kleine Laden zum Glück

Roman

Aus dem Englischen von
Christian Trautmann

HarperCollins

Die Originalausgabe erschien 2015 unter dem Titel
*The Vintage Cinema Club*

1. Auflage 2023

Deutsche Erstausgabe

Umschlaggestaltung von bürosüd, München
Umschlagabbildungen von Mauritius Images / John Warburton-Lee, Alexandre Tziripouloff, Travelstock44, Panther Media GmbH / Alamy / Alamy Stock Photos sowie marina_eno1, FooTToo, Peter Turner Photography, Magnago, Sergii Sobolevskyi, Anna Nahabed, Ken StockPhoto, BrAt82, Gaspar Janos, sashk0, Elenamiv, Rostislav Ageev / Shutterstock
Gesetzt aus der Stempel Garamond
von GGP Media GmbH, Pößneck
Druck und Bindung von CPI books GmbH, Leck
Printed in Germany
ISBN 978-3-365-00099-1
www.harpercollins.de

Klimaneutral
Druckprodukt
ClimatePartner.com/15109-2009-1001

MIX
Papier
FSC
FSC® C083411

*Zum Buch:*

Wenn es nach seiner Schwester geht, soll Xander endlich sesshaft werden, eine Familie gründen und zur Ruhe kommen. Um sie wenigstens ein bisschen zu beruhigen hat er ein Haus gekauft und gehofft, es mit ein paar Renovierungsarbeiten wieder zu einem Schmuckstück zu machen. Doch inzwischen ist Xander ziemlich sicher, dass dieses Projekt in einer Katastrophe enden wird. Als er eines abends eine wunderschöne, zierliche aber ziemlich vorlaute Frau in seinem Müllcontainer findet, wo sie nach Schätzen sucht, wie sie es nennt, scheint das Chaos komplett. Er hat seine Gründe, warum er sich von Frauen fernhält, doch schon nach wenigen Augenblicken weiß er, dass ihm diese hier für eine ganze Weile nicht aus dem Kopf gehen und ihn auf eine harte Probe stellen wird.

*Zur Autorin:*

Jane Linfoot schreibt romantische Geschichten um lebenslustige Heldinnen mit liebenswerten Ecken und Kanten. Mit ihrer Familie und ihren Haustieren lebt sie in Derbyshire in einem kreativen Chaos. Sie liebt Herzen, Blumen, Happy Ends, alles, was alt ist, und fast alles, was aus Frankreich kommt. Wenn sie nicht gerade Facebook unsicher macht oder shoppt, geht sie spazieren oder arbeitet im Garten.

*Lieferbare Titel:*

Ein verschneites Weihnachtsfest in Cornwall
Das kleine Cottage in Cornwall
Die kleine Traumküche in Cornwall
Der kleine Brautladen am Strand

# 1. Kapitel

Mittwochnachmittag, 4. Juni
IZZY, LUCE & DIDA
Vintage at the Cinema
*Geburtstag und Champagner*

»Also, ein paar Worte zur Feier unseres Erfolges, bevor wir zum Kuchen kommen.« Dida warf den Kopf zurück, während sie sich räusperte. Dann stampfte sie mit dem Fuß auf, um die Aufmerksamkeit der Menschen in dem Laden zu bekommen. Allerdings waren die Blicke der meisten ohnehin schon auf dieses Energiebündel in Rot gerichtet, das dort auf ihrem provisorischen Rednerpodest stand. Sie schwenkte ihr Champagnerglas und sah grinsend auf Izzy und Luce hinunter.

Izzy schaute zu dem Banner hoch über Didas Kopf, das im Wind flatterte, der durch die offene Tür hereinwehte. *Happy Birthday Vintage at the Cinema* in der türkisfarbenen Retroschrift sah fantastisch aus.

Dida hätte ebenso gut mit einem Champagnerglas in der Hand auf die Welt gekommen sein können. Egal welcher Anlass, sie schaffte es immer, dass Moët & Chandon dabei war. Das Gleiche galt für ihre stets präsenten High Heels. Izzy betrachtete kritisch die Holzkiste, die Dida als Bühne diente und die schon Hunderte kleine Dellen von Didas Zehn-Zentimeter-Absätzen aufwies.

»Vintage at the Cinema ist heute drei geworden, und es war eine erstaunliche Reise. Drei Jahre, seit meine andere

Hälfte versehentlich das Kinogebäude gekauft hat …« Dida hielt kurz inne, wie jedes Mal, wenn sie den schrecklichen Aidie, den Gatten aus der Hölle, erwähnte. Die Ehe mit diesem Kerl war wirklich anstrengend, aber von dem Spontankauf hatten sie alle profitiert. Es war typisch Aidie, ein sehr fragwürdiges Geschäft wie den Kauf dieses Gebäudes, an dem er gar kein Interesse hatte, zu tätigen. Dass Dida sich das leer stehende Kino unter den Nagel gerissen hatte, war ein Geschenk für alle gewesen.

Sie trank einen Schluck Champagner und redete weiter. »Vor drei Jahren beschlossen Luce, Izzy und ich, einen kleinen Laden in dem leeren Kino zu eröffnen und all diese antiken Sachen anzubieten, die wir so lieben.«

Luce stieß Izzy an und lächelte ihr von der Seite zu. Izzy musste mal wieder schlucken vor Rührung. Sie war so stolz auf ihre beste Freundin Luce, dass sie das Single-Mum-Dasein und ihren Laden für Vintagekleider unter einen Hut brachte. Das Vintage at the Cinema war ein echter Glücksfall gewesen. Davor hatten die beiden gerade ihr Kunststudium abgeschlossen, Luce war schon zusätzlich mit der kleinen Ruby beschäftigt, und sie waren in ihren alten Job im Coffeeshop zurückgekehrt, wo sie schon vor dem Besuch der Uni gearbeitet hatten. Vor dem Laden im Kino waren die Highlights ihrer kreativen Karriere gelegentlich ein Stand auf dem Kunsthandwerkmarkt gewesen. Aber gemeinsam mit Dida hatten die drei erstaunliche Dinge zustande gebracht. Ein Pop-up-Laden war weit weniger einschüchternd gewesen, als irgendwo etwas zu mieten, und angesichts der risikofreien Gelegenheit hatten sie es endlich gewagt, Dinge zu tun, von denen sie jahrelang geträumt hatten.

»Und der Rest ist Geschichte.« Dida machte eine dramatische Pause und übersprang einfach die Mühen und die Schufterei. »Doch allein hätten wir das nicht auf die Beine stellen können. Unseren Erfolg verdanken wir daher auch all unseren Freunden und den anderen Verkäufern, die das hier gemeinsam mit uns zu dem fantastischen Minikaufhaus haben wachsen lassen, das es heute ist. Und natürlich dürfen wir unsere wundervollen Kunden nicht vergessen.« Dida prostete schwungvoll dem Publikum zu und trank einen weiteren Schluck.

Dida hatte ebenfalls einiges erreicht, auch wenn sie anders als Luce und Izzy kaum auf die Einnahmen angewiesen war. Sie hatte nie darüber geklagt, nur Hausfrau und Mutter zu sein, zuständig für einen sehr großen Haushalt sowie für einen Mann, der launisch war wie ein stürmischer Frühlingstag. Aber Vintage at the Cinema hatte ihr die Chance gegeben, aus ihrem chaotischen Zuhause herauszukommen. Jetzt besaß Dida ein ganz neues Selbstbewusstsein und strahlte eine Lebensfreude aus, die sie drei Jahre zuvor nicht gehabt hatte.

Während sie sich jetzt im Laden umschaute, wusste Izzy, dass sie sich mit ihren Vorbereitungen für diese Geburtstagsparty selbst übertroffen hatte. Blumengirlanden hingen zwischen den funkelnden Kronleuchtern über schönen grauen und cremefarbenen Regalen und Frisierkommoden. Kunstvoll vor altmodischen Stoffen arrangierte Stapel aus Koffern und Schrankkoffern rundeten das Bild ab. In den Regalen standen liebevoll ausgestellte Objekte wie eine Reihe von Stillleben. Kein Winkel des Ladens, der nicht aussah wie aus einem Hochglanzmagazin über Landhausstil.

Izzy und Luce hatten Dida auf der Kunstakademie kennengelernt, da waren sie achtzehn gewesen und Dida in den Dreißigern, nach der Geburt ihres ersten Babys verzweifelt auf der Suche nach etwas, das sie bei Verstand hielt. Die Freundschaft festigte sich, als Dida und Luce denselben Geburtsvorbereitungskurs besuchten. Jetzt saßen ihre Kinder

Lolly und Ruby zusammen Hand in Hand auf dem Tresen und ließen die Beine baumeln. Ruby winkte Izzy zu, und Izzy schmolz dahin.

Ruby ähnelte ihrer Mutter, wie sie dort saß, eine blasse schlanke Schönheit in geblümten Shorts, neben Didas Tochter Lolly, die sich mit einem pinkfarbenen Rüschenkleid herausgeputzt hatte. Wenn Dida mit dem Champagnerglas auf die Welt gekommen war, dann Lolly mit einer Diamantkrone. Izzy wusste, ohne sich erkundigen zu müssen, von dem Kampf, der heute Morgen in Alport Towers, Didas Haus, stattgefunden hatte, weil Lolly auf Glitzerstiefel in Pink und Orange bestanden hatte.

Dida war jetzt in Fahrt. »Wir waren der erste Vintage-Shop, und als andere folgten, wurde Matlock *das* Retro-Shopping-Ziel in Derbyshire.«

Izzy und Luce lächelten einander nachsichtig zu. Didas Rede sollte kurz und knackig sein, aber schließlich hatten sie hier etwas Außergewöhnliches geschaffen, und daher badete Izzy für ein paar Minuten im Erfolg. Nach der Erfahrung, wie ihr Vater ihre Mum behandelt hatte, als er sie verließ, war es für Izzy das Wichtigste gewesen, sich ein Leben aufzubauen, ohne sich auf einen Partner verlassen zu müssen, der sich jederzeit aus dem Staub machen konnte. Der Retro-Laden, anfangs mehr ein glücklicher Zufall, hatte ihr Unabhängigkeit verschafft, und dafür konnte sie sich bei ihren wundervollen Freundinnen Luce und Dida bedanken.

»Danke also an Byron von Corks für die tollen Cocktails, die wir so lieben. Dank auch an Gigi von Amandines Patisserie dafür, dass sie uns mit köstlichen Törtchen versorgt hat, besonders die mit Blaubeeren. Außerdem danke ich Evan von Majestic Wine – bitte zähl nicht die Moët-Flaschen …«

Izzy nahm belustigt zur Kenntnis, dass Aidies Name auf Didas länger werdender Liste nirgends auftauchte.

Dida sprudelte weiter: »... und eine riesige Umarmung für meine Mum und meinen Dad. Ich bin so, so dankbar ...«

Izzy wusste, dass Didas Mum ein absoluter Albtraum war. Didas Dankesrede geriet außer Kontrolle – wie die Oscar-Dankesrede Gwyneth Paltrows damals. Es wurde Zeit für den Kuchen.

Also setzte Izzy ein strahlendes Lächeln auf und verkündete: »Wollen wir die Gläser erheben und uns den süßen Sachen widmen?« Sie stieß Luces Hüfte mit ihrer an und deutete zu dem fantastischen Turm aus Cupcakes, dekoriert mit Rosen und Kringeln in verlaufenem Blau, Pink und Creme.

Luce unterstützte Izzy. »Tolle Idee«, pflichtete sie ihr mit einem breiten Grinsen bei.

»Okay, um es kurz zu machen ...« Dida holte tief Luft, ihre Stimme schwankte jetzt. »Vintage at the Cinema repräsentiert drei Frauen – Izzy, Luce und mich –, und wir haben uns den Hintern abgeschuftet, um etwas wirklich Einzigartiges zu erschaffen, das unsere Hoffnungen und Träume übertrifft.« Dida stieg von ihrer Kiste, legte die Arme um Luce und Izzy und drückte die beiden an sich.

Izzy hatte plötzlich Tränen in den Augen, und obwohl sie um Beherrschung rang, bebte ihre Unterlippe vor Liebe zu Luce und Dida. Vor einem echten Tränenausbruch bewahrte sie nur Didas überwältigender Diorissimo-Duft und der Schmerz in ihrer Schulter, weil Dida sie so fest drückte, dass der Leinenstoff von Didas Jacke ihre nackte Haut kratzte.

»Stoßen wir also an auf das fantastische Vintage at the ...«

Dida hielt ihr Glas hoch, doch bevor sie das letzte Wort aussprechen konnte, hallte ein lautes metallisches Geräusch durch den Laden.

Ein Schatten huschte über Didas glückliches Gesicht. »Was ist denn da los ...? Kann mal jemand Bescheid sagen, dass dies nicht der geeignete Zeitpunkt für Schlagbohrmaschinen ist?«

Izzy entdeckte draußen vor der Ladentür eine Leiter auf dem Gehsteig.

Luce war vor allen anderen an der Tür und spähte hinaus. »Was haben diese beiden riesigen Zu-verkaufen-Schilder da am Fenster zu suchen?« Sie sah besorgt aus.

Dida bahnte sich den Weg durch die Menge hinaus auf den Gehsteig. Dann schnappte sie sich einen Regenschirm aus einem Blumentopf, klopfte mit dem Griff hart gegen die Leiter und rief zu dem Mann dort oben hinauf: »Entschuldigen Sie mal, was machen Sie da eigentlich?«

»98 Derwent Street, Gewerbefläche zu verkaufen«, erwiderte der Mann aus etwa drei Meter Höhe und klang dabei sehr gelassen.

Dida stutzte, straffte jedoch die Schultern und ignorierte das erschrockene Raunen hinter ihr. »Tut mir leid, aber da muss ein Missverständnis vorliegen«, rief sie nach oben.

Izzy war geschockt. Sie wusste, dass Aidie, Didas Mann, rücksichtslos war, aber so etwas würde er ihnen doch sicher nicht antun. Andererseits hätte ihm eine solche Aktion ähnlich gesehen. Seinen abfälligen Bemerkungen nach zu urteilen, wenn er da war, was glücklicherweise nicht oft vorkam, hatte er etwas gegen Didas wachsende Unabhängigkeit. Der Erfolg seiner Frau stellte eine direkte Bedrohung für einen Kontrollfreak wie Aidie dar. Das Gebäude einfach zu verkaufen, war eine schnelle Methode, seine Macht zurückzugewinnen und es ihnen allen ordentlich zu zeigen. Und wenn er entschlossen war, Didas Traum platzen zu lassen, spektakulär und in aller Öffentlichkeit, war das Timing perfekt.

»Definitiv kein Missverständnis.« Der Arbeiter auf der Leiter klang selbstsicher. »Geben Sie mir nicht die Schuld, ich mache hier nur meinen Job.« Sein Schulterzucken und Seufzen signalisierten, dass ihm derartige Situationen durchaus vertraut waren. Dann wurde sein Ton versöhnlich. »Am besten rufen Sie das Maklerbüro an, meine Liebe, die erklären es Ihnen dann.«

Izzy stand wie angewurzelt auf dem Gehsteig und sah Dida aufbrausen. Die hasste es, »meine Liebe« genannt zu werden.

»Eldon und Trellis. Klar. Das werde ich gleich machen.« Dida klang bedrohlich. »Hoffentlich ist Ihnen bewusst, dass Sie Ihre Zeit dort oben vergeuden. In einer halben Stunde werden Sie wieder hier sein und das Schild abnehmen.«

Didas Kampfgeist in allen Ehren, aber Izzy war mulmig zumute. Sie war sich alles andere als sicher.

Dida rauschte zurück in den Laden, ihr Handy schwenkend. »Das tut mir alles schrecklich leid. Macht euch über die Cupcakes her. In einer Minute wird die Sache geklärt sein.«

Netter Versuch, aber nichts dämpfte Champagner-Euphorie rascher als schlechte Nachrichten. Realistischerweise war diese Party vorbei.

Izzy, Luce und Dida bahnten sich ihren Weg durch die Kunden, die ihre Plastikgläser neben dem unberührten Cupcaketurm abstellten und diskret verschwanden. Izzys Herz raste, und sie wusste nicht, ob sie aus Wut oder Furcht weiche Knie hatte. Dida verschwand in der Küche, doch im Vorbeigehen sah Izzy das Weiße in ihren Augen. Ihre roten Lippen in dem zur Grimasse verzogenen Gesicht erinnerten Izzy an Edward Munchs berühmtes Gemälde *Der Schrei*, und da wusste sie, dass Vintage at the Cinema in ernsten Schwierigkeiten steckte. Und das waren schreckliche Nachrichten für alle.

# 2. Kapitel

Mittwochabend, 4. Juni
IZZY
Eine Baustelle in Bakewell
*Die Kehrseite von Upcycling*

»Hey, Sie! Raus aus meinem Container!«

Izzy erstarrte, rammte die Schulter gegen die rostige Metallwand und duckte sich tiefer, während die Stimme des Mannes über die Baustelle hallte.

Verdammt. Sie ärgerte sich, dass sie für einen letzten Blick zurückgekommen war, obwohl sie sich lieber hätte fernhalten sollen. In gewisser Hinsicht machte die Nachricht, dass das Kino zum Verkauf stand, es wichtiger denn je, dass sie für Vorräte sorgte. Sie würden nicht aufgeben, sondern kämpfen, und die Containerplünderung heute Abend stand symbolhaft für ihre Entschlossenheit. Seit sie, Dida und Luce Vintage at the Cinema gegründet hatten, träumten sie davon, dass das Unternehmen florierte. Welch eine Ironie, dass ihnen ausgerechnet jetzt, wo das der Fall war, das Kino weggenommen werden sollte.

Die Verzweiflung des heutigen Abends erinnerte Izzy an die Zeit, als sie entdeckt hatte, wie viel Spaß das Containern machte. Das war damals gewesen, als ihr Dad ihre Mum verlassen hatte. Bei vier Kids und einer leeren Wohnung war Izzy durch das Containern wenigstens zu Möbeln für ihr Zimmer gekommen. Das hatte ihre Begeisterung dafür geweckt, Dinge zu retten, die andere Leute wegwarfen. Es zeigte sich außerdem, dass sie ein Talent dafür besaß, aus alten, nicht mehr gewollten Sachen etwas Schönes herzustellen. Somit hatte die Trennung ihrer Eltern wenigstens etwas Gutes gehabt. Durch Vintage at the Cinema war ihr Talent erst richtig erblüht.

Ein leer geräumter Kinosaal bot viel Fläche, besonders, da die Möbel, die sie anschleppten, schnell wieder draußen waren. Allerdings war ein Müllcontainer auf einer Baustelle, wo irgendein Kerl einen anbrüllte, nicht der angenehmste Ort für einen Mittwochabend.

»He! Ich sagte, weg da!« Er war also noch da.

Izzy erschauerte. Luce neckte sie jedes Mal für ihr geradezu zwanghaftes Containern. Tatsächlich fand sie es schwer, wenn nicht unmöglich, an einem Container vorbeizugehen, ohne darin herumzuwühlen. Ihrer Erfahrung nach fand man oft genug wahre Schätze. Aber jetzt, mit diesem wütenden Kerl im Nacken, wünschte sie, sie hätte sich von diesem letzten Blick in den zweiten, fast leeren Container nicht verlocken lassen. Sie schloss die Hand um den kleinen Gipsengel, den sie am Boden gefunden hatte. Die Abenddämmerung war keine gute Zeit, um sich erwischen zu lassen, auch wenn sie vorher das Okay der Bauleute eingeholt hatte.

»Glauben Sie etwa auch, Sie könnten einfach mein Fenster einschlagen, nur weil das Haus leer ist?« Da war offenbar jemand wütend, der die ganze Sache völlig falsch auffasste. Er klang noch nicht nah, aber sobald er über den Rand des Containers spähte, war sie geliefert. »Haben Sie mich gehört? Ich weiß, dass Sie hier sind.«

Wütend und redegewandt – das waren die Schlimmsten. Izzy verzog das Gesicht und machte sich bereit für den bevorstehenden Ärger. Der ließ sich beim Containern oft nicht vermeiden. Izzy ertrug es nicht, wenn alte Sachen, die das

Potenzial besaßen, noch richtig schön zu werden, weggeworfen wurden. Es brach ihr das Herz, dass hübsche alte Sachen von ignoranten Leuten zerstört wurden, die es nicht besser wussten. Sie selbst sah sich auf einer Art Rettungsmission, und dagegen konnte niemand, der noch bei Verstand war, etwas haben. Allerdings war sie eher nicht überzeugt davon, dass dieser aufgebrachte Typ ihrer Argumentation folgen würde.

Langsam erhob sie sich und schaute über den Rand des Containers, um herauszufinden, mit wem sie es zu tun hatte. Der Mann hatte wie gemeißelte Wangenknochen, sehr dunkle Augen und einen Körper, den die meisten Frauen, die sie kannte, liebend gern aus seiner gut sitzenden Kleidung geschält hätten. Für einen klitzekleinen Moment war sie hin und weg. Sie hatte sich immer gefragt, was ihre Freundinnen meinten, wenn sie behaupteten, sie seien wie vom Blitz getroffen. Jetzt wusste sie es. Ihr entfuhr ein Seufzer.

»Du kleiner Vandale«, knurrte der Typ finster. »Ich dulde kein unbefugtes Betreten meiner Baustelle, also verschwinde, aber flott!«

Puh, und das alles für einen kleinen staubigen Gipsengel.

Izzy richtete sich ganz auf, sodass ihr Kopf und ihre Schultern sichtbar wurden. Zufrieden sah sie, wie der Typ innehielt. Wohl überrascht. Aber dann richtete er den Blick auf ihren Ausschnitt. Das war dann eher …

Oh, Shit. Nichts war ernüchternder als so ein gieriger Blick. Zumal sie von Männern und Liebe ohnehin nichts wissen wollte, dank des tollen Alastair, der drei Jahre lang mit ihren Gefühlen gespielt hatte, um dann den Es-liegt-an-mir-nicht-an-dir-Spruch aufzusagen und ihr vorzuwerfen, sie sei besitzergreifend. Was er wirklich meinte, war, wie sich herausstellte, dass er seit Monaten eine andere hatte. Aber genug davon.

Es hatte wohl keinen Sinn, diesem perfekten Exemplar in dem tadellosen Anzug zu erklären, dass sie alles mit den Bauleuten vorher geklärt hatte. Gar nicht auszudenken, wie er reagieren würde, wenn er erfuhr, dass ihr Van um die Ecke geparkt war, vollgestopft mit Sachen aus dem anderen Container. Der Van voller Aufkleber, auf denen VINTAGE AT THE CINEMA – ALLES RETRO stand. Normalerweise gute Werbung, aber schlecht, um unerkannt zu entkommen.

Das ungute Gefühl im Bauch verstärkte sich. Eigentlich hielt sie sich für jemanden, der angesichts einer Provokation cool blieb – nicht, dass Luce ihr da zustimmen würde. Aber seine ungerechtfertigte Anschuldigung machte sie beinah so wütend, wie er es war.

Hinter ihm sah sie einen Panzer von einem Wagen, in dem er vorgefahren war. Ein solcher Benzinschlucker machte sie noch zorniger. Er war also nicht nur grob und aggressiv, sondern er war auch noch einer von diesen arroganten Typen, die glaubten, ihnen gehöre die Straße und überhaupt die ganze Welt, indem sie einen Scheiß-auf-den-Rest-der-Menschheit-Wagen fuhren. Für solche Leute hatte Izzy nur Verachtung übrig.

Sie mochte vielleicht in seinem Müllcontainer stehen, auf seiner Baustelle, aber er konnte sich auf etwas gefasst machen.

»Wenn Sie nicht so ein verschwenderischer und ignoranter Trottel wären, müssten Menschen wie ich nicht das absolut noch gute Zeug retten, das Sie wegwerfen, oder?« Ein Blick auf das halb renovierte Haus im Hintergrund, mit Stapeln herausgerissener Bodenbretter davor, gab ihr neuen Auftrieb. »Leute wie Sie, die immer nur völlig unsensibel alles rausreißen, verdienen noch viel Schlimmeres als räuberische Vandalen.«

Während sie zähneknirschend Luft holte, bemerkte sie, dass er sie eingehend musterte und der wütende Gesichtsausdruck verschwand. Wunder geschahen immer wieder, aber sie vermutete, dass eher ihre jetzt sichtbare Brust dafür verantwortlich war. Traurig, aber wahr, sie fand ihre Körbchengröße D oft hilfreich, obwohl sie lieber geschlechtsneutral vorankam und aufgrund ihrer Leistung. Es war eine deprimierende Tatsache, dass manche Männer eben so oberflächlich und leicht beeinflussbar waren. Offensichtlich gehörte dieser Herumschreier zu der Sorte.

»Aha, ein weiblicher Mülltaucher also, noch dazu für eine Party gekleidet.« Sein Ton hatte von wütend zu spöttisch gewechselt, als er bei ihr angekommen war und in den Container spähte.

Izzy schaute an ihrem Kleid hinunter. Okay, ihr Fünfzigerjahre-Blümchenkleid saß eng und passte vielleicht nicht hierher, aber war dieses Auftreten wirklich nötig? Sie sammelte doch lediglich ein bisschen Krimskrams ein – na ja, genau genommen einen ganzen Van voll, aber darum ging es nicht. Ohne diesen unwillkommenen Zuschauer wäre es in Kleid und Pumps ein Klacks gewesen.

»Was? Erzählen Sie mir jetzt, dass es hier einen Dresscode gibt?« Sie ließ ihr Kleid wehen, und bei der Kopfbewegung löste sich ihre Haarklammer, sodass die Locken ihr plötzlich ins Gesicht fielen. Verdammt, jetzt kämpfte sie buchstäblich einäugig.

»Marilyn-Monroe-Kurven *und* Rotschopf? Wer hätte das gedacht?« Er lachte beinah.

Erhobene Braue? Kurven? Sie musste das hier schleunigst beenden.

»Moment mal, könnten wir auf sexuelle Belästigung verzichten?«

Ihr Protest schien zu wirken, denn er zögerte, und als

er wieder aufschaute, lag in seinem Blick nichts Lüsternes mehr, sondern nur neue Empörung.

»Sie befinden sich auf meinem Grund und Boden, und Sie setzen meinen Versicherungsschutz außer Kraft.« Er starrte sie finster an. »Verschwinden Sie, bevor ich Sie hinauswerfe.«

Izzy nahm das als Aufforderung zu gehen.

Sie legte die Hände auf den Rand des Containers und stemmte sich hoch, doch nichts geschah. Sie versuchte es erneut und zuckte innerlich zusammen, als die Spitzen ihrer zitronengelben Pumps an der Containerwand entlangschrammten. Authentische Fünfzigerjahre-Schuhe waren nicht die beste Wahl gewesen.

Sie war in den Container gelangt, indem sie auf einen Stapel Paletten gestiegen war, ohne sich zu überlegen, wie sie wieder herauskommen würde. Und nun saß sie fest. Sie biss die Zähne zusammen, stemmte sich auf die Kante und stieß einen genervten Seufzer aus.

Unterdessen hatte der Typ die Hände an den Luxusledergürtel um seine Taille gelegt. »Worauf warten Sie noch?«

Sah er denn nicht, dass sie es versuchte? Sein Benehmen stand in krassem Kontrast zu seinem guten Aussehen. Tatsächlich sah er schrecklich gut aus. Alles an ihm, von den Bartstoppeln bis zu den muskulösen Schenkeln, über denen sich der graue Wollstoff seiner teuren Hose spannte, schrie SEXY.

Sie riss sich zusammen. Was war los mit ihr? Nach dem Armleuchter Alastair hielt sie sich von Männern fern. Besonders von solchen arroganten Kerlen mit kurzen braunen Haaren wie diesem hier. Und seit sie auf dem Weg in die ersehnte finanzielle Unabhängigkeit war, erst recht. Sie biss sich auf die Lippen.

»Nun, worauf warten Sie?«

Seine raue Stimme verursachte ihr eine Gänsehaut, die sofortige Selbstverachtung nach sich zog. Sie saß hier in jeder Hinsicht in der Tinte, und es war an der Zeit zu kapitulieren.

»Ehrlich gesagt, ich komm nicht raus.«

Sie senkte den Blick, um nicht Hohn und Spott in seinem widerlich schönen Gesicht sehen zu müssen.

»Dann seien Sie mal lieber nicht so patzig.« Er gab einen tiefen Laut von sich, der ein Lachen sein konnte. »Was schlagen Sie vor? Soll ich Ihnen helfen oder werfen Sie mir dann bloß wieder sexuelle Belästigung vor?« Er klang gelassen, und er rührte sich nicht von der Stelle. Aber das amüsierte Funkeln in seinen Augen ließ Izzys Herz einen Schlag lang aussetzen.

»Reichen Sie mir einfach nur eine Palette herunter, verzichten Sie auf Schadenfreude und halten Sie den Mund. Bitte.« Sie schaute zu, wie er mit brutaler Leichtigkeit eine Palette in die Höhe schwang. Ein hohler Laut ertönte, als das Holz auf den Containerboden traf und Izzy die Vibrationen in den Fußsohlen spürte.

»Danke.« Sie richtete sich zu ihrer vollen Größe von knapp einem Meter dreiundsechzig auf und lehnte die Palette gegen die Wand des Containers. Mit einem Fuß prüfte sie die Standfestigkeit.

»Vorsicht. Wenn Sie schon meine Haftpflichtversicherung aushebeln, will ich wenigstens keine Unfälle.«

Du liebe Zeit, dieser Typ war echt ein Spießer. Sie gab ein weiteres ungeduldiges Schnaufen von sich. »Und wenn Sie nicht mit dieser blöden Versicherung aufhören, könnte ich Sie auf meinem Weg hier raus noch zerquetschen.« Dumm nur, dass er sie zu noch mehr Frechheit provozierte, als sie üblicherweise an den Tag legte. Immerhin hatte sie ihn noch nicht verflucht. Sie schuldete Luces Fluchbox zur Finanzierung der Kundenservice-Initiative bereits einen hohen Betrag.

Izzy stieg auf die Palette, schwang sich über den Containerrand, und unglücklicherweise schob sich ihr Kleid genau in dem Moment an ihrem Hintern hoch, als der Typ aufsah. Es war keineswegs ihre Absicht gewesen, ihm einen Blick auf ihre Unterwäsche zu gewähren.

Er taumelte rückwärts, räusperte sich und sah rasch woandershin. »Alles klar da oben?«

Sie wagte nicht daran zu denken, wie viel von ihrem Slip sie ihm zeigte, aber im Grunde kümmerte es sie nicht mehr. Nachdem sie die Pumps weggekickt hatte und bereit zum Sprung war, hörte sie ein Ratschen. Mist. Dass ihr Kleid hängen blieb, hatte ihr gerade noch gefehlt.

»Warten Sie.« Der Typ sprang auf sie zu.

»Immer mit der Ruhe«, erwiderte Izzy keuchend. Sekunden später lagen seine Hände um ihre Taille. Die Luft entwich ihr, während er sie in hohem Bogen herunterhob und sanft neben sich auf den Boden stellte. Sie taumelte gegen sein weiches Jackett und nahm den Duft seines Aftershaves wahr, das für einen derartig griesgrämigen Mann viel zu wundervoll roch. Dann trat er einen Schritt zurück, und nun war sie diejenige, die perplex dastand.

# 3. Kapitel

Mittwochabend, 4. Juni
DIDA
In der Küche von Alport Towers
*Ein Ehemann, der sich übernommen hat*

> *Neue E-Mail an: Die Crew@Vintage at the Cinema … Luce, Izzy, Ollie, Lydia, Damon, Henni, Declan, Suzie, Arthur, Leighton, Magda, Thom, Allie*

Dida las die Namen in der E-Mail, schlug die Beine übereinander und seufzte dramatisch. Wenn Aidie das Kino zum Verkauf anbot, war es wichtig, das Geschäft ganz normal weiterzuführen. Wie entschlossen Aidie auch sein mochte, ihren Erfolg zunichtezumachen – sie war zehnmal so entschlossen, ihn nicht damit durchkommen zu lassen. Obwohl es ihr noch nicht gelungen war, ihn aufzuspüren und mit ihm zu reden, und sei es am Telefon, war sie doch von seinen Motiven überzeugt. Er missgönnte ihr den Erfolg und wollte vom sich positiv entwickelnden Immobilienmarkt profitieren. Vintage at the Cinema hatte als zögerliches Experiment begonnen, und viel kreative Energie und Talent hatten es zu dem gemacht, was es jetzt war. Auf keinen Fall würde sie das kampflos aufgeben. Allein schon der Gedanke daran ließ ihren Kopf vor Wut auf Aidie fast platzen. Außerdem ärgerte sie sich wahnsinnig darüber, dass sie keinerlei Möglichkeit hatte, ihn aufzuhalten. Statt ihren Erfolg zu feiern und auf einer Champagnerwolke zu schweben, knirschte sie frustriert mit den Zähnen und kostete den bitteren Geschmack der Demütigung.

An diesem Abend hatte sie ihr jüngstes Kind Lolly hastig zu Bett gebracht und war bereit, sich den größeren Aufgaben zu stellen. Der Jubel einer Zuschauermenge beim Fußball bedeutete, dass Eric im Frühstücksraum in FIFA 14 vertieft war.

Dida schaute sich finster in ihrer Küche um. Die abscheuliche apfelgrüne Farbe war eine weitere Erinnerung an Aidies Tyrannei. Dass er sich rundheraus geweigert hatte, die Küchenmöbel in einem passenderen Ton zu streichen, ärgerte sie täglich aufs Neue. Typisch für ihn, dass er die Küche zur Kampfzone erklärt hatte. Dieser Granny-Smith-Skandal, wie sie es nannte, machte sie über das, was heute in dem alten Kino passiert war, noch wütender.

Natürlich hatte Aidie kein Problem damit, da er ja nie lange genug hier war, um irgendetwas sattzuhaben, und sei es etwas so Extremes wie kotzgrüne Farbe. Er kam hereingerauscht und verschwand ruckzuck wieder. Momentan hielt er sich in Litauen auf, wo er »an etwas Großem« arbeitete, was mit Pipelines zu tun hatte. Wie üblich hatte sie keine Ahnung, um was genau es ging. An manchen Wochenenden war er so selten zu Hause, dass ihnen nicht einmal Zeit für einen Streit blieb. Zu Didas Pech war allerdings immer Zeit für Sex, und zwar nicht nur einmal am Tag, sondern gleich zweimal. Bei dem Gedanken daran, wie er seine walartige Masse grunzend auf ihr bewegte, verdrehte sie die Augen und dankte dem Himmel, dass heute erst Mittwoch war und sie sich noch nicht darauf freuen musste. Angesichts dessen, was er sich heute geleistet hatte, würde sie ihm dieses Privileg bis auf Weiteres entziehen. Was einen Neuanstrich der Küche betraf – sobald Aidie die Chance bekam, seine Macht über Dida auszuspielen, ergriff er sie mit seinen pummeligen Händen. Es war an der Zeit, dass er seine eigenen Methoden mal im Schlafzimmer zu spüren bekam.

Didas Gatte war nicht immer aufgedunsen gewesen. Der Mann in den Zwanzigern, mit dem sie neunzehnhundertvierundneunzig bei einer Weihnachtsfeier zusammenkam, war schlank gewesen, wenn auch schon etwas kompakt. Sie war auf ihn aufmerksam geworden, weil er ein Haus besaß und sein Humor damals deutlich besser gewesen war. Aber jahrelanges Essen auf Spesenrechnung hatte seinen BMI in den roten Bereich katapultiert. Sein Erfolg war ein einziger Powertrip geworden, und heute glaubte er, für die ganze Welt verantwortlich zu sein, jedenfalls was die Pipeline-Industrie betraf. Es gefiel ihm, Leute bei der Arbeit herumzukommandieren, und an den Wochenenden brachte er seinen Testosteronüberschuss mit nach Hause, wo er sich auch als Chef aufspielte. Heute hatte er sogar aus der Ferne seine Macht demonstriert – auf die abscheulichste Weise!

Aidie und sein Kontrollzwang. Dida verzog das Gesicht. Sie war daran gewöhnt. Welch eine Ironie, dass sie ohne Vintage at the Cinema, das sie von dem größten Problem in ihrem Leben, nämlich ihrem Gatten, abgelenkt hatte, wahrscheinlich gar nicht mehr hier gewesen wäre, trotz des tollen Zuhauses, das sie selbst geschaffen hatte. Um sich bei Laune zu halten, griff sie gern zu Eiscreme. Für gewöhnlich aß sie gegen zehn zwei Portionen, also in siebzig Minuten. Heute wollte sie sich eigentlich über dunkle Schokolade mit Himbeere hermachen, außerdem Praline und Sahne. Aber an diesem Abend war sie so aufgewühlt, dass sie überhaupt keinen Appetit verspürte, nicht mal auf Eiscreme.

»Mum, ich bin bei FIFA gerade eine Liga aufgestiegen. Hast du Kuchen da?« Eric, den Controller der Playstation noch in der Hand, kam in die Küche, die fransigen Haare halb im Gesicht. Er ging zu den großen Plastikbehältern auf der Küchenarbeitsfläche.

»Nein, und Hände weg von denen da, die gehören Vintage at the Cinema, die muss ich morgen gleich als Erstes abliefern.« Was für eine schlechte Mutter war sie, dass sie Kuchen für die Arbeit hatte, aber nicht für zu Hause? »Wie wäre es mit Eis? Ist Toffee Chip okay?« Sie rutschte von ihrem Hocker, nahm eine Schale, ging zum Kühlschrank und füllte einen Klumpen in die Schale, die sie anschließend Eric hinschob, der ein Grunzen von sich gab.

»Es wäre nett, wenn du dich anständig bedanken könntest.« Sie musste auf Manieren bestehen, obwohl sie schon froh sein konnte, wenn sie in seiner Playstation-Trance mehr als zwei Silben aus ihm herausbekam.

»Danke«, murmelte er und wedelte mit dem Löffel in ihre Richtung.

»Um zehn ins Bett, klar?« Sie redete mit Erics Rücken und seufzte, da er schon über den Marmorfußboden zurückschlurfte, genau wie sein Dad es stets tat.

Eines der vielen Probleme mit Aidie war dieses Außen-hui-innen-pfui-Ding, wie ihre Großmutter sich auszudrücken pflegte. Er prahlte mit seinem fetten Gehalt, aber an der Haushaltskasse beteiligte er sich nicht. Vintage at the Cinema lenkte sie von den ewigen Scharmützeln mit Aidie ab, vor allem aber brachte es Geld ein. Zum ersten Mal, seit sie ihren Job aufgegeben und die Kinder bekommen hatte, erlangte sie eine gewisse finanzielle Unabhängigkeit.

Als Aidie eines Morgens aus Corks Bar heimgekommen war und erzählt hatte, er habe das alte Kinogebäude ergattert, rief sie sofort Luce und Izzy an. Der Rest war Geschichte, wie sie es in ihrer Rede formuliert hatte, bevor sie grob unterbrochen wurde. Der Erfolg brachte die unabhängige, glücklichere Dida hervor. Nie und nimmer konnte sie wieder die werden, die sie vorher gewesen war. Vintage at the Cinema hatte einen neuen Menschen aus ihr gemacht.

Noch einmal las Dida die Namen in der E-Mail. Jeder, der mit dem Kino zu tun hatte, war dabei. Aber sollte sie Ollie wirklich dazunehmen? Ollie, der vor fünf Monaten plötzlich ans andere Ende der Welt verschwunden war und es seiner Schwester Izzy überlassen hatte, sich zusätzlich zu ihrem eigenen auch noch um seinen Ladenplatz zu kümmern und doppelte Schichten zu schieben. Dida mochte Ollie sehr. Sie hatten ihn am Anfang zum Streichen angeheuert, und er hatte sich als so nützlich erwiesen, dass er blieb. Er fertigte Unikate aus Metall an, außerdem besaß er ausgezeichnete Geschäftskontakte. Dida tippte sich mit dem Daumennagel gegen die Zähne, während sie überlegte. Izzy hatte Ollie zweifellos eine E-Mail geschickt, in der sie ihm die schrecklichen Neuigkeiten mitteilte. Irgendwie schaffte Dida es nicht, diese Katastrophe in Worte zu fassen, nicht mal in der wöchentlichen Rundmail, denn es würde den Albtraum zu real machen. Sie durfte einfach nicht daran denken, ihr Unternehmen zu verlieren.

Auch wenn sie mehr oder weniger für die Verwaltung des Unternehmens zuständig war und dadurch alles bis ins Kleinste selbst organisieren konnte, betrachtete sie es als Gemeinschaftsprojekt. Jeder leistete seinen Beitrag im Rahmen seiner Möglichkeiten, und alle halfen sich gegenseitig. Sicher, die anderen zahlten Dida Miete, trotzdem profitierten alle und hatten überdies noch eine Menge Spaß. Mit Ollie kam man gut aus, und er war zuverlässig, wenn er da war. Dida hatte das Gefühl, dass er nicht nur seiner Schwester fehlte. Luce vermisste ihn mehr, als sie zugeben wollte. Daher ließ Dida ihn vorerst auf der Liste, in der Hoffnung, dass er vielleicht bald zurückkam, nachdem er die E-Mail in irgendeinem fernen Internetcafé gelesen hatte.

Sie warf einen letzten Blick auf den Wochenplan und tippte los:

*Den Wochenplan für die Woche ab dem 9. Juni findet ihr im Anhang. Nur zur Info: Es gibt da einen Typen mit dicker Brieftasche, der ALLES von Susie Cooper kaufen würde.*
*Komm schnell zurück, Ollie, wir vermissen deine Arbeiten.*
*Der Kuchen der Woche ist ein Kakao-Bananen-Kuchen :)*
*Dida xx*

*P.S.: Vintage at the Cinema ist bereit zum Kampf. Wir werden gewinnen!*

Das sollte reichen. Sie hoffte, mit der letzten Zeile genug über die heutigen katastrophalen Ereignisse gesagt zu haben. Sie wollte die E-Mail pünktlich um neun abschicken; sie war nicht zwanghaft, aber Verlässlichkeit war wichtig. Auch wenn ihr der Himmel privat auf den Kopf fiel, konnte sie sich doch an den Zeitplan halten.

Noch zehn Minuten, bis es neun wurde.

Genug Zeit für das tägliche Update ihrer Aidie-Spezialtabelle. Sie öffnete seinen E-Mail-Account, tippte sein Passwort ein und verzog das Gesicht wegen des Doppelbluffs. Aidies E-Mail-Account war das Nervenzentrum seines Lebens. Er wusste, dass sie sein Passwort kannte, und er wusste auch, dass sie seine E-Mails las. Das war seine Art, ihr zu beweisen, dass er nichts zu verheimlichen hatte. Wie ihr die Verhandlungen über den Verkauf des Kinos entgehen konnten, war ihr daher ein Rätsel. Von jetzt an würde sie noch wachsamer sein.

Dida war immer wieder erstaunt darüber, wie sorgfältig Aidie sein E-Mail-Konto führte, wo er es doch sonst nicht immer so genau nahm. Eigentlich war er eher schlampig, und wahrscheinlich war ihm deshalb der fatale Fehler in seinem Plan entgangen. Es amüsierte Dida stets aufs Neue, dass er die E-Mails löschte, die sie nicht sehen sollte. Aber genau wie im Haushalt leerte er den Papierkorb nie.

Sie sah sich die gelöschten Dateien an. Wow. Das war selbst für Aidies Verhältnisse ein starkes Stück. Ein gemeinsames Frühstück mit jemandem namens Bambi, ein Treffen um elf mit Viktorya, dann ein Dinner mit Dominika, Elvira und Albina.

Zwei Minuten später hatte Dida die Namen in die Liste mit Aidies Verfehlungen kopiert und Ort sowie Uhrzeit hinzugefügt.

Wäre es um den Ehemann einer anderen Frau gegangen, wäre sie von seiner Standfestigkeit beeindruckt gewesen. Anscheinend hielt er die Sexindustrie Litauens ganz allein am Laufen. Wie er bei dem Pensum noch arbeiten konnte, war ihr schleierhaft. Angesichts der heutigen Entwicklung würde sie die Munition, die sie gegen ihn gesammelt hatte, wohl eher als gedacht benutzen. Nachdem er versucht hatte, ihren Traum zu zerstören, konnte sie sich nicht vorstellen, weiter mit diesem Mann zusammenzuleben.

Jetzt ging es nur noch um das, was Aidie ihr und ihren Freundinnen wegzunehmen versuchte. Leider war es zu spät, um heute Abend noch mehr zu unternehmen. Morgen würde sie sich mit Luce und Izzy zu einem Notfall-Meeting treffen. Und dann würden sie sich die Boxhandschuhe anziehen.

# 4. Kapitel

Mittwochabend, 4. Juni
LUCE
In ihrer Wohnung
*Spitze, Schweiß und Tränen*

»Danke für deine Geduld, ich bin fast fertig.« Luce sah von dem Saum, den sie mit Nadeln absteckte, lächelnd zu Steffie auf, der zukünftigen Braut. Sie nahm sich einen Moment, um die verspannten Schultern zu straffen. »Es dauert eine Ewigkeit, bis diese Kleider fertig sind, aber es lohnt sich.«

Steffie bewegte sich ein wenig. »Keine Ruby heute Abend?«

»Ich habe frei. Vermutlich hat der Zuckerschock von der Party heute Nachmittag sie geschafft.«

Steffie lachte. »Es ist nicht dasselbe ohne Ruby, die uns unterhält, während du absteckst.«

Wäre Ruby nicht schon eingeschlafen, als Luces Anprobetermin eintraf, hätte sie die Stimmen gehört, da ihr Zimmer gleich neben dem Wohnzimmer lag. Dann wäre sie im Pyjama hereingeschlichen. Die Wohnung war so günstig und in der Nähe ihrer Arbeit und der Schule, dass Luce mit dem etwas ungünstigen Grundriss gut leben konnte, zumindest vorübergehend. Ihre anderen Secondhand-Kleider und Stoffe befanden sich im alten Kino, aber die Hochzeitskleider bewahrte sie lieber zu Hause auf, weil die Stoffe empfindlich waren und schnell Flecken bekamen. Momentan war ihr Schlafzimmer so voller Spitze und Tüll, dass sie an manchen Abenden das Bett nicht gleich finden konnte.

Bei der Erinnerung daran, dass ihr Arbeitsplatz möglicherweise bald nicht mehr im Kino sein würde, erschrak sie von Neuem so heftig, dass sie beinah eine Nadel verschluckt hätte, die zwischen ihren Lippen klemmte. Die Situation machte ihr Angst. Vintage at the Cinema hatte ihr und Ruby so viel gebracht. Sie konnte sich glücklich schätzen, eine Tätigkeit gefunden zu haben, die sie ausfüllte und ihr ein Einkommen bescherte. Außerdem ermöglichte es ihr, für Ruby da zu sein. Die Gefahr, das zu verlieren, machte sie äußerst nervös. Obwohl sie wusste, dass Izzy und Dida für sie und Luce Himmel und Hölle in Bewegung setzen würden, fühlte sie sich angesichts der Bedrohung plötzlich sehr allein.

Luce versuchte diesen Gedanken mit einem Lächeln zu vertreiben, brachte aber lediglich eine Grimasse zustande. »Wenn Ruby wach wird, ist es unmöglich, sie wieder ins Bett zu bekommen. So aber muss ich mich morgen früh wenigstens nicht mit einem unausgeschlafenen Muffel herumplagen.«

»Trotzdem, sie ist so süß.« Steffie sah wehmütig aus. »Und manchmal auch anstrengend, nehme ich an.«

Wie wahr. Es gab durchaus Zeiten, da wünschte Luce, der Typ, der wegen eines geplatzten Kondoms in der letzten Nacht ihres zweiten Jahres an der Uni seine Gene an ihr Kind weitergegeben hatte, wäre weniger gut aussehend und charmant gewesen. Gefühlvolle braune Augen und Schlagfertigkeit bei einem Spross waren wirksame Waffen, und beides hatte Ruby nicht von ihrer Mutter.

Dabei war Ruby nicht direkt frech, aber manchmal fand Luce, ihr Kind habe nicht genug von ihr mitbekommen. Jedenfalls konnte sie nicht arbeiten und sich gleichzeitig um ihr Kind kümmern.

So hoch ihre Ansprüche an Kindererziehung auch gewesen sein mochten, ehe sie selbst eines bekam, hatte sie jetzt gelegentlich das Gefühl, in jeder Hinsicht zu versagen. Und seit Izzys Bruder Ollie sich auf Reisen begeben hatte, war es noch schlimmer. Erst seit er fort war, hatte Luce erkannt, wie sehr sie sich schon auf ihn verlassen hatte. Wenn sie frühmorgens wach lag, ärgerte sie sich über sich selbst, dass sie ihn für selbstverständlich genommen hatte. Und sie ärgerte sich darüber, dass sie die Dinge zwischen ihnen hatte außer Kontrolle geraten lassen. Es war nur ihre Schuld, dass er abgehauen war. In den ersten drei Jahren nach Rubys Geburt war sie entschlossen gewesen, allein klarzukommen. Das war sie immer noch. Aber während ihrer gemeinsamen Arbeit hatte die Freundschaft mit Ollie ihr immer mehr bedeutet. Heute Abend, wo sie sich allein und verunsichert fühlte, hätte sie sich gern an ihn gelehnt, wohl wissend, wie falsch und schwach und inkonsequent es gewesen wäre. Nur dass er eben nicht mehr da war.

Luce nahm weitere Nadeln, klemmte sie zwischen die Lippen und beugte sich hinunter, um den Rest des Saumes abzustecken.

»Du siehst wunderschön aus, Liebes.«

Steffies Mum, auf der Sofalehne sitzend, beendete das Schweigen. Seit Luce mit Brautkleidern arbeitete und, noch wichtiger, mit Bräuten, hatte sie festgestellt, dass die Rolle der Brautmutter vernünftige Frauen in a) Kontrollfreaks und b) emotionale Wracks verwandelte.

»Taschentuch?« Luce hörte, dass die Stimme der Frau zitterte, daher hielt sie ihr die geblümte Packung Kosmetiktücher hin.

»Danke.« Mrs. Beeston zupfte ein Tuch heraus, schnäuzte sich geräuschvoll und tupfte sich die Augenwinkel.

In ihren schlaflosen Momenten – nicht, dass Izzy sich einen solchen Luxus allzu häufig gestattete, da sie meistens völlig erschöpft ins Bett fiel – übte sie oft ihre eigene Hochzeitsansprache für Ruby, um dieses besondere Minenfeld zu umschiffen und diesen wohl letzten höllischen Part an mütterlichen Pflichten richtig hinzubekommen.

Dennoch sagte sie jetzt nur: »Du siehst wirklich toll aus, Steffie. Diese antike Spitze wirkt so hübsch zu der champagnerfarbenen Seide.«

Obwohl Luce die übertriebene Emotionalität bei Hochzeiten nicht nachvollziehen konnte, nach dem ganzen tränenreichen Drama wegen des Hochzeitskleides liebte sie ihre Bräute und deren Mütter.

»Wir haben so viel Arbeit investiert, und dann verlierst du drei Kleidergrößen oder mehr.« Luce dankte ihrem Glücksstern, dass nicht jede Braut, die sich eines ihrer Brautkleidklassiker aussuchte, für sie und das Kleid eine derartige Zumutung waren wie Steffie und Mrs. Beeston.

»Ich weiß, dass wir unsere Meinung bei den Schuhen dreimal geändert haben«, räumte Steffie ein und verdrehte dabei die Augen. »Aber das erste Paar Rachel Simpson war so hoch, und wir dachten, das zweite Paar wäre perfekt, bis ich die Charlotte Olympias sah.«

Luce dachte lieber nicht daran, dass dieses Paar Schuhe mehr kostete, als sie monatlich für Essen ausgab. Trotz der Tatsache, dass sie dreimal auf den Knien den Saum des Kleides hatte anpassen müssen, blieb ihr Lächeln aufrichtig freundlich. »Hoffen wir, dass wir beim dritten Mal Glück haben.«

Was Izzy und Dida nicht in ihre Köpfe bekamen, war, dass jemand, der so gegen die Ehe war wie Luce, Bräute einkleidete. Luces wahre Einstellung zum Heiraten – niemals! – war ein gut gehütetes Berufsgeheimnis. Und sie alle behielten es um ihres gemeinsamen Unternehmens willen für sich. Izzy und Dida legten großen Wert auf Loyalität und Unterstützung, doch gelegentlich triezten sie Luce wegen ihrer Verkaufsideen und ihres Sexlebens. Zwischen beidem bestand nämlich keinerlei Verbindung.

Luce managte ihr Sexleben äußerst diskret, und das hatte nichts damit zu tun, dass sie eine Mutter war. Wenn Ruby gelegentlich freitags bei ihrer Granny übernachtete, ging Luce aus und brachte manchmal einen sorgsam ausgewählten Mann mit nach Hause. Sorgsam ausgewählt hieß: Nett und auf nicht mehr aus als eine Nacht, da sie unter gar keinen Umständen einen Typen in ihr Leben lassen wollte. Sie hatte nie eine Beziehung gehabt, und es wäre nicht fair gewesen, Ruby unter ihren Fehlern leiden zu lassen. Ruby war es gewohnt, Luce für sich ganz allein zu haben.

Mit Ollie war es irgendwie anders gewesen, er war ihr von einer ganz anderen Seite aus nähergekommen, als hätte Ruby ihn hereingelockt, als sie im Kino zusammentrafen. Ollie und Ruby verstanden sich perfekt, und Luce kannte Ollie seit der Oberstufe. Aber da er sich mit ihrer Tochter so gut verstand, kam er automatisch für Luces Freitagabend-Arrangements nicht mehr infrage. Das war nicht verhandelbar. Diese Grenze würde sie nicht überschreiten.

»Okay, ich bin fertig, Steffie.« Luce steckte die letzte Nadel hinein und setzte sich auf. »Dreh dich mal langsam, dann sehen wir, ob es gleichmäßig ist.«

Sie war nicht religiös, aber sie betete zum Gott der perlenverzierten Schärpen, dass sie jetzt zum letzten Mal auf Händen und Knien vor Steffies Kleid gehockt hatte.

Luce betrachtete mit einem halb geschlossenen Auge Steffie, die sich über den Teppich bewegte und dabei die Hände zu einem gedachten Brautstrauß vor sich hielt.

Luce wandte sich an Mrs. Beeston. »Was meinen Sie, Betty?«

»Ja, es ist reizend.« Mrs. Beeston tupfte sich erneut die Augen, während Steffie vor dem großen Spiegel stehen blieb.

»Steffie?« Luce betrachtete lächelnd Steffies Spiegelbild, und Steffie nickte, wie schon oft. Aber Luce musste einfach optimistisch bleiben.

»Gut, das war's dann wohl. Ich werde die Näharbeiten per Hand machen, und du kannst es nächste Woche um diese Zeit abholen.« Luce jubelte innerlich. »Zum Glück sind es noch ein paar Wochen Zeit bis zu deinem großen Tag. Hoffen wir mal, dass keine weiteren Änderungen mehr nötig sind.« Luce entfaltete den Paravent, hinter dem Steffie sich umziehen konnte. »Ich werde euch vermissen, sobald die Hochzeit vorbei ist. Die Mittwochabende werden ohne euch und das Kleid nicht mehr dasselbe sein.«

Das Geld würde ihr auch fehlen, besonders nach diesem Nachmittag und dem Zu-verkaufen-Schild. Steffies und Bettys ständige Änderungswünsche hatten ihr und Ruby in den vergangenen sechs Monaten ein geradezu luxuriöses Leben ermöglicht. Na ja, luxuriös – tatsächlich hatten sie ihnen ihr Auskommen gesichert. Luce hatte seit ihrer Abschlussvorführung, die sie trotz allem zwei Monate nach Rubys Geburt hinbekommen hatte, davon geträumt, mit klassischen Kleidern zu arbeiten. Leider waren die Einkünfte immer noch mau.

Während sie wartete, bis Steffie sich umgezogen hatte, hörte Luce den Signalton ihres Handys und sah auf ihre Uhr. »Hm, Punkt neun. Das wird Dida sein, die den Arbeitsplan verschickt.«

Wie lange würde das noch so sein? Sofort kehrte die Angst zurück, doch Luce ließ sich nichts anmerken. Morgen früh würde sie sich mit Izzy und Dida treffen, und gemeinsam würden sie eine Lösung finden. Nur lag bis dahin noch eine ganze Nacht des Grübelns vor ihr. Zum ersten Mal seit einer Ewigkeit wünschte sie, die Nacht nicht allein verbringen zu müssen.

# 5. Kapitel

Mittwochabend, 4. Juni
XANDER & IZZY
Seine Baustelle in Bakewell
*Ein Vandale hätte weniger Ärger bedeutet*

»Ein Junge wäre inzwischen wenigstens längst weggerannt«, murmelte Xander, was ihn auch nicht weiterbrachte.

Geistesabwesend verschränkte er die Arme und musterte die taumelnde Diebin, die er gerade auf den Boden gestellt hatte. Irgendwie spürte er immer noch ihre Wärme. Zerbrochenes Glas wäre besser gewesen als diese widerspenstige Frau, die so klein und dünn war, dass sie es nicht mehr allein aus einem Container schaffte. In Anbetracht des schrecklichen Zustandes des Hauses hätten ein paar zerbrochene Fenster auch nichts mehr ausgemacht.

Er hatte es in einer der besseren Gegenden am Rande von Bakewell gekauft in dem Glauben, es sei nur leicht renovierungsbedürftig. Dank der vereinten Bemühungen von Bauarbeitern und Vandalen war er nun stolzer Besitzer einer Ruine. Auch wenn Bakewell unter den Top Ten der begehrtesten Wohnorte im Vereinigten Königreich war, wirkte es auf ihn nicht mehr sonderlich anziehend. Das geschah ihm ganz recht. Immerhin hatte er das Gebäude aus den falschen Motiven gekauft. Die eigene Schwester zum Schweigen zu bringen, war kein guter Grund. Christina mochte eine echte Nervensäge sein, aber eine Grundbucheintragung würde sein Leben nie und nimmer von dysfunktional in sozial akzeptabel verwandeln. Er enttäuschte sie nur ungern, aber manche Dinge waren eben unerreichbar.

Er hatte Beziehungen, enge Freundschaften und feste Wohnorte vor so langer Zeit aufgegeben, dass er vergessen hatte, was normal war. Dass sich einem glamouröse Frauen an den Hals warfen, brachte der Job mit sich, wenn man in der Filmbranche tätig war, und er hatte entsprechende Vermeidungstaktiken entwickelt. Ein Blick auf die trostlose Baustelle genügte, um zu erkennen, dass ihm momentan selbst als erfahrener Bauunternehmer die Motivation fehlte, dieses große Familienhaus fertigzustellen oder gar zu beziehen. Es würde wie bei allen Projekten zuvor damit enden, dass er es wieder verkaufte.

»Na, vielen Dank auch.« Die Worte unterbrachen seine Gedanken. Ihre Stimme war jetzt leiser und weniger unangenehm.

Vermutlich bezog sich das darauf, dass er ihr aus dem Container geholfen hatte. Sie strich ihr Kleid glatt, dessen Knöpfe an der Vorderseite bei jedem Atemzug abzuspringen drohten. Er konnte den Blick nicht von ihr abwenden, und das war schlimm genug.

Dieser Tag wurde immer übler.

»Na schön, die Show ist vorbei«, verkündete sie und nahm so etwas wie eine trotzige Haltung an. »Ich werde meine Schuhe holen und verschwinden.«

Das waren ja mal gute Neuigkeiten, denn er wollte sie so schnell wie möglich loswerden.

Schuhe.

Wenn er ihre Schuhe fand, würde sie verschwinden. Für sein ungeübtes Auge wirkten die gelben Pumps, die er aufhob, nicht gerade fürs Herumturnen auf Baustellen geeignet. Aber was wusste er schon?

»Hier, bitte.«

Er warf ihr die Schuhe zu und wandte sich rasch ab.

»Danke.«

Aus dem Augenwinkel sah er, wie sie sich strecken musste, um die Schuhe zu fangen.

»Autsch.«

Xander hörte ihren Aufschrei und drehte sich genau in dem Moment um, als sie in die Hocke ging.

»Okay, was ist jetzt los?«, fragte er genervt.

Sie setzte sich auf den Boden und besah sich ihren Fuß; dabei rutschte ihr Kleid hoch und entblößte ein sehr langes Bein.

Wow, das hatte ihm noch gefehlt.

»Verdammt.« Ihre Finger waren dunkel, als sie sie von ihrem Fuß nahm.

Er beugte sich vor, um besser sehen zu können. »Ist das Blut?«

Sie ignorierte ihn und die roten Flecken überall auf dem gelben Leder, zog die Schuhe an, stand auf und wollte an ihm vorbeihumpeln.

»Warten Sie.« Er versperrte ihr den Weg. »Lassen Sie mich mal sehen.«

Sie sah aus, als wollte sie sich widersetzen, aber dann überlegte sie es sich und streckte ihm den Fuß hin.

Er deutete das als ein Okay, ging in die Hocke und umfasste ihren Knöchel. »Stützen Sie sich lieber an meiner Schulter ab, sonst fallen Sie noch hin.« Ihre finstere Miene riet ihm, ihr die Entscheidung am besten selbst zu überlassen.

»Na schön, dann beugen Sie mal das Knie, damit ich Ihre Fußsohle sehen kann.« Er wischte das Blut mit dem Daumen weg, verzichtete auf einen Blick nach oben und konzentrierte sich auf die Wunde. »Die sieht tief aus.«

»Das ist nichts.« Sie kramte in ihrer Rocktasche und ließ Bonbonpapier an seiner Wange vorbeiregnen. »Sie haben nicht zufällig ein Taschentuch?«

»Sorry.« Er zuckte mit den Schultern.

»Ich dachte, Männer in Anzügen haben immer eines dabei.« Sie stieß einen verächtlichen Laut aus und zog unvermittelt ihren Fuß zurück. »Dann gehe ich eben.«

Er war noch auf den Knien und sein Gesicht ihrem Kleid so nah, dass er nicht nur den Duft des Waschmittels einatmete. Sosehr er sich auch wünschte, dass sie verschwand, und sosehr sein Herz auch hämmerte, er konnte sie unmöglich verletzt gehen lassen.

»Nein.« Im Nu war er auf den Beinen. »Ich habe einen Erste-Hilfe-Kasten im Wagen und werde Ihnen ein Pflaster holen.«

Sie zögerte, dann schüttelte sie den Kopf.

»Wie wäre es, wenn ich Ihr Nein nicht akzeptiere?« Ein Teil seines Verstandes sagte ihm, dass er sie gar nicht erst hätte berühren sollen; ein anderer Teil erklärte, dass er genau das hatte tun *müssen.* »Ich werde Sie tragen, damit nicht noch mehr Dreck in die Wunde gelangt.«

»Ich glaube nicht …«

Es gab Situationen, da musste man sich einfach durchsetzen, auch wenn man dadurch wie ein Höhlenmensch wirkte. Also hob er sie kurzerhand auf die Arme.

»Festhalten.« Ein intensiver, süßer Duft stieg ihm aus ihren Haaren in die Nase. Auf keinen Fall würde er es genießen, ihren Körper zu spüren, warm und schwer, der bei jedem Schritt sanft gegen ihn stieß. Ihrem Protest und Gezappel nach zu urteilen, sah sie das genauso.

Er stützte sie mühelos mit einem Arm, als er die hintere Tür öffnete, und setzte sie in den Range Rover. »Rieche ich Kaugummi?«

»Oh, das ist vermutlich mein Tutti-Frutti-Detangler für Kinder, den ich benutze, wenn ich Farbe in die Haare bekommen habe und mir die Zeit fehlt, sie zu waschen.«

»Aha.« Mit dieser Information konnte er nicht viel anfangen. »Lehnen Sie sich gegen die Rücklehne, wenn Sie wollen, und stellen Sie sich vor, Sie seien in dieser Arztserie *Holby City* …«

Er holte den grünen Erste-Hilfe-Kasten aus dem Kofferraum und klappte ihn auf. Dann umfasste er ihre staubige Wade und untersuchte ihre Fußsohle. Entschlossen riss er die Packung eines Desinfektionstuches auf.

»Sorry, das brennt jetzt vielleicht ein bisschen.« Er spürte, wie sie bei dem ersten Kontakt zusammenzuckte, dann begann er, das Blut abzuwischen, wobei er entschlossen nicht ihren Knöchel betrachtete.

»Sie müssen das nicht tun.«

Xander wischte weiter. »Ich bin verantwortlich, schließlich sind Sie auf mein zerbrochenes Glas getreten.«

»Aber Sie sind ein Range-Rover-Fahrer, und meiner Definition nach kennt ein Range-Rover-Fahrer nicht einmal die Bedeutung des Wortes Verantwortung.«

Er zog an ihrem Knöchel. »Und Sie sind dümmer, als ich dachte, wenn Sie solche Bemerkungen machen, während ich Ihren Fuß in der Hand halte.«

Sie gab ein Schnauben von sich und sank zurück.

»Ich glaube nicht, dass Sie in die Notaufnahme müssen. Da war viel Blut, aber ich glaube, ein Elastoplast genügt. Vielleicht ein Dinosaurierpflaster, passend zum Tutti-Frutti?« Wenn er einfach weiterredete, blieb ihr keine Gelegenheit für streitlustige Kommentare.

Als sie nichts erwiderte, wagte er es, sie anzusehen, und dabei fielen ihm ihre Sommersprossen um die Nase herum auf. Ihre Wangen waren blasser, als er sie in Erinnerung hatte, und sie sah beinah …

Mist. Er klebte das Pflaster auf. »Alles in Ordnung? Falls Sie ohnmächtig werden, sollten Sie sich lieber hinlegen.« Sie wirkte ein bisschen grün um die Nase. »Legen Sie sich hin, atmen Sie tief ein und aus, dann geht es Ihnen gleich besser.«

Ihr Gesicht war jetzt unnatürlich weiß. Er musste beruhigend klingen, nicht verärgert, denn Verärgerung würde nur alles unnötig in die Länge ziehen.

Sanft lehnte er sie zurück und fächerte ihr mit einer Mappe, die er von der Rückbank genommen hatte, Luft zu. Er versuchte zu ignorieren, wie zerbrechlich und hilflos sie aussah. Dummerweise erhaschte er einen Blick auf ein Stück ihres pinkfarbenen BHs zwischen den Knöpfen und schob rasch die freie Hand in die Tasche. Er wedelte heftiger mit der Mappe.

»Keine Sorge, liegen Sie nur still, dann werden Sie sich gleich wieder erholt haben. Hier ist Wasser, davon können Sie trinken, sobald Sie sich besser fühlen.«

Wow, er mied Frauen in der Vertikale schon ständig, da konnte er eine in der Horizontalen auf der Rückbank seines Wagens erst recht nicht gebrauchen. Sie gab ein lautes Stöhnen von sich. Mit etwas Glück würde sie ihn jeden Moment wieder beleidigen. Er wartete, und das Schweigen dehnte sich endlos. Möglicherweise würde ein wenig Konversation sie wieder aufwecken.

»Haben Sie denn irgendetwas aus dem Container holen können?«

»Hab's dagelassen …«

Es waren nur gemurmelte Worte, aber immerhin redete sie. Das war ein gutes Zeichen.

»Wollen Sie mir sagen, dass Sie nicht bekommen haben, wonach Sie gesucht haben?« Er schüttelte den Kopf. All das auch noch umsonst. Wie dumm war das? »Was war es?« Er beugte sich hinunter, um zu sehen, ob sie sich bewegte. Erneut roch er den Duft von Tutti-Frutti, aber da war noch eine andere, undefinierbare Note, die etwas in ihm auslöste. Die warme Haut einer Frau. Wie lange war es her, dass er das gerochen hatte?

»Ich wollte einen Engel herausholen.« Mittlerweile war sie wieder ganz da.

»Rette einen Wal, adoptiere einen Tiger, berge einen Engel … Möchten Sie Wasser?«

Xander hielt die Luft an, als er ihren Kopf anhob, ihr die Haare zurückstrich und die Flasche hinhielt.

»Bitte …«

Sie hob die Flasche an die Lippen, und als ihr Hals sich beim Schlucken bewegte, zog sich sein Magen zusammen. Während er wartete, zählte er die zerbrochenen Garagenfenster. Dann setzte sie sich auf.

»Bleiben Sie, wo Sie sind.« Er war sich nicht sicher, ob sie eine andere Wahl hatte. »Ich bin gleich wieder da.«

Aus einem Impuls heraus ging er zurück zum Container. Auf diese Weise konnte er wenigstens Distanz zu dieser Frau schaffen, und das war schon mal eine gute Idee. Allerdings verstand er dieses seltsame Bedürfnis nicht, sie zufriedenzustellen.

Er sprang in den Container, fand den Engel und drückte ihn ihr zwanzig Sekunden später in die Hand.

»Danke.« Sie untersuchte den Engel und rieb den Staub ab. »Warum haben Sie ihn überhaupt erst weggeworfen?« Eine zusammenhängende Frage, auf die er gut hätte verzichten können; warum es nicht bei Dankbarkeit belassen?

»Ich hoffe nur, der verletzte Fuß war es wert.« Er hatte keine Lust, einen Vortrag über Verschwendung zu hören.

Sie zuckte mit den Schultern, und ein widerstrebendes Lächeln erschien auf ihrem Gesicht, während sie den Engel in den Händen drehte. »Er ist wunderschön. Ich liebe Engel. Sind Sie sicher, dass Sie ihn nicht wollen?«

Als ihre Miene sich aufhellte, beschleunigte das Xanders Puls, worüber er sich erneut ärgerte. »Ich stehe nicht auf Müll. Wie kommt es eigentlich, dass Engel stets männlich sind?«

Er beobachtete, wie ihr Grinsen breiter wurde, und als sie ihn ansah, waren ihre Augen rauchblau. Die Verletzlichkeit, die er darin sah, berührte ihn.

»Ich weiß nicht. Es ist wohl einfach so.« Sie versuchte aus dem Wagen zu steigen, aber dann zeigte sie erschrocken auf seinen Oberschenkel. »O nein, ich habe Sie mit Blut beschmiert.«

»Das ist nichts.« Er schaute auf den Fleck neben seinem Schritt und war sich nicht sicher, ob er den prüfenden Blick überstehen würde.

»Tut mir wirklich leid.« Immer noch starrte sie auf seinen Hosenschlitz. »Lassen Sie mich für die Reinigung aufkommen?«

»Ehrlich, das ist kein Problem.« Aber es würde eines geben, wenn sie nicht gleich aufhörte, dorthin zu starren.

Endlich hob sie den Blick und sah ihn an. »Dann mache ich mich jetzt lieber auf den Weg. Danke … für den Engel … und dass Sie meinen Fuß verarztet haben.«

Zögerte sie? Flüchtig fragte Xander sich, wohin sie als Nächstes wollte, was sie tun und mit wem sie zusammen sein würde. Wie dem auch sei, es hatte definitiv nichts mit ihm zu tun, und er wollte es auch gar nicht wissen.

»Warten Sie. Soll ich Sie irgendwo hinbringen?« Er hörte sich diese Frage stellen und war einigermaßen entsetzt, weil er die Frau plötzlich ungern gehen lassen wollte. Suchte er einen Grund, den Kontakt in die Länge zu ziehen?

»Danke, aber mein Wagen steht um die Ecke.« Sie humpelte los und warf ihm ein Lächeln über die Schulter zu. »Lieber lasse ich mir die Fingernägel ziehen, als in einem Range Rover zu fahren.«

Xander schaute ihrem ungleichmäßigen Gang über die Baustelle hinterher. Kurz bevor sie das Tor erreichte, hob er die Hand an den Mund und rief: »Passen Sie auf, dass das nicht noch mal passiert.«

Dabei hätte er gar nichts dagegen gehabt; sofort verdrängte er diesen Gedanken. Automatisch bückte er sich, um den Müll aufzuheben, der ihr vorhin aus der Tasche gefallen war. Zwischen dem Süßigkeitenpapier befand sich eine zerknitterte Karte. *Vintage at the Cinema.* Die ausgeblichene Retroschrift hätte glatt aus einem der Farbkästen seiner Schwester Christina stammen können. Die Adresse kam ihm bekannt vor, vielleicht von seiner Immobilien-App. Dank seines Vermögens meldeten die Makler sich zuerst bei ihm, wenn ein neues Objekt zum Verkauf stand. Ehe er wusste, was er tat, hatte er die Karte schon eingesteckt. Vermutlich, um sie Christina zu geben.

Die Frau hatte inzwischen den hohen Zaunpfeiler aus Stein erreicht. Sie drehte sich noch einmal um und grinste trotzig, dann verschwand sie in der Dämmerung.

# 6. Kapitel

Donnerstagmorgen, 5. Juni
DIDA
Auf dem Weg zur Schule
*Brotdosen und Fluchkassen*

»Es ist wirklich wichtig, dass du dich beeilst, Lolly, bitte.«

Es gab viele Gelegenheiten, bei denen Dida ihre Entscheidung bereute, nie die Worte *Beeilung* oder *beeil dich* in Gegenwart der Kinder zu benutzen. Dieser Morgen gehörte dazu. Sie hatte geglaubt, sie würde sie sonst so oft rufen, bis es niemanden mehr interessierte. Außerdem sollten ihre Kinder zumindest in dieser Hinsicht ein harmonisches Leben haben, in dem sie sich nie gedrängt oder unter Druck gesetzt fühlten. Früh am Morgen hatte sie diese Ideale noch, aber abends um sechs sah die Sache schon ganz anders aus. In der Nacht zuvor hatte sie wegen des Adrenalinschubs infolge der Wut und der Angst um das alte Kino kaum geschlafen. Um sechs Uhr morgens, als sie gerade wegdämmerte, kam eine Nachricht von Aidie bezüglich des Kinoverkaufs. Sofort war sie wieder hellwach vor Wut. Die abfällige Art, wie er über Vintage at the Cinema als ihr »Laden spielen« sprach, weckte in ihr den Wunsch, ihn zu zermalmen. Die einzige vage gute Neuigkeit bestand darin, dass es nicht so klang, als hätte er bereits einen Käufer gefunden. Dadurch gewannen sie noch etwas Zeit. Doch so mies sie sich auch fühlte, sie durfte ihre Müdigkeit und Gereiztheit nicht an den Kindern auslassen. Leider funktionierte das nicht.

»Wer zur Hölle hielt es für eine gute Idee oder auch nur für möglich, morgens um acht zu einem Schulausflug zu starten? Das ist verdammt noch mal unmenschlich.« Mist, ihr Fluchkonto für heute war jetzt schon deutlich überzogen. »Für die Brotdosen bist du zuständig. Wenn du sie vergisst, werde ich sie dir nicht bringen. Und jetzt schnell ins Auto.« Sie wedelte mit dem Schlüssel, während sie lief, drückte den Knopf und hörte das Klicken, mit dem der Wagen entriegelt wurde.

Eric meldete sich zu Wort: »Du hast heute Morgen schon fünfzehnmal geflucht.«

Dida reagierte genervt. »Du hast es gerade nötig. Du warst kaum wach genug, um deine Frühstücksflocken zu essen. Warum macht ihr noch mal diesen Ausflug?«

Eric zuckte mit den Schultern, setzte sich auf den Vordersitz und zog seine Kopfhörer hervor. »Woher soll ich das wissen? Du warst diejenige, die den Brief lesen sollte.«

Dida verdrehte nur die Augen, warf ihre Tasche und die Brotdosen auf den Sitz, öffnete die hintere Tür und setzte Lolly in den Kindersitz.

Lollys Protest klingelte ihr sofort in den Ohren. »Hey, pass doch auf meine Flügel auf!«

»Ist die Tiara nicht ein bisschen übertrieben für die Schule?« Dida verzog das Gesicht wegen der glitzernden pinkfarbenen Barbie-Krone, als sie Lolly anschnallte. Dann lief sie hastig zur Fahrerseite.

Der tödliche Blick signalisierte ihr, wie dumm ihre Frage gewesen war.

»Berge und Höhlen.« Eric sah sie grinsend an, während sie den Schlüssel ins Zündschloss steckte.

»Was …?« Manchmal war dieser Junge so verdreht.

»Berge und Höhlen, die sehen wir uns an.« Er fischte ein zerknittertes Stück Papier aus seinem Rucksack. »Die Auswirkungen des Tourismus auf die Landschaft rund um Castleton. Erinnerst du dich?«

»Ja, natürlich.« Nicht ganz.

Dida wendete den Wagen auf der gekiesten Auffahrt, fuhr durch das Tor und bremste. Sie klappte die Sonnenblende herunter und nahm einen Lippenstift aus dem Türfach. Egal, wie spät sie dran waren, sie verließ nie ohne Lippenstift das Haus. Marilyn Monroe hatte gesagt: »Gib einer Frau die richtigen Schuhe, und sie wird die Welt erobern.« Dida vertraute in der Hinsicht auf Lippenstift. Ihrer Erfahrung nach durfte man nie die Wirkung von perfekt aufgetragenem Lippenstift unterschätzen. Heute Morgen war er nicht ganz so perfekt aufgetragen, aber es musste genügen. Sie würde jede Hilfe brauchen können. Nachdem sie das intensive Rot des Mac-Ruby Woo aufgetragen hatte, klappte sie die Sonnenblende wieder hoch und sah in den Rückspiegel für die zweite Vergewisserung des Tages – ein Blick auf die Fassade von Alport Towers. Die hohen Schiebefenster, die harmonische Struktur des Mauerwerks und das sanft geschwungene Geländer erfüllten sie stets von Neuem mit einem warmen Gefühl. Dieses Haus gab ihr eine Richtung und Identität. Der flüchtige Blick in den Rückspiegel, wann immer sie wegfuhr, erinnerte sie daran, warum sie durchhielt. Es verhalf ihr zu innerem Gleichgewicht. Heute brauchte sie diesen Anblick mehr denn je, um sich ins Gedächtnis zu rufen, weshalb sie immer noch durchhielt, wo Aidie doch ein solcher Mistkerl war.

Sie atmete tief ein und lenkte den Wagen zwischen den hohen Torpfosten hindurch auf die Hauptstraße von Alport. Sie würde Luce an der Schule mitnehmen und mit ihr zu Izzy fahren, um über das Kino zu sprechen. Gemeinsam würden sie einen Schlachtplan entwerfen.

Nur einen Laternenpfahl weiter fing Lolly an: »Mum, kann ich ein Falabella haben?«

Dida sauste durch den Ort, ohne allzu genau auf die Geschwindigkeitsbegrenzungen zu achten. »Was zur Hölle ist denn ein Falabella?«

»Sechzehn Flüche.« Erics triumphierender Schrei verwandelte sich prompt in Gejammer. »Wenn sie ein Falabella kriegt, bekomme ich aber ein neues Videospiel und eine neue Hose.«

»Niemand bekommt ein verdammtes Falabella, okay?« Was immer das auch sein mochte, Dida würde keines kaufen. Punkt.

»Siebzehn, und es ist noch nicht mal halb acht. Du stellst noch einen Fluchrekord auf.«

Dida atmete tief durch und zählte bis zehn, dann schaltete sie das Radio ein. Sie war es nicht gewohnt, durch Eric unter Beschuss zu stehen. Eigentlich betrachtete sie die Wochentage als Waffenstillstandszeit. Hoffentlich würde Radio One die Kinder zum Schweigen bringen. Calvin Harris konnte sie ertragen. Und was Songtexte über Liebe und Lügen betraf …

Apropos Aidie, da nagte etwas an ihr, mit dem sie sich beschäftigen musste, sobald sie eine Minute Zeit hatte. So viele Namen der Frauen, mit denen Aidie sich traf, fingen mit V an, und alle kamen Dida vage bekannt vor. Im Moment konnte sie nicht viel mit ihnen anfangen. Sie hätte sich gestern Abend näher damit beschäftigt, wenn sie nicht andere Dinge im Kopf gehabt hätte. Aber wo sie jetzt darüber nachdachte, glaubte sie, zumindest einen der Namen schon einmal gehört zu haben. Natürlich war es nicht ungewöhnlich, dass zwei Frauen in Litauen den gleichen Namen trugen. Aber wenn man sich bei Aidie auf eines verlassen konnte, dann darauf, dass er jedes Mal eine andere Frau traf. Es war sozusagen sein Markenzeichen, und es gab ihr eine seltsame Sicherheit zu wissen, dass er nicht von seiner Norm abwich.

Dida überfuhr gelbe Ampelsignale und wurde erst in der Derwent Street langsamer. Ein Seitenblick auf die Ladenfenster von Vintage at the Cinema hatte ihr täglich einen Kick gegeben. Aber heute Morgen verwandelte das Zu-verkaufen-Schild über dem Eingang ihr Herz in Eis.

»Was zur Hölle …?« Drei Läden weiter trat sie auf die Bremse, sodass der Wagen hinter ihr mit quietschenden Reifen bremsen musste und knapp hinter ihrer Heckscheibe zum Stehen kam. Das Sonnenstudio hatte sich über Nacht verändert. Gestern noch war es eine schlichte Front mit kitschiger Werbung für schnelle Bräunung gewesen. Jetzt waren die Fenster mit dunklem Papier zugeklebt, aber schlimmer war das Schild mit der Aufschrift: *Liebt ihr euer Retro-Zuhause? Dann schaut rein!*

»Du musst mehr Schimpfworte lernen, Mum. Unsere Englischlehrerin Miss Raymond sagt, wenn man sich wiederholt, ist das ein Zeichen dafür, dass das Gehirn stagniert.«

»Danke, Eric, das werde ich mir merken.« Leck mich kreuzweise, Miss Raymond. Und das auch gleich an die Adresse desjenigen, der das Sonnenstudio übernommen hatte. Es sah nach Konkurrenz aus, direkt vor ihrer Nase. Das hatte ihnen gerade noch gefehlt. Als hätten sie nicht schon genug Probleme.

Lollys hohe Stimme war vom Rücksitz zu vernehmen. »Ein Falabella würde mir helfen, dass mein Gehirn nicht stagdingst.«

»Das ist nicht bewiesen.« Dida legte krachend den ersten Gang ein, fuhr mit quietschenden Reifen los und ließ den vorbeikommenden Postboten auf dem Gehsteig mit offenem Mund zurück. Sie rasten weiter Richtung High Hills School.

Früher oder später – am liebsten später – würde Dida in Erfahrung bringen müssen, was ein Scheiß-Falabella war.

# 7. Kapitel

Donnerstagmorgen, 5. Juni
LUCE, DIDA & IZZY
In Izzys Haus
*Klingt nach einem Plan*

»Auf in den Kampf. Ich hoffe, Izzy ist schon dabei, Kaffee zu kochen.« Luce holte tief Luft, als Dida in die Albert Street einbog und neben einem verzierten Laternenpfahl anhielt. Luce und Dida stiegen aus, gingen durch das elegante graue Tor und über den Fischgrät-Ziegelpfad. Die vornehmen viktorianischen Reihenhäuser mit ihren kleinen Grundstücken waren beliebt bei Geschiedenen, weil sie viel Platz boten und nur die Hälfte des Preises für die begehrteren Einfamilienhäuser kosteten. Izzys Mum war vor Jahren hier gelandet, zusammen mit ihren vier Kindern, und hier waren sie einfach geblieben.

Durch die Milchglasscheibe sahen sie Izzys Silhouette näher kommen, nachdem sie geklopft hatten. Die Nummer acht, ins Oberlicht eingeätzt, beeindruckte Luce mit ihren modernen Linien, wann immer sie herkam. Aber Izzys ganzes Haus war so. Jeder konnte sehen, dass Izzys Mum ein Talent für Inneneinrichtung besaß. Noch mehr staunte Luce jedoch darüber, wie Izzy es schaffte, so viele Zimmer mit Müll vollzustellen, aus dem sie Glanzstücke machen würde, ohne dass sie alles einsaute – außer sich selbst.

»Wie geht's? Erst halb neun, und schon am Streichen, wie ich sehe.« Luce deutete auf Izzys Ohr und bekam den Süßigkeitenduft ihrer Haare mit. Luftküsse würden vielleicht ein Stirnrunzeln hervorrufen, aber sie waren die einzige Möglichkeit, der Farbe auf Izzys Wangen zu entgehen.

»Hübsche pinkfarbene Geranien«, bemerkte Dida, seltsam still heute Morgen. Sie strich über die Blüten in dem Blumenkübel und wirkte wie ferngesteuert.

Izzy stand im Türrahmen und winkte alle mit dem Pinsel in der Hand herein. Offenbar versuchte sie sich mit Arbeit von den größeren Problemen abzulenken.

»Ich habe die Pflanzen gestern auf dem Markt im Park gekauft.« Izzy trieb ihre Besucher weiter in den Flur. »Die helle Farbe der Fuchsie erinnerte mich an das Ballkleid, das du mir genäht hast, Luce. Dieses riesige Pfingstrosenmuster war toll, oder?«

Izzy war in der Oberstufe in Luces Klasse gekommen, traumatisiert von ihrem Rauswurf aus ihrer spießigen Privatschule. Erst nachdem sie einen Monat lang gemeinsam mit Luce in dem Coffeeshop gearbeitet hatte, taute sie auf und fing an zu reden. Und kurz danach waren sie beste Freundinnen.

Izzy musterte Luce skeptisch. »Ich bin früh aufgestanden, um zu streichen. Von meinem Fang des gestrigen Abends erzähle ich euch später.« Sie ging voran, die Treppe zur Küche im Souterrain hinunter, wo sie der Duft von frisch Gebackenem empfing. »Keine Sorge, Kaffee ist gleich fertig.«

»Da duftet etwas köstlich.« Luce bewunderte immer Izzys Energie, die sie sowohl für ihr Zuhause als auch für die Arbeit aufbrachte. Während Luce eine Tochter und eine kleine Wohnung hatte, um die sie sich kümmern musste, trug Izzy die Verantwortung für dieses große Haus und ihre drei Brüder, seit ihre Mutter ihren Urlaub auf vier Jahre ausgedehnt hatte. Und Izzy kümmerte sich nicht nur um ihre Brüder, sondern um jeden, einschließlich Luce und Ruby.

Heute hatte Izzy die wilden rotblonden Haare zu einem Pferdeschwanz zusammengebunden, der ihre Grübchen betonte. In ihrem ausgewaschenen T-Shirt, die Daumen hinter die Träger ihrer zu weiten Latzhose gehakt, sah sie kindlich und irgendwie verletzlich aus. Was nur bewies, dass man sich von Äußerlichkeiten nicht täuschen lassen sollte. Izzy konnte sehr gut jederzeit ihren inneren Rottweiler loslassen.

»Neue Becher auf der Kommode, wie ich sehe.« Dida machte weitere beiläufige Bemerkungen, während sie mit den Händen wedelte. »Was ist das khakifarbene Zeug auf dem Tisch?«

Izzy nahm einen viereckigen Teller. »Das ist das Susie-Cooper-Porzellan, nach dem du in deiner E-Mail gefragt hast. In Ollies Garage entdeckt. Wahrscheinlich ist es dort gelandet, als er mit dir, Luce, das Haus ausgeräumt hat, bevor er abgereist ist.«

»Möglich.« Luce zuckte mit den Schultern und ließ die warmen Farben der lang gezogenen Küche auf sich wirken. Es sah alles sehr zufällig aus, aber Luce und Dida wussten es besser. Ohne Ollie mit seinem jungenhaften Grinsen und seinen Scherzen fand Luce es leerer und trauriger, aber sie verdrängte dieses Gefühl.

»Wow, schöne Details.« Dida fuhr mit der Hand über die Schnitzereien des zur Hälfte gestrichenen Regals, das auf einer Unterlage an einem Ende der lang gezogenen Küche stand, dann sank sie auf einen der cremefarben gestrichenen Stühle.

Drei Jungs, um die Izzy sich kümmern musste, und trotzdem gelang es ihr, das Haus sauber zu halten. Zumindest waren es drei gewesen, bevor Ollie plötzlich abgereist war. Wenn Luce sich anders verhalten hätte, wäre er jetzt noch hier und würde ihnen helfen. Luce hatte nie das Bedürfnis nach einem Mann gehabt, aber ihr wurde schmerzlich bewusst, dass sie Ollie gern zur Beruhigung hiergehabt hätte. Seine breiten Schultern und seine Gelassenheit hatte sie stets als tröstlich empfunden. Er war jemand gewesen, mit dem sie ihre Probleme besprechen konnte.

»Danke, den brauche ich jetzt wirklich.« Dida nahm den dampfenden Becher von Izzy entgegen.

»Möchte jemand einen Cronut? Das ist eine Kreuzung aus Croissant und Donut.« Izzy wartete nicht auf die Antwort, sondern stellte für beide einen hin. »Die Löcher in der Mitte sind kalorienfrei, und ich hoffe, die Dinger helfen uns beim Nachdenken.« Sie leckte eine Teigflocke von ihrem Finger.

Luce brach ein Stück des Gebäcks ab, um daran zu knabbern. »Die schmecken toll.«

»Also …« Dida schluckte, während Izzy sich setzte, und ihre Brust hob sich unter der Kaschmirstrickjacke.

Luce wappnete sich, als Dida zu sprechen begann.

»Zuerst muss ich mich entschuldigen, weil dieses Fiasko aus vielerlei Gründen meine Schuld ist.« Dida blies die Wangen auf. »Wenn ich nicht so ein Aufhebens um die Geburtstagsfeier gemacht hätte, hätte Aidie gar nicht mitbekommen, wie gut es bei uns läuft. Und ich hätte mit Aidie nicht nur eine symbolische Miete vereinbaren dürfen, sondern schon viel früher einen vernünftigen Mietvertrag machen müssen. Es tut mir aufrichtig leid.«

Izzys Nasenflügel bebten. »Das ist wie ein verdammtes Déjà-vu und erinnert mich an die Zeit, als mein Dad abgehauen ist – es geht immer um einen Kerl mit Geld, der das Sagen und die Kontrolle hat und die Macht, einem alles wegzunehmen. Nur ist es diesmal nicht mein Dad, der unsere Familie zerstört, sondern Aidie, der uns Vintage at the Cinema wegnimmt.« Ihre Stimme wurde zusehends lauter.

»Ich fand es damals blöd, und ich finde es heute blöd, aber jetzt bin ich älter und werde auf keinen Fall kampflos aufgeben.«

Luce sah Izzys wütenden Gesichtsausdruck, den Zorn, der sie oft in Schwierigkeiten brachte, ihnen diesmal aber ganz nützlich sein konnte.

Izzy war richtig in Fahrt. »Ich kann nicht glauben, dass ich das schon wieder zugelassen habe. Wenn jemand aus der Vergangenheit gelernt haben sollte, dann bin ich es. Ich habe mich zu gut und zu sicher gefühlt, dabei lag unser Glück die ganze Zeit in den Händen eines Mannes wie Aidie, den nur die Bilanz interessiert und der uns nun alles wegnimmt.«

Luce kaute auf ihrer Unterlippe. »Gute Argumente, aber wir müssen nach vorne schauen. Also, was wollen wir unternehmen?«

Dida verzog das Gesicht. »Die gute Nachricht ist, dass wir schätzungsweise einen oder zwei Monate Zeit haben, bis Aidie einen Käufer gefunden hat. Und dann dauert es noch, bis alles unter Dach und Fach ist. Möglicherweise gibt uns der neue Käufer einen Mietvertrag. Oder Aidie vermietet an uns, statt zu verkaufen, wenn wir ihm ein attraktives Angebot machen. Aber wir müssen uns unser weiteres Vorgehen genau überlegen, und wir brauchen wohl ein Geschäftsdarlehen.«

»Genau.« Izzy und Luce nickten.

Dida öffnete ihr iPad. »Wir müssen alle Hebel in Bewegung setzen, die Einkünfte der Läden maximieren und so viel Geld zusammenkriegen wie möglich.« Sie lehnte sich zurück. »Irgendwelche Ideen?«

Izzy setzte sich aufrecht hin und schob die Arme durch die Träger ihrer Latzhose. »Wir müssen alles tun, um mehr Kundschaft zu bekommen. Ich denke an Schilder auf dem Gehweg, die Gestaltung unserer Facebook-Seite, die Aktualisierung unserer Website ... Und wir könnten Gratiskaffee anbieten.«

»Großartig. Gratiskaffee ist eine ausgezeichnete Idee. Das wird Leute anlocken, die dann Kuchen dazu bestellen.« Didas Lippen formten sich zu einer entschlossenen roten Linie, und Luce ahnte, dass dies erst der Anfang war.

»Für ein neues Darlehen muss ich unsere Zahlen genauer analysieren.« Dida kniff die Augen zusammen. »Es wäre gut, genau zu wissen, wann saisonal bedingt welche Waren angeboten werden. Falls wir bleiben können, stellen wir auf diese Weise sicher, dass der Kunde bekommt, was er wünscht. Das würde den Verkauf ankurbeln und die Zufriedenheit der Kunden steigern. Wie läuft deine Kundenservice-Sache, Luce?«

Luce erwiderte: »Na ja, wie wäre es, wenn wir das erweitern und einen Lieferservice anbieten? Es gibt noch andere Sachen, die wir machen können.«

Als sie das alte Kino bezogen, waren sie erst der zweite Antiquitätenladen in der Straße. Aber als weitere Geschäfte aufmachten, die altes Zeug verkauften und die leer stehenden Läden in der Straße nutzten, kamen auch mehr Kunden.

Luce fuhr fort: »Mittlerweile wimmelt es an Samstagnachmittagen in der Derwent Street von Mittdreißigern mit Designerkinderwagen, die durch die Läden ziehen. Wir sind ein Retro-Laden, aber wir müssen dafür sorgen, dass die Horden zu uns kommen.«

Dida trank einen Schluck Kaffee. »Wie hat Ollie die genannt?«

Luce erinnerte sich wehmütig daran, wie oft Ollie sie damit zum Lachen gebracht hatte.

Zu ihrer Erleichterung meldete Izzy sich zu Wort. »Er nannte sie, glaube ich, Inschaschnäppjäs – In Schale geworfene Schnäppchenjäger.« Izzy verzog das Gesicht. »Computerfreaks in Tweed und mit Designerbrillen auf der Suche nach dem perfekten Teil für ihr retro gestyltes Leben. Ich hab nichts gegen die, ihr Geld bringt guten Umsatz.«

Dida klopfte mit ihrem Stift auf den Tisch. »Der Punkt ist: Je mehr wir den Leuten in Sachen Service und Vielfalt anbieten, desto wahrscheinlicher werden sie bei uns einkaufen statt bei den anderen.« Ihre Miene verdüsterte sich. »Das wäre die nächste Neuigkeit – heute Morgen habe ich einen weiteren Retro-Laden entdeckt, der wohl in dem Sonnenstudio eröffnen wird.« Sie verdrehte demonstrativ die Augen. »Ich schicke eine E-Mail an die übrigen Leute aus unserer Crew, um zu hören, ob irgendwer schon mehr weiß.«

Luce zögerte, dann fragte sie aber doch: »Apropos Qualitätsware ... Machst du in diesem Sommer wieder eine Einkaufsreise nach Frankreich, Izzy?«

Es folgte langes Schweigen. Luce wusste, dass Izzy diese Reisen sonst immer mit Ollie unternommen hatte.

»Eigentlich wollte ich nicht allein fahren ...« Sie machte eine Pause. »Mal sehen. In der Zwischenzeit verspreche ich, mich bei den Kunden zurückzuhalten. Allerdings füllt sich die Fluchkasse dann nicht so schnell.« Sie lächelte Luce ironisch zu.

Luce seufzte. Um das Geschäft anzukurbeln, würden sie alle ihre Komfortzonen verlassen müssen. Es würde eine echte Herausforderung sein, aber hatten Herausforderungen nicht auch was Gutes?

»Eine Sache noch ...« Dida wandte sich an Luce. »Ich weiß, deine Kleider und Stoffe laufen gut, aber es wäre toll, wenn du deine Brautsachen von deiner Wohnung ins Kino verlegen würdest. Wäre der Vorführraum nicht perfekt als Vintage-Brautstudio geeignet?«

Luce machte den Mund auf und wieder zu, ohne dass ein Laut herauskam. Ihre Brautsachen liefen sehr gut, aber sie wusste nicht, ob sie schon bereit war für diesen großen Schritt.

Izzy meldete sich zu Wort: »Das ist eine fantastische Idee. Gut fürs Unternehmen und für dich auch, Luce.«

»Ich bin mir nicht sicher.« Luce zögerte, ohne zu wissen, weshalb eigentlich. Es war eine gute Gelegenheit und ein weiterer Schritt, um wieder ein richtiger Mensch zu werden, nicht nur eine Mum. »Ich habe ein paar Brautkleider im Vintage-Look, die fast fertig sind, aber …« Manchmal ärgerte sie sich, dass sie sich nicht traute, ehrgeiziger und selbstbewusster zu sein. So viel dazu, die Komfortzone zu verlassen.

»Ich weiß, dass dein Schlafzimmer vollgestopft ist mit Brautkleidern, also hast du definitiv genug für den Verkauf.« Izzy grinste. »Es gibt nur eine Methode, um Aidie zu schlagen, nämlich indem wir fantastisch sind, und deine Vintage-Brautmode ist es auf jeden Fall, Luce. Nutze den Tag, breite die Flügel aus, du weißt, dass du es kannst.«

Luce stutzte. Ja, vielleicht konnte sie es tatsächlich, für das Team.

Dida, die wild auf ihrem iPad herumtippte, kam zum Ende mit dem, was sie da schrieb. Ein Lächeln erschien auf ihrem Gesicht. »Man könnte also sagen, wir haben einen Plan.«

»Absolut.« Izzy klang begeistert. »Jetzt brauchen wir nur noch einen Namen.«

Dida sah auf. »Für uns drei, die wir um das kämpfen, was wir lieben?«

»Genau.« Luce grinste. »Wir sind seit Jahren ein Team, aber ein Name würde uns irgendwie noch stärker machen.«

Izzy hob einen mit Farbe bekleckstèn Daumen ans Kinn. »Um halb sechs heute Morgen, als ich meine Farrow & Ball-Cinder-Rose-Farbe anrührte, kam mir in den Sinn, dass wir drei wirklich eine Art Club sind.«

Luce grinste. Izzy und ihre Anstreichfarben. Aber es war eine tolle Idee.

Dida rief: »Das ist es! Wir sind der Vintage Cinema Club!«

»Absolut.« Izzy schlug mit der Faust auf den Tisch, sodass das Susie-Cooper-Geschirr klirrte.

Luce stimmte ein: »Und wir gehen nirgendwohin.«

Dida hatte ihren Becher schon erhoben. »Darauf trinken wir. Auf uns, auf den Vintage Cinema Club und auf die Schlacht, die wir gewinnen werden.«

Sie stießen mit den Bechern an und riefen im Chor: »Auf den Vintage Cinema Club! Auf die Rettung des alten Kinos!«

Luce hoffte nur, dass sie Erfolg haben würden.

# 8. Kapitel

Donnerstagmorgen, 5. Juni

*An: Die Vintage Cinema Crew*
*Betrifft: Alarmstufe Rot*

*Als hätten wir nicht schon genug Probleme, eröffnet jetzt auch noch ein weiterer Einrichtungsladen in dem ehemaligen Sonnenstudio. Falls jemand etwas hört/weiß/erfährt, meldet euch bitte UMGEHEND. Vorgewarnt ist schon gut gerüstet. Was »das andere Problem« angeht, arbeiten Izzy, Luce und ich alias The Vintage Cinema Club an einem Plan.*

*Dida xx*

# 9. Kapitel

Donnerstagmorgen, 5. Juni
IZZY & LUCE
Vintage at the Cinema
*Haferriegel und Analysen*

»Die Außenauslagen und Geranien sind aufgestellt. Oh, und bei dem Laden die Straße runter gibt es keine Veränderungen.« Izzy ging zurück in das alte Kino, die kleine Gießkanne in der Hand, und zuckte leicht zusammen, als sie mit dem verletzten Fuß an der Stufe hängen blieb. Sie schaute sich um, was als Nächstes zu tun war. »Aber wie ich schon sagte, es ist totale Verschwendung.«

Izzy war durchaus klar, dass sie sich wiederholte, aber da Luce überhaupt nicht bei der Sache zu sein schien, weil sie in einem riesigen Berg Knöpfe wühlte, fiel es nicht weiter auf. Sie waren nach wie vor geschockt wegen des Kinos, aber sich in die Arbeit zu stürzen, half vielleicht. Izzy hatte Luce gestern die Geschichte mit dem Container erzählt, als sie den Laden öffneten, aber dann wurden sie durch eine Kundin unterbrochen, die ein Vintage-Sommerkleid suchte, sodass Izzy gar nicht mehr bis zum Hauptteil kam. Dann schauten zwei ältere Damen auf einen Kaffee herein und berieten sich darüber, welche von zwei Art-déco-Lampen sie kaufen sollten. Am Ende kauften sie beide, dank Didas Schoko-Bananen-Kuchen und der Idee mit dem Gratiskaffee.

Izzy ging zu einem Schrank voller Teller, um ihn abzustauben, und startete einen neuen Versuch. »Gehen wir denn nun morgen Abend aus?«

Endlich sah Luce sie an. »Ruby ist bei Dida, also denke ich, ja.« Ein zögerndes Lächeln erschien auf ihrem Gesicht. »Wenn ich die Kraft dafür aufbringe.«

Jetzt betrachtete Izzy ihre Freundin genauer. Luce wirkte tatsächlich ein wenig schlapp, und es lag nicht nur an den Sorgen wegen des Kinos. Luce war schon vor der Jubiläumsparty nicht ganz auf der Höhe gewesen.

»Das sieht dir aber gar nicht ähnlich.« Izzy schwenkte den Staubwedel. »Was ist los mit dir?«

Dass Luce keine Lust zum Ausgehen hatte, fand Izzy alarmierend. Diese Frau hatte unmittelbar vor dem Einsetzen der Wehen auf dem Tisch getanzt, aber heute Morgen sah sie blass aus. Izzy bewunderte Luce dafür, wie sie als Alleinerziehende klarkam und trotzdem freitagabends Spaß haben konnte. Izzy schlug standhaft nicht den Weg ihrer Freundinnen ein, da sie von Männern durch ihren Vater desillusioniert war und später erst recht durch den schrecklichen Alastair. Während Izzy klein und kurvig war, an schlechten Tagen sogar pummelig, war Luce die typische zierliche Blondine. Dabei war sie eins zweiundsiebzig groß. Sie hatte diese völlig unberechnende Art an sich, die Männer dazu veranlasste, sich zu überschlagen, um ihr Türen aufzuhalten, die Einkaufstüten zu tragen oder den Wagen zu betanken. Von den Drinks, die sie ihr spendierten, und dem Bett, das sie mit ihr teilten, ganz zu schweigen. So etwas kannte Izzy nicht. Jede andere mit Luces Aussehen und Horden männlicher Fans wäre vermutlich unerträglich gewesen, aber Luces ältere, noch attraktivere Schwester bewahrte sie davor. Die hatte eine Superkarriere als Model hingelegt und Luce als Kind das Gefühl vermittelt, sie sei gar nicht so hübsch. Luce sah sich selbst als ganz gewöhnliche Frau und bekam von den Blicken der Männer gar nichts mit.

Sie zuckte mit den Schultern. »Zu viel Näherei am Samstag, außerdem muss ich arbeiten.«

Izzy schüttelte den Kopf. »Mensch, dafür haben wir doch den Dienstplan. Wenn wir aus waren, sollten wir danach nicht zur Arbeit müssen.«

»Stimmt, und idealerweise arbeite ich auch nicht an den Wochenenden, aber ich habe zwei Bräute an diesem Samstag, daher nimmt meine Mum Ruby zu sich. Das ist gut fürs Geschäft, aber …« Luce stieß einen langen Seufzer aus.

Izzy ließ nicht locker, damit Luce sich nicht aus ihrer Abmachung herauswinden konnte. »Ich helfe dir morgen, deine Kleider herzubringen, dann kannst du diese beiden Termine hier im Kino wahrnehmen. Der Vorführraum ist perfekt für dich. Wir können Spiegel und ein Sofa hineinstellen.«

Die Renovierung des Vorführraumes war Ollies letzter Job gewesen, bevor er einfach so verschwand, was vielleicht keine korrekte Umschreibung war, es aber ganz gut traf, wenn ein zweiunddreißigjähriger Mann sich mir nichts, dir nichts ein Jahr eine sogenannte Auszeit nahm. Nach Izzys Verständnis erforderte eine solche Auszeit deutlich mehr Vorbereitung und Überlegungen und vor allem ein jugendlicheres Alter. Abgesehen von der Tatsache, dass sie dadurch ihr Unternehmen ausweiten konnte, hatte sein plötzliches Abtauchen sie in persönlicher Hinsicht gekränkt.

Sie schob die Teller neu hin und her. »Ich nehme an, Kaffee und Haferriegel könnten helfen?« Sie verließ das Haus nie ohne einen großen Vorrat, da Didas Kuchen angeblich nur für die Kunden war, nicht für die Mitarbeiterinnen. Haferflocken und klebriger goldener Sirup gaben genau die benötigte Art von Energie. Perfekt in Zeiten wie diesen.

Luce lächelte zum ersten Mal richtig, seit sie hier eingetroffen waren. »Habe ich dir je gesagt, dass ich dich liebe, Babe?«

Izzy prustete los und verschwand in der Küche.

»Was meinst du noch mal mit ‚Verschwendung'?«

Izzy spähte an dem Kronleuchter vorbei, an dem sie herumbastelte. Sie hielt nichts von nachträglichen Analysen, wahrscheinlich weil sie nie Dinge tat, die etwas Derartiges erfordert hätten. Aber jetzt musste sie bei Luce nachhaken.

»Na, es ist die reinste Verschwendung, dass ein grässlicher Typ so gut aussieht.« Izzy hoffte inständig, wenigstens fünf Minuten lang nicht von Kunden unterbrochen zu werden, während sie in Ruhe über diesen Typen mit dem Container nachdachte.

»Wenn du den Kerl auf der Baustelle meinst, brauche ich vielleicht noch mehr Haferriegel«, erwiderte Luce und biss in einen hinein. »Aber erzähl mir noch mal, woher du von diesen Containern wusstest.«

»Ich sah Bauarbeiter aus der Butty Box in Bakewell kommen und bin ihnen gefolgt.« Izzy sah, wie Luce die Augen verdrehte.

»Hast du schon wieder vor Sandwich-Shops herumgehangen?«, meinte Luce tadelnd.

Izzy war dafür bekannt, dass sie jeden stalkte, der in Overalls und Arbeitsstiefeln steckte, um Container zu finden. Alte Möbel zu retten, machte sie glücklich. Die meisten Leute konnten das nicht nachvollziehen, aber für Izzy war das stets eine Rückkehr in die Zeit, als ihre Familie auseinanderbrach. Damals hatte jedes Stück, das Izzy rettete, einen Schritt hin zu häuslicher Stabilität bedeutet. Die Sachen anderer Leute vor dem Müll zu retten und damit ihr Familienzuhause zu verschönern, war für sie eine Methode gewesen, ein wenig die Kontrolle über die Situation zu gewinnen. Genauso war es auch gestern Abend gewesen. Angesichts der Bedrohung, alles zu verlieren, wofür sie gearbeitet hatten, war das Wühlen im Container tröstlich gewesen. Die Suche nach Trost war der Beginn ihrer Leidenschaft für alte Dinge gewesen.

Izzy hob protestierend die Stimme. »Mir fielen diese Bauarbeiter zufällig auf, also bin ich ihnen gefolgt, und hoppla, da standen sogar zwei Container auf dieser Baustelle. Die Welt ist hart, und ich werde mich nicht für meine Methoden entschuldigen, schon gar nicht jetzt und angesichts unserer derzeitigen Situation.«

»Du wirst immer schlimmer.« Luce schüttelte den Kopf und wischte sich einen Haferkrümel vom Kinn. »Als du dann später hingegangen bist, um das Zeug zu holen, kamst du nicht mehr aus dem Container heraus und bist diesem fitten Typ begegnet …«

Izzy unterbrach sie. »Du meinst diesen äußerst unhöflichen Kerl, dessen gutes Aussehen vergeudet ist.«

Luces Verstand arbeitete heute offenbar nicht so schnell.

»Fassen wir noch mal zusammen.« Luce leckte sich die Finger ab. »Dieser spektakuläre Typ entdeckt dich auf seiner Baustelle. Er hilft dir aus dem Container, kümmert sich um dich, nachdem du dich verletzt hast, und bietet dir an, dich nach Hause zu fahren. Verrate mir noch mal, warum er ein übler Kerl ist, denn für meine Ohren hört es sich nach einem tollen Mann an, der sein fantastisches Aussehen absolut verdient hat.«

Izzy schürzte die Lippen und atmete hörbar durch die Nase aus. »Du hättest dabei sein müssen, um es zu verstehen. Wir konnten uns einfach nicht leiden, Punkt. Und er war auch nicht bloß gut aussehend, sondern verdammt attraktiv.« Izzy würde das nicht weiter ausführen und ganz bestimmt nichts von dem Kribbeln im Bauch erzählen.

Luce dachte für einen Moment nach.

»Izzy, du warst nicht etwa schwierig?«

»Ich? Schwierig?«

Izzy wusste, dass Luce an ihrer Neigung, die Dinge beim Namen zu nennen, verzweifelte. Stichwort Luces spezielle Kundenservice-Initiative, die, wie jeder wusste, direkt an Izzy weitergeleitet worden war. Denn Izzys Ansicht nach sollte ein Kunde, der sich danebenbenahm, dies auch umgehend erfahren. Zur Hölle mit *Der Kunde ist König.*

»Ich war vielleicht ein bisschen unwirsch«, räumte Izzy ein. »Aber zu meiner Verteidigung möchte ich vorbringen, dass er einen schrecklichen Panzer von einem Wagen fuhr. Und du weißt doch, wie mich das aufregt.«

Alles lief auf ihren Dad hinaus, der in einem fetten Geländewagen davongebraust war und die Familie nicht nur bettelarm zurückließ, sondern auch noch alle Ersparnisse mitnahm, sodass auch das Scheidungsgericht nichts ausrichten konnte. Wer würde da nicht riesige Autos mit Allradantrieb hassen?

»Heißt das, du willst es vielleicht mal wieder riskieren, Iz?«

Luce hatte genug über Izzys Dad gehört, besonders in der Oberstufe, als jeder Tag neue elterliche Horrorstorys brachte. Und so wurde es Luces Lieblingsthema, Izzy mit jemandem zu verkuppeln. Irgendwie war Luces Meinung nach die Antwort auf jedes von Izzys Problemen ein Mann.

»Definitiv nicht.« Nach jahrelanger Übung hatte Izzy die Ausreden stets parat. »Nach Hausarbeit und Arbeit habe ich keine Zeit mehr für Dates. Das weißt du doch alles.«

Izzys Ex Alastair hatte ihr das Leben so schwer gemacht, dass Dates nicht infrage kamen, aber das gefiel ihr ganz gut. Nicht, weil er ihr das Herz gebrochen hatte. Hatte er genau genommen gar nicht. Er war nur, wie alle anderen zuvor, am Ende in jeder Hinsicht eine Enttäuschung gewesen. Die aktuelle Situation hatte sie erneut daran erinnert, weshalb sie niemals zulassen würde, dass ein Mann ihr Leben kontrollierte. Umso wichtiger war es, sich von ihnen fernzuhalten. Da ihr Bruder Ollie weg war und sie dringend mehr Einkommen brauchte, musste sie sich ganz auf die Arbeit konzentrieren. Jetzt mehr denn je.

»Ich weise dich ständig auf heiße Typen hin, die du resolut ignorierst.« Luces vorwurfsvoller Ton wurde gleich wieder fröhlicher. »Es ist das erste Mal seit Ewigkeiten, dass du einen Mann überhaupt erwähnst. Du kannst es mir nicht verübeln, wenn ich dich ermutige.«

»Danke, aber nein danke.« Izzy versuchte, locker darüber hinwegzugehen. »Ich stehe nicht auf kultivierte Typen.«

»Kultiviert? Du kannst doch nicht einen Teil der Bevölkerung einfach so ausschließen.« Erst blickte Luce streng drein, dann grinste sie. »Ich spüre, dass deine Männer abwehrende Rüstung einen Riss bekommen hat. Sei darauf gefasst, dass ich dich auf jeden attraktiven Mann hinweisen werde. Was ich ja ohnehin schon tue.« Luces Grinsen wurde breiter. »Hast du denn wenigstens etwas Gutes in den Containern gefunden?«

Hoffentlich war Luces Männerlektion damit für heute beendet. »Ja, tolle Sachen. Ich war um fünf auf und habe daran gearbeitet. Es waren reizende Rahmen dabei, viele Regale und lauter kleine Sachen, die ich kaum bearbeiten muss, bevor sie verkauft werden können. Das ist ein echter Schub, den ich gerade jetzt gut gebrauchen kann.«

Es war nicht nur die Panik wegen Aidies Drohung – seit Izzy auch noch Ollies Abteilung übernommen hatte, stand sie unter Druck. Wenn der Bruder verschwand, verstand es sich von selbst, dass man für ihn einsprang. Aber in letzter Zeit hatte sie das Gefühl, auf der Stelle zu treten.

»Wenn es heute ruhig ist, kann ich am Nachmittag für dich einspringen, dann kannst du zu Hause an deinen neuen Fundstücken arbeiten.« Luce hob die Brauen. »Deine neuen Sachen werden frischen Wind hier hereinbringen. Du machst das für den Vintage Cinema Club.«

Izzy überlegte. Luce hatte recht.

Thom und Declan, zwei weitere Mitglieder der Vintage-Crew, beide in den Zwanzigern, kamen herein. »Da sind die Muskeln. Ich denke, die würden dir jederzeit helfen, falls du irgendetwas brauchst.«

Izzy musste darauf achten, dass die Gedanken lesende Luce nicht merkte, wie sehr dieser schreckliche Kerl von der Baustelle sie noch beschäftigte. »Wenn das erst mal alles war, gehe ich jetzt die Küche aufräumen.«

Izzy hatte keine Ahnung, was das mit diesem Container-Typen zu bedeuten hatte. Sie spürte selbst jetzt noch ein Prickeln auf der Haut, wo er ihren Fuß berührt hatte. Wenn Luce gewusst hätte, dass Izzys Jacke noch ein kleines bisschen nach ihm duftete und Izzy diesen Duft wahrnahm, hätte sie keine Ruhe gegeben.

# 10. Kapitel

Donnerstagnachmittag, 5. Juni

*Betrifft: Antwort auf ALARMSTUFE ROT!!!*

*An Dida und die Kino-Crew,*

*das Sonnenstudio wurde laut meiner Freundin im Stadtrat von einem Typen namens Joe Kerr übernommen. Er kommt aus der Gegend. Behaltet diesen Laden im Auge. Ich schicke mehr Infos, sobald ich welche habe. Die Spione sind ausgeschwärmt.*

*Ollie, aus Goa, Indien.*

# 11. Kapitel

Freitagnachmittag, 6. Juni
IZZY
zu Hause
*Nirwana*

Wieder zu Hause, zog Izzy ihre Latzhose für Malerarbeiten an und verstaute die Jacke sicher außer Reichweite, um nicht ständig den Duft dieses unerträglichen Mannes einzuatmen. Unter ihrem Kissen in ihrem Schlafzimmer, zwei Stockwerke von der sonnigen Terrasse vor der Küche entfernt, wo sie streichen wollte, schien der beste Platz zu sein. Auf diese Weise geriet sie ganz sicher nicht in Versuchung, ihr Gesicht darin zu vergraben. Zwei Tage war es her, und der Duft dieses Mannes war noch immer vage vorhanden. Und sie wusste nach wie vor nicht, was es war. Paco Rabanne? Seife? Auf jeden Fall eine nicht geringe Portion Testosteron.

Izzy hatte den Vormittag damit verbracht, Luce zu helfen, ihre Hochzeitskleider zum Kino zu bringen. Angesichts Luces Schweigsamkeit hatte sie beschlossen, dass Handeln die einzig richtige Methode war, um dafür zu sorgen, dass die Brautstudio-Idee Wirklichkeit wurde. Ein paar sorgsam ausgewählte Sachen verwandelten den Vorführraum in den Traum jeder Braut, und schon war ein weiterer Teil ihres Plans für den Vintage Cinema Club umgesetzt. Als Izzy Luce allein ließ, war Luces ängstliche Blässe einer freudigen Erregung gewichen.

Was Izzy betraf, war Sachen streichen der schnellste Weg ins Nirwana, abgesehen davon, den Kopf in Stoff zu drücken, der wunderbar nach jemandem duftete. Kaum hielt sie den Pinsel in der Hand, löste sich die reale Welt auf, und sie konzentrierte sich ganz auf die Pinselstriche. Es beruhigte sie und hob sie auf ein anderes Level. Als würde sie fliegen. Und noch besser war, dass sie Geld dafür bekommen würde. Wer wäre nicht von einer solchen Tätigkeit besessen gewesen?

Drei Jahre zuvor, als Vintage at the Cinema begann, malte Izzy hauptsächlich in Weiß, Creme und Hellgrau. Aber die Nachfrage nach Weiß änderte sich. Helle Fünfzigerjahrefarben waren nun angesagt, außerdem Aubergine. Pinkfarbene Stühle fanden reißenden Absatz, sodass sie kaum hinterherkam.

Izzy hatte jede Menge Sachen aus ihrem Gartenschuppen geholt und auf die Terrasse auf Unterlagen gestellt. Und jetzt malte sie sie in der Sonne sitzend an. Obwohl die Luft schon frühsommerlich nach Flieder roch, kehrten ihre Gedanken immer wieder zu der schmutzigen Baustelle und dem Mann zurück, dem sie gestern dort begegnet war. Als würde ständig eine Wiederholtaste gedrückt. Und jedes Mal, wenn sie sich an ihre Worte erinnerte, zuckte sie innerlich zusammen und wünschte, sie hätte etwas anderes gesagt. Es war die reinste Qual.

Gegen vier Uhr war sie erschöpft und benommen, aber wenigstens hatte sie einige Tische, Regale, Stühle und Bilderrahmen verschönert, die jetzt in der Sonne trockneten. Allein der Anblick wärmte sie innerlich und tat gut. Wenn es ihr gelang, alte Sachen in etwas Neues zu verwandeln, stärkte es ihr Selbstbewusstsein und gab ihr das Gefühl, wieder die Kontrolle über ihr Leben zu haben. Sie wollte gerade hineingehen, um sich die Hände zu waschen, als ihr Telefon klingelte.

Sie nahm das Mobilteil. »Luce, solltest du nicht Ruby abholen?«

»Nein, ich arbeite. Ruby und Lolly sind bei Dida.« Luce lachte heiser. »Ich rufe an, um dich auf einen heißen Typen hinzuweisen, sechs Uhr.«

Izzy suchte automatisch den Horizont ab, wie immer, wenn Luce sie auf *einen heißen Typen* in der Nachbarschaft hinwies. »Danke für die Info, aber ich bin zu weit weg, um ihn mir genauer anzusehen.«

»Ich spreche nicht von sechs Uhr als Positionshinweis.« Luce klang, als könnte sie nicht glauben, dass Izzy nicht verstanden hatte. »Sechs Uhr ist die Lieferzeit, die ich für dich arrangiert habe. Erinnerst du dich an die neue Initiative? Die Lieferung geht an den schärfsten Typen ever, der gerade gegangen ist. Ich arrangiere alles, okay?«

Das war ganz und gar nicht okay. Izzy ärgerte sich, weil sie selbst das Thema zur Sprache gebracht hatte. Sie hätte es besser wissen müssen. Die kleinste Erwähnung von Interesse, und schon startete Luce eine Offensive, um einen Mann für Izzy zu finden.

»Warum schnappst *du* ihn dir nicht?«, wollte Izzy wissen. Es war nun mal Tatsache, dass die männlichen Kunden auf Luce standen, die wiederum offen für Spaß war, solange es nicht mehr wurde. Außerdem verkauften sich die Möbel mit ein bisschen Flirten oft besser.

»Ich habe momentan jemand anderen im Sinn …« Luce führte das nicht weiter aus. »Und um ehrlich zu sein, scheint dieser bestimmte Kerl nicht an mir interessiert zu sein.«

Nicht interessiert? Das konnte Izzy sich nicht vorstellen. Allerdings hatte sie auch keinen Überblick über die Männer, mit denen Luce sich traf. Manchmal war es Josh, der Henry Cavill bis aufs Haar glich und jeder Frau eine fabelhafte Zeit im Bett garantierte. Aber Luce scheute eine dauerhafte Beziehung mit ihm, seit seine Mum gestorben war. Oder sie traf sich mit Cal, der ähnliche Talente besaß und nach einer gescheiterten Beziehung ebenfalls nichts Festes wollte. Die anderen kamen und gingen.

Vor einer Weile hatte es danach ausgesehen, als würde Luce an ihren Freitagabenden verrückter als üblich werden. Jetzt, wo Izzy darüber nachdachte, fiel ihr auf, dass sie gar nichts mehr von Luces Liaisons wusste. Dass Luce die Lieferung abtrat, konnte ein Trend sein, den Izzy einfach nicht mitbekommen hatte.

Luce redete weiter. »Er bekommt bloß zwei Nachtschränkchen geliefert und dein kleines Schaukelpferd.«

»Nein …« Izzy stöhnte. »Ich weiß, dass ich Sachen verkaufen muss, aber ich liebe dieses Pferd. Es wird mir sehr schwerfallen, es herzugeben.« Sie sollte sich nicht beklagen, schließlich ging es ums Verkaufen. Sentimentalität kam eigentlich nicht infrage, schon gar nicht in dieser Situation.

»Ein Schaukelpferd ist definitiv besser als ein Falabella-Pony«, meinte Luce. »Ehrlich, ständig geht es neuerdings um diese Falabellas. Ruby und Lolly sind verrückt nach denen. Daisy Benson aus der Schule hat eines, zu Didas und meinem Pech. Die haben die Größe eines Hundes, sind aber tatsächlich Pferde, jedes Detail in Miniatur. Anscheinend riechen die sogar nach Pferd.«

»Sorry, aber da bin ich auf Rubys und Lollys Seite. Diese Ponys sind hinreißend«, sagte Izzy.

»Das ist ja gerade das Problem«, jammerte Luce. »Daisys Pony ist mal gerade groß genug, um einen kleinen Karren mit einer Bierdose drin zu ziehen. Ruby setzt mir gar nicht so zu, weil sie genau weiß, dass ein Pony in einer Wohnung nicht infrage kommt. Aber Lolly liegt Dida ständig damit in den Ohren.«

»Das ist übel.« Izzy bewunderte Luce dafür, wie sie als Mutter zurechtkam.

»Wie dem auch sei, wenigstens bekommt ein glückliches Kind dein Schaukelpferd.« Schon war Luce wieder beim Geschäft. »Ich habe den Eindruck, dass der sexy Typ sehr viel kaufen möchte. Das ist ein weiterer Grund dafür, dass ich ihm unsere Vintage-Cinema-Club Speziallieferung angeboten habe. Er hat eine schriftliche Wegbeschreibung an der Kasse hinterlegt. Aber denk dran, du musst nett zu ihm sein.« Luce ließ eine Pause folgen, vermutlich, um diesem letzten Punkt Nachdruck zu verleihen. »Für das Date, das dabei herausspringt, kannst du mir später danken.«

Date? Von wegen. »Ich lege mein bestes Benehmen an den Tag und werde nur grob, wenn es sich nicht vermeiden lässt.« Izzy ignorierte einfach, dass Luce die Angelegenheit ein wenig anders sah. »Also schön, ich komme vorbei, um die Sachen abzuholen. Und versuche in der Zwischenzeit bitte, keine weiteren männlichen Kunden zu verschlingen.«

Izzy sah förmlich vor sich, wie Luce die Augen verdrehte.

»Der Kerl lohnt die Fahrt, das verspreche ich dir.« Luce gab nicht auf. »Hör endlich auf, Widerstand zu leisten, und genieße den Anblick. Falls wir uns verpassen, treffen wir uns später in der Bar, okay?«

# 12. Kapitel

Freitagabend, 6. Juni
IZZY
Ashbourne
*Spezialllieferung, voll beladen*

Izzy fuhr die Landstraße Richtung Ashbourne in einer ebenso lauten wie klapprigen Karre. Eine Mülltonne wäre vermutlich komfortabler gewesen als Ollies zerbeulter Citroën Typ H, liebevoll Chou-fleur genannt. Immerhin war er problemlos angesprungen. Ollie hatte Monate daran herumgeschweißt, bis er Chou komplett restauriert hatte. Izzy war ihrem Bruder sehr dankbar dafür, dass er ihr Chou überlassen hatte, auch wenn sie mit den mechanischen Eigenarten des Wagens nicht immer zurechtkam. Mit schwächelnder Batterie und launischem Anlasser loszufahren, war allerdings nicht ohne Risiko. Möglicherweise war der schwerfällige Motor nur deshalb sofort angesprungen, weil Chou-fleur genau wie Izzy Lust auf einen Ausflug an diesem sonnigen frühen Abend hatte, vorbei an blühenden Weißdornhecken.

Sie riss das Lenkrad herum und versuchte, den Wagen hinter einer scharfen Kurve zum Stehen zu bringen. Lenken war nicht einfach mit dem Van, aber Bremsen lag ihr wiederum auch nicht so. Der Vorteil war, dass Chou-fleur mit der Aufschrift *VINTAGE AT THE CINEMA – ALLES RETRO* in Großbuchstaben auf beiden Seiten ziemlich hervorstach. Ein regelrechter Blickfang, außerdem war es gute

Werbung. Und wenn man selbst kein Auto besaß wie Izzy, seit ihr Wagen vor einigen Monaten den Geist aufgegeben hatte, war man verdammt dankbar für irgendetwas mit einem Motor und Rädern.

Izzy zog den Zettel mit der Wegbeschreibung aus der Tasche. Sie suchte nach einem großen pinkfarbenen Haus am Ende von Carrington, dem kleinen Dorf nördlich von Ashbourne, durch das sie gerade fuhr. So viel zu Luces Versprechen, dass sie hier auf jemand Außergewöhnliches treffen würde. Ohne voreilig urteilen zu wollen, bezweifelte Izzy doch stark, dass der Mann in dem einzigen pinkfarbenen Haus im Ort sonderlich interessant sein dürfte.

Sie staunte nicht schlecht und stieß einen anerkennenden Pfiff aus, als das Haus in Sicht kam. Nach einer kleinen Meinungsverschiedenheit mit Chou-fleur über die genaue Richtung, als sie die Hauptstraße verließen, lenkte Izzy den Van zwischen zwei hohen Torpfosten hindurch. Während sie den Wagen mühsam über die gewundene Auffahrt steuerte, ignorierte sie bewusst den großen Geländewagen, den sie aus dem Augenwinkel wahrnahm. Stattdessen hörte sie mit Genugtuung den Kies unter den Reifen knirschen, als sie vor dem äußerst hübschen georgianischen Haus hielt.

Izzys Magen zog sich zusammen. Die Fassade des Hauses erinnerte sie an jenes Haus, in dem sie vor langer Zeit gelebt hatte. Sie verdrängte diesen Gedanken. Es hatte keinen Sinn, die Vergangenheit heraufzubeschwören. Seltsam, wie der heutige Tag alten Schmerz wieder wachgerufen hatte. Sie versuchte stets, nicht daran zu denken, wie es früher gewesen war. Es war viel besser, ganz im Hier und Jetzt zu leben. Ihre Familie mochte ein fantastisches Zuhause gehabt haben, als sie klein war, doch den Kummer über den Verlust all dessen blendete Izzy lieber aus.

Ihre Mum hatte es letztlich wiedergutgemacht. Ihre wunderschöne, erstaunliche, liebevolle, talentierte Mutter hatte mit der Kraft und Entschlossenheit einer Supermum alles wieder in Ordnung gebracht. Ihr neues Leben war anders gewesen als das alte, aber dank ihrer Mum war es nicht schlechter geworden. In gewisser Hinsicht war es aufrichtiger und wohl auch besser als das, was sie vorher gehabt hatten. Izzy hatte so viel von ihrer Mutter gelernt, als sie wieder bei null anfangen mussten.

Vor allem hatte sie gelernt, dass man kein Haus wie dieses pinkfarbene hier haben musste, um glücklich zu sein. Beim Glück ging es um viele Dinge, und ihre Mum hatte ihr beigebracht, dass viel Geld das Letzte war, was man zum Glücklichsein brauchte. Ihre Mutter hatte dafür gesorgt, dass alles wieder gut wurde, und jetzt kamen sie zurecht. Es war anders, klar, aber definitiv okay.

Izzy betrachtete die bescheidene Pracht des Hauses vor ihr. Die pinkfarbene Stuckfassade brachte sie zum Lächeln. Ohne darüber weiter nachzudenken, was sie wohl drinnen erwartete, stieß sie die Fahrertür mit der Schulter auf und sprang hinaus. Ein scharfer Schmerz fuhr ihr durch den Fuß und erinnerte sie daran, vorsichtiger aufzutreten.

Die Haustür stand schon einen Spaltbreit offen, also schien jemand sie bereits zu erwarten. Sie holte tief Luft und stellte sich die vielen Verkäufe vor, von denen Luce gesprochen hatte. Genau. Keine Flüche, ungeachtet des dicken Geländewagens, den sie vorn gesehen hatte. In ein großes Haus wie dieses passten viele Dinge, und das bedeutete möglicherweise massenhaft Verkäufe. Izzy setzte ein, so hoffte sie, liebenswürdiges Lächeln auf. Sie steckte die Weste, die hochgerutscht war und ihre Rippen entblößte, wieder fest und strich ihre zu weite Latzhose glatt, bevor sie den Gürtel enger zog. Wenn sie gewusst hätte, dass sie ein derartig vornehmes Haus besuchen würde, hätte sie sich etwas weniger mit Farbe Bekleckstes angezogen. Allerdings hatte sie auch nicht den Eindruck erwecken wollen, dass sie irgendeinen Aufwand um ihr Äußeres betrieben hatte. Sosehr sie Luces Bemühungen für sie auch zu schätzen wusste – eine arrangierte Begegnung war etwas völlig anderes, als aus Langeweile bei der Arbeit über heiße Typen zu reden. Izzy hatte überhaupt kein Interesse an solchen Spielchen, auch wenn Luce nur ihr Bestes im Sinn hatte. Ihre Freundin versuchte sie gegen ihren Willen zu verkuppeln, daher gab sie sich auf keinen Fall mit ihrem Aussehen besondere Mühe. Deshalb auch die Nehmt-mich-wie-ich-bin-Latzhose. Während sie sich leicht humpelnd auf die schöne Tür mit den sechs kleinen Scheiben zubewegte, bekam sie ein wenig Herzklopfen. Nicht wegen desjenigen, den sie antreffen würde, sondern wegen der mit alten Steinen gerahmten Tür. Sie nahm sich einen Moment, um die dunkelblaue Farbe zu bewundern, die original Zierleisten und den weißen Porzellantürknopf. Und schon schwang die Tür auf.

»Ich liefere die Sachen.« Den Blick gesenkt und die Stimme so freundlich, dass sie sie selbst nicht wiedererkannte, gab sie im Geist Luce ein Daumen-hoch-Zeichen.

Innen erhaschte sie einen Blick auf elegante Dielenböden. Dann erschienen nackte, gebräunte Männerfüße, die aus einer ausgefransten Jeans ragten. Sie vermutete, dass es sich wohl um IHN handelte. Wäre sie auch nur das geringste bisschen an Luces Prachtkerl interessiert gewesen, hätte sie diesen ersten Blick für vielversprechend gehalten.

»Eine Lieferung von Vintage at the Cinema …«

Während sie sprach, schaute sie langsam auf und machte sich gefasst auf das, was Luce ihr angekündigt hatte; sie war vollkommen überzeugt, dass es sie kaltlassen würde.

Ihr Blick wanderte über die muskulösen Schenkel aufwärts. So weit, so gut, aber sie blieb uninteressiert. Weiter hoch über einen Sixpack unter einem zerschlissenen engen T-Shirt, dann hinauf zu einem Kinn mit Bartstoppeln und markanten Wangenknochen, mit einer kleinen Narbe auf der einen Seite. Dann stockte sie, und ihr Lächeln erstarb, als sie in bekannte dunkelbraune Augen sah.

»Verdammt …«

Izzy nahm sich zusammen, einmal wegen ihrer Ausdrucksweise und zum anderen wegen ihres Herzklopfens.

Es war der Kerl vom Container. Eben jener, der ihr den ganzen Nachmittag nicht aus dem Kopf gegangen war. Und nun hatte er sich teleportiert, seinen schicken Anzug gegen lässigere Kleidung getauscht und war hier hinter dieser Tür des pinkfarbenen Hauses aufgetaucht. Und er sah ekelhaft aus. Besser als alles, was Luce je hätte beschreiben können. Absolut ekelhaft. Absolut ekelhaft unfassbar attraktiv. Um. Wer. Fend.

»Wussten Sie, dass Sie Farbe im Gesicht haben?«

Er war gelassen, cool, sogar lakonisch. Seine unbewegliche Miene verriet nichts. Und verdammt, seine sinnlich raue Stimme sandte ihr Schauer über den Rücken. Wie in Zeitlupe hatte sie die Hand gehoben und rieb sich die Wange, auf der verzweifelten Suche nach der Farbe. Ohne Spiegel war das aussichtslos. Irgendwie schien dieser Höhlenmensch keineswegs überrascht zu sein, die Frau, die seinen Baucontainer durchwühlt hatte, hier vor seiner Tür zu sehen.

»Und Sie haben Farbe auf Ihrer Weste …«

Eine weitere sinnlose Bemerkung von ihm. Außerdem war es völlig überflüssig, so selbstzufrieden dreinzublicken. *Na toll. Was soll's …* Sie widerstand dem Impuls, diese Worte laut auszusprechen. Sie fühlte sich unwohl unter seinem prüfenden Blick, rollte mit den Schultern, fummelte am Zugband der Weste und schob die Hände tief in die Taschen ihrer Latzhose.

Falls er ein abfälliges Lächeln versucht hatte, war es ihm gründlich misslungen.

»Nun … Vintage at the Cinema?« Er klang vage gereizt. »Heißt das, ich habe gerade das zurückgekauft, was Sie mir gestern weggenommen haben?«

Irgendwo fand sie die Energie, diese Bemerkung zu kontern.

»Tja, das wäre ganz allein Ihre Schuld, wenn Sie alles wieder zurückkaufen, schließlich waren Sie derjenige, der es weggeworfen hat.« Mist, sie schob trotzig das Kinn vor, und das bedeutete, dass sie geradewegs darauf zusteuerte, sich danebenzubenehmen. Zukünftige Geschäfte. Klar. Mit diesem Gedanken im Kopf sagte sie sehr freundlich: »Ich freue mich, Ihnen versichern zu können, dass nichts von diesen Sachen hier zuvor Ihnen gehört hat.« Angesichts des zuckersüßen Tons zog sich alles in ihr zusammen; andererseits verarschte sie ihn ganz schön, und deshalb fiel es ihr leicht weiterzumachen. »Überdies möchte ich vielmals um Entschuldigung bitten für Farbe an den falschen Stellen. Aber es handelt sich um eine Lieferung außerhalb der Geschäftszeit, und einige von uns haben tatsächlich noch gearbeitet, bevor sie hierherfuhren.«

Izzy wusste, dass es grammatisch ein wenig knirschte, hoffte aber auf die Wirkung ihrer Worte. Da es sich nur um recht kleine Dinge handelte, die sie diesem Mann lieferte, und sein Range Rover in der Auffahrt stand, fragte sie sich, warum er sich das Zeug überhaupt kommen ließ.

»Okay.« Zeit für den sachlich-professionellen Ton. »Ich hole die Sachen aus dem Van, und Sie sagen mir, wohin Sie sie haben wollen.« Da er diese paar Dinge nicht mitgenommen hatte, als er im alten Kino war, würde er sie wohl kaum selbst tragen wollen, oder?

Sie marschierte zum Van, öffnete die Hecktüren, nahm einen der Nachtschränke und kehrte damit zum Haus zurück. Die Tür stand noch offen, aber der Mann war verschwunden, daher stellte sie das Schränkchen davor und ging wieder zum Van, um das zweite Schränkchen zu holen. Als er wieder auftauchte, war sie gerade mit dem Schaukelpferd auf dem Weg zum Haus.

»Ich habe mir nur rasch Schuhe geholt …«

»Klar.« Mist, das hätte sie nicht sagen sollen, aber er sah tatsächlich ein wenig zerknirscht aus. »Zu spät. Das ist alles.«

Shit, seine Füße sahen sexy aus in den Flipflops, die er angezogen hatte. Sie erschauerte. Füße, sexy? Er nahm einen Nachtschrank und ging ins Haus. »Kommen Sie herein und folgen Sie mir.« Er ging bereits voran durch den Flur.

Sie betrat zögernd einen hellen, leicht hallenden Raum und zog ihre Turnschuhe aus. Sie schleppte das Schaukelpferd an einer eleganten Treppe vorbei. Überall roch es neu und nach Farbe. Von außen hatte das Haus schon beeindruckend ausgesehen, aber innen war es zum Niederknien. Nicht, dass sie das tun würde. Aber sie erkannte Qualität, wenn sie ihr ins Auge sprang. Obwohl sie erst den Eingangsbereich gesehen hatte, zeugten die tadellosen Putzarbeiten, die perfekten breiten Eichendielen und die Lichtschalter aus gebürstetem Stahl von stilvoller, luxuriöser Renovierung, bei der Geld keine Rolle gespielt hatte.

Von der Arbeit mit ihrer Mum wusste Izzy, dass man für solche hochwertigen Renovierungen sehr viel Geld investieren musste. Und was den Hausherren betraf, so schenkte sie dessen Hintern in der engen Jeans, während er in den nächsten Flur voranging, keinerlei Beachtung.

»Es ist alles neu gemacht«, erklärte er ganz unerwartet. »Jetzt fehlen nur noch die Möbel.«

Was er nicht sagte.

Izzy hatte es stets seltsam gefunden, in das Zuhause der Menschen einzudringen, wenn sie Möbel auslieferte. Was für eine glückliche Familie, die in dieses Haus ziehen würde. Allerdings vermutete sie, dass Häuser wie dieses weniger mit Glück zu tun hatten als damit, dass irgendjemand dafür hart gearbeitet hatte.

Der Mann stellte den Nachtschrank im Flur ab.

»Hier wird Dobbin wohnen.« Er öffnete eine breite getäfelte Tür und bedeutete Izzy, mit dem Schaukelpferd voranzugehen.

Vorsichtig, um mit dem Pferd weder gegen die Wand noch gegen den Hausbesitzer zu stoßen, trat sie ein. Perplex sah sie die vielen Spielzeuge am Boden.

»Ein Kinderzimmer …« Natürlich, warum sollte es kein Kinderzimmer sein? Ihr Mund wurde trocken, ihr Mut sank. Warum hatte sie auf einmal das Gefühl, einen Hieb in die Magengrube bekommen zu haben?

»Gibt es Kinder?« Das kam als Krächzen heraus, aber sie musste etwas sagen. Gleichzeitig ärgerte sie sich über ihre alberne Reaktion. Selbstverständlich hatte er Kinder. Warum auch nicht? Prachtvolle, virile Männer in den Dreißigern wie er hatten eben welche. Er würde ja wohl kaum in diesem großen Haus allein leben, oder? Sie hatte keinerlei Erwartungen gehabt, was ihn betraf. Also warum zur Hölle sollte es für sie irgendeine Bedeutung haben, ob er Kinder hatte oder nicht?

»Zwei, um genau zu sein.«

Seine mit rauer Stimme gesprochene Bestätigung hallte in dem Raum wider und machte die Hoffnungen zunichte, von denen Izzy nicht einmal gewusst hatte, dass sie sie hegte. Nicht nur ein Kind, sondern zwei. Das war doppelt niederschmetternd. Sie atmete tief ein und fragte sich, warum es ihr etwas ausmachte, dass er vergeben war. Natürlich hatte er reizende Kinder und eine reizende Frau. Ein Leben mit einer Familie, die zu diesem perfekten Haus passte.

Sie musste sich ins Gedächtnis rufen, weshalb sie hier war – um Möbel zu liefern, an einen unglaublich unfreundlichen, arroganten Kunden, dem sie zufällig schon am Tag zuvor begegnet war. Der absolut und komplett nicht zu haben war. So standen die Dinge nun mal.

»Ich hoffe, Dobbin wird glücklich mit den Sachen.« Sie stellte das Schaukelpferd ab, tätschelte den grauen Samtrumpf, zupfte ein letztes Mal an der Wollmähne und wandte sich zum Gehen.

Izzy musste schnellstens von hier verschwinden, bevor sie sich noch lächerlicher machen konnte. Sie erreichte die Tür und dachte, der Typ wäre längst im Flur verschwunden. Stattdessen stand sie unvermittelt vor seinem ausgeblichenen grauen T-Shirt.

»Verzeihung.« Sie sah auf und war ihm nah genug, um die Stoppeln in seinem Gesicht klar zu erkennen und seine Lippen. Er duftete genau wie gestern. Erneut erschauerte sie und riss sich zusammen.

Er sah sie an, mit diesen dunklen Augen, den Kopf geneigt, und es schien eine Ewigkeit zu dauern, in der das Blut durch Izzys Adern rauschte und das Herz in ihrer Brust hämmerte.

Dann räusperte er sich vernehmlich.

»Tut mir leid, ich war völlig in Gedanken.« Er schüttelte den Kopf, wich zurück und wandte sich ab.

Izzy folgte ihm durch den Flur, die Hände fest zu Fäusten geballt, sodass die Nägel sich in ihre Handflächen gruben. Sie atmete schwer, denn sie hatte das seltsame Gefühl, dass er dort in dem Zimmer kurz davor gewesen war, sie zu küssen. Ein sehr verqueres Gefühl, irgendwie schräg und dumm obendrein. Vielleicht hatte sie diesen Moment völlig falsch gedeutet. Durchaus denkbar, da sie in solchen Dingen komplett aus der Übung war. Das Kribbeln wich allmählicher Abscheu. Was für ein Widerling. Ein toll aussehender Kerl, der glaubte, er könnte sie alle haben. Immerhin glich das ein wenig die Enttäuschung darüber aus, dass er vergeben war. Nicht, dass sie auch nur im Geringsten interessiert gewesen wäre. Das war sie nicht. Wer wollte schon einen Mann, der sich so verhielt?

»Trotzdem danke.« Hastig ging sie an ihm vorbei und eilte zur offenen Haustür. Sie erinnerte sich an Luces Anweisungen und zwang sich zu einem gekünstelten Lächeln, während sie ihre Schuhe anzog. »Sie wissen ja, wo Sie uns finden, falls Sie noch etwas brauchen.«

Vage registrierte sie die verwirrte Miene, mit der er sie musterte und sich dabei das Kinn rieb. Prompt stolperte sie über den Nachtschrank vor der Tür, dann floh sie zum Van, wo sie in Sicherheit war.

# 13. Kapitel

Luce: *Und? War der heiße Typ heiß genug für dich?Hast du ein Date? Brauche Details!! D xx*

Izzy: *Ist schon vergeben xx*

Luce: *OMG!!! Echt jetzt??? :( xx*

Izzy: *Verheiratet, zwei Kinder.*
*Außerdem reich.*
*Du weißt genau, dass ich nicht auf reich stehe xx*

Luce: *Ups, sorry :/ XX*

Izzy: *Genaueres später, okay? xx*

Luce: *Vielleicht lasse ich Corks heute Abend sausen … Muss noch Steffies Kleid machen :/ xx*

Izzy: *Ich auch. Jede Menge Zeug anzustreichen. Reden dann morgen, Umarmung xx*

Luce: (((*UMARMUNG*))) *auch für dich, Izzylein :) xx*

# 14. Kapitel

Samstagnachmittag, 7. Juni
LUCE
Die Hochzeitssuite
*Coup de Kerr*

»Und, schwebt Ihnen etwas Besonderes vor?«

Luce stellte die Becher auf den Tisch neben der Chaiselongue und wartete auf Jules, die Braut, die unentschlossen die an der Stange hängenden Kleider durchsah. So weit, so gut mit ihrem ersten Termin im Brautstudio. Auch wenn sie schon viele Termine in ihrer Wohnung abgehalten hatte, war sie jetzt in ihrem eigenen Studio doch nervös. Aber zugleich war es aufregend.

Schon seltsam, wie sich die Dinge im Leben manchmal fügten. Wäre der Vintage Cinema Club nicht in Bedrängnis gewesen, hätte sie diesen Schritt wohl nie gewagt. Tatsächlich hatte Izzy die Sache beschleunigt, sodass Luce gar keine Gelegenheit hatte, sich zu sperren. Ihr blieb nicht einmal Zeit, groß darüber nachzudenken, wie weit sie sich aus ihrer Komfortzone wagte. Und wie bei vielen Dingen war es gar nicht schlecht, nachdem sie erst einmal losgelegt hatte. Genau genommen war sie sogar glücklich, ihre erste Kundin hierzuhaben. Wie auch immer es mit Aidie und dem Kino weitergehen mochte, sie würde zumindest von sich behaupten können, dass sie ihr eigenes Brautstudio gehabt hatte. In Gedanken reckte sie triumphierend die Faust.

Luce sah wieder zu Jules. Die Frau war klein und besaß

eine gute Figur, die sie unter einer weiten Bluse versteckte. Die meisten Kleider, die Luce vorrätig hatte, würden für sie infrage kommen. Und wohl kein typisches Brautkleid angesichts der Tatsache, dass Jules den gekühlten Champagner – Didas Beitrag zu Luces neuem Unternehmen – abgelehnt und sich stattdessen für einen Tee entschieden hatte.

»Ich bin eigentlich nicht der Hochzeitstyp.« Jules setzte sich in den grauen Samtsessel. »Ich hab's beim ersten Mal gehasst, und jetzt, mit vierzig, ist es noch schlimmer. Ich will überhaupt nichts Weißes und Bauschiges. Aber der Typ, den ich heirate, mag Vintage, und deshalb bin ich hier. Ich hoffe wirklich, Sie können mir weiterhelfen.« Jules zuckte ratlos mit den Schultern und seufzte.

Du liebe Zeit. Eigentlich war Luce bei ihren Bräuten mehr Begeisterung gewohnt. »Gefällt Ihnen denn irgendeines der Kleider? Nichts dabei, was Sie spontan umhaut?«

Viele Bräute sagten, sie hätten es in dem Moment gewusst, als sie das Kleid sahen. Oft war es Liebe auf den ersten Blick, aber in diesem Fall spürte Luce keinerlei Liebe.

»Um ehrlich zu sein, kann ich mir diese Kleider sehr gut bei jemand anderem vorstellen. Aber für mich ist das zu viel Seide und Spitze oder auch Perlen.« Jules verzog das Gesicht.

Wenigstens war sie aufrichtig. Handelte es sich hier um Luces erste gegen eine Hochzeitsfeier eingestellte Braut? Jedenfalls konnte sie es gut nachvollziehen.

»Tüll und Spitze und Perlen gehören nun mal mit dazu, auch bei alten Hochzeitskleidern.« Luce schenkte ihr ein Lächeln, das ganz von Herzen kam. »Aber keine Sorge, wir können leicht etwas anderes ausprobieren. Wie werden Sie Ihre Hochzeit feiern?«

Jules trank einen Schluck Tee und machte ein verzweifeltes Gesicht. »Es klingt schrecklich, aber ich würde lieber ganz darauf verzichten. Am liebsten wäre mir, wenn ich irgendwann aufwachen und feststellen würde, dass ich verheiratet bin. Aber Joe ist es wichtig, und deshalb bin ich hier.«

»Oje.« Luce hatte noch nie eine Kundin gehabt, der die Hochzeit so sehr widerstrebte.

Jemandem zu begegnen, der ebenso wenig von der Ehe hielt wie sie, war, als würde man in einen Spiegel blicken. Luce musste an Ollie denken und wie sie reagiert hatte, als er die Dinge zwischen ihnen vorantreiben wollte. Damals war die Vorstellung, dass Ollie von einem Freund zu jemandem wurde, der in ihrem Bett landete, schrecklich gewesen. Rückblickend fragte sie sich allerdings, ob sie nicht überreagiert hatte. Die heutige Braut und ihr innerer Widerstand gegen die Hochzeit erinnerten Luce an sich selbst. Sie hatte Ollie strikt auf der freundschaftlichen Seite gehalten, nicht, weil er nicht sexy gewesen wäre, sondern weil sie seine Freundschaft zu sehr schätzte, um sie aufs Spiel zu setzen. Ihre eigenen strengen Regeln zu brechen, würde die Dinge nicht nur kompliziert machen, sondern es stand einfach zu viel auf dem Spiel.

Dabei hatte Ollie ihr nicht einmal einen Heiratsantrag gemacht, und sein Wunsch nach mehr war auch gar nicht so überraschend gekommen. Nur war es von da an irgendwie schrecklich schiefgelaufen. Was mit Andeutungen, er könnte mehr für sie empfinden, begonnen hatte, war zur Katastrophe geworden, als sie an einem Freitagabend mit einem Typen aus Corks Bar gekommen war, der ihr nicht einmal etwas bedeutete. Prompt eröffnete Ollie ihr, er könne es nicht mehr ertragen, sie mit anderen Männern zu sehen. Und wenn sie nicht mit ihm ausgehen wolle und nur mit ihm, würde er eben verschwinden. Luce fühlte sich in die Enge getrieben und wurde nur noch entschlossener, nicht nachzugeben. Wenn Luce damals wie Jules gewesen wäre und nicht überreagiert hätte, sondern ihre Ängste überwunden und einen Kompromiss gefunden hätte, wäre die Sache anders ausgegangen. Denn am Ende hatte sie Ollie trotz allem doch verloren. Und obwohl sie sich verzweifelt zu beweisen versucht hatte, dass es ihr egal war, ärgerte sie sich im Nachhinein über sich selbst. Sehr sogar.

Jules sprach weiter. »Verstehen Sie mich nicht falsch, ich bin gerne verheiratet. Ich will nur nicht im Mittelpunkt stehen. Außerdem geht es mir ein bisschen zu schnell. Ich habe nicht einmal einen Verlobungsring bekommen. Joes Bruder und dessen Frau leben in den Vereinigten Staaten, deshalb findet die Hochzeit in Las Vegas statt. Ich hoffe, es wird nicht zu schrill. Und alles nur, weil Joe und sein Bruder Geschäftspartner sind.«

»Ich bin mir sicher, eine Hochzeit in Las Vegas kann kultiviert sein.« Luce klopfte mit dem Daumennagel gegen ihre Zähne und klang überzeugter, als sie es tatsächlich war. Sie schob die Gedanken an Ollie wieder dorthin, wohin sie gehörten. Wenn sie an Jules' Stelle gewesen wäre, was hätte sie anziehen wollen? »Viele Bräute stehen momentan auf kurze Kleider. Wie wäre das? Vielleicht etwas Amerikanisches, in dem Sie sich drehen können. Wie die Kleider in dem Film *Grease*.«

Jules' Miene hellte sich auf. »Ich habe die tollen Fünfzigerjahre-Kleider unten gesehen, und das hat mich erst auf Sie gebracht. Auf dem Weg zu unserem neuen Laden bin ich jedes Mal daran vorbeigekommen. Joe hat das Sonnenstudio ein Stück die Straße runter gemietet. Wissen Sie, welchen Laden ich meine?«

Luce war perplex. Joe, der auf Vintage stand? War das der Joe, den Ollie in seiner E-Mail erwähnt hatte? Bei dieser überraschenden Mail hätte sie beinah ihr Handy fallen lassen vor Aufregung. Joe, der einen Laden mit dem Motto *Wir lieben euer Zuhause* eröffnen würde.

»Aah …« Luce ließ sich nichts anmerken. »Sie meinen den Laden in der Nähe des Italieners, mit dem braunen Papier vor den Fenstern?«

Die zukünftige Mrs. *Liebt ihr euer Retro-Zuhause? Dann schaut rein!* war die erste Kundin in ihrem neuen Brautstudio? Was für ein Zufall! Luce konnte nur noch denken: OMG!

»Genau der. Joe verhandelt seit Monaten, und diese Woche hat er endlich den Schlüssel bekommen. Es ist eine fantastische Gegend für Antiquitätengeschäfte, nicht wahr? Es spricht sich herum.«

Wow, dass ihnen das auch aufgefallen war.

»Ja, stimmt. Großartig.« Luce zögerte. Was nun? Sollte sie Jules aushorchen? Oder war es professioneller, mit dem Brautkleid weiterzumachen? »Dann werden wir wohl Nachbarn.« Luce krümmte sich innerlich, zwang sich jedoch zu einem Lächeln. Was für eine abgedroschene Bemerkung. Rasch fügte sie hinzu: »Also, wenn ich in Las Vegas heiraten würde, würde ich mich für eines der Kleider entscheiden, die Sie unten gesehen haben. Ich kann Ihnen eines aus dem Stoff Ihrer Wahl machen, vielleicht in Weiß oder Creme. Wir könnten es mit einem besonderen Gürtel versehen.«

Sie sagte das so daher, um weiterzumachen; erst dann fiel ihr wieder ein, dass sie niemals der Kundin ihre eigene Vorstellung aufdrängen sollte. Normalerweise überließ sie den Bräuten die Initiative. Aber in diesem Fall sagte Luce nicht einmal die Wahrheit, denn wäre sie an Jules' Stelle gewesen, hätte sie so schnell wie möglich das Weite gesucht.

»Wow, das ist eine fabelhafte Idee.« Jules' Miene hellte sich auf. »Ich mag die schulterfreien Kleider. So eines wäre toll, außerdem wäre weiße Baumwolle klasse. In den Vereinigten Staaten haben wir uns vor Kurzem amerikanische

Antiquitäten angesehen, die wir hierher importieren werden.«

Amerikanische Antiquitäten. Luces Mut sank. Ein Laden mit einzigartigen anderen Dingen war noch schlimmer als einer, der das gleiche Zeug anbot.

Luce platzte mit dem ersten Gedanken heraus, der ihr in den Sinn kam. »Wow, GI Joe kriegt seinen eigenen Laden?«

»Die ganze Sache ist ziemlich aufregend.« Jules machte ein Gesicht. »Joes Bruder kauft die Sachen ein und verschifft sie hierher. Man kriegt massenhaft Zeug dort drüben für wenig Geld.«

Es wurde immer schlimmer. Luce verspürte ein flaues Gefühl angesichts dieser Informationen. »Na, das klingt ja alles fabelhaft. Ich hole mal ein paar Stoffproben, dann können Sie wegen der Größe ein paar Kleider anprobieren. Die betonte Taille wird Ihnen gefallen.«

»Danke.« Jules stand auf und strich ihre Bluse glatt. »Jetzt brauchen wir nur noch einen Namen für den Laden. Joe dachte an The Diner, aber ich weiß nicht. Irgendwas mit GI Joe wäre wirklich nicht schlecht. Hätten Sie was dagegen, wenn wir den benutzen?«

O nein. Luce wünschte, sie hätte nichts gesagt. So ein verdammter Mist.

»Sie können ihn nennen, wie Sie wollen. Wirklich.« Luce wünschte, sie wäre so mutig wie Izzy statt immer nur höflich.

»Ich kann nicht glauben, dass ich Ende August Mrs. Kerr sein werde. Nur gut, dass ich hierhergekommen bin. Ich stehe kurz davor, das perfekte Kleid zu bekommen, und habe möglicherweise schon einen Namen für den Laden gefunden.« Jules sah plötzlich zweifelnd aus. »Natürlich nur, wenn es Ihnen nichts ausmacht, dass ich das verwende, was Sie gesagt haben.«

Verdammte Kacke. Wie oft durfte sie eigentlich im Stillen fluchen, bevor sie etwas in die Fluchkasse einzahlen musste?

Sie biss die Zähne zusammen und schlug einen derart fröhlichen Ton an, dass es fast schrill klang. »Ob es mir etwas ausmacht? Selbstverständlich macht es mir nichts aus!« Es war schließlich nicht die Schuld der armen Jules. Luce nahm sich zusammen und setzte ein Lächeln auf. »Das muss Ihr Glückstag sein.«

Was Luce betraf, hatte sie einen Verkauf in die Wege geleitet, aber sich leider den Patzer des Jahrzehnts geleistet, indem sie der Konkurrenz einen treffenden Namen lieferte. Außerdem hatte sie eine Menge Dinge erfahren, auf die sie lieber verzichtet hätte. Und sie hatte keine Ahnung, wie die Crew diese Informationen aufnehmen würde.

# 15. Kapitel

Montagmorgen, 9. Juni
IZZY & LUCE
Vintage at the Cinema
*Was ist schon ein Name? Flüche, Implosionen und Bekanntmachungen*

*Betrifft: Sonnenstudio*

*An Dida und die Crew,*

*habe gerade erfahren, dass der Retro American Shop GI Joe's heißen soll – ziemlich passend, wenn der Besitzer Joe Kerr heißt. Guter Name, leider nicht für uns. Hatte gehofft, die würden es American Tan nennen – kapiert?*

*Ollie, aus Bangkok, Thailand*

»Ach du elende, verdammte Kacke«, fluchte Luce, während ihr Handy auf den glänzenden Tresen fiel, von dort abprallte und einen perfekten Bogen durch die Luft beschrieb, um anschließend in einem Korb mit Krügen zu landen.

Izzy hatte die letzten Gratiskaffee- und Brautstudio-Schilder aufgestellt, die sie gestern rasch noch gemalt hatte, als sie die E-Mail auf ihrem Handy erhielt. Verblüfft starrte sie Luce an. Was war hier los? Luce fluchte?

»Alles okay, Süße?« Izzy legte Luce die Hand auf das

Handgelenk, obwohl sie ihr eigentlich gleich die Fluchkasse hätte hinhalten sollen, wenn sie bedachte, wie streng Luce war, sobald Izzy im Beisein von Kunden fluchte. Aber irgendetwas sagte ihr, dass sie nachsichtig mit Luce sein musste.

»Nein, zufällig ist überhaupt nichts okay. Sieh dir diese verdammte E-Mail an.« Luces ansonsten blasse Wangen waren uncharakteristisch pink.

Izzy zuckte zusammen angesichts des fortgesetzten ungewohnten Fluchens ihrer Freundin. Zweimal »verdammt« hintereinander hatte sie von Luce noch nie gehört, nicht einmal, als sie vor Rubys Geburt in den Wehen lag. »Ja, ich habe die E-Mail gelesen, aber das wussten wir doch alles schon ...«

Luce schlug sich mit der flachen Hand an die Stirn. »Du verstehst nicht. Ich war diejenige, die ihnen den verdammten Namen GI Joe's auf dem Silbertablett serviert hat. Ich habe nichts davon erwähnt, weil ich hoffte, sie würden ihn nicht verwenden. Eigentlich wollten sie den Laden The Diner nennen, was komplett öde ist. Alle wären enttäuscht gewesen, dass es dort keine Burger gibt.«

Izzy hob die Brauen, dann zog sie sie zusammen. »Wie dem auch sei, wenigstens bleiben uns noch ein paar Wochen, bevor sie aufmachen. Das sollte uns Zeit genug geben, um unseren Einsatz zu erhöhen. Wie Ollie bereits gesagt hat, ist GI Joe's ein verflixt guter Name.«

»Das ist die andere Sache ...« Luce sprach mit zusammengebissenen Zähnen. »Was zum Geier treibt Ollie in Thailand? Ich dachte, er ist in Goa.«

»Und das spielt eine Rolle, weil ...?« Was Izzy betraf, so zählte nur, dass Ollie fort war, was bedeutete: Er war nicht hier. Hin und wieder schickte er ihr E-Mails, in denen er erwähnte, wo er sich aufhielt. Aber jeder Ort im Ausland klang für sie gleich. So war es eben mit fernen Orten – sie wurden erst real, wenn man sich selbst dort aufhielt.

Luces Augen funkelten, und sie warf den Kopf zurück. »Jeder weiß, dass Thailand ein Land für Sextouristen ist. Wie lautet der Slogan noch? *Land des Lächelns*? Und dieses Lächeln hat nur einen Grund.«

Luce sah aus, als würde sie gleich implodieren.

»Ich dachte, in Thailand gibt es Dschungel und Pandas?« Izzy war verwirrt. Es sah Luce gar nicht ähnlich, gleich ein Urteil zu fällen, schon gar nicht über jemanden, der definitiv nicht auf ihrer Freitagabendliste stand. Ollie und Luce. Ollie und Luce hingen mit der restlichen Crew zusammen. Sie waren Freunde, das war alles. Izzy hatte eines Abends erlebt, wie Ollie ausflippte und Luce erklärte, sie habe etwas Besseres verdient als den Typen, mit dem sie gerade losziehen wollte. Aber das war auch schon alles gewesen, soweit Izzy wusste. Izzy war bekannt, dass Ollie schon immer eine Schwäche für Luce gehabt hatte, seit sie während der Schulzeit Freunde geworden waren. Nur spielte Luce für ihn in einer anderen Liga.

Als Izzy ihre Freundin Luce vor etwa zwölf Jahren zum ersten Mal mit nach Hause gebracht hatte, war Ollie ihr wie ein Welpe hinterhergedackelt. Auch wenn Luce oft über seine Scherze gelacht hatte, besaß Ollie doch nicht das rockstarmäßige Aussehen, um ihn zu einem ernsthaften Herausforderer zu machen. Da war Izzy wütend auf Ollie geworden und hatte ihm erklärt, die beste Freundin seiner Schwester sei für ihn tabu.

Damals war Izzy sechzehn und ziemlich rebellisch gewesen, außerdem gedemütigt, weil sie ihre Eliteschule verlassen musste, um die Oberstufe der Gesamtschule zu besuchen. Sie bekam einen Job im Coffeeshop, um etwas zum prekären Familieneinkommen beizusteuern. Und Luce, die ebenfalls dort arbeitete, hatte Izzy verstanden und sich mit ihr angefreundet. Es half zudem, dass sie beide Kunst machten und auf Busted und Robin Williams standen. Luce, die ihren schrägen Sinn für Humor hinter einer ruhigen Fassade versteckte, betrachtete sie aufgrund ihrer dürftigen Mädchenschulbildung als unterprivilegiert und übernahm deshalb selbst Izzys Erziehung.

Seit sie alle im alten Kino arbeiteten, hatte Izzy mitbekommen, dass Ollie sehr gut mit Ruby zurechtkam und manchmal den Babysitter spielte. Aber soweit sie wusste, war das schon alles zwischen ihnen gewesen.

»Abgesehen von allem anderen, denk bitte auch an sexuell übertragbare Krankheiten.« Luce klang fast klagend.

Falls Izzy den Beweis dafür gebraucht hatte, dass Luce heute neben der Spur war, dann hatte sie ihn jetzt.

»Igitt, wir reden hier über meinen Bruder, also können wir *das* bitte weglassen?« Izzy schauderte. »Ollie ist alt genug, und er ist weit weg. Außerdem hat es nichts mit uns zu tun ... Oder?«

Izzy sah, wie Luce mit offenem Mund stutzte, als hätte jemand bei ihr die Pausentaste gedrückt. Als hätte irgendwer sie daran erinnert, dass sie das alles nicht betraf. Und so war es ja auch.

»Äh ...« Luce schien sich zusammenzureißen. »Nein, natürlich ... Du hast vollkommen recht. Ich hätte es nicht einmal erwähnt, wenn ich mich nicht so sehr über diese GI-Joe-Sache ärgern würde.«

Richtig. Okay. Warum interessierte Luce sich plötzlich für Ollies Sexleben? Das ergab überhaupt keinen Sinn. Selbst wenn Luce nicht in einer anderen Liga gespielt hätte, wären ihre Art von One-Night-Stands nicht Ollies Stil gewesen.

Izzy fiel etwas ein. »Hast du Ollie mal eine E-Mail geschrieben, seit er fort ist?«

Luce zog die Mundwinkel nach unten und schüttelte den Kopf. »Nein.«

Genau wie Izzy vermutet hatte. Also gab es keinen Grund, weshalb Luce sich darüber aufregte.

Izzys Handy piepte, und sie wandte sich ab, um die Textnachricht zu lesen. Sie war von Dida. Auch keine Überraschung.

*GI Joe's? Lasst uns ein Vintage-Cinema-Club-Meeting über alles Weitere abhalten.*

Izzy schrieb sofort zurück.

*Gute Idee. – Morgen, bevor wir öffnen? xx*

Als Izzy aufsah, war Luce schon auf dem Weg durchs Kino und verschwand hinter der großen Garderobe.

# 16. Kapitel

Montagnachmittag, 9. Juni
IZZY & LUCE
Vintage at the Cinema
*Handzeichen und versteckte Botschaften*

*Psst. Hör auf, bei den Kissen rumzumachen, und komm schnell her. Kandidat in der grauen Abteilung*
*X*

Izzy hakte die Girlande an die Trittleiter, zog ihr Handy aus der Tasche und las die Textnachricht von Luce.

Luce hätte ebenso gut durch den Laden kommen und ihr das selbst sagen können, statt den Text zu schreiben. Aber Luce hatte sich schon den ganzen Vormittag kaum blicken lassen, und so war es heute Nachmittag geblieben. Wo immer Izzy sich gerade aufhielt – und sie war auf der verzweifelten Suche nach Verbesserungsideen überall gewesen –, wich Luce ihr aus. Izzy hatte keine Ahnung, warum. Offenbar hatte es etwas mit Ollies E-Mail zu tun. Izzy zermarterte sich das Hirn, kam aber nicht darauf, was es hätte sein können. Das Einzige, was ihr einfiel, war Luces schlechtes Gewissen wegen des Namens für das ehemalige Sonnenstudio.

Was Luces Nachricht hinsichtlich des aufregenden Typen betraf – nach dem Auslieferungsdesaster am Freitag war Izzy sich gar nicht mehr sicher, ob sie an Luces Vorstellung von tollen Typen interessiert war. Die krachende Ernüchterung seit Freitagabend ergab überhaupt keinen Sinn. Ein

Mann, an dem sie nicht interessiert war, hatte schon eine Beziehung, Ende der Geschichte. Sie hatte ohnehin momentan keine Zeit für Romantik, egal, welche Sorte Mann gerade auftauchte. Die radikale Umgestaltung des Angebots anlässlich der Krise des Vintage Cinema Clubs war eine willkommene Ablenkung. Es verhinderte Gedanken an einen ganz bestimmten Mann, an den Izzy überhaupt nicht denken sollte.

»Was willst du?« Izzy spähte quer durch den Shop, wo sie Luce jetzt hinter dem Tresen entdeckt hatte. Sie gab einem Kunden, der einen riesigen Spiegel hielt, den Kassenzettel.

Luce deutete mit dem Kopf in die Richtung eines gigantischen grauen Kleiderschranks und hielt fünf Finger hoch. Izzy verstand. Heißer Typ, fünf Sterne.

Aber dann hob Luce die Finger ein weiteres Mal. Und noch einmal.

Izzy deutete diese Handsignale als Kreuzung aus Alarmstufe Rot und Mayday. Sie reckte den Hals, um etwas zu sehen, aber obwohl sie auf halber Höhe der Leiter stand, konnte sie nicht an den hohen Vorratskammerregalen vorbeischauen. Luces Hände flatterten inzwischen, also befreite Izzy sich von der Girlande, kletterte von der Leiter und ging zu ihr.

»Er ist hier«, zischte Luce aufgeregt. »Dort drüben bei den Schlafsofas und Kommoden. Es ist der Typ, dem du die Sachen geliefert hast.«

Izzys Mut sank. »Vergiss es. Ich habe dir doch gesagt, dass er schon vergeben ist.«

Ein nicht mehr zu habender Kerl irgendwo stellte kein Problem dar. Ihn aber vor der Nase zu haben, war einfach unfair.

Luce wischte Izzys Protest beiseite. »Wie dem auch sei, er macht jedenfalls genau das Gleiche, was er am Freitag gemacht hat. Fotografiert mit seinem Handy und redet dann mit jemandem. Pass auf, er kommt in unsere Richtung.«

Izzy kniff die Augen zusammen, um besser sehen zu können, und wandte schnell das Gesicht ab, als die breiten Schultern sich umdrehten.

Luce flüsterte ihr ins Ohr: »Wow, sein lüsterner Blick zu dir sagt mir, dass du in großen Schwierigkeiten von der allerbesten Sorte steckst. Ich erkenne eine Anmache, wenn ich sie sehe, und das ist die heißeste aus zehn Metern Entfernung, die mir je untergekommen ist.«

Izzy duckte sich hinter dem Tresen.

»Versteck dich ruhig, aber ich will wissen, was los ist.«

Luce mochte auf den ersten Blick ein wenig hilflos wirken, doch sobald sie sich etwas in den Kopf gesetzt hatte, konnte niemand sie aufhalten.

Izzy hockte auf dem Boden und nahm ein Hubba Bubba aus der Hosentasche. Wenn sie unter Stress stand, half es immer, wenn sie Kaugummi kaute. Sie fing an, die Kartons in den Regalen unter dem Tresen umzustellen. Hier herrschte ein solches Chaos, dass sie getrost den ganzen Nachmittag damit verbringen konnte. Das klang nach einem guten Plan, um einem gewissen attraktiven Mann aus dem Weg zu gehen. Aber da Luce im Problemlöser-Modus herumlief, wusste niemand, was passieren würde. Am besten, sie ergriff die Flucht. Durch die Lücke zwischen Tresen und Luces Kleiderständer konnte sie die Ladentür beobachten. Draußen sah sie Chou-fleur und überlegte gerade, ob sie es ungesehen bis dorthin schaffen würde, als Luces Schrei durch den Shop hallte.

»Izzy!«

Mist. Was jetzt? Izzy war sich nicht sicher, inwiefern Luces Rufen quer durch den Shop zum verbesserten Kundenservice passte. Izzy rührte sich nicht von der Stelle. Manchmal verschwand das Problem einfach, wenn man sich nicht bewegte.

»Izzy …« Luce war ziemlich beharrlich. Bei den ansonsten stillen Menschen musste man immer auf der Hut sein.

Ihre geduckte Haltung hinter dem Tresen erinnerte Izzy daran, wie sie sich als Kind unter dem Bett versteckt hatte in der Hoffnung, dass die Streitereien zwischen ihren Eltern aufhörten. Das war in den letzten Wochen gewesen, bevor ihre Mum entschied, dass sie die Trennung wollte, und das bisherige Familienleben endete.

»Izzy? Wo steckst du?« Luces Stimme kam näher. Sie gab wirklich nicht auf.

Izzy sah hoch und entdeckte Luce, die über den Tresen spähte.

»Da bist du ja.« Luce schüttelte den Kopf und sah Izzy tadelnd an. »Kannst du mal bitte kommen, denn Xander ist am Kauf deines Bettes interessiert.«

Aha, er hieß also Xander. Xander war ein passender Name für einen arroganten Kerl wie ihn. Und was Luce betraf, schloss sie ja sehr schnell Bekanntschaften. Zu Izzys Entsetzen tauchte eine Sekunde später das Gesicht des ihr bekannten Mannes auf, der ebenfalls auf sie herunterschaute.

Container-Typ? Pinkfarbenes-Haus-Typ? Heißer Typ? Jedenfalls schien er schon wieder einen Blick unter ihr Kleid zu erhaschen.

Izzy zog den Saum ihres Kleides herunter. Ihre fußlose Strumpfhose verdeckte wenig, so, wie sie dasaß.

»Xander, dies ist Izzy. Sie ist schwer damit beschäftigt, dort unten aufzuräumen.« Luce schaute strahlend hinunter. »Ich glaube, ihr zwei kennt euch schon.«

Izzy kaute heftig, um ihre Nerven zu beruhigen. Und ihr wildes Herzklopfen.

»Ja, ich glaube, wir kennen uns«, sagte Xander mit seiner sinnlichen Stimme, die ihr einen Schauer über den Rücken jagte. Er hob arrogant eine Braue. »Hallo, Izzy, oder besser: Hallo, wieder mal. Rieche ich da Kaugummi?«

Kaugummi? Unverschämter Mistkerl. Außerdem war sie schwer im Nachteil hier unten am Boden. Auch wieder mal. Izzy zog die Beine an und stand auf, aber irgendwie, obwohl sie kampfeslustig den Kopf hob, ragten Luce und Xander nach wie vor über ihr auf.

»Klar. An einem Bett interessiert? Welches Bett soll es denn sein?« Nur blöd, dass sie gerade trotzig ihr Kleid geschüttelt hatte. Sie wollte auf keinen Fall bockig rüberkommen, aber irgendwie machte dieser Typ sie furchtbar streitlustig.

Luce mischte sich ein. »Xander kauft mit lauter Fotos von Inneneinrichtungen aus Zeitschriften auf seinem Handy ein, die zeigen, was er sich vorstellt. Und das Bett in deinem Zimmer zu Hause ist genau das, was er sucht. Technisch gesehen ist es zu verkaufen, oder, Izzy? Obwohl du es noch benutzt. Aber es ist das Mindeste, was wir tun können, angesichts der vielen Sachen, die Xander braucht.«

Luce gab ihr mit einem Blick zu verstehen, dass sie sich unterstehen solle abzulehnen, sondern an die Verkäufe denken sollte. Dann wandte sie sich mit ihrem charmanten Lächeln an Xander. »Wir legen uns gern für unsere Kunden ins Zeug.«

Izzy war genervt. Das ging definitiv zu weit.

Aber Luce war in Fahrt. »Gut, dann wäre das ja geklärt. Ich werde dich hier vertreten, während du mit Xander zu dir nach Hause saust, damit er es sich ansehen kann.«

Izzy stöhnte. »Na fein. Dann machen wir uns mal auf den Weg.«

Das war weder das, was sie wollte, noch, was sie geplant hatte. Aber je eher sie es hinter sich brachte, desto besser.

Außerdem konnte sie das Bett dadurch zu Geld machen. Sie hatte es nur mit nach Hause genommen, weil es ewig zum Verkauf gestanden hatte, es aber niemand haben wollte.

Was Xander anging, so klang der Name ganz schön angeberisch. Xander. Nach wie vor ohne ein Lächeln im Gesicht. Und immer noch nicht zu haben. Trotzdem absolut …

Was auch immer.

Zumindest waren sie einander jetzt offiziell vorgestellt worden.

# 17. Kapitel

Montagnachmittag, 9. Juni
XANDER & IZZY
In seinem Wagen
*Es geht nur aufwärts*

»Biegen Sie rechts ab, dann links, dann den Hügel hinauf bis zum Ende.«

Xander beobachtete Izzy aus dem Augenwinkel, während sie gestikulierend den Weg beschrieb. Der Name Izzy passte zu ihr. Klein, quirlig, unberechenbar, leicht aus der Haut fahrend … Und wieder erfüllte sie einen seiner Wagen mit ihrem Duft nach Süßem. Nur dass sie diesmal viel näher bei ihm saß, in dem alten Aston Martin seines Dads, während sie eine unglaublich steile Straße in Richtung des höchsten Punktes von Matlock hochfuhren. Heute wurde der Kaugummigeruch überlagert von einem Duft, den er aus unerfindlichem Grund tief einatmen wollte. Es duftete süßer als Zucker, eher wie brennende Rosen.

»Ich mag übrigens Ihren alten Wagen.« Sie legte den Arm um ihre rotblonden Haare, die wild im Wind wehten, der durch das offene Fenster hereinblies.

Typisch, dass sie etwas Altes, Abgenutztes mochte, das sein Verfallsdatum bereits überschritten hatte. Das hätte er ihr auch längst gesagt, wenn sie nicht ununterbrochen geredet hätte.

»Den meisten Leuten ist gar nicht klar, wie viel kosteneffizienter es ist, einen alten gebrauchten Wagen zu fahren, bis er hinüber ist. Schön, jemanden zu treffen, der dieses Geheimnis kennt.«

Xander war sich nicht sicher, aber sie schien vor sich hin zu plappern. Seit sie den Shop im alten Kino verlassen hatten, redete sie ohne Punkt und Komma. Dass Izzy annahm, es handele sich um eine alte Karre, amüsierte Xander. Er hatte den Aston aus der Sammlung von Oldtimern seines Vaters geliehen, einfach weil der mal bewegt werden musste. Und sein Vater besaß so viele Wagen, dass er diesen kaum vermissen würde.

»Ich hatte mal einen Nissan Micra namens Shirley, den mir jemand geschenkt hat. Ich habe die Motorhaube kein einziges Mal aufgemacht, und der Wagen hielt drei Jahre. Meine jüngeren Brüder fuhren beide Corsas, weil sie als Pizzalieferanten arbeiteten.«

Xander ließ diese Worte auf sich wirken. Ihre einseitige Unterhaltung kam gut ohne Erwiderungen von ihm aus.

Es hatte keinen Sinn, sich zu fragen, wie er es so weit hatte kommen lassen, denn es war allein seine Schuld. Er hatte es selbst eingefädelt. Zuerst hatte er vorbeigeschaut unter dem Vorwand, sich das Gebäude ansehen zu wollen – der Preis, für den es angeboten wurde, schien in Ordnung zu sein –, und dann hatte sich der Kauf der Möbel für das Pink House ergeben. Hatte er sich so etwas nicht insgeheim ausgemalt, als er die Karte auf der Baustelle aufhob, die sie verloren hatte?

Er hatte mit der zerknitterten Karte nur einmal vor seiner Schwester Christina wedeln müssen, die zu Hause mit Gipsbein festsaß, und schon hatte sie ihm eine lange Liste präsentiert, genau wie er erwartet hatte. Christina half ihm stets, die Gebäude einzurichten, die er baute oder umbaute. Häufig waren die äußerst profitablen Firmenwohnungen, die sie managte, eine brauchbare Alternative. Solide Qualität, mit einem Shabby-Chic, war momentan sehr gefragt, besonders bei den amerikanischen Kunden. Er konnte sich unterhaltsamere Dinge vorstellen, als mit einer ellenlangen Einkaufsliste für sie einzukaufen. Der reinste Albtraum. Allerdings wurde es erträglich durch die kribbelnde Vorfreude darauf, möglicherweise die Frau aus dem Container wiederzusehen.

»Nicht vergessen, hier links abzubiegen.«

Er hatte es vergessen.

Als Izzy am Freitag tatsächlich mit der Lieferung auftauchte, war er geschockt gewesen. In die Begeisterung, sie wirklich gefunden zu haben, mischte sich das Entsetzen darüber, was er tat. Sobald eine Frau etwas von ihm wollte, stieß er sie zurück. Umso mehr erstaunte es ihn, dass diesmal er etwas von dieser Frau wollte. Dabei war sie überhaupt nicht sein Typ. Und es sah ihm ganz und gar nicht ähnlich, derartig die Kontrolle zu verlieren.

»Der Van, den ich fahre, heißt Chou-fleur, aber der gehört meinem Bruder, nicht mir. Eigentlich hätte er schon vor Jahren den Geist aufgeben müssen. Hätte er wohl auch, wenn mein Bruder sich nicht so gut auf Metallarbeiten verstünde.«

Das klang, als hätte sie eine Menge Brüder. Was für Xander keine wichtige Information darstellte. Und was sein merkwürdiges Interesse an einer Frau betraf, die seinen Wagen nach einer Mischung aus Süßigkeitenladen und Parfümtresen duften ließ und von einem Moment zum anderen von frech zu verletzlich wechseln konnte …

»Biegen Sie rechts ab und achten Sie auf geparkte Autos; es ist eng dort«, wies sie ihn im Befehlston an. »Normalerweise nehme ich niemanden mit nach Hause, um Waren zu zeigen. Aber wir haben eine besondere Kundenservice-Initiative gestartet, also haben Sie Glück.«

»Das erwähnten Sie bereits im Shop.« Xander seufzte. Denn das war die andere Sache. Er hatte keinen Schimmer, wie sie von dort nach hier gekommen waren, und das nur wegen eines Fotos von einem Bett aus einer von Christinas Zeitschriften, die er nicht einmal kannte. Allerdings musste das große Gästezimmer im Pink House sowieso noch möbliert werden. Wenn es also tatsächlich ein Bett gab, warum nicht?

»Gehört das Plündern von Containern auch zum Kundenservice?«

»Sehr witzig.« Sie schniefte angewidert. »Apropos Container – wo ist denn Ihre Spritschleuder heute?«

Xander zuckte gleichgültig mit den Schultern. Anscheinend fehlte ihr heute Morgen jeder Sinn für Humor. »Die ist zurück an die Filmfirma gegangen, der sie gehört.« Ganz einfach. Ein Range Rover weniger, der sein Gewissen belastete. Das müsste ihr ein bisschen den Wind aus den Segeln nehmen.

»Arbeiten Sie beim Film?«, fragte sie.

»Ja, ich bin Produzent«, antwortete er beiläufig, obwohl er das immer wieder gern sagte.

»Und das bedeutet?«

Normalerweise musste er das nicht weiter erläutern. »Dass ich einen Haufen Leute dazu bringe, alles zu tun, was ich von ihnen verlange, und gleichzeitig nicht zu viel Geld ausgebe und am Ende ein Film dabei herauskommt.« Er klang mit jedem Wort angeberischer.

»Daher also Ihre Gewohnheit, Leute herumzukommandieren?«

Wow. Für gewöhnlich waren die Leute beeindruckter oder machten ihm Komplimente.

»Mein persönlicher Charme zeitigt üblicherweise großartige Ergebnisse.« Nur heute nicht.

»Dann hat das gar nichts damit zu tun, dass Sie ein Kontrollfreak sind?« Es gelang ihr, ein zugleich spöttisches wie höhnisches Schnaufen von sich zu geben.

»Man könnte auch sagen, ich bin so etwas wie ein Entrepreneur.« Da diese Frau sehr direkt war, hielt er es für besser, ihr zu gestehen, dass er ein getarnter Einkäufer war, der eigentlich ein Interesse am Kinogebäude hatte. »Und nebenbei handele ich auch mit Immobilien.«

»Entrepreneur?« Sie klang fast schrill. »Was ist das denn bitte für eine Bezeichnung?«

Da war er jetzt selbst schuld, diese Reaktion hatte er herausgefordert, und natürlich musste ihre Frage auch wieder abfällig klingen.

Er lachte gezwungen. »Es kommt von dem französischen Wort *Entreprise*. Und es bedeutet schlicht, dass ich in Projekte investiere, um Profit zu machen.«

Das erneute Schnauben war angewidert. »Wusste ich's doch.« Als wäre er irgendein abstoßender Wurm.

Ein Grund mehr, um die Sache jetzt aufzuklären. »Ich war Freitag hauptsächlich deshalb in dem alten Kino, um mir das Gebäude anzusehen«, sagte er ruhig.

»Was??« Fast wie das schrille Kreischen einer Todesfee.

Er zuckte zusammen. Diese Frau war definitiv die Königin der Überreaktion.

Dass er mit den Fingern auf dem Lenkrad trommelte, war sicher kein Zeichen von Nervosität. »Der Makler meinte, es wäre der ideale Ort für ein Fitnessstudio mit einem edlen Coffeeshop.« Wenn das ihre Reaktion war, dann war es wirklich gut, die Wahrheit gesagt zu haben.

»Ein Fitnessstudio? Warum überrascht mich das nicht?« Sie gab einen seltsamen, erstickten Laut von sich. »Das ist in etwa so akzeptabel wie Fracking im Park, aber das haben Sie bestimmt auch schon in Betracht gezogen.«

Er zuckte mit den Schultern. »Ich dachte, es wäre vielleicht toll, es als Retro-Kino neu zu eröffnen. Die sind ziemlich angesagt. Aber was wollen Sie – wenn ich es nicht mache, macht es jemand anderes.«

»Werden wir ja sehen.« Ihre Miene verdüsterte sich, und sie ballte sogar die Fäuste. »Halten Sie hier irgendwo an.«

Xander drehte das Lenkrad. Es ging doch nichts darüber, einen Nerv zu treffen. Ihren Sommersprossen nach zu urteilen, die jetzt deutlich sichtbarer wurden, war sie definitiv blass geworden. Er verdrängte jedwedes Schuldgefühl deswegen. Trotzdem war es ihm eigenartig unangenehm, sie wütend gemacht zu haben. Zum Glück fand er gleich einen Parkplatz.

»Was ist das hier, ein Treffen junger Hobbyrennfahrer?« Die Reihe der Autos mit Spoilern, dicken Auspuffrohren und Aufklebern erinnerte an Szenen aus einem *Fast and Furious*-Film.

»Heute Morgen ist Bandprobe«, meinte sie lässig. »Finden Sie sich damit ab, oder lassen Sie es.«

Xander quetschte den Wagen in die engste Parklücke am Ende der Straße. Einerseits war er neugierig darauf gewesen, das Zuhause dieser Frau kennenzulernen, als die blonde Frau die Besichtigung des Bettes vorgeschlagen hatte. Er fand, es war eine gute Möglichkeit, mehr über sie herauszufinden. Doch als er jetzt die Reihenhäuser entlang hinter ihr herlief, nachdem er sie mit seiner Ehrlichkeit wütend gemacht hatte, fühlte er sich wie ein Eindringling. Erstaunt registrierte er, wie sie beim schicksten Haus abbog. Irgendwie passte es nicht zu dieser Frau. Während er wartete, bis sie die Tür aufgeschlossen hatte, betrachtete er ihre zerwühlten rötlichen Locken.

»Haben Sie heute eigentlich Ihre Haare gebürstet?«

Dieser Gedanke hatte sich ganz von selbst in Worte verwandelt, die heraus waren, ehe er sie zurückhalten konnte. Wer plapperte hier?

»Was hat das mit irgendwas zu tun?« Die Hand auf dem Türgriff, drehte sie sich abrupt um und sah ihn über die Schulter vorwurfsvoll an.

Mist. Er machte den Mund auf und wieder zu. »Nichts. Das war nur so ein flüchtiger Gedanke.« Den er nicht hätte haben sollen.

»Wenn Sie schon hier sind, können Sie ebenso gut hereinkommen.« Wow, das war ja wirklich ein spezieller Kundenservice. Angesichts seiner völlig unmotivierten Bemerkung aber vielleicht verständlich.

Er folgte ihr in einen sauberen weißen Flur mit Kokosteppich, weißen Wänden, hellgrauen Sockelleisten und dem Geruch nach frischer Farbe. Es gab gerade genug altes Zeug, um zugleich eine stilvolle und heimelige Atmosphäre zu erzeugen, mit effektvollen Farbtupfern hier und da, die verhinderten, dass es zu steril wirkte. Er hatte keine Ahnung, warum er verblüfft war über diese klassische Schlichtheit. Eine offene Tür gewährte ihm einen Blick auf eine Sammlung pinkfarbener Stühle auf Unterlagen.

»Moment mal. Was ist mit diesen Barbie-Stühlen?«

Izzy ging einfach weiter die Treppe hinauf. »Mussten gestern Abend noch gestrichen werden.«

Er rief ihr hinterher: »Haben Sie etwas dagegen, wenn ich schnell ein paar Fotos mache?« Obwohl er solche Dinge hasste, wusste er, dass sie ideal wären für Christinas wohlhabende Mieter.

»Nur zu.« Izzy blieb stehen und wartete auf ihn.

Xander zog sein Handy aus der Tasche und fing an zu fotografieren. Ein Dutzend nicht zusammenpassender pinkfarbener Stühle. Egal, wie das Bett war, Christina würde von ihnen begeistert sein. Xander erkannte, dass es sich bei diesem Zimmer um einen weiteren eleganten, antik eingerichteten Raum handelte.

Wie kam es, dass Izzy ein solch makelloses Haus bewohnte?

Als er in den Flur zurückging, hörte er einen scheppernden Akkord von irgendwo oben.

Izzy wartete auf ihn. »Die Band stimmt anscheinend gerade die Instrumente. Festering Flesh spielen Death Metal, und zwar so laut, dass selbst Ohrstöpsel nichts mehr nützen. Es ist ein Berufsrisiko, mit Brüdern zusammenzuwohnen.« Sie grinste ironisch.

Dann ging sie weiter die Treppe hinauf und sagte dabei: »Und nein, ich habe mir die Haare nicht gebürstet. Haben Sie ein Problem damit?«

Problem? Er? Zu sehen, wie der Saum an ihren Beinen hochrutschte, während sie je zwei Stufen auf einmal nehmend die Treppe hinaufging, erinnerte ihn daran, dass er tatsächlich ein Problem gehabt hätte – wenn er Zeit gehabt hätte, um nachzudenken. Allerdings entschied er, dass er mit dieser Situation am besten umgehen konnte, wenn er sein Gehirn komplett abschaltete. Er musste das hier schnellstmöglich hinter sich bringen und wieder verschwinden.

# 18. Kapitel

Montagnachmittag, 9. Juni
IZZY & XANDER
In Izzys Schlafzimmer
*Forty Shades of White*

Izzy versuchte das Flattern in ihrer Brust zu ignorieren. Sie hatte geglaubt, Xander würde sich ebenso unbehaglich fühlen wie sie. Doch dann überraschte er sie, indem er herumlief und Fotos von den Stühlen machte, als fühlte er sich wie zu Hause. Ein Mann mit einer Mission. Und dass er das Kinogebäude inspiziert hatte – ihr wäre ja schlecht geworden vor Schreck, wenn sie nicht gleichzeitig dermaßen wütend gewesen wäre. Tatsächlich mussten sie jetzt erst recht jeden Penny aus ihm herausquetschen, den sie bekommen konnten.

Grimmig lief sie über den oberen Flur und rief die Treppe zum Dachboden hinauf, wo die Band probte: »In der Küche gibt es frisch gebackene Cupcakes, Jungs, außerdem Orangensaft. Bedient euch!«

Xander war jetzt auch oben angekommen. Hob er erwartungsvoll die Brauen, als sie die Erfrischungen erwähnte? So viel zu Gratiskaffee. Anscheinend wollte dieser Kunde so viel herausschlagen, wie er konnte. Wenn er auch noch Saft und Cupcakes erwartete, konnte er das vergessen. Kundenservice hatte Grenzen, und sie war schon weit über diese Grenzen hinausgegangen. Am Ende würde er auch noch den Preis drücken wollen. Mistkerle wie er taten so etwas. Falls er glaubte, sie hätte hier irgendetwas zu verschenken, konnte er gleich wieder verschwinden. Dummerweise brauchten sie dringend das Geld aus den Verkäufen, da der zukünftige Käufer des Kinos schon bald Druck machen würde.

Wegen des gleich über ihnen losgehenden Lärms warf sie ihm einen entschuldigenden Blick zu. »Wir müssen uns beeilen. Sie wollen auf keinen Fall hören, wie die Jungs Musik machen.« Mit anderen Worten: Mach hin, Mann. Bitte. Was sie betraf, konnte sie es gar nicht schnell genug hinter sich bringen.

Xander hatte offenbar die Aufforderung zur Eile nicht verstanden, denn er blieb stehen und fuhr mit der Hand über die Balustrade. »Es ist ziemlich viel Weiß hier drin.« Er klang verwirrt.

»Ich mag Weiß.« Sie hob gleich wieder herausfordernd die Nase, obwohl das eigentlich gar nicht ihre Absicht gewesen war. »Die Leute denken, Weiß sei nur eine Farbe, aber unter meinen Lieblingsfarben finden sich vierzig verschiedene Weißtöne.«

Er betrachtete die Bilder in den recycelten Rahmen. Nicht jeder verstand die vielschichtigen Collagen aus Stoffstücken und Papier, die Izzy anfertigte.

Und wieder zog er sein Handy aus der Tasche. »Christina wird Ihre Bilder lieben. Haben Sie etwas dagegen, wenn ich …?«

Izzy war perplex. Christina also. Nicht bloß eine Ehefrau, sondern eine namens Christina, was diese noch realer machte. Aber das war nur gut, denn sie musste sich endlich mit dieser Ehefrau abfinden. Was dachte sie sich überhaupt dabei, auf einen Typen zu stehen, der selbst nur hinter dem Profit her war? Dass sich bestätigte, was sie die ganze Zeit vermutet hatte, hätte doch ein ausreichender Dämpfer sein müssen. Leider knisterte es nach wie vor, sobald sie in seiner Nähe war.

»Nur zu, machen Sie so viele Bilder, wie Sie wollen.« Nein zu sagen hätte jetzt auch wenig Sinn gehabt, wo sie schon mal hier waren, egal, wie unangenehm ihr das war.

Sie betrat das Schlafzimmer und ging vorbei an der Schneiderpuppe und der Chaiselongue, um durch die Jalousielamellen aus dem Fenster zu schauen. Sie hoffte, sich dadurch ablenken zu können. Ein Mann in ihrem Schlafzimmer. Das hatte es seit einer Ewigkeit nicht mehr gegeben.

»Das Bett steht hier, wenn Sie dann so weit wären …« Am besten heute noch. Schließlich sollte sie eigentlich bei der Arbeit sein.

Das verräterische Knarren der Dielenbretter vor der Tür signalisierte ihr, dass Xander fast da war. Flüchtig dachte sie an seine gebräunten Füße, nicht in den abgenutzten Lederschuhen, die er heute trug, sondern nackt und wunderschön, auf ihren weißen Fußbodenbrettern. Sie riss sich zusammen, und als Xander eintrat, hatte sie diesen Gedanken schon verdrängt.

»Tolles Zimmer.« Er schaute sich langsam um und nickte, als sein Blick auf das Bett fiel. »Und das ist fantastisch. Genau das, was Christina sucht. Sind Fotos hier drin auch okay? Christina wird das ganze Zimmer wollen, wenn sie die Bilder sieht.«

Wieder hatte er das Handy gezückt. Warum fühlte Izzy sich ausgeliefert, wo er doch einfach nur ihr Bett betrachtete? Allerdings trafen sich einmal auch ihre Blicke für länger.

Bis sie den Blickkontakt abbrach, nicht ganz sicher, ob es ihr gefiel, dass Christina etliche Teile ihres Zuhauses an sich raffte. Trotzdem ließ sie sich nichts anmerken.

»Okay, hier die Fakten zu dem Bett – es ist nicht sehr alt, aber ich habe es so gestrichen, dass es antik aussieht. Dadurch ist es weniger klapprig als ein altes Bett und auch weniger teuer. Ich nehme an, Sie kaufen nur das Bettgestell und wählen dann Ihre eigene Matratze.«

Sie hatte zu kämpfen mit der Vorstellung, dass Christina ihr ganzes Schlafzimmer kaperte.

Xaver kniff die Augen zusammen. »Es ist einfach genau der Stil, den Christina gesucht hat, und Alter ist nicht so wichtig. Setzen Sie sich mal für mich drauf, ja?«

Seine Hand ruhte auf der mit Rosen bedruckten Tagesdecke. Er war so nah, dass sie die dunklen Härchen auf seinem Unterarm sah. Seine Frage klang wie eine seiner üblichen Befehle.

»Entschuldigung?« Sie verbarg ihren Schreck hinter einer ausdruckslosen Miene. Was hatten diese angeblich kultivierten Leute bloß alle, dass sie nicht mal »bitte« sagen konnten? Lernten die in der Schule, so hochnäsig zu sein? Izzy schüttelte sich. Wäre ihr Dad nicht verschwunden und sie daraufhin in die harte Realität der Gesamtschule gekommen, wäre sie möglicherweise genauso geworden. Schon eigenartig, wie sie, je älter sie wurde, mehr und mehr dankbar war dafür, wie die Dinge sich gefügt hatten.

»Setzen Sie sich aufs Bett oder noch besser, knien Sie sich darauf und hüpfen Sie. Es sei denn, Ihnen fällt eine bessere Methode ein, um herauszufinden, wann es quietscht. Ich bin nämlich erledigt, wenn ich mit einem quietschenden Bett aufkreuze.«

Izzy überlief es heiß. Da war nicht etwa ein Funkeln in seinen Augen? Manchmal waren seine Augen so dunkel, dass der Ausdruck in ihnen kaum zu deuten war. Sie fragte sich, wie erfreut die häufig erwähnte Christina sein würde, wenn sie wüsste, dass ihr Mann sich im Schlafzimmer einer anderen Frau aufhielt, mit der er die Quietsch-Eigenschaften ihres Bettes diskutierte. Und ihr solche Blicke zuwarf.

Was Izzy betraf, befand sie sich weit außerhalb ihrer Komfortzone.

Ein ohrenbetäubender Lärm zerriss die Stille. Yeah. Das war die Probe der Band Festering Flesh. Noch nie war Izzy derartig froh gewesen, Death Metal zu hören. Jetzt waren Quietschtests auf dem Bett sinnlos. Sie gestikulierte und zeigte zur Tür.

Izzy war heilfroh, nach draußen flüchten zu können. Im gesprenkelten Schatten der Kirschbäume an der Straße ließ sich sehr gut über andere Dinge sprechen. Außerdem hatte sie einen guten Vorwand, ihm keinen Kaffee anzubieten. Da sie schon zu viel Zeit mit diesem launischen Kerl verbracht hatte, den sie in jeder Hinsicht seltsam beunruhigend fand, konnte sie gut darauf verzichten, ihn auch noch in ihrer Küche zu bewirten. Sie hatte mal gehört, dass an irgendeinem entlegenen Ort die Eingeborenen sich nicht fotografieren ließen, weil sie fürchteten, die Kamera raube ihnen ihre Seele. Nach den vergangenen zwanzig Minuten konnte sie das sehr gut verstehen.

Xander stand beim Wagen und telefonierte mit Christina, sprach mit ihr darüber, welche Fotos er ihr schicken würde und welchen Teil von Izzys Leben sie kaufen wollten. Izzy tadelte sich für ihren inneren Widerstand. Bei all den Schwierigkeiten, in denen der Vintage Cinema Club steckte, war sie weiß Gott nicht in der Position, wählerisch zu sein. Sie sollte alles begrüßen, was die Verkäufe ankurbelte.

Xander rief: »Okay, springen Sie in den Wagen, dann fahre ich Sie zurück zum Laden. Ich werde Ihnen unterwegs erklären, was wir brauchen.«

Ohne nachzudenken, stieg Izzy ein. Was hatte er noch über seinen persönlichen Charme gesagt, auf den er sich verließ, um zum Ziel zu gelangen? Seine Methoden besaßen die

Raffinesse eines Vorschlaghammers, und doch saß sie hier in seinem Wagen, hörte zu und machte sich in Gedanken Notizen, genau wie er es von ihr erwartete.

»Okay, ich hoffe, Sie besitzen ein gutes Erinnerungsvermögen, denn das werden Sie brauchen. Erstens, Christina hätte sehr gern die Schlafsofas, die ich mir im Laden angesehen habe. Und alle Ihre pinkfarbenen Stühle. Die passen toll ins Sommerhaus, zusammen mit einem großen runden Tisch, falls Sie einen auftreiben können, und dazu am besten eine geblümte Tischdecke.«

Was? Izzy konnte kaum glauben, was sie hörte.

»Alle zwölf pinkfarbenen Stühle?«, wiederholte sie fast schrill.

Die Leute kauften pinkfarbene Stühle einzeln, für Schlafzimmer. Wer kaufte denn gleich ein ganzes Dutzend auf einmal? Xander schien ja in echter Kauflaune zu sein.

»Ja, und dazu alle cremefarbenen Kommoden und all die anderen Dinge in dem Raum mit den pinkfarbenen Stühlen.«

Bingo. In Izzys Kopf klingelte der Alarm. Er kaufte gerade Sachen, die sie bei ihrem Beutezug aus dem ersten seiner beiden Container geborgen hatte und die jetzt weiß, grau und pink gestrichen waren. Und alles andere in dem Zimmer mit den pinkfarbenen Stühlen? Wer waren diese Leute, die ein ganzes Zimmer voller Zeug kauften, statt sich nach und nach Möbel anzuschaffen?

»Sind Sie sicher? Das ist ziemlich viel.«

Xander lenkte den Wagen durch eine enge Kurve, und Izzy hörte die Reifen protestierend quietschen. Am liebsten hätte sie selbst protestiert, doch angesichts Xanders nicht aufzuhaltender Kauflust ließ sie es bleiben.

»Ich muss dieses große Haus möblieren, wofür ich aber keine Zeit habe. Und Christina liebt Ihren Stil. Ich persönlich stehe nicht auf Geblümtes oder Rüschen oder auf Sperrmüllzeug, wo wir gerade dabei sind. Aber was weiß ich schon?«

Izzy dachte daran, wie es wohl wäre, ein Prachtexemplar von einem Mann zu haben, der einem Fransen und Blumenmuster gönnte, obwohl er beides nicht ausstehen konnte.

»Dies ist definitiv nicht der beste Zeitpunkt, um sich den Knöchel zu brechen, aber ich gebe mein Bestes, um für sie einzuspringen.«

Das erklärte einiges. Izzy seufzte und überlegte, was sie mitfühlend erwidern konnte. »Wie schade.« Das passte zu der gesamten Situation.

»Dank Ihres engagierten Kundenservices managt sie alles ganz gut per Telefon. Jedenfalls gefällt ihr das Bett aus Ihrem Zimmer sehr gut, ob es nun quietscht oder nicht …«

Izzy vermutete, dass er jetzt ein Kichern von ihr erwartete, aber ihr war nicht danach.

»Und alle anderen Sachen aus Ihrem Schlafzimmer, die Sie verkaufen wollen, gefielen ihr auch. Bei den Dingen, auf die Sie nicht verzichten können, hätte sie gern irgendeinen Ersatz, der nah genug am Original ist. Und einen zusätzlichen Kleiderschrank hätte sie gern auch noch, so groß wie möglich. In den soll hinein, was immer Sie aussuchen. Haben Sie sich alles gemerkt?«

Izzy gab einen Laut von sich, der eher Bestürzung als Begeisterung ausdrückte. Dabei sollte sie sich wegen der Verkäufe wirklich freuen, denn die würden Tausende einbringen. Aber irgendwie ließ diese Großbestellung sie kalt. Es fühlte sich an, als würde jemand ihre Persönlichkeit übernehmen.

»Klar. An welchen Zeitrahmen hatten Sie gedacht?« Sie versuchte, wieder cool und professionell zu werden, aber das schaffte sie schon seit dem Verlassen des Kinos nicht mehr. War es möglich, dass das erst eine halbe Stunde zurücklag?

»Wir hatten gehofft, dass die meisten Sachen bis morgen Abend abholbereit sind. Es geht ja nur darum, alles zu sortieren. Das sollten Sie hinbekommen.«

Izzy hielt ihre Panik im Zaum. Es sollte ihr nicht durch und durch gehen, dass er »wir« gesagt hatte. Ebenso wenig sollte sie den Blick auf seinen Fingerknöcheln am Lenkrad verweilen lassen. Er klang beängstigend effizient und schrecklich fordernd. So waren Leute wie er eben. Auf diese Weise verdienten sie ihr Geld.

»Das sollte sich arrangieren lassen.« Es war ein kühnes Versprechen, mit einer Stimme gegeben, die entspannter klang, als es in ihrem Innern aussah.

Er fuhr nahtlos fort: »Ich schicke einen Van von der Produktionsfirma. Die packen alles ein, wenn sie die Sachen abholen. Oh, und es versteht sich von selbst, dass ich für diesen Service extra zahle, also machen Sie sich deswegen keine Sorgen.«

Sie war perplex. Hatte sie nicht erwartet, dass er den Preis drücken wollte?

»Sind Sie sicher wegen des Vans?«, fragte Izzy skeptisch. Irgendwie passte es nicht dazu, dass sie am Freitag wegen zwei kleinen Nachtschränkchen zum pinkfarbenen Haus in Ashbourne hatte fahren müssen.

»Wenn Sie auf die Lieferung letzte Woche anspielen – es stimmt, ich hätte die Sachen leicht in meinen Wagen bekommen. Aber die blonde Frau bestand darauf, dass Sie die Sachen ausliefern. Sie meinte, damit Sie sich von dem Schaukelpferd ‚verabschieden' können.«

Izzy stöhnte. Wie albern, dass sie angenommen hatte, die Lieferung sei seine Idee gewesen, wo doch in Wahrheit Luce dahintersteckte. Mit der würde sie später reden, falls sie eine Minute erübrigen konnte. Was allerdings fragwürdig war angesichts all dessen, was sie zu arrangieren hatte. Izzy atmete tief durch und lehnte sich in den rissigen Ledersitz, während sie steil bergab fuhren, was Izzy im Magen spürte.

Wow. Großartig. Sie hatte einen sagenhaften Verkauf eingefädelt, ohne dass es einen Haken gab. Sie sollte einen Freudentanz aufführen. Das war genau das, was sie, Dida und Luce brauchten.

Xander beschleunigte um die Verkehrsinsel herum, fuhr über gelbe Ampeln, raste die Straße entlang und brachte den Wagen mit quietschenden Reifen vor dem Kino zum Stehen.

»Es gibt nur eine Bedingung.« Er wandte sich ihr zu. »Und die ist nicht verhandelbar.«

Izzy wartete gespannt.

»Sie müssen zum Pink House kommen, um mir bei der Einrichtung zu helfen.«

Izzys Magen landete abrupt wieder an seinem Platz.

»Ich zahle Ihnen ein Top-Gehalt für Ihre Zeit«, setzte Xander hinzu. »Normalerweise wäre das Christinas Part, aber da sie momentan verhindert ist, werde ich mit Ihnen vorliebnehmen müssen.«

# 19. Kapitel

Dienstagmorgen, 10. Juni
LUCE, DIDA & IZZY
Luces Wohnung
*Glückliche Kunden und schwitzende Männer*

»Es ist okay für uns, wenn wir zu dir kommen, statt uns im Kino zu treffen, Luce. Es ist ja nur um die Ecke. Hey, hübsche Kleider ...« Izzy hielt inne und strich über die geblümten Kleider, die in Luces Flur hingen, dann lief sie ins Wohnzimmer.

Heute Morgen sah Izzy noch zerzauster aus als sonst, und ihre leicht abwesende Miene verriet Luce, dass sie nicht ganz da war.

»Wärst du früher hier gewesen, hätte ich sie dich anprobieren lassen.« Luce folgte ihr mit einem Tablett mit Tee und Bechern. Dida hatte es sich bereits auf dem Sofa gemütlich gemacht.

Es sah Izzy auch nicht ähnlich, sich zu verspäten. Möglicherweise war sie geschafft von der riesigen Bestellung gestern.

»Wie geht es Ruby überhaupt?« Izzy setzte sich auf die Sessellehne, als wollte sie nicht bleiben.

»Ruby hat Durchfall. Nichts Ernstes, aber ich habe sie lieber zu Hause gelassen.« Luce gab Izzy einen Tee. »Sie hat sich in mein Bett gelegt und schaut sich Peppa Pig auf meinem Laptop an. Das muss spannend sein, oder es ist schon zu Ende.« Luce gab Dida einen Becher und reichte eine

Dose Haferriegel herum, die Izzy mitgebracht hatte – Izzy ging nie ohne Haferriegel aus dem Haus. Dann zog sie sich einen Fußhocker heran, der auch als Tischchen diente, und setzte sich darauf.

»Und, wie war es mit Aidie am Wochenende?« Luce musste einfach fragen.

»Grauenhaft.« Dida verdrehte die Augen. »Er weigerte sich, mit mir über das alte Kino zu sprechen, und keuchte das ganze Wochenende auf dem Ergometer, das er sich hat liefern lassen und das mit einem Computerbildschirm verbunden ist. Ich schwöre, Sonntagabend stand er kurz vor einem Herzstillstand. Er war dermaßen fix und fertig, dass ich gar nicht die Gelegenheit bekam, ihn mit Sex-Entzug zu bestrafen, weil er gar keinen wollte. Das ist sehr untypisch für ihn.« Sie zog ein Gesicht. »Offenbar hat er eine Personal Trainerin namens Elvira. Allerdings ist es höchst unwahrscheinlich, dass Aidie sein neues Fitnessprogramm lange durchhält.«

Luce und Izzy tauschten einen skeptischen Blick. Sie verstanden nicht, wie Dida es mit Aidie aushielt. »Dann gibt es keine Neuigkeiten wegen des Verkaufs?«

»Nein.« Dida machte ein hilfloses Gesicht und wedelte mit einem Haferriegel; sie wollte unbedingt mit dem ursprünglichen Thema fortfahren. »Was ist mit dieser GI-Joe-Sache?«

Bisher war Izzy die Einzige, die wusste, dass Luce der Hauptkonkurrenz den Namen geliefert hatte, und Luce hoffte, dass es dabei auch bleiben würde.

»Wir müssen abwarten, bis sie den Laden eröffnet haben, und dann beten, dass sie eine ganz andere Sorte Kundschaft anlocken als wir.« Luce überlegte. »Es sieht so aus, als müssten wir unsere Bemühungen verdoppeln, besonders nach Izzys Neuigkeiten gestern.«

Izzy gab ein dramatisches Stöhnen von sich. »Xander, dieser verdammte Unternehmer, hat sich das Gebäude angesehen. Ich wusste, der bedeutet Ärger.«

Dida klopfte mit dem Stift gegen ihre Zähne. »Sein Plan mit dem Retro-Kino hat mich aber auf eine Idee gebracht. Vielleicht könnten wir alte Filme auf einem Laptop abspielen und auf die hintere Wand projizieren. Das wäre mal etwas anderes. Die nötige Ausrüstung haben wir bestimmt irgendwo.«

»Wow, tolle Idee. Das wäre cool.« Luce versuchte, Izzys miese Stimmung aufzulockern. »Immerhin hast du es geschafft, den Mann zu einer großen Bestellung zu bewegen.«

Dida stimmte in das Lob ein. »Ja, du hast eine Menge verkauft, nur indem du einem Mann dein Zeug zu Hause gezeigt hast. Das beweist, dass der Extra-Kundenservice sich bewährt. Und jetzt wirst du für das Einrichten auch noch bezahlt. Das ist fantastisch.«

Luce musste über Izzys finstere Miene grinsen.

Izzy stöhnte erneut. »Abgesehen vom Geld finde ich nichts daran toll. Ihr wisst alle, dass ich nicht gern mit Kunden zu tun habe, und ich bin auch nicht gut darin. Noch schlimmer ist es, wenn ich denen in ihrem eigenen Zuhause begegne. Kunden und ihre Attitüden treiben mich in den Wahnsinn. Sehen wir doch den Tatsachen ins Auge – diese verdammten Kunden sind der Grund, weshalb ich das Unternehmen meiner Mum nicht übernommen habe.«

»Aber das hier ist doch etwas völlig anderes.« Dida rieb sich nachdenklich das Kinn. »Deine Mutter ist Innenarchitektin, da waren Bauunternehmer und Innendekorateure involviert, und die sind echt nervig. Kein Wunder, dass die Kunden da mürrisch werden. Aber in diesem Fall richtest du bloß ein Haus ein, mit lauter Sachen aus Vintage at the Cinema.« Dida dachte nach, während sie redete, und klang immer aufgeregter. »Es ist ganz simpel und einfach brillant! Wenn wir diesen Verkaufen-und-einrichten-Service anbieten, liefern wir alles in einem Paket und verdrängen dabei die Konkurrenz.«

Izzy rutschte in den Sessel. »Mag sein …«

»Und noch besser ist …« Dida hob die Brauen. »Wenn du mit Xander arbeitest, kannst du ihn wenigstens im Auge behalten und bleibst auf dem Laufenden über das, was er vorhat. Du kennst ja das Sprichwort: Bleib nah bei deinen Freunden und noch näher an deinen Feinden …« Jetzt wackelte sie mit den Brauen.

Luce beobachtete, wie Izzys Gesichtsausdruck sich von leicht mürrisch zu purem Entsetzen wandelte, während Dida sprach.

Izzy unterbrach sie schließlich. »Du willst doch hoffentlich nicht andeuten …«

Dida blies die Wangen auf. »Du musst nur so lange du kannst bei Xander sein. Du weißt schon, ungewöhnliche Zeiten erfordern ungewöhnliche Maßnahmen. Je näher du ihm bist, desto größer ist die Wahrscheinlichkeit, dass er dir seine Absichten verrät.«

Izzy gab einen lang gezogenen Protestlaut von sich. »Aber er ist ein Profitmacher und außerdem ein Schwachkopf. Wäre er auf einer verlassenen Insel und ich schiffbrüchig, würde ich lieber weiterschwimmen.«

Luce beherrschte sich, um nicht zu lachen. Sosehr sie auch protestierte, Izzy war weitaus empfänglicher für Xanders Anziehungskraft, als sie zugab. Weiterschwimmen? Wahrscheinlicher war, dass sie in seine Hängematte klettern würde.

Luce sagte: »Du musst es für den Vintage Cinema Club tun.«

Izzy reagierte mit dem Augenverdrehen, das diese Worte verdienten.

Dida meldete sich wieder zu Wort. »Na ja, wir dürfen nicht vergessen, dass Luces Brautkleider auch Kunden anlocken.« Offenbar hatte sie es eilig, das Thema voranzutreiben. »Es ist schon bemerkenswert, wie ihr beide euch ins Zeug legt, seit wir Vintage at the Cinema eröffnet haben, und wie ihr eure Karrieren und Talente entwickelt habt. Für mich hingegen war es immer eine Fluchtmöglichkeit aus meinem alles andere als perfekten Zuhause.«

Luce wusste, dass das stimmte. Sogar als sie sich im Grundkurs Kunst kennengelernt hatten und Luce und Izzy sich auf ihre künstlerische Zukunft konzentrierten, war Dida nur deshalb da, weil sie zu Hause, allein mit einem kleinen Kind, allmählich die Wände hochging.

Dida sprach weiter. »Die Kino-Krise führte dazu, dass ihr zwei einen weiteren Karrieresprung gemacht habt. Bei mir hingegen rückte meine Beziehung mit Aidie in den Fokus. In den vergangenen drei Jahren habe ich meine häusliche Situation hingenommen, weil Vintage at the Cinema mich von meinen Problemen abgelenkt hat. Was Aidie jetzt macht, ändert alles. Ihr zwei wagt neue Dinge. Vielleicht ist es an der Zeit für mich, den Kopf nicht länger in den Sand zu stecken und auch etwas Neues in meinem Leben zu wagen.« Dida stieß ein wehmütiges Seufzen aus.

»Oh, Dida, wir sind beide für dich da.« Izzy lehnte sich zu ihr hinüber und drückte ihren Arm.

Dida atmete tief ein. »Das Problem ist nur, dass ich schon immer ein Material Girl war. Ich habe Aidie geheiratet, weil ich wusste, er würde mir den Lebensstil bieten, den ich wollte. Ich hatte die Nachteile nicht bedacht, die ein Leben an der Seite eines Tyrannen bedeuten. Ich war stets davon überzeugt, dass ich durchhalten würde, egal, was kommt, aber jetzt bin ich mir nicht mehr so sicher.«

Luce musste das erst einmal verdauen, denn für Dida war

das ziemlich erstaunlich. Bisher hatte sie alles ertragen, was Aidie ihr zumutete, ohne groß zu klagen. Aber sie hingen gemeinsam in dieser Sache drin, und sie und Izzy würden Dida unterstützen, so gut sie konnten. Schon seltsam, dass Dida mit ihrem großen Haus, den vielen Sachen darin und einem Ehemann am unglücklichsten von ihnen war.

Luce entdeckte Ruby, die zur Tür hereinspähte.

»Alles okay, Rubes?«

Ruby kam strahlend herein, mit einer Karte in der Hand wedelnd. »Guck mal, was der Postbote gerade gebracht hat. Kannst du mir helfen, es zu lesen?«

Eine Postkarte von Ollie? Schlechtes Timing, oder? Zehn Minuten später wären Ruby und Luce allein gewesen. Obwohl Ollie sich aus dem Staub gemacht hatte, sorgte er dafür, dass Ruby nicht den Eindruck gewann, er hätte sie im Stich gelassen. Jede Woche kam eine Postkarte für sie.

Luce hatte sorgsam darauf geachtet, die Ollie-Sache geheim zu halten, was schwer genug gewesen war, so viel Zeit, wie sie zusammen verbracht hatten. Wenn sie zu dritt ausgegangen waren, dann an Orte, wo niemand sie kannte oder wo sie sich zufällig hätten treffen können. Wenn Ollie zu ihr in die Wohnung gekommen war, dann immer nur, wenn alle anderen arbeiteten. Und nun konnte eine einzige Postkarte die ganze Geschichte auffliegen lassen. Bei der Vorstellung zog sich alles in Luce zusammen.

Wenn sie cool blieb, kam sie vielleicht damit durch. Eine Postkarte bewies noch gar nichts. Sie musste aufhören, in Panik zu geraten. Die anderen wussten ja nicht einmal, von wem die Karte war.

»Wie wäre es, wenn wir uns die gleich zusammen ansehen, sobald wir beide allein sind?« Luce konnte nur hoffen, dass Ruby darauf einging. »Wir können es uns mit Saft und Schokolade gemütlich machen.«

Luce registrierte sehr wohl, dass Izzy und Dida vor Neugier platzten, aber höflich zur Decke sahen.

»Hübsche Shorts, Ruby«, bemerkte Izzy lächelnd.

Luce ergriff die Chance. »Du liebst diese Shorts, stimmt's, Rubes? Sie will sie sogar im Winter anziehen, mit einer Strumpfhose darunter.«

»Apropos Postkarten und entlegene Orte – denk dran, dass Aidie und ich nächste Woche weg sind.« Dida wechselte wieder geschickt das Thema und stöhnte vernehmlich. »Seine Mum und sein Dad kommen und kümmern sich um die Kinder, deshalb kann ich mich nicht drücken, ohne dass es zu diplomatischen Verwicklungen kommt.«

»Wohin reist ihr noch mal?« Luce ging auf den Themenwechsel ein.

»Ich habe keine Ahnung, Aidie weidet sich daran, die Kontrolle über alles zu haben.« Erneut stöhnte Dida und schüttelte den Kopf. »Obwohl ich momentan die Nase voll habe von Aidie und seinen fiesen Überraschungen.«

Izzy gab einen missbilligenden Laut von sich. »Was auch immer er ausgesucht haben mag, viel schlimmer als der Schock letzte Woche kann es nicht werden.«

Manchmal schien Didas Leben so weit weg zu sein von Luces und Rubys, dass die Freundschaft zwischen ihnen seltsam anmutete. Erst beim Geburtsvorbereitungskurs hatten sie sich angefreundet, und die Mädchen zur selben Zeit zu bekommen und sie aufwachsen zu sehen, hatte die materiellen Unterschiede zwischen ihnen überwunden. Und dass Aidie es bei Lollys Geburt nicht in den Kreißsaal geschafft hatte, hatte diese Frauen-schaffen-es-auch-allein-Gemeinschaft noch verstärkt.

»Ollie hat noch eine Postkarte aus diesem Go-Ort geschickt, Mum.«

Verdammt.

Ruby hatte die erste Gesprächspause genutzt und bekam von Luces Schreck nichts mit, sondern redete gleich weiter. »Auf dieser sind Palmen, und er hat wieder eine witzige Zeichnung gemacht, von einem Mann, dessen Kopf tropft …«

Okay. Luce war geliefert. Sie machte sich bereit für die Konsequenzen.

»Ollie schickt Postkarten aus Goa?«, fragte Izzy erstaunt.

Dida zuckte bloß mit den Schultern. »Was für eine schöne Idee, Ansichtskarten von überall auf der Welt zu schicken. Das hilft den Kids bei ihrem Geografieverständnis.«

Luce wusste nicht, warum Dida ihr diesen Rettungsanker zuwarf, aber sie nutzte die Chance. »Ja, du klebst Sticker auf die Landkarte, stimmt's, Rubes?« Luce und Ruby machten sich über die große Karte an der Wand her und fuhren die funkelnden blauen Klebesternchen nach, die Ollies Weg markierten. Die Tatsache, dass Luces geheimes Laster jetzt zwei verblüfften Leuten offenbart wurde, machte sie ganz fertig.

»Zusammen mit dieser habe ich jetzt sechzehn Karten«, verkündete Ruby ihrem Publikum.

Izzys Lächeln drückte Unbehagen aus. »Das ist ja toll.«

Dida stand vom Sofa auf und ließ ihr iPad in ihrer geräumigen Umhängetasche verschwinden. »Schon so spät? Komm, wir müssen uns beeilen, wenn wir um zehn aufmachen wollen.«

Izzy blieb sitzen. »Wie viele Ansichtskarten hat Lolly bekommen?«

»Wie bitte?« Dida tat, als hätte sie nicht richtig gehört.

Luces Mut sank weiter. Izzy hatte Ollie stets vor einer Beziehung mit Luce gewarnt, und wenn Izzy je die ganze Wahrheit über Luce und Ollie herausfand, stand sie schön blöd da. Aber vielleicht kam ja nicht gleich alles ans Tageslicht.

»Wie viele Karten hat Ollie denn Lolly geschickt, um ihr Geografieverständnis zu verbessern?« Izzy ließ nicht locker. »Nur mal so aus Interesse.«

Dida verzog das Gesicht und verdrehte die Augen. »Ollie hat Lolly keine Karten geschickt.« Sie warf Izzy einen warnenden Blick zu. »Können wir dann bitte gehen?«

Und dieses eine Mal war Luce froh, dass Dida jemand war, mit dem man sich lieber nicht anlegte. Zwei Minuten später hatte Dida Izzy aus der Wohnung gescheucht, und Luce war mit Ruby allein. Sie lauschten Izzys stöckelnden Schritten auf der Treppe und betrachteten den Cartoon, der Luce das Herz zusammenzog.

# 20. Kapitel

Früh am Mittwochmorgen, 11. Juni
XANDER
Das Pink House
*Stabhochsprung, Ziele und raschelnde Kleider*

Xander lehnte am Türrahmen und spähte in nervöser Erwartung die Straße entlang. Er zog sein Handy aus der Tasche. Halb acht. Izzy würde frühestens in zehn Minuten hier sein, und auch dann nur, wenn sie vor der vereinbarten Zeit eintraf. Er widerstand dem Impuls, die Kamera einzuschalten. Sich die Fotos anzusehen, wie sie in ihrem Schlafzimmer stand, war keine gute Idee. Er hatte sich lange genug vorgemacht, sich nur die Möbel anschauen zu wollen.

Was würde sie heute anhaben? Er verdrängte, dass er sich diese Frage gestellt hatte, seit er um halb fünf mit dem Ständer des Jahrzehnts aufgewacht war. Würde sie vielleicht eines dieser raschelnden Kleider tragen? Oder eine Latzhose, die stets ein kleines Stückchen heller Haut zeigte, wo ihr T-Shirt hochrutschte, sobald sie einen Arm hob? Er schob diese Vorstellung so entschlossen beiseite, wie er zuvor Hand an sich gelegt hatte.

Was die Selbstzweifel betraf, so war ihm durchaus bewusst, dass er sich in eine schwierige Situation begab, der er möglicherweise nicht gewachsen war. Aber was soll's, dachte er. Leichtsinnig beschrieb es nicht annähernd. Vielleicht hatte er es zugelassen, sogar initiiert, denn er verspürte ein unbewusstes Machobedürfnis, sich zu beweisen, dass er widerstehen konnte. Es war das erste Mal seit acht Jahren, dass eine Frau seine Abwehr überwunden hatte. Sie war schlicht über seine Schutzmauern gesprungen, einer Stabhochspringerin gleich, und dabei hatte sie auch gleich seinen Verstand lahmgelegt.

Ein klares Ziel. Darauf sollte er sich konzentrieren. Solange er nicht vergaß, dass es einen objektiven Grund für jede Entscheidung gab, die er getroffen hatte, war alles in Ordnung. Er war hier, um das Pink House endlich fertig einzurichten und zu vermieten. Es stand seit Jahren leer, seit dem Tod seiner Mum. Bisher war es zu schmerzlich gewesen, hierherzukommen und die Arbeit zu tun, die getan werden musste. Aber nun konnte er es nicht länger aufschieben, und letztlich waren die Renovierungsarbeiten fast wie eine Erlösung gewesen. Und jetzt war er hier, stand an der Tür in der Morgensonne, in nervöser Erwartung, wie er sie seit Jahren nicht mehr verspürt hatte. Da Christina ausfiel, war es die beste Entscheidung, Izzy mit der Einrichtung des Hauses zu betrauen. Mehr steckte nicht dahinter. Es ging darum, ein Problem zu lösen, und genau dazu hatte er die nötigen Schritte veranlasst. Izzy hier zu haben, war die perfekte Methode, beste Resultate zu erzielen. Nicht mehr und nicht weniger.

Nur dass erste Anzeichen bereits auf ein hartes Stück Arbeit für diesen Tag hinwiesen.

Und dabei hatte er sie noch gar nicht gesehen.

# 21. Kapitel

Früher Mittwochmorgen, 11. Juni
IZZY
Auf dem Weg zum Pink House
*Hohe Hecken und Cocktail-Shaker*

»Wenn ich das Geld nicht bräuchte, würde ich das nicht machen.«

Izzy murmelte ihr beruhigendes Mantra für diesen Tag vor sich hin und tadelte sich gleichzeitig. Ein Mantra sollte positiver klingen, aber dieses musste eben ausreichen. In ihrem Kopf erklärte ihr Luce, sie tue das für alle in der Crew, vor allem jedoch für den Vintage Cinema Club, und erinnerte sie daran, wie gern sie Häuser einrichtete, besonders stilvolle Häuser. Beides traf unbestreitbar zu, trotzdem wollte sie Luces körperlose Stimme nicht hören. Luce würde ihr einiges zu erklären haben. Izzy war dieser merkwürdigen Sache mit Ollie zum Beispiel noch nicht auf den Grund gegangen. Sie hatte gestern so viel damit zu tun gehabt, die Bestellung fertig zu machen, und Luces flüchtige Erklärung zu diesen Dingen war mit Izzys eiligem Aufbruch zusammengefallen. Sechzehn Postkarten in ebenso vielen Wochen. Dass Ollie und Ruby sich gut verstanden, reichte als Erklärung nun wirklich nicht aus.

Es war noch so früh, dass die Sonne gerade eben über die hohe Hecke schien, aber der Himmel war schon tiefblau. Beim letzten Mal hatte sie nicht genau gewusst, wohin sie musste, aber diesmal kannte sie sich besser aus. Aus irgendeinem Grund erinnerte sie sich an die bis dato schrecklichste Nacht ihres Lebens, als sie mit Ollie zu einer Party gegangen war, während ihre Eltern sich zu Hause stritten. Als sie frühmorgens heimkamen, hatten ihre Eltern die Scheidung beschlossen. Das war in gewisser Hinsicht eine sehr bedeutsame Nacht in ihrer Geschichte.

Auf keinen Fall wollte Izzy einen wundervollen Sommertag mit sinnlosen Grübeleien über die Vergangenheit vergeuden. Sie betrachtete die Körbe und Kartons und Stoffstapel, alles zusammen mit lauter Krimskrams in den Van gestopft, und musste lächeln. Sie war hier, um einen Job zu erledigen, und zwar sehr gut. Und danach würde sie hoffentlich nicht mehr mit Männern in Kontakt kommen, die ihr das Gefühl gaben, sie befinde sich permanent in einem Cocktail-Shaker. Sie bemerkte die vier ausgeschnittenen weißen Buchstaben auf dem Fußboden des Vans neben ihrer Tasche. Die hatte sie heute Morgen noch in einem verspäteten Einfall eingepackt. Jetzt bildeten sie plötzlich das Wort LOVE, und die Cupcakes, die sie zum Frühstück hastig heruntergeschlungen hatte, kamen ihr auf einmal gar nicht mehr süß vor.

Sie hielt vor dem Haus, holte tief Luft und griff in ihre Hosentasche. Auf keinen Fall würde sie diesen Tag ohne Kaugummi überstehen.

# 22. Kapitel

Früh am Mittwochmorgen, 11. Juni
IZZY & XANDER
Das Pink House
*Arrogante Ausreden und Klopfen und Hämmern*

»Kaugummi?« Xander starrte Izzy an, als könne er diese Unverfrorenheit nicht fassen.

»Und?« Ihre Stimme hallte von den Flurwänden wider, wo sie den Karton abgestellt hatte. Sie stand da, die Hände in die Hüften gestemmt. Luce hätte sich die Haare gerauft, wenn sie hätte sehen können, dass Izzy bereits auf Konfrontationskurs war, noch ehe sie das Haus richtig betreten hatte.

»Ich weiß nicht, wie Christina das finden würde …«

Was für eine arrogante Ausrede war das denn? Er sollte wenigstens den Mumm haben und zugeben, dass er derjenige war, der es hasste, wenn sie Kaugummi kaute.

Izzy überlegte. Sie kaute immer Kaugummi, wenn sie nervös war. Der heutige Tag würde schwer genug werden. Ohne Kaugummi würde sie es nicht schaffen.

»Sorry, aber das ist nicht verhandelbar.« Seine herausfordernden Worte von neulich wiederholen zu können, verschaffte ihr eine gewisse Befriedigung. Sie zerrte ihre Jeans hoch und ärgerte sich, den Gürtel vergessen zu haben. Dann zog sie den Saum ihres T-Shirts herunter, damit alle Lücken bedeckt waren, und wandte sich zum Gehen, um weiter auszuladen.

Xanders tiefem Seufzen nach zu urteilen, hatte er begriffen, dass er der Verlierer dieser kleinen Auseinandersetzung war. Was sein sexy Aussehen betraf, in seiner üblichen ausgewaschenen Jeans und dem zerrissenen T-Shirt, würde sie es eben ausblenden müssen.

Izzy hatte genügend Sachen im alten Kino gefunden, um ihr Schlafzimmer nicht plündern zu müssen. Mit Ausnahme des Bettes natürlich. Sie war zuversichtlich, ein ähnliches Zimmer einrichten zu können, ohne dass es nötig war, ihr Zuhause leer zu räumen. Normalerweise hätte es ihr nichts ausgemacht, aber irgendwie bereitete ihr die Vorstellung von ihren persönlichen Dingen in diesem Haus Unbehagen.

»Es ist ein bisschen chaotisch hier, die Handwerker sind gerade erst abgezogen, und die Möbel treffen nach und nach ein«, entschuldigte Xander sich, während er sie durchs Haus führte. »Die Fahrer von der Produktionsfirma haben Ihre Sachen gestern schon mal in etwa dort hingestellt, wo sie sein sollen. Wir müssen sie nur noch ein bisschen hin- und herschieben.«

Sie wankte mit einem Korb beladen hinter ihm die Treppe hinauf und versuchte, nicht seinen gebräunten Rücken zu betrachten, der dort sichtbar wurde, wo sein T-Shirt nicht bis auf seine Hüftjeans hinunterreichte. Sie gingen durch eine Sechsfach-Kassettentür in ein Zimmer im ersten Stock, in dem sich die Möbel befanden, die sie gestern in den Van der Produktionsfirma geladen hatte.

»Ich bin Ihnen wirklich dankbar für Ihre Hilfe, denn ich habe keine Ahnung, was jetzt zu tun ist.« Xander warf ihr einen entwaffnenden Blick von der Seite zu. Izzy, ganz unvorbereitet, bekam weiche Knie und sah ihm in die Augen. Ihr Frühstück machte sich gefährlich in ihrem Magen bemerkbar, das Blut rauschte ihr in den Ohren. Aber er wandte den Blick nicht ab. Izzy zwang sich, zu den Einzelteilen des Bettes zu schauen, die ordentlich auf dem neuen grauen Teppich lagen, und dabei kaute sie wie verrückt.

Warum sollte er auch wegschauen? Sie war diejenige, die sich hier schuldig fühlen sollte. Sie waren beide erwachsen und gingen ihren Jobs nach. Sie konnte kaum glauben, wie sehr sie hier überreagierte.

»Christina ist sehr eigen und eine Perfektionistin.«

Da. Das katapultierte Izzy wieder fest an ihren Platz zurück.

»Tatsächlich?« Izzy wusste, dass sie pikiert aussah, was nicht sein durfte, aber was sollte sie machen. Sie wusste ja bereits, dass Christina großen Wert auf Qualität legte. Immerhin hatte sie Xander ausgewählt, oder? Das unterstrich nur Izzys Theorie, dass Kunden unberechenbar waren.

Xander zögerte. »Jetzt, wo die Arbeit getan ist, ist viel von dem Charakter verschwunden …«

Izzy betrachtete die makellos gestrichenen Wände. »Es wirkt tatsächlich ein wenig steril.« Das war ein ihr vertrautes Problem, mit dem ihre Mum, die Innenarchitektin, sich häufig bei ihren wohlhabenderen Kunden konfrontiert sah. Sie konnte es sich nicht verkneifen, Xander darauf hinzuweisen, dass er es hätte wissen müssen, wo er doch der erfahrene Unternehmer war. »Typischer Anfängerfehler von Bauunternehmern. Zu hohe finanzielle Investitionen können diese alten Gebäude ruinieren und Ihre Finanzen gefährden.«

»Hier geht es nicht um einen Geschäftsplan.« Seine Miene war hart, und sein Ton ging ihr durch und durch. »Dies ist das Haus, in dem meine Mutter gelebt hat. Bevor sie gestorben ist.«

Mist. Izzy wünschte, die breiten Eichendielen würden sich unter ihr auftun. Ein totes Elternteil toppte so ziemlich alles. Xander war ohnehin größer als sie, aber jetzt fühlte sie sich richtig klein. Wie konnte sie jetzt noch die Kurve kriegen?

»Deshalb sind Sie hier.« Xander schüttelte den Kopf, als könne er es selbst nicht fassen und verzichte lieber auf Streit mit ihr. »Um dabei zu helfen, den Zauber wieder zurückzubringen«, fügte er milder hinzu.

Izzy war überrascht, dass er auf diese elegante Weise über ihren peinlichen Fehltritt hinwegsah.

»Na, da habe ich ja überhaupt keinen Druck«, erwiderte sie ironisch und versuchte ein Lächeln, was wegen ihrer Nervosität nicht ganz glückte. »Ich nehme an, dies hier ist ein Gästezimmer?«

Da sie sich im hinteren Teil des Hauses befanden, handelte es sich wahrscheinlich nicht um das Hauptschlafzimmer.

»Richtig, die Master Suite liegt vorn und ist größer.«

Er klang wieder sehr entspannt. Es kostete Izzy enorme Anstrengung, sich zusammenzunehmen.

»Die Kleiderschränke sehen toll aus und stehen sehr schön dort, wo sie sind. Das ist auch gut so, denn die wiegen eine Tonne. Sie passen nicht ganz zusammen, aber das macht nichts, denn es entspricht der Atmosphäre des Hauses.«

»Ja, gute Entscheidung.«

Er hatte sich nach ihrem groben Schnitzer hinsichtlich seiner Mutter gefangen und sah Izzy erneut an. Und zwar, als wollte er sie mit seinen Blicken ausziehen. Diesmal wusste sie, dass sie es sich nicht nur einbildete. Genau wie in ihrem Schlafzimmer bei sich zu Hause, nur war es jetzt noch schlimmer. Dumm, dass sie ihr langärmeliges Shirt aus dem Van nicht übergezogen hatte. Sie war sich ihres dünnen T-Shirts unangenehm bewusst. Ihr fiel nur eine Sache ein, die diese Situation hier besser machen konnte. Sie kaute heftiger auf ihrem Kaugummi herum, und als das Prickeln in ihrem Nacken zunahm, zog sie das Tuch ab, mit dem sie ihre Haare zusammengebunden hatte, und zerrte es durch die Gürtelschlaufen ihrer Jeans. Jetzt saß wenigstens die Jeans von einem von ihnen richtig; seine war es nicht, denn die rutschte allmählich unanständig abwärts.

»Ich hole meinen Schraubenschlüssel, dann können wir das Bett aufbauen.« Sie eilte zur Tür, doch selbst im Hinausgehen hätte sie schwören können, dass er sie anzüglich musterte.

»Gibt es einen Grund für all das Hämmern und Klopfen?«

Xander warf Izzy über die zerschrammten Metallmuttern am Kopfende des Bettes hinweg einen ernsten Blick zu. Sie hatten Kopfende und Fußende aufgestellt, und jetzt versuchte Izzy, die Seitenteile anzubringen.

Izzy hielt inne, zog das neue Band aus ihren Haaren und befestigte ihren Pferdeschwanz erneut.

»Ein Bettgestell zusammenzubauen ist immer heikel.« Vor allem, wenn man mit einem Idioten zusammenzuarbeiten versuchte, dessen vorrangiger Beitrag darin bestand, auf ihre Brüste zu starren.

Sie beugte sich hinunter, um eine Schraube anzuziehen, und er starrte einfach weiter. Verdammt. Die Schraube rutschte ihr aus den Fingern.

»Shit.« Der Schraubenschlüssel fiel gleich hinterher auf den Teppich.

Oh, Menno … Sie verfluchte ihr Fluchen.

»Das ist das dritte Mal, dass Sie den Schraubenschlüssel fallen lassen.«

Xander konnte also zählen. Na klasse. Das war doch ein Grund zu feiern.

»Izzy …« Er hatte sie noch nie mit ihrem Vornamen angeredet.

Seine raue, tiefe Stimme ließ sie den Atem anhalten. Shit. Langsam kam er um das Bettgestell herum und blieb stehen. Auf ihrer Seite des Bettes. Schauer liefen ihr über den Rücken. Er sollte nicht dort stehen.

Nun stand er hinter ihr, und ihre Beine wollten sich nicht bewegen. Sie blieb wie angewurzelt stehen, erstarrt von einer Mischung aus Entsetzen und sinnlicher Erwartung. Sie spürte seinen warmen Atem, der ihre Haut unterhalb ihres Ohrs streifte, als er sich herunterbeugte.

»Izzy?«

Seine Stimme hatte sich verändert, und aus dem Augenwinkel sah sie, wie er die Hand hob und in Höhe ihrer Schulter innehielt. Genug. Sie musste dem Einhalt gebieten. Sofort.

Einen flüchtigen Moment lang war sie dankbar für jeden Streit mit ihren Brüdern und mit Ollie, der sie einmal als Kind verprügelt hatte, weil sie nicht nachgeben wollte. Dadurch hatte sie einen guten linken Haken entwickelt.

Sie wirbelte herum und schlug zu. Xander taumelte rückwärts, als ihre Faust seine Schulter traf.

»Was zum …«

Guter Treffer Nur schade, dass sie sein Kinn verfehlt hatte.

Er sah sie kopfschüttelnd und geschockt an, während sie sich die schmerzende Hand rieb.

»Was für ein Spiel treiben Sie hier eigentlich?«, rief sie. »Was ist mit Ihrer Frau?« Ihr Zorn wurde befeuert von ihren brennenden Fingerknöcheln. »Von Ihren Kindern ganz zu schweigen. Was ist mit denen?« Sie stand jetzt aufgebracht direkt vor ihm.

Er rieb sich verstört die Wange, als verstünde er nicht, wovon sie sprach. Stoppeln. Sie würde sich besser behaupten in dieser Situation, wären da nicht seine Stoppeln.

»Ich weiß nicht, was Sie meinen. Ich habe keine Kinder. Ich habe auch keine Frau – na ja, nicht mehr. Wovon sprechen Sie also?«

Er sah sie durchdringend an, und sie wich zurück.

Izzy zögerte, ehe sie ihre nächste Tirade losließ. »Keine Frau? Na, wenn Sie keine Frau haben, wer zum Geier ist dann Christina?«

Trotz der Möbel hallte es ziemlich in dem Raum.

Er hob die Brauen, atmete aus, schüttelte den Kopf. »Christina ist meine Schwester. Sie hilft mir, meine Häuser einzurichten.«

Ach, du Schande. Izzy spürte, wie sie blass wurde. Wie, um alles in der Welt, hatte sie nur …

»Und ihre Kinder sind mein Neffe und meine Nichte. Falls Sie ein Problem damit haben, sollten Sie vielleicht beim nächsten Mal danach fragen, bevor Sie Leute attackieren.« Er gab einen genervten Laut von sich und ging hinaus auf den Flur. »Ich lasse Sie dann mal weitermachen.«

Hätte bei diesem Job nicht so viel auf dem Spiel gestanden, hätte sie längst die Flucht ergriffen. Aber sie war nicht nur ihretwegen hier. Die ganze Crew war auf den Erlös aus diesem Job angewiesen, und das durfte sie nicht vergessen.

Sie schnappte sich den Schraubenschlüssel und fing an, die endlos vielen Schrauben des Bettgestells anzuziehen. Zeit genug, um sich über die eigene Blödheit zu ärgern. Sie war erst seit einer Stunde hier und war bereits zweimal ins Fettnäpfchen getreten. Am liebsten hätte sie sich irgendwo verkrochen.

Izzy zog die letzte Schraube fest, als Xander zurückkam. Seiner Miene nach zu urteilen, hatte ihm eine halbe Stunde nicht gereicht, um sich zu beruhigen.

»Für was für eine Sorte Mann halten Sie mich eigentlich?«

*Wütend und kultiviert,* dachte sie.

Niemals entschuldigen, nie etwas erklären. Didas Worte schossen ihr durch den Kopf, und gleich danach Luces, sie solle jedes Mal alles erklären.

»Offenbar habe ich Sie für einen üblen Charakter gehalten.« Sie musste sich einfach erklären. »Ich nahm an, Sie seien ein verheirateter Mann, der sich an mich heranmacht. Anscheinend war ich zu Unrecht empört.« Irgendwie musste sie das wiedergutmachen. Aber wie?

»Ich habe mich nicht an Sie herangemacht und würde das auch nicht tun.«

Er klang schrecklich ehrlich und endgültig. Izzy fühlte sich erbärmlich. Schon wieder. Dieser Typ verstand es wirklich, jemanden dazu zu bringen, sich klein zu fühlen. Es drängte sie, sich zu entschuldigen.

»Es tut mir leid, dass ich mich so geirrt habe.« Dass sie ihn geboxt hatte, bereute sie weniger. Irgendwie glaubte sie nicht, dass er ganz so unschuldig war, wie er sich darstellte. Er hatte sich vorhin definitiv auf der falschen Seite des Bettes aufgehalten, und dafür gab es keine vernünftige Erklärung. Zumindest hörte sie keine Entschuldigung von ihm dafür, dass er ihr so nahe gewesen war, dass sie seinen Atem am Ohr spürte. Dummerweise würde sie noch den ganzen Tag hier arbeiten müssen. Und wie zum Geier sollte sie Luce erklären, dass sie ihn geschlagen hatte?

# 23. Kapitel

Mittwochnachmittag, 11. Juni
IZZY & XANDER
Das Pink House
*Vier … fünf … sechs … sieben … vielleicht*

Izzy wusste nicht, ob es an den Schuldgefühlen oder am Durst lag, aber Xander verschwand und kam mit frischem Kaffee zurück. Sie bot Haferriegel an, und danach ließen sie das Mittagessen ausfallen und arbeiteten den Nachmittag hindurch, meistens schweigend. Izzy lief immer wieder hinaus zum Van, und Xander schaute zu oder half ihr, sobald sie ihn darum bat.

»Wir sind kein schlechtes Team.« Er betrachtete die Taftvorhänge, die sie gerade aufgehängt hatten und die Izzys Meinung nach perfekt zu den schmalen Sprossenfenstern passten.

Izzy, noch oben auf der Trittleiter, wollte diese Bemerkung nicht unerwidert lassen.

»Was für ein Team ist das, in dem ich die ganze Arbeit mache und Sie nur zuschauen?«

Die Andeutung eines Lächelns erschien auf seinem Gesicht. Izzy war erleichtert, dass die Spannung nachließ. Ihn zu boxen, war für die Kundenbindung vielleicht nicht hilfreich gewesen, aber zumindest herrschte nun weniger Befangenheit zwischen ihnen. Sie hatte es bisweilen unerträglich gefunden, sich in seiner Nähe aufzuhalten, als sie noch glaubte, er sei verheiratet. Und ein total schlechtes

Gewissen dabei gehabt, einen Typ sexy zu finden, der einer anderen Frau gehörte. Abgesehen davon hatte Izzy sich nie zuvor derartig zu einem Mann hingezogen gefühlt, und im Gegensatz zu Luce nahm sie nicht jedes männliche Wesen genauer in Augenschein.

Die bizarre Anziehung, die Izzy bei Xander empfand, war unpassend und verwirrend und hatte sicher nichts mit dem Mann selbst zu tun. Ganz bestimmt würde sie dieser Anziehung nicht nachgeben. Ja, er sah gut aus und hatte versehentlich eine dreifache Portion abbekommen, als Sexappeal verteilt wurde. Aber er war auch verdammt arrogant und besaß deutlich weniger Charme, als er glaubte. Xanders Überheblichkeit allein hätte ihn für Izzy schon disqualifiziert, wäre er denn überhaupt infrage gekommen, was selbstverständlich nicht der Fall war. Und das schon nicht, bevor er erwähnte, ihn interessiere nur Profit. Sie hatte keine Ahnung, warum sie sich so viel besser fühlte, seit sie wusste, dass er Single war, schließlich spielte es ja wirklich keine Rolle.

»Wenn Sie sich nützlich machen wollen, holen Sie ein Staubtuch und putzen diesen Kronleuchter.« Izzy stieg von der Trittleiter und ging zu einem Korb neben dem Kleiderschrank.

Die Liste, die Xander ihr am ersten Tag gegeben hatte, umfasste Spitzenkleider, die im Zimmer aufgehängt werden sollten, und Luce hatte sich hervortun können. Izzy sah den Stapel durch, den Luce ihr gegeben hatte, um herauszufinden, welche am besten passen würden.

»Wessen Haus ist das denn nun eigentlich?«, fragte Izzy, während sie ein cremefarbenes Unterkleid schüttelte und auf einen gepolsterten Bügel hängte. Bisher war sie gar nicht dazu gekommen, Genaueres darüber in Erfahrung zu bringen, für wen sie eigentlich arbeitete. Jetzt musste sie es aber wissen, und sei es nur, um das Styling richtig hinzubekommen.

»Es gehört mir, aber wir möblieren es, damit ich es vermieten kann.«

»Aha.« Izzy überlegte. »Und warum habe ich dann ein Schaukelpferd geliefert?«

Xanders Seufzen klang ein wenig verlegen. »Das habe ich für Christinas Kinder gekauft, damit sie beschäftigt sind, wenn sie hier letzte Hand anlegt. Was sie allerdings nicht kann, solange ihr Fuß eingegipst ist.«

»Wie alt sind die Kinder?« Izzy dachte daran, dass es wohl besser war, kleine Dekostücke zu vermeiden.

»Vier ... fünf ... sechs ... sieben vielleicht.« Xanders Schulterzucken verriet ihn. »Jedenfalls haben sie die Größe für ein Schaukelpferd.«

Die Accessoires waren demnach nicht entscheidend, trotzdem hakte Izzy nach. »Sie wissen es nicht, oder?«

»Was?«, fragte er protestierend. »Ich arbeite mit Immobilien und in der Filmbranche, nicht mit Kindern. Und ihr Alter ändert sich doch dauernd. Auf ihren Geburtstagskuchen sind bisher nur wenige Kerzen, falls Ihnen das weiterhilft.«

»Ich kann nur hoffen, dass Sie als Onkel nicht so mies sind, wie Sie klingen.« Sie sah ihn lächelnd an. »Wie viel Zeit verbringen Sie hier?« Wenn das zu neugierig war, dann Pech.

»Zwischen den Filmprojekten war ich hier, um nach meinen anderen Projekten zu sehen – das mit Ihren Lieblingscontainern, zum Beispiel – und um dieses Haus hier in Ordnung zu bringen. All die Dinge, die Christina sonst erledigen würde, müsste sie momentan nicht an Krücken umherhumpeln.« Seine Miene entspannte sich. »Später werden wir alle nach Frankreich aufbrechen, um eine Scheune umzubauen. Sie verbringen ihren Urlaub dort, und ich sehe mir potenzielle Drehorte an, für einen Film, von dem ich hoffe, dass ich ihn finanziert bekomme.«

Izzy starrte seine nackten Füße an. Das war der einzige Teil seines Körpers, den zu betrachten sie sich seit dem Morgen gestattet hatte. Die sahen immer noch verboten sexy aus, was, wie sie wusste, in jeder Hinsicht lächerlich war.

»Und es ist Christina, die auf diese antiken Sachen steht, nicht Sie, oder?«

Das ging sie eigentlich nichts an, und sie verstand selbst nicht, warum sie mehr über ihn erfahren wollte.

»Ich? Nein, das ist eher nicht mein Ding.«

»Sie haben dieses alte Auto«, erinnerte sie ihn.

Er winkte ab. »Das gehört nicht mir, ich habe es von meinem Dad geborgt. Und wenn ich Räume zu dekorieren hätte, was glücklicherweise nicht der Fall ist, würde ich mich nicht für diesen alten Ramsch entscheiden.«

Das war nichts, was sie nicht bereits wusste. Den Kronleuchter zu polieren, machte ihn schon mal nicht gesprächiger.

»Welchen Stil bevorzugen Sie denn?« Sie ging zu einem Paravent, den sie neben der Frisierkommode aufgestellt hatte.

»Ich habe kein Haus. Zumindest keines, in dem ich wohne. Nur das, wo die Container stehen.«

Sie dachte an die zerbrochenen Fenster und die Baustelle.

»Aber das ist erst halb fertig. Was ist mit Ihrer Unterkunft?«

Er sah aus, als würde er über ihre Frage nachdenken.

»Tja, ich habe keine.«

Sie versuchte, sich ihre Überraschung nicht anmerken zu lassen. Für Izzy war ihr Zuhause enorm wichtig. Sie konnte sich nicht vorstellen, keines zu haben. Ihr Haus vermittelte ihr ein Gefühl der Sicherheit, dort konnte sie ihre Kreativität ausleben, und das machte einen großen Teil ihrer Identität aus. Seit der Scheidung ihrer Eltern und dem damit einhergehenden Verlust des Zuhauses der Familie war ein Haus für sie ein Symbol des Aufgehobenseins gewesen.

»Aber wo schlafen Sie dann, wo sind Ihre Sachen?« Sie fand es so schwer nachvollziehbar, dass es ihr mittlerweile egal war, ob sie neugierig klang.

»Manchmal schlafe ich im Büro. Filmproduktion ist eine zeitaufwendige Angelegenheit, deshalb arbeite ich ständig, wenn ich wach bin. Ansonsten bin ich mal hier, mal dort, bin viel unterwegs, bewahre meine Kleidung in einer Reisetasche auf, übernachte in Hotels, an Drehorten oder auch bei Freunden. Und wenn ich mich ausruhen muss, fängt Christina mich auf. Sie hat nie aufgehört, die große Schwester für mich zu sein. Wir stehen uns sehr nahe, besonders … Na ja, jetzt.«

Izzy vermutete, dass er seine Mutter erneut hatte erwähnen wollen, es sich dann aber anders überlegt hatte. Darüber war sie erleichtert, trotzdem strahlte er etwas Verwirrendes aus. Was war er? Ein umherziehender Workaholic, der nirgendwo zu Hause war? So viel zu dem Eindruck von ihm als glücklicher Familienmensch mit einem wunderschönen georgianischen Haus, den sie von ihm gehabt hatte. Wie konnte er so völlig anders sein, als sie gedacht hatte?

Sie konnte nicht verbergen, wie entsetzt sie bei der Vorstellung war, mehr oder weniger obdachlos zu sein. Für sie wäre es das Schlimmste auf der Welt gewesen, kein Zuhause zu haben. »Finden Sie nicht, dass Sie ein bisschen zu alt dafür sind, um auf den Sofas anderer Leute zu übernachten?«

Xander lachte amüsiert. »So alt ist vierunddreißig nun auch wieder nicht.«

»Kommt drauf an, was man mit vierunddreißig macht. Das ist keine gute Antwort, und das wissen Sie auch.«

Izzy spürte, dass sich da gerade ein Riss auftat in Xanders arroganter Fassade. Manchmal stieß man auf Menschlichkeit, wenn man ein hartes Äußeres durchdrang.

»Warum so viel Arbeit? Die Filmproduktion ist bestimmt zeitintensiv, aber ich habe von Filmproduzenten gehört, die trotzdem ein Privatleben haben.«

Er dachte nach, als sei ihm klar, dass eine flapsige Antwort nicht angebracht war. Seiner konzentrierten Miene nach zu urteilen, schien er sich diese Frage selbst zum ersten Mal zu stellen. »Ich denke, die Arbeit füllt mich aus.«

Eine kurze, knappe Antwort, aber Izzy wusste genau, was er meinte. Für ihr Leben galt das ganz sicher, und die Arbeit war definitiv ein Ersatz für etwas – sie hatte nur noch nicht ganz herausgefunden, für was eigentlich. Sie arbeitete oft bis zur Erschöpfung und darüber hinaus. Wenn sie mit dem Streichen fertig war, putzte sie das Haus blitzblank, und anschließend musste sie etwas organisieren, backen, renovieren, und immer so weiter, ohne Pause. Denn in den Pausen holte die Vergangenheit sie ein. Deshalb waren ihre Tage ausgefüllt, sodass keine Gelegenheit blieb für Zweifel oder schlechte Gedanken. Sie brauchte die Tretmühle, weil sie Angst davor hatte, was passieren würde, wenn sie anhielt. Aber eines war ihr auch klar: Ein unglücklicher Mensch erkannte einen anderen unglücklichen Menschen. Sie fragte sich, ob es Xander bewusst war, wie viel er mit diesen paar Worten von sich preisgegeben hatte. Sie hatte geglaubt, durch den kleinen Riss in der Fassade einen Einblick in seine wahre Persönlichkeit zu erhalten. Stattdessen hatte sie überraschend das ganze Bild gesehen.

»Arbeit füllt Sie aus?«, wiederholte sie, über den Korb gebeugt und ein Unterkleid aus Spitze herausziehend. »Kein Scherz, oder?«

»Ohne die Arbeit gäbe es vielleicht nichts. Beängstigende Vorstellung.« Seine Stimme war rau. »Aber woher wissen Sie das?«

Er legte den Kopf schief und klang ein klein wenig triumphierend. »Sie wissen es, weil Sie genauso sind. Sie streichen nächtelang Sachen an, oder?«

# 24. Kapitel

Mittwochnachmittag, 11. Juni
DIDA & LUCE
Die Besuchertribüne der Badeanstalt
*Ein finsteres Gesicht macht Falten*

Luce bahnte sich ihren Weg durch die Stuhlreihen, klappte den Sitz eines blauen Plastikstuhls herunter und setzte sich seufzend, ehe sie ihre Tasche auf den Boden stellte. Dann hielt sie Dida eine Dose hin.

»Eistee. Keine Ahnung, wie der schmeckt, aber heute ist anscheinend für alles Mögliche das erste Mal.« Dida fuhr dankbar über die Kondensflüssigkeit an der eiskalten Dose, zog am Verschlussring, bis es knackte, und erwiderte heiter: »Ich weiß ja, dass wir normalerweise in die Sauna gehen, aber das hält keiner aus, wenn es im Juni schon dermaßen heiß ist.«

Dida spähte über die Balkonbrüstung und versuchte, wenigstens für einen kurzen Moment die Tiefschläge auszublenden, die sie an diesem Nachmittag hatte einstecken müssen. Zwei Dinge, die aus dem Nichts gekommen waren und die sie nach wie vor nicht ganz fassen konnte.

Weit unten lauschten Lolly und Ruby mit anderen Kindern am Pool der Schwimmtrainerin. Dida schlug die Beine übereinander, strich ihre graubraune Leinenhose glatt, zupfte ihr Shirt vom Rücken, wo es der Schweiß festgeklebt hatte, und wünschte, sie hätte etwas Leichteres angezogen. Luces Caprihose und Poloshirt sahen viel bequemer aus, dazu trug sie flache Pumps. Aber Luce schaffte es ohnehin immer, irgendwie ganz mühelos entspannt auszusehen. Während bei Dida wegen ihrer fülligen Figur alle Sachen, egal, wie teuer sie waren, aussahen, als trüge sie einen Sack, konnte man Luce in eine Mülltüte stecken, und sie sah immer noch aus, als käme sie gerade von einem Vogue-Fotoshooting. Und aus der Vogelperspektive konnte Dida jetzt schon erkennen, dass Lolly, die dort unten ihren Po herausstreckte, die Statur ihrer Mutter geerbt hatte, während Ruby neben ihr gertenschlank wie ihre Mum war.

Gene waren eine Sache, gegen die man nicht ankämpfen konnte. Was Aidie betraf, sah es anders aus. Der Vintage Cinema Club wehrte sich mit aller Kraft gegen ihn. Dida hatte einen hohen Darlehensantrag auf den Weg gebracht, der bei der Bank eintreffen müsste, bevor sie abreiste. Aber Aidie teilte aus, und zwar nichts Gutes. Was er sich heute geleistet hatte, konnte man mit Fug und Recht die Mutter aller Schlachten nennen.

Luce verzog das Gesicht, während sie die Dose hochhielt, um die Zutatenliste zu lesen. »Brrr, da ist ein bisschen viel Zitrone drin.« Sie trank einen weiteren Schluck und schüttelte sich. »Hoffen wir mal, dein anderes erstes Mal ist besser als das hier. Ich glaube, das ist das Abscheulichste, was ich außer Root Beer je getrunken habe.«

»Wie abscheulich es auch schmecken mag, ich fürchte, das andere erste Mal ist schlimmer.« Dida holte tief Luft. Sie wusste, dass sie einen grimmigen Zug um den Mund hatte, vor dem ihre Mutter sie ihr Leben lang gewarnt hatte. Der Lippenstift, den sie vor dem Verlassen der Umkleidekabinen aufgetragen hatte, unterstrich das noch. »Lächle, und die Welt lächelt zurück« oder »Ein finsteres Gesicht macht Falten« waren zwei der Standardsprüche der Mütter.

»Dann nehme ich an, dass Aidie dafür verantwortlich ist?«

Dida mochte die Einfühlsamkeit ihrer Freundin, auch wenn genau genommen dieser Satz auf Didas gesamtes Leben zutraf, denn Aidie war tatsächlich für alles Üble in ihrem Leben verantwortlich. »Allerdings. Er hat zum ersten Mal in achtzehn Jahren kein Staatsgeheimnis aus unserem Urlaubsziel gemacht und mir verraten, wohin es am Samstag geht.« Dida blies die Wangen auf, die mahnenden Worte ihrer Mutter über das Grimassenziehen ignorierend. Sie hatte keine Ahnung, warum Aidie mit seiner Tradition gebrochen hatte. Ihr Gatte ging geheime und verschlungene Pfade, sodass die Auswirkungen seines Handelns nicht immer sofort sichtbar wurden. Aidie war ein Meister der Verschleierungstaktik.

»Ich nehme mal an, du bist nicht allzu glücklich?« Luce strich sich die Haare aus dem Gesicht. »Kein Kultururlaub?«

Dida schüttelte den Kopf. Was für eine Untertreibung. »Der Scheißkerl schickte mir eine Textnachricht, als ich auf dem Schulweg war.« Sie hielt Luce ihr Handy vors Gesicht.

**Candi, Urlaubsdetails, besorg dir Ausrüstung, AD**
*www.Fit-Italien/Radfahren/HügeligesUmbrien*

»Ach, du Schande …« Luce machte ein verblüfftes Gesicht, und Dida klickte den Link an. »Du fährst doch gar nicht Rad.«

Dida hatte sich in der vergangenen Stunde zusammengerissen, solange sie die Kinder von der Schule abholte und diese sich anschließend fürs Schwimmen umzogen. Doch jetzt reichte es. »Ganz genau. Ich bin der letzte Mensch auf der Welt, der gern aufs Fahrrad steigt, und das habe ich auch von Aidie geglaubt, bis er letzte Woche mit diesem albernen Fitness-Tick anfing. Und was die Ausrüstung betrifft, weigere ich mich, meinen Hintern in Lycra zu zwängen.«

»Ach, so schlecht ist das nun auch wieder nicht …« Luce las die Website. »Von der Sonne beschienenes Terrakotta, mittelalterliches Montefalco, private Pools und apricotfarbene Orchideen. Klingt doch ganz nett.«

»Wenn es ums Radfahren sonst irgendwo auf der Welt ginge, würde ich definitiv zu Hause bleiben.« Didas klagender Ton veranlasste eine Frau ein Stück weiter in der Reihe, den Kopf erschrocken in ihre Richtung zu drehen. Dida biss die Zähne zusammen, um ihre Lautstärke zu drosseln; sie wusste ja, dass sie sich ausgerechnet bei Luce nicht über Luxusurlaub beschweren sollte. »Das klingt alles toll, bis einem klar wird, dass es auf dem verdammten Rad stattfindet. Wir sollen von Hotel zu Hotel mit dem Rad fahren! Ich weiß wirklich nicht, wie ich das hinbekommen soll.« Nur war Luce immer so verständnisvoll und mitfühlend, wenn es um ihre Probleme mit Aidie ging.

Was die andere Angelegenheit betraf, konnte Dida sie unmöglich in der Öffentlichkeit aussprechen. Sie wollte nicht einmal daran denken, ehe sie nicht herausbekommen hatte, was genau los war. Es musste ein Fehler vorliegen, eine simple Erklärung geben, denn den fünften Tag in Folge fand sie die lange Liste von Frauennamen nicht in Aidies Mails. Sie war alarmiert gewesen. Jemand musste ihm gesagt haben, er solle die Mails aus dem Papierkorb löschen. Jetzt waren die glücklichen Nutten alle weg, und der einzige noch verbliebene Frauenname in Aidies E-Mails war Elvira. Und das musste die Fitnesstrainerin sein.

»Dir bleiben drei Tage, um einen überzeugenden Plan zu entwickeln, wie du aus der Radfahrnummer herauskommst.« Luce lächelte beruhigend. »Wir setzen den Vintage Cinema Club auf den Fall an, also keine Sorge.«

Dida stieß ein dankbares Seufzen aus.

»Es ist toll, dass ich mich immer auf dich verlassen kann.«

Was Dida zur nächsten Frage führte, die ihr schon seit einer Weile durch den Kopf ging. »Apropos verlassen können – ist alles okay mit Ollie?«

Luces Fuß zuckte, als sie sich versteifte und dabei die Eisteedose umstieß, die klappernd eine Reihe tiefer fiel und auslief.

Dida schaute zu, wie Luce sie aufhob, und wartete, bis Luces Gesicht wieder auftauchte.

»Das deute ich als ein Nein.« Jetzt lächelte Dida beruhigend.

»Es ist nichts«, versicherte Luce ihr.

»Sechzehn Postkarten scheinen mir nicht *nichts* zu sein. Und mit Izzy kannst du nicht darüber reden, oder?«

Luce gab ein lautes Schniefen von sich. »Okay, ich gebe zu, ich hab's vermasselt. Es ist meine Schuld, dass Ollie gegangen ist.«

Es gab also ein Problem. »Süße, so schlimm kann es nicht sein …« Dida hatte nicht erwartet, dass Luce so aufgebracht reagieren würde.

»Wir haben Zeit miteinander verbracht und uns wirklich gut verstanden, aber er wollte mehr, und du weißt, dass ich Ruby stets von den Männern fernhalte, mit denen ich schlafe.«

Dida seufzte. »Das ist nur deine Art, sie zu schützen.«

Luce rieb sich die Nase mit einem Taschentuch. »Eines Freitags machte Ollie mir eine Riesenszene, als ich die Bar mit einem Typen verließ. Und hinterher meinte er, dass er nicht zusehen könne, wie ich mit anderen Männern ausgehe, und wenn ich nicht mit ihm richtig zusammen sein wolle, würde er eben verschwinden. Genau das tat er dann auch, einfach so.« Luces Unterlippe bebte, und sie schluckte hart.

Dida schnalzte mit der Zunge und schüttelte den Kopf. »Das also ist die Erklärung für sein plötzliches Abtauchen.

Trotzdem toll, dass er Ruby nicht hängen lässt. Typisch Ollie, diese vielen Karten zu schicken.«

Luces Stimme war kaum ein Flüstern. »Die Sache ist die, dass ich ihn mehr und mehr vermisse, seit er weg ist. Ich dachte, es würde leichter werden, aber es wird nur schlimmer. Jetzt ist er in Thailand, und wir alle wissen, was da geschieht. Ich kann den Gedanken nicht ertragen, dass er mit einer anderen zusammen ist.«

Dida sah, dass Luces Schultern zuckten, und legte den Arm um sie. »So ist Ollie nicht.« Zumindest soweit Dida wusste. Sie hoffte für Luce, dass das stimmte.

»Es geschieht mir ganz recht. Das ist Karma. Jetzt weiß ich, wie er sich meinetwegen gefühlt hat, und das ist schrecklich.« Luce murmelte in ihr Taschentuch.

Arme Luce. Dida suchte nach tröstenden Worten. »Immerhin hat dir sein Verschwinden gezeigt, was du wirklich empfindest.«

Luce putzte sich geräuschvoll die Nase. »Izzy wäre außer sich, wenn sie wüsste, dass Ollie meinetwegen gegangen ist. Und ich muss stark sein, denn er ist seit fünf Monaten fort und kommt erst im nächsten Februar zurück. Wer weiß, was bis dahin alles passiert ist.«

Und wer wusste schon, was bis dahin mit dem alten Kino passiert war? Dida wischte sich den Schweiß von der Stirn und versuchte, die Beklemmung bei diesem Gedanken zu verdrängen.

Sie nahm ihren Arm weg und tätschelte Luces Bein. »Vergiss nicht, dass ich immer für dich da bin, wenn du darüber reden möchtest.« Dida stupste sie an. »Hey, Tilly, die Trainerin, füllt Formulare aus. Anscheinend bekommen die Kids ein weiteres Schwimmabzeichen. Das bedeutet noch mehr Näharbeit. Bald ist kein Platz mehr auf ihren Badeanzügen.«

Die Kids stiegen aus dem Pool, und Luce und Dida gingen die Treppe nach unten, wo alle, Mütter und Kinder, in die Umkleidekabinen strömten.

# 25. Kapitel

Mittwochnachmittag, 11. Juni
XANDER & IZZY
Das Pink House
*Schluss für heute und verrückte Einladungen*

Izzy band eine Schleife, hielt sie an den Vorhang und warf Xander einen Blick über die Schulter zu. »Warum richten Sie sich eigentlich kein Zuhause ein? Sie könnten doch leicht eine Wohnung mieten.«

Xander seufzte und hörte auf, den Kronleuchter zu polieren. Was hatten Frauen bloß immer mit einem Zuhause? »Sie hören sich an wie Christina. Sie ist der Grund, weshalb ich das Haus gekauft habe, vor dem die Container stehen.«

»Weil Sie ein Zuhause wollten?«

»Nein«, erwiderte er mit der Verachtung, die ihre Frage verdiente. »Damit Christina Ruhe gibt.«

Izzys verblüffte Miene verriet, dass sie kaum glauben konnte, was er da von sich gab.

»Dieses Haus zu renovieren, verschafft mir ein paar Monate Ruhe vor Christinas Genörgel. Höchstwahrscheinlich werde ich es verkaufen, sobald es fertig ist.« Er hatte sich die schlimmste Ruine ausgesucht, die er finden konnte und mit der er auf Jahre beschäftigt sein würde. Dank der beängstigend fleißigen Bauleute wurde es innen allerdings erschreckend schnell fertig, auch wenn es außen noch verfallen wirkte.

»Das Haus sieht beeindruckend aus, obwohl ich mir nicht sicher bin, dass so viel herausgerissen werden musste, wie

Sie es anscheinend getan haben.« Sie zog die Brauen zu einem kritischen Blick zusammen.

»Es bedeutet jede Menge Arbeit, für die ich keine Zeit habe. Ich werde froh sein, wenn es vorbei ist.« Das fasste es im Großen und Ganzen zusammen.

»Manchmal kann eine Renovierung reinigend wirken«, meinte sie vielsagend.

»Heißt?«

»Als wir unser Haus neu gestalteten, nachdem …« Sie hielt inne und schüttelte den Kopf. »Wir mussten einmal ganz von vorn beginnen, mit nichts, und dabei lernten wir eine Menge … Wenn Sie es nur zulassen, wird es Ihnen möglicherweise genauso ergehen.«

Xander schnaubte verächtlich. »Danke für die Analyse.«

Sie spielte wieder mit ihren Haaren, öffnete den Knoten, warf die Locken nach vorn und fasste sie wieder im Nacken zusammen. Eine Strähne hing ihr in die Stirn; er war versucht, sanft daran zu zupfen.

»Sie können sich gern auf der Baustelle umsehen und sich eine Meinung bilden.«

Die Worte waren heraus, ehe er richtig nachdenken konnte. Ihrer Miene nach zu urteilen, befürchtete sie offenbar, er habe den Verstand verloren. Möglicherweise hatte sie damit sogar recht.

Sie erwiderte nichts, sondern fuhr fort, die Schleife am Vorhang zu befestigen. Als sie damit fertig war, richtete sie sich auf und trat einen Schritt zurück. Die Hände an den Hüften, schaute sie sich im Zimmer um. »Gut.«

Xander legte das Staubtuch aus der Hand und entfernte sich von dem Kronleuchter. Von Kristall hatte er für diesen Tag genug, außerdem hatte er wer weiß wie lange nicht mehr so viel Zeit mit einer Frau im Schlafzimmer verbracht. Vielleicht sprach er deshalb diese verrückten Einladungen aus. Vielleicht musste er einfach raus, und zwar schnell. Auf keinen Fall wollte er eine Wiederholung der Szene zuvor, als er ihr zu nahe gekommen war. Er wusste immer noch nicht genau, was da mit ihm los gewesen war. Jedenfalls war er nicht so unschuldig, wie er getan hatte. Tatsache war, dass er sie am liebsten gepackt und geküsst hätte. Irgendetwas an ihr brachte ihn dazu, ständig wider besseres Wissen zu handeln. Ihre unterschwellige Verletzlichkeit sprach den Höhlenmenschen in ihm an. Auf jeden Fall hatte es nicht mit ihrer freundlichen Art zu tun, da sie manchmal ziemlich aufbrausend sein konnte. Und selbst wenn sie nett war, konnte die Stimmung jederzeit kippen. Er sah demonstrativ auf die Uhr.

»Wenn Sie damit fertig sind, können wir gerne für heute Schluss machen. Wollen wir uns Tee mitnehmen und zum Sommerhaus gehen? Dann kann ich Ihnen zeigen, wie Ihre pinkfarbenen Stühle dort aussehen.« Da, schon wieder so eine spontane Idee, die er einfach aussprach.

»Nur um das klarzustellen – ist das ein Vorschlag oder ein Befehl?«, fragte Izzy.

Er dachte nach. »Möglicherweise beides.« Er grinste und ging zur Tür. »Aber ich werde definitiv mehr Haferriegel bestellen.«

»Rosen, Geißblatt und Kornblumen, alles durcheinander und wunderschön. Mit Mauern umgebene Gärten mag ich am liebsten, und dieser hier ist genauso perfekt wie das Haus.« Izzy, die ihre schlechte Laune offenbar oben gelassen hatte, hatte ihre Schuhe schon weggekickt, das Band aus ihrem Pferdeschwanz gezerrt und sich ins Gras geworfen.

Xander schlenderte über den Rasen und blieb unvermittelt stehen, erstens fasziniert von ihrer Begeisterung und zweitens von der Art, wie sie ihren Rücken durchbog und, noch schlimmer, ihm ihre Brüste präsentierte. Verdammt. In diesem Licht wirkte ihr T-Shirt beinah durchsichtig.

»Wollten Sie sich nicht die Barbie-Stühle im Sommerhaus ansehen?« Damit sollte sich die Versuchung erledigt haben, inklusive der aufgerichteten Nippel.

Sie stand wieder auf und nahm die Tüte, die sie aus dem Haus mitgebracht hatte. »Ein weiterer nicht verhandelbarer Vorschlag?«

»Absolut.« Er stieg die Stufen zum Sommerhaus hinauf und öffnete die Doppeltür.

»Wow, das ist eher ein ausgewachsener Pavillon als ein Gartenhaus, und die matt pinkfarbenen Stühle passen perfekt zur hinteren Backsteinwand.« Izzy betrat den großen Raum und besah sich die anderen Wände, die aus Holz waren. »Mir gefällt der hellgraue Anstrich, und jetzt verstehe ich auch, warum Sie alle zwölf Stühle brauchten. Kissen mit verschiedenen Mustern würden das Ganze abrunden. Ich schaue mir mal die Stoffmuster an, vielleicht kann ich heute Abend schon damit anfangen.«

Heute Abend? »Wer ist hier der Workaholic? Was ist mit Ihrem vollgepackten Privatleben?« Er stellte das Tablett auf den Tisch und schenkte Tee ein. Warum wartete er gespannt auf ihre Antwort auf seine Frage, die eigentlich eine beiläufige Bemerkung hatte sein sollen?

Sie lächelte gelassen. »Ich habe eben viel zu tun und erledige die Jobs gern zeitnah.« Sie fuhr fort: »Morgen werde ich nicht herkommen können, weil ich im Laden bin. Aber ich kann nach der Arbeit noch ein paar Sachen vorbeibringen, wenn Sie wollen.«

»Ja, gut, wann immer es Ihnen passt.« Er war eigenartig enttäuscht, dass sie nicht früher kommen würde.

Izzy bot ihm einen Haferriegel aus ihrer Plastikbox an, nahm ihren Tee, überlegte, auf welchen der pinkfarbenen

Stühle sie sich setzen sollte, und steuerte im letzten Moment die Treppenstufen an, auf denen sie Platz nahm. Er hatte den Eindruck, dass sie bewusst Abstand hielt, obwohl er sie vorhin möglicherweise dabei ertappt hatte, wie sie einen Blick auf seine Beine warf. Oder hatte er sich das nur eingebildet?

Sie sah blinzelnd hinaus in den Garten. »Eine Mischung aus kleinen Plätzen und Blumenarrangements würde hier gut passen, und Girlanden würden das Bild abrunden.«

Xander holte sich einen Stuhl und setzte sich. Immerhin hatte er von hier aus einen Blick auf ihren Rücken. Er würde nicht darauf achten, dass trotz des Tuches, das sie sich um die Taille gebunden hatte, ihre Jeans sich straffte, wenn sie sich nach vorn beugte, und so ihre Hüften betonte.

»Klingt großartig«, erwiderte er, obwohl er kaum etwas von dem, was sie gesagt hatte, mitbekommen hatte, so sehr raste sein Puls. Er zögerte und überlegte, die nächste Frage ganz nebenbei zu stellen. Diejenige, die er schon den ganzen Tag hatte stellen wollen, seit heute Morgen. Wenn er das nicht bald tat, war die Gelegenheit vorbei. Er holte tief Luft, wedelte mit seinem zur Hälfte gegessenen Haferriegel und fragte im scherzhaftesten Ton, den er zustande brachte: »Jetzt, wo Sie wissen, dass meine vermeintliche Ehefrau keine ist und ich eine Exfrau habe, erzählen Sie mir von Ihren Exmännern?«

Die folgende Stille dehnte sich unerträglich.

»Was?« Sie drehte sich um und sah ihn erneut an, als wäre er verrückt, ehe ein genüssliches Grinsen auf ihrem Gesicht erschien. »Diese Unterhaltung liegt weit jenseits dessen, was wir Kundenservice nennen. Aber ich antworte Ihnen trotzdem: Ein Ehemann ist das Letzte, was ich wollte. Jemals.« Und als sie »jemals« sagte, war sie schon wieder wütend.

»Okay. Klingt ziemlich endgültig.« Wie abseitig seine Frage auch gewesen sein mochte, eine derartig scharfe Antwort hatte er nicht erwartet.

»Ich bin viel zu beschäftigt für solche Dinge.« Ihr gezwungenes Lachen deutete an, dass sie etwas verbarg. »Mit Vintage at the Cinema und drei Brüdern, um die ich mich kümmere, ist ein weiterer Mann das Letzte, was ich brauche.«

Xander verstand selbst nicht, warum er diese Frage unbedingt hatte stellen müssen. Und warum er über ihre Antwort erleichtert war, stellte ein weiteres Rätsel dar. Er fing grundsätzlich nichts mit Frauen an, im Gegenteil, er wies sie sogar ab. Daher hatte es auch keinerlei Bedeutung für ihn, dass Izzy gerade angedeutet hatte, sie sei noch zu haben.

»Werden Sie morgen auf der Baustelle vorbeischauen?« Eine weitere blöde Frage, da sie ja gerade erst gesagt hatte, dass sie arbeiten musste.

Sie lachte kurz auf und warf ihm über die Schulter ein Lächeln zu. »Kommt drauf an, ob es ein Angebot oder ein Befehl ist.«

Sein Magen zog sich zusammen, als er ihren Nacken betrachtete, der sich beim Umdrehen anmutig dehnte. »Ich würde sagen, ein Befehl …« Er sah die kleinen Wölbungen ihrer Wirbelsäule, die sich unter ihrem T-Shirt abzeichneten, durchkreuzt von der horizontalen Linie ihres BHs. Nicht der pinkfarbene heute, sondern anscheinend ein petrolfarbener. Ein Schauer überlief ihn. Er nahm sich zusammen und erwartete ihr Nein auf die Frage, die er eigentlich gar nicht hatte stellen wollen.

Sie strich ihr Haar zurück und ließ es wieder offen fallen. »Gegen zwei habe ich vielleicht ein paar Minuten Zeit. Treffen wir uns dort?«

Innerlich jubelte er, wollte das aber lieber nicht wahrhaben und gab sich cool. »Klar. Bringen Sie Ihre Haferriegel mit. Falls Sie noch welche haben …«

# 26. Kapitel

Mittwochnachmittag, 11. Juni

*Neue an: The Crew@Vintage at the Cinema … Luce, Izzy, Ollie, Lydia, Damon, Henni, Declan, Suzie, Arthur, Leighton, Magda, Thom, Allie*

*Betrifft: Vintage at the Cinema … Neuigkeiten und Dienstpläne*

*Die Dienstpläne für die Woche vom 16. bis 23. Juni findet ihr im Anhang. Ich bin ab Samstag für eine Woche weg. Falls es Probleme gibt, lasst es mich vor meiner Abreise wissen.*

*Kampfplan für den Vintage Cinema Club bis jetzt: Gratiskaffee, spezieller Kundenservice – wir legen uns richtig ins Zeug.*

*Inneneinrichtung Zimmer für Zimmer inklusive Möblierung (Dank an Izzy und alle)*

*Brautsachen (Danke, Luce)*

*Stummfilmvorführung*

*Nächste Priorität: französisches Zeug auftreiben, und zwar jede Menge!*

*Kuchen der Woche ist Walnuss und Cappuccino, in der Woche drauf Marokkanische Orange :)*

*Dida xx*

# 27. Kapitel

Donnerstagnachmittag, 12. Juni
XANDER & IZZY
Auf der Baustelle in Bakewell
*Tausend Meilen weit weg*

Xander stand im Türrahmen seines Hauses und blickte auf den Matsch vor den Containern. Wieder glänzten die meisten Bauleute durch Abwesenheit, worüber er diesmal ganz froh war. Nur der Van eines Elektrikers war zu sehen, mit angelehnter Fahrertür. Er hatte keine Ahnung, wie die solche großen Fortschritte machen konnten, wenn sie nie da zu sein schienen. Obwohl es draußen noch aussah wie nach einem Bombeneinschlag, näherte sich der Innenausbau gefährlich der Fertigstellung. Wenn er nicht aufpasste, würde Christina ihn bald drängen einzuziehen.

Er musste nicht auf die Uhr sehen, um zu wissen, dass er viel zu früh dran war. Nach einem weiteren Blick die Straße hinunter, um sicherzugehen, dass Izzy noch nicht kam, stieg er die Glastreppe zum Schlafzimmer im ersten Stock hinauf, um eine Frage des Architekten bezüglich des Badezimmers zu klären. Izzy würde ohnehin noch lange nicht aufkreuzen.

Beunruhigt erinnerte er sich an das letzte Mal, dass er ein Haus eingerichtet hatte. Das war vor Jahren ihr Zuhause in Hampstead gewesen. Damals hatte Astrid für alles die Verantwortung gehabt, während er nur die Schecks ausstellte. Astrid, mit ihrer Mischung aus Ehrgeiz, Flair und Effizienz, hatte alles wunderschön eingerichtet. Aber dann hatte er zu viel gewollt, mehr, als sie geben konnte. Als er heimkehrte, nach einer höllischen Zeit mit seiner Mum, war nichts mehr da gewesen. Was in guten Zeiten die perfekte Beziehung gewesen war, erwies sich unter Druck als substanzlos. Er fühlte sich immer noch schuldig, weil er derjenige war, der dieser Beziehung zu viel zugemutet hatte durch die Entscheidungen, die er traf. Es war unfair von ihm gewesen, diese Ansprüche an Astrid zu stellen, während es ihr gutes Recht gewesen war, sich so zu entscheiden, wie sie es getan hatte. Aber als die Beziehung zerbrochen war, gab es kein Zurück.

Manchmal fragte er sich, ob er sein Leben je wieder in geordnete Bahnen bringen würde. Da es nach acht Jahren immer noch chaotisch war, bezweifelte er, ob sich daran jemals etwas ändern würde. Die extremen Arbeitsgewohnheiten, die er sich nach der Trennung angewöhnt hatte, waren zu seinem Lebensstil geworden. Auf keinen Fall kam für ihn in Betracht, den jetzt zu ändern, auch wenn er nicht wie andere Leute ein sogenanntes »normales« Leben führte, sondern ein eher dysfunktionales, aber es gefiel ihm so. Irgendwann im Lauf der Zeit hatte er gemerkt, dass er ganz zufrieden damit war, wie es lief.

Oben wählte er das Zimmer mit dem besten Blick auf die Straße und schaute automatisch wieder auf die Uhr, aufgewühlt von diesen Frühlingsgefühlen. Er war sich immer noch nicht sicher, warum er Izzy gefragt hatte, ob sie heute vorbeikommen wollte. Sie zu fragen, weil er nicht den ganzen Tag auf ein Wiedersehen warten wollte, war vollkommen unlogisch. Und es entsprach nicht seinem Charakter.

»Hallo … Xander?«

Sein Herz klopfte, als er Izzys Stimme hörte. Da stand er die ganze Zeit am Fenster, und sie war trotzdem unbemerkt ins Haus gelangt. Als er beim Hinausgehen am Spiegel vorbeikam, registrierte er verstört das Lächeln in seinem Gesicht.

»Xander … Die Tür stand offen … Sind Sie da?«

Er lief auf den Treppenabsatz hinaus, blinzelte beim Blick hinunter auf die vielen Lichter und entdeckte sie weit unten. Sie hob die Hand an die Augen wegen der grellen Helligkeit. Falls er noch einen Beweis dafür gebraucht hatte, dass der Handwerker es mit der Beleuchtung übertrieben hatte, dann bekam er ihn jetzt. Diesen süßen Duft, der zu ihm heraufwehte, bildete er sich aber doch nur ein, oder?

»Kommen Sie hoch … Ich schaue mir gerade die Badezimmerschränke an.«

»Hier sieht's aus wie in einer Luxus-Mall. Fehlt bloß noch der gläserne Lift.« Sie kam die Treppe hoch, und ihre Miene verriet, dass sie diese kleine Stichelei genoss. »Sie haben ganze Arbeit geleistet beim Entkernen dieses Gebäudes. Wow, diese Plattform hängt ja an nichts. Ist die überhaupt sicher?« Ihre Stimme hallte, als sie den Treppenabsatz betrat, die Hand noch auf dem Edelstahlgeländer.

»Kein Problem, sie ist freitragend. Entworfen von Experten.« Er gab technische Antworten, um zu verbergen, dass er ein wenig atemlos war.

Xander stutzte, als er sie jetzt ganz vor sich sah; wegen der blendenden Lichter in der Eingangshalle war das vorher nicht möglich gewesen.

»Nun, es sieht fast fertig aus.« Sie kam auf ihn zugeschlendert, die Hände tief in den Taschen ihrer Jeansjacke, und schaute sich neugierig um. »Sehr steril, wie Sie selbst zugeben müssen, aber immerhin beeindruckend. Wenn man auf leere Räume steht.«

Er schloss die Augen und machte sie wieder auf, aber die Worte kamen nicht heraus. Izzy trug Shorts mit Farbklecksen, darunter eine Strumpfhose – zum Glück, denn wie viel schlimmer wäre es gewesen, wenn ihre Beine auch noch nackt gewesen wären? Trotzdem, da stand sie nun in Shorts vor ihm. Und sah sich um, als gehöre ihr das Haus.

»Wow, wer hätte gedacht ...« Sie sah ihn strahlend an, was vermutlich die Komplimente unterstreichen sollte – zumindest nahm er an, dass sie als Komplimente gemeint waren. Aber bei Izzy wusste man nie.

Er zuckte mit den Schultern. »Das Lob gebührt in diesem Fall allein den Architekten.«

Xander rieb sich die Stoppeln an der einen Seite seiner Wange mit dem Daumen und versuchte, die Benommenheit zu vertreiben.

»Ich bekomme ein bisschen Höhenangst. Erst die Stufen aus Glas, dann dieser hängende Treppenabsatz mit lauter winzigen Löchern im Boden.« Als sie die Hand zur Seite bewegte, hätte sie beinah Xanders Arm getroffen. Im letzten Moment lenkte sie die Bewegung Richtung Tür. »Gehen wir ruhig ins Badezimmer, wenn Sie dort zu tun haben. Irgendwohin, wo einem weniger schwindelig wird.«

Xanders Benommenheit rührte nicht von der Höhe, sondern vom Sauerstoffmangel.

»Es ist eines der kleineren Badezimmer.« Er ging durch das Schlafzimmer zum angrenzenden Bad, in dem er angeblich zu tun gehabt hatte. Seine Segeltuchschuhe quietschten auf dem neuen Holzfußboden. »Ich überprüfe nur, ob genügend Platz da ist, nachdem die maßgefertigten Regale eingebaut worden sind.«

Sie erschien hinter ihm im Badezimmerspiegel, weichgezeichnet von den LED-Lampen, als sie ihm hineinfolgte. Zwei Izzys machten alles noch schwieriger, von ihrem Duft ganz zu schweigen. Er wich zurück bis ans Waschbecken, um aus der Gefahrenzone zu kommen.

»Soll ich die Tür zumachen, damit Sie sehen können, ob sich die Badezimmerschränke richtig öffnen lassen?«

Er war sich nicht sicher, ob es ratsam war, auch noch die Tür zu schließen. Je näher sie ihm kam, desto schwerer fiel es ihm, die Hände von ihr zu lassen. »Gute Idee, danke.«

Als die Tür sich klickend schloss, bückte er sich, um die Schranktür auszuprobieren. Diese Scharade mitzuspielen, lenkte ihn ein bisschen von Izzys Zartheit ab. Vielleicht würde er ja doch ohne einen Vorfall davonkommen. Er richtete sich gerade auf, als das Licht flackerte.

Oh, verdammt.

Und dann ging es ganz aus.

Shit.

Plötzliche Dunkelheit umgab sie.

»Keine Sorge, wahrscheinlich ist es nur ein Stromausfall.« Er versuchte in der Dunkelheit, die Tür zu erreichen.

Er prallte gegen etwas Weiches und Warmes, das sich wand. Izzy. Direkt vor seiner Nase. Wenig überraschend. Nah genug, dass sich ihre Haare in seinen Bartstoppeln verfingen. Er fand ihre Schultern und versuchte, an ihr vorbeizukommen. Ihm blieben noch zwei Sekunden für die Flucht. Er neigte den Kopf, und prompt streifte sein Kinn ihre Wange. Er atmete den Duft von brennenden Rosen ein. Zu süß. Zu spät. Viel zu spät, um jetzt noch zu fliehen.

Er hörte, wie sie scharf die Luft einsog, als seine Wange auf ihr Gesicht traf, aber er wich nicht zurück. Was zur Hölle tat er hier, und vor allem, warum schlug sie nicht mit einem ihrer harten rechten Haken nach ihm? Er wartete auf Widerstand, doch der kam nicht. Stattdessen spürte er ihre Finger an seinem Hinterkopf. Sie zog ihn näher zu sich heran. Langsam ließ er seine Lippen über ihre Haut wandern, vorbei an ihrer Nase. Ihr Mund war heiß und weich und geöffnet, und sie gab ein leises Stöhnen von sich, als er sacht mit der Zunge über die Innenseite ihrer Unterlippe fuhr. Seine Lippen zuckten. Wie albern, dass er jetzt lächelte. Er erkundete die samtige Tiefe ihres Mundes, und sie erwiderte den Kuss mit glutvoller Hingabe, presste ihren Körper hart an seinen, sodass seine Begierde erwachte. Es war gar nicht sicher, wessen Verlangen hier größer war, und er legte die Arme um sie, grub die Finger in ihre wilden Haare, streichelte ihren Nacken. Ihre Hände massierten seine Rückenmuskeln und wanderten unter sein T-Shirt, wo die Nägel über seine Haut fuhren, bis hinunter zu seinen Rippen. Lustvolle Schauer breiteten sich bis in seine Lenden aus, während sie ihr Becken mit drängenden kreisenden Bewegungen an ihn presste …

Ein Klappern irgendwo unten im Haus stoppte Xander. Dann war es noch einmal zu hören. Das nächste Klappern beendete den Kuss. Als die Lichter flackerten, lösten sie sich voneinander. Einen Moment später, als das Licht wieder vollständig brannte, stand Izzy da, mit dem Rücken an die Tür gelehnt und eine Hand vor dem Mund. Xander taumelte gegen die Duschkabine und ließ den Blick über ihren Körper gleiten, bis hinauf zu dem Farbklecks an ihrer linken Wange. Er hatte keine Ahnung, was hier gerade passiert war, aber jetzt, wo es vorbei war, fühlte er eine schmerzhafte Leere.

Als er es endlich wagte, sie direkt anzusehen, und ihre Blicke sich trafen, sah er Verständnislosigkeit und Entsetzen. Von unten drang ein Rufen herauf in die Stille. »Sorry, Kumpel, hab die Sicherung rausgehauen. Strom ist aber schon wieder da …«

Ein unkonzentrierter Elektriker mit gutem Timing.

Sie legten beide gleichzeitig die Hand auf den Türknopf, aber Izzy war einen Tick schneller. Sie riss die Tür auf, stürmte durch das Schlafzimmer und war hinaus auf dem Treppenabsatz, ehe Xander »Kaugummi« sagen konnte.

Während sie vorsichtig die Treppe hinunterstieg, rief sie: »Danke jedenfalls, dass ich mir das Haus ansehen durfte.«

Offenbar entsann sie sich trotz der Eile ihrer Manieren. Xander konnte ihr heute keine Vorwürfe wegen ihres Kundenservices machen, selbst wenn der Kuss das Letzte war, was er gebraucht hatte. Er setzte seine Hoffnungen darauf, dass sie das Geld dringend nötig hatte und deshalb später zum Pink House kommen würde, um ihre Arbeit dort zu beenden. Er würde einen klaren Kopf bekommen und seinen Job erledigen. Ende der Geschichte.

»Die Matratze und das Bettzeug sind heute Morgen eingetroffen …«, rief er ihr hinterher und lehnte sich über die Balustrade. Wie dumm zu glauben, indem er ihr häusliche Albernheiten hinterherrief, könnte er ihr Interesse wecken und sie auf diese Weise zurückholen. Nur ein hoffnungsloser Fall, der keine Ahnung hatte, käme auf eine solche Idee.

Sie verlangsamte ihr Tempo unten in der Eingangshalle, gerade lange genug, um ihm einen verwirrten Blick über die Schulter zuzuwerfen.

»Dann sehen wir uns um sieben im Pink House«, rief er noch lauter, um sicherzugehen, dass sie ihn hörte.

Izzy hier in diesem Haus zu haben, wenn auch nur kurz, hatte ihn jedenfalls in seiner Entscheidung bestärkt, es nie und nimmer zu behalten. Es war kein Haus für einen Mann wie ihn, für den keine Aussicht darauf bestand, sein Leben je wieder ganz auf die Reihe zu bekommen. Sobald der Sommer vorbei und das Haus außen fertig war, würde er es verkaufen, ganz sicher.

# 28. Kapitel

Donnerstagabend, 12. Juni
IZZY & XANDER
Das Pink House
*Blumen, Plätze und großzügige Beschönigungen*

Tu so, als wäre es nie passiert.

Izzy stopfte die letzten drei Kissen in Plastiktüten und probierte ihr Mantra, jetzt, wo sie tatsächlich am Pink House war.

So tun, als wäre es nie passiert?

Luce hatte gut reden. Das war gar nicht so einfach, wenn Izzys Welt nach diesem Fauxpas aus den Fugen geraten war. Sie hatte es nicht einmal zurück nach Hause geschafft, um Chili fürs Abendessen zuzubereiten. Stattdessen hatte sie den Brüdern geschrieben, sie koche später für sie. Ihr ganzer Tag war dank Xander und seinem dämlichen Vorschlag, sich sein Haus anzusehen, aus dem Rhythmus geraten. Und zwar schon vor dem Betreten des verdammten Badezimmers.

Sie nahm vier dicke Pakete mit Bettzeug und Kissen und ging zum Haus. Wenn sie den Mut besaß, so weit zu gehen, konnte sie die Realität möglicherweise besser ausblenden, als sie gedacht hatte.

Aber an das, was im Badezimmer passiert war, wollte sie lieber nicht denken. Vermutlich litt sie an dem, was Luce den »Waschmaschinen-Effekt nach dem Knutschen« nannte, denn obwohl sie nichts hatte essen können, fühlte sich ihr

Magen an, als müsste sie sich gleich übergeben. Allerdings wäre es wegen der Kissen besser, sie würde es nicht tun. Auch nicht auf den neuen Teppich. Oder auf das neue Bett. Sie musste sich einfach nur hinter ihren Tüten verstecken und schnell wieder verschwinden. Ganz einfach.

So. Sie war da.

Und er auch. Der heiße Typ, von dem sie die Finger nicht hatte lassen können in der Dunkelheit, stand an der offenen Tür, als sie näher kam. Seine Miene verriet nichts. Verdammt, er hob leicht die linke Braue.

»Hallo …« Seine Stimme war tiefer als sonst.

Er wich zurück, und seine Augen wurden ein wenig größer, als sie an ihm vorbeimarschierte. Sie durfte es nicht riskieren, stehen zu bleiben, denn trotz allem, was passiert war, konnte sie nicht dafür garantieren, dass sie es nicht erneut darauf anlegte. Zwei der Pakete, die sie trug, landeten auf dem Holzfußboden neben dem Treppenpfosten.

»Ich würde ja sagen, komm gerne rein, aber du bist schon drin.« Seine sinnliche Stimme folgte ihr die Treppe hinauf. »Der Elektriker hat übrigens den Kronleuchter angebracht …«

Izzy floh ins Schlafzimmer. So weit, so gut. Es war unheimlich, wie dieses Haus sie an das erinnerte, in dem sie den Großteil ihrer Kindheit verbracht hatte. Obwohl erst vor Kurzem renoviert, knarrten sogar die Dielenbretter wie damals. Und der Blick aus den Schiebefenstern katapultierte sie in die Vergangenheit zurück. Sie war ein glückliches, privilegiertes Kind in einer harmonischen Familie gewesen, mit ihrer Mum und ihren Brüdern sowie dem Vater, der, wie sie heute wusste, eine abstoßende Platzverschwendung gewesen war.

Als ihre Familie auseinanderbrach, rutschte sie sozial ab. Und zwar richtig tief, sodass sie wieder ganz von vorn beginnen musste. Es war ein unvergleichlicher, nie da gewesener Schock.

Izzy vermutete, dass ihre Mum das schon öfter so empfunden hatte, wenn sie für Klienten arbeitete, die in einem ähnlich großen, prachtvollen Haus lebten wie das, das sie selbst verloren hatte. Izzy hatte gemischte Gefühle, jetzt ein solches Haus wieder zu betreten, und zwar als bezahlte Hilfskraft, nicht als Bewohnerin. Es gab Erinnerungen, die ließ man lieber ruhen, denn sie wühlten einen nur auf.

Oben im Schlafzimmer funkelte der Kronleuchter über dem Bett, das jetzt eine neue Matratze hatte sowie Quilt und Kissen. Der Kronleuchter war schlicht, mit wenigen tränenförmigen Kristallen. Sie verstand nicht, warum Xander den gestern so akribisch abgestaubt hatte. Aber er schien alles stets komplizierter zu machen, als nötig war.

In Gedanken kehrte sie wieder zurück zu ihrem alten Zuhause, obwohl sie normalerweise nicht daran zu denken versuchte. Nachdem ihr Vater gegangen war, hatte die Familie in einer kleinen Wohnung gehaust. Die Kinder hatten sich auf neuen Schulen zurechtfinden müssen, während ihre Mum Tag um Tag versuchte, alle über Wasser zu halten, und sich gleichzeitig mit Izzys Dad vor Gericht stritt. Luce war diejenige gewesen, die Izzy geholfen hatte, sich auf der neuen Schule zurechtzufinden. Für Izzy, die von einer reinen Mädchenschule kam, waren Schulkorridore voller testosterongeplagter fünfzehnjähriger Jungen ein Minenfeld gewesen, obwohl sie daheim ein Haus voller Brüder hatte. Auf der neuen Schule galten ganz neue Regeln, umso froher war sie, Luce an ihrer Seite zu haben.

Der Bettbezug, den sie für Christinas Bett mitgebracht hatte, ähnelte dem, den sie auf ihrem eigenen Bett hatte. Sie schob die neue Daunendecke hinein und warf sie über das Bett. Am Fußende platzierte sie zwei zusammengefaltete

Seidendecken, und die am Kopfende arrangierten Kissen rundeten das Bild ab. Als i-Tüpfelchen legte sie die Buchstaben, die LOVE ergaben, auf die Kommode. An der Tür warf sie einen letzten Blick ins Zimmer – alles war gelungen, nur verursachte ihr dieses aus den einzelnen Buchstaben gebildete Wort *Love* Übelkeit.

»Ich bin fertig hier oben.« Sie rannte die Treppe hinunter und schnappte sich die Tüten, die sie vorhin dort hingeworfen hatte. Als sie an der Küche vorbei hinaus zum Gartenhaus eilte, erhaschte sie einen Blick auf Xanders Rücken.

Dort angekommen, band sie die Kissen auf die Sitzflächen der Stühle. Dann nahm sie einen Stuhl und holte ihr Werkzeug hervor, um Girlanden anzubringen. Zwanzig Minuten später hängte sie gerade das letzte Fähnchen auf, als sie vor der Holztreppe draußen ein Klappern hörte.

»Kann ich was tun?«

Izzy erschauerte beim Klang seiner Stimme hinter ihr und ließ prompt das Ende der Girlande fallen. Sie drehte sich auf dem Stuhl um, auf dem sie stand. Musste er denn ausgerechnet jetzt auftauchen, wo sie fast fertig war?

»Du könntest zum Beispiel damit aufhören, dich an Leute anzuschleichen.« Sodass sie fast vom Stuhl fielen, auf dem sie standen, fügte sie im Stillen hinzu. Sie wusste, dass sie gereizt klang, aber das war gar nicht schlecht, denn das gab ihr zumindest das Gefühl, sich im Griff zu haben.

Mit drei Schritten war er im Gartenhaus und begutachtete die neuen Veränderungen.

»Hübsch.« Er nickte zufrieden, was überzeugender gewirkt hätte, wäre sein Blick auf die Kissen gerichtet gewesen und nicht auf Izzys Beine.

Wegen des Vorfalls am Donnerstag trug sie heute keine Shorts, sondern ein Kleid von Luces Kleiderständer. Dummerweise hatte sie die Strumpfhose weggelassen. Wäre Xander ihr nicht vollkommen gleichgültig gewesen, hätte es sie erleichtert, sich wenigstens die Beine rasiert zu haben.

Sie gab einen verächtlichen Laut von sich. »Du magst Blumenmuster doch gar nicht.« Sie empfand sein ganzes Auftreten wieder einmal als herablassend.

»Stimmt, aber hier in diesem Umfeld sieht es gut aus.«

Seine Stimme war wieder rau und sinnlich. Wie konnte er so humorlos und überlegen über Kissen sprechen?

»Nun, vielen Dank auch dem begnadetsten Innendekorateur der Welt.« Wie er umherging und hier und dort etwas anstupste, machte sie wütend. Am liebsten hätte sie etwas nach ihm geworfen.

»Es wäre sicherer, du würdest auf einer Leiter stehen, nicht auf einem Stuhl.« Er machte spöttisch eine wacklige Bewegung. »Das sieht nicht stabil aus da oben.«

Er stand jetzt vor ihr, und als sie in seine tiefen dunklen Augen sah, überlief sie ein Schauer. Nah genug, dass sie seine Stoppeln erkennen konnte, und das war definitiv zu nah. Welche Sicherheitsvorkehrungen gab es gegen Männer, die einem das Herz gefährlich schneller schlagen ließen?

»Ich komme klar.« Wieder einmal sprach sie mit zusammengebissenen Zähnen, und da sie unbewusst den Rock rascheln ließ, klang sie vermutlich auch noch wie ein verwöhntes Gör. »Jedenfalls bin ich ganz gut klargekommen, bis du aufgetaucht bist.« Sie hoffte, dass das deutlich genug war.

»Na ja, mit der Sicherheit hast du's nicht so, wenn ich an den Container denke, wo du dir den Fuß verletzt hast. Und wie du in dem Badezimmer gestolpert bist ...« Er beendete den Satz nicht.

Gestolpert? Was für eine Verharmlosung – sie hatte sich ihm förmlich an den Hals geworfen. Er klang beinah erwartungsvoll. Verdammt, er konnte doch nicht annehmen, dass sie den gleichen Fehler noch einmal begehen würde.

»Ich werde mich dir nicht an den Hals werfen, falls es das ist, was du glaubst.« Um ihren Worten Nachdruck zu verleihen, sah sie ihn auch noch finster an.

Er lachte leise. »Dann willst du also keine Zugabe von unserem …?«

Das konnte nicht sein Ernst sein. Und vor fünf Minuten hatte sie sich zur geleisteten Arbeit gratuliert und geglaubt, einfach davonzukommen.

»Eine Zugabe?« Sie klang fast schrill, versuchte, ihre Stimme ein paar Töne herunterzuschrauben, und endete bei einem Zischen. »Wenn du glaubst, ich hätte dieses Geknutsche genossen, hast du dich getäuscht.« Es tat gut, ihm Kontra zu geben. Sein Grinsen deutete jedoch eher darauf hin, dass er es als Kompliment wertete.

»Oh, fast hätte ich es vergessen, Christina hat der Einkaufsliste noch etwas hinzugefügt.« Sehr gut – offenbar wechselte er das Thema. »Sie hätte hier drin gern noch zwei Schlafsofas, mit Kissen und Decken. Und dreißig Meter Girlande für das Spielzimmer sowie für das Kinderzimmer.«

Izzy stutzte, während sie sich die Liste merkte. Sie war erleichtert, dass es wieder um den Job ging, allerdings staunte sie darüber, was diese Kundin alles wünschte. »Was für Girlanden sollen es denn sein?«

Xander schien zu überlegen. »Hat sie Drachen erwähnt? Es ist auf deiner Website. Viele ihrer Kunden haben Kinder. Ein gut eingerichtetes Spielzimmer kann beim Verkauf den Ausschlag geben.«

Ein weiterer Auftrag, der sie an Xander und das Pink House band? Izzy wurde mulmig, und ihr Herz pochte.

»Blau und gelb? Oder rot und grün?« Sie nahm sich zusammen und streckte sich, um das Ende der Girlande zu befestigen. Sie musste es nur noch an den Haken bringen, und es wäre hilfreich gewesen, der Stuhl hätte ein paar

Zentimeter weiter links gestanden. Aber sie weigerte sich, herunterzusteigen und ihn unter den Habichtaugen von Mr. Wundervoll zu bewegen. Sie fummelte herum, verfehlte den Haken dreimal und streckte sich ein bisschen mehr. Geschafft. Doch beim letzten Strecken merkte sie, wie der Stuhl unter ihr wegkippte, und dann passierte alles wie in Zeitlupe. In der einen Sekunde fiel sie, in der nächsten sprang Xander auf sie zu, und sie landete in seinen Armen. Sie war zu geschockt, um erschrocken nach Luft zu schnappen, gleichzeitig machte sein betörender Duft sie benommen. Sie krallte sich an seinem T-Shirt fest, und irgendwie lag ihr Mund plötzlich auf seinem. Ihre Geschmacksknospen nahmen dunklen Kaffee, Zartbitterschokolade und sinnlichen, samtigen Mann wahr.

Ihr Verstand setzte aus, ihr Körper stand in Flammen, doch irgendwo im Hinterkopf meldete sich der vernünftige Teil ihres Gehirns und gab die Warnung aus, dass sie a) gerade mit einem Kunden knutschte, den sie zum zweiten Mal an diesem Tag praktisch anfiel, und b) längst zu Hause sein sollte, um …

»Chili«, stieß Izzy keuchend hervor, nachdem sie den Kuss unterbrochen hatte, und strampelte, um auf den Boden zu kommen. Sie stemmte die Fäuste gegen Xanders Brust und befreite sich aus seinen Armen.

Heiliger Strohsack. Er hatte sie vor einem üblen Sturz bewahrt, und sie dankte es ihm mit einem stürmischen Kuss. Und diesmal war es hell gewesen, nicht beengt und dunkel. Ihr Blut sprudelte wie in einer frisch geköpften Champagnerflasche. Schlimmer noch war, dass sie offenbar nicht mehr damit aufhören konnte, sobald sie einmal damit angefangen hatte. Nie mehr. Und das war nicht gut, im Gegenteil, es war beängstigend. Noch nie hatte sie sich derartig unbeherrscht gefühlt. »Ich muss gehen …«

Im Hinausstürmen sah sie zu Xander, der sie perplex anstarrte, was durchaus nachvollziehbar war. Im Hinblick auf die Kundenbeziehung – und die sollte angesichts der Aufträge, die Xander hereinbrachte, an oberster Stelle stehen – sollte sie bleiben und sich aufrichtig entschuldigen. Ihn einmal am Tag anzufallen, war schon verstörend genug, aber zweimal war völlig inakzeptabel. Leider war es dafür jetzt zu spät, denn sie stolperte bereits draußen über den Rasen. War längst auf der Flucht.

# 29. Kapitel

Donnerstagnachmittag, 12. Juni
LUCE & RUBY
Luces Wohnung
*Ertrinkend, nicht winkend*

> *RE: Vintage at the Cinema … Neuigkeiten und Dienstpläne*
> *Hi, Dida und der Rest der Truppe,*
> *der Kuchen dieser Woche hat mich beinah dazu veranlasst, einen Flug nach Hause zu buchen … fast!*
>
> *Vom Strand winkend, Ollie*

Ruby sah von der Falabella-Familie auf, die sie anmalte, und warf Luce einen verblüfften Blick zu. »Warum hast du dein Handy auf den Boden geworfen, Mummy?«

Luce atmete tief ein und versuchte, das Bild im Anhang der E-Mail zu verdrängen. Ollie in der Brandung, umgeben von heißen Girls in Bikinis. Mindestens sechs. Und wie sie um ihn herum drapiert waren, brachte sie zur Weißglut.

Sie hatte stets darauf geachtet, Ruby die Wahrheit zu sagen, aber diesmal musste sie lügen. »Sorry, es ist mir aus der Hand gefallen. Ich muss echt besser aufpassen.«

Keine Frage, sie musste aufpassen, wo sie ihre E-Mails öffnete, idealerweise dort, wo ein fallendes Telefon weich abgefedert wurde. Sie war sich nicht sicher, wie viele Stürze mit siebzig Meilen Geschwindigkeit pro Stunde es noch aushalten würde, gefolgt von einer harten Landung am Bücherregal.

Aber dies war bestimmt die schlimmste von Ollies E-Mails bisher gewesen. Wenn sie nur nicht so starrköpfig und selbstgerecht gewesen wäre, als er fortging. Wenn sie doch nur auf die erste E-Mail geantwortet hätte, die er ihr gleich nach seiner Landung geschickt hatte, kaum war er aus dem Flugzeug in Bali gestiegen. Stattdessen hatte sie diese E-Mail ignoriert. Damals war sie so außer sich und verwirrt gewesen über seinen Abschiedsbesuch bei ihr und Ruby. Zwei Stunden, bevor sein Flugzeug abhob, hatte ihr Verstand einfach ausgesetzt. Noch heute wagte sie nicht, daran zu denken. Auf seine E-Mail nicht zu reagieren, war ihre Art gewesen, so zu tun, als hätte es diese zwei Stunden nie gegeben.

Ihr Verdrängen dessen, was sie und er getan hatten, war für sie dermaßen verstörend gewesen, dass sie sich seither nie gefragt hatte, wie Ollie sich gefühlt haben musste, als sie auf seine E-Mail nicht reagierte. Das, was in diesen irregeleiteten zwei Stunden passiert war, war der Grund dafür, dass sie nicht antworten konnte.

Dass sie ausgerechnet unmittelbar vor seinem Flug herausfanden, welche Anziehung tatsächlich zwischen ihnen herrschte, war absolut schlechtes Timing. Noch schmerzlicher war, dass sie an jenem Abend nur etwas hätte sagen müssen, und er wäre geblieben. Selbst so kurz vor dem Abflug ans andere Ende der Welt hätte er seine Pläne für sie und Ruby über Bord geworfen. Aber sie hatte die entscheidenden Worte nicht sagen können, weil sie zu viel Angst gehabt hatte. Zu viel Angst davor, alles könnte schiefgehen. Zu viel Angst davor, sie alle könnten verletzt werden.

Zu viel Angst. Das war die Geschichte ihres Lebens.

Und heute rächte es sich.

# 30. Kapitel

Später, Donnerstagabend, 12. Juni
XANDER & IZZY
Das Pink House
*Urteilen und mit dem Finger zeigen*

Den Sturz einer Frau aufzufangen, war das eine. Sie dabei zu küssen, war etwas ganz anderes.

Xander raufte sich die Haare und versuchte, sich in den Griff zu bekommen. Er hatte es fertiggebracht, ihr eine solche Angst einzujagen, dass sie geflohen war. Er war Izzy hinterhergelaufen, doch noch ehe er die Vorderseite des Hauses erreicht hatte, hörte er die Tür ihres Vans zuschlagen, den Motor stotternd anspringen; es klang jedes Mal, als würde es nie und nimmer funktionieren.

Obwohl Xander nicht religiös war, betete er im Stillen, der Motor möge es nicht schaffen. Zutiefst enttäuscht musste er jedoch hören, wie der Wagen ansprang. Er rannte weiter, um wenigstens noch einen Blick auf Izzy zu erhaschen, während sie losraste. Eine zierliche Frau, die an diesem Tag gleich zweimal wie ein Wirbelwind durch sein Leben gefegt war. Und nun hatte er sie verjagt. Klasse gemacht.

Er erreichte die Auffahrt und sah den Van schleudernd am Tor halten.

Izzy sprang heraus.

»Scheiße, Scheiße, Scheiße …«

Die Fäuste ballend und laut fluchend … Warum überraschte ihn das nicht?

»Gibt's ein Problem?«, fragte er und ging langsam auf sie zu, innerlich jubelnd.

»Hab vorne einen verdammten Platten …«

Jetzt sah er es auch. Jubilierte wieder und riss sich zusammen. Er begab sich zur Front des Wagens. Der Reifen hatte sich tief in den Kies gegraben. Das wurde ja immer besser.

»Okay, überlass das mir.« Er lief zur Garage, um alles Nötige für den Reifenwechsel zu holen, und kehrte einige Minuten später mit einem Rangierwagenheber und einer Handvoll Werkzeug zurück. Er machte sich gleich an die Arbeit, schob den Wagenheber hin und her und schwang den Radmutternschlüssel. Die Muttern ließen sich problemlos lösen, aber das Rad selbst erwies sich als schwieriger zu bewegen.

Er lehnte Izzys vages Hilfsangebot ab, daher zog sie sich zurück, lehnte sich an den Torpfosten und beobachtete ihn von dort. Xander gewann den Eindruck, dass ihr Fluchtimpuls nachgelassen hatte. Resigniert kickte sie Kies mit ihrem zerschlissenen Turnschuh, als sie jetzt wieder auf ihn zukam.

»Jungs und ihre Autos.« Sie verdrehte die Augen. »Genau wie meine Brüder. Äh, nicht, dass ich mich beklage. Ich bin dir sehr dankbar, ehrlich.«

Netter Nachsatz.

»Die Radmuttern sind ab, nur will das Rad nicht herunter.« Wie viel Schaden nahm sein Höhlenmenschengefühl, indem er ihr das gestand?

»So ein Mist.« Izzy schüttelte den Kopf und verzog das Gesicht. »Das ist mal wieder typisch.«

Xander hatte keine Ahnung, warum es für ihn so wichtig war, den Eindruck eines meisterhaften Mechanikers zu vermitteln, abgesehen davon, dass es ihm Punkte auf der Macho-Skala einbrachte. »Wahrscheinlich sitzt es nach dem Winter einfach fest. Es muss vermutlich erhitzt werden.«

Nach seinem Machogehabe fühlte er sich jetzt eher erbärmlich. »Ich lasse morgen früh jemanden aus der Werkstatt kommen – es sei denn, du hast eine Pannenversicherung?«

Sie warf ihm einen genervten Blick zu. »Sehe ich aus, als hätte ich eine Pannenversicherung?«

Stimmt, dachte er, die hatte sie wohl eher nicht.

Er bemühte sich um einen gut gelaunten Ton. »Macht nichts. Der Van kann bis morgen hier stehen bleiben, und du kannst auch bleiben. Ich könnte dich zurückfahren, aber das wäre nicht sehr sinnvoll, da du morgen früh ja ohnehin gleich wieder herkommen müsstest. Es sei denn, du musst wegen irgendetwas dringend nach Hause?«

»Ich muss zurück, weil ... Na ja, ich habe den Zwillingen versprochen, ihnen Abendessen zu machen.« Ihr Zögern verriet, wie dürftig sie diese Begründung selbst fand.

»Wie bitte? Die spielen in einer Band. Fahren Auto. Sollten die nicht in der Lage sein, sich selbst ein Abendessen zuzubereiten? Wie alt sind die eigentlich?« Xander konnte nicht verbergen, wie irritiert er war.

»Einundzwanzig.«

»Einundzwanzig?«, wiederholte er. »Die sollten für sich selbst sorgen können. Können die sich nicht einfach eine Pizza bestellen?«

Sie stöhnte. »Machen sie ständig. Es ist nur, na ja, ich bin für sie verantwortlich. Es ist nicht gesund, dauernd Pizza zu futtern, deshalb koche ich für sie.«

Entschlossen erwiderte er: »Schreib ihnen, dass sie sich heute selbst versorgen müssen. Das werden sie sicher verstehen. Vielleicht sind sie sogar froh, mal eine Pause von ihrer übereifrigen Ersatzmutter zu haben.«

Izzy wirkte nach wie vor unschlüssig, und Xander begriff auf einmal, dass es bei ihrer Fürsorge für die Brüder um mehr ging.

»Du wirst hier sicher aufgehoben sein. Sieben Zimmer sollten ausreichen, um genügend Abstand zu mir zu halten. Was immer da zwischen uns passiert ist …« Er hoffte, dass sie verstand, ohne dass er es weiter ausführen musste. »Jedenfalls werde ich nicht über dich herfallen, okay?«

Ihm fiel auf, dass ihre übliche Fuck-you-Haltung stiller Resignation gewichen war. Er wusste nicht, wie er dazu stand.

»Ich nehme an, es wird gehen.«

Alles in allem mochte er ihre rotzige Art lieber.

»He, kein Grund, derartig begeistert zu klingen«, zog er sie auf, schlug aber gleich einen versöhnlicheren Ton an. »Ein kühles Bier, eine Kleinigkeit zu essen und eine DVD. Wie klingt das?«

»Hast du romantische Komödien?«

»Klar.« Er hoffte, irgendwo zwischen Christinas Lifestyle-Requisiten welche zu finden.

Xander versuchte, nicht triumphierend zu klingen, wobei er selbst nicht genau wusste, weshalb er triumphieren sollte. Abendessen mit einer Frau, von der er die Finger nicht hatte lassen können, und das gleich zweimal? Die zu fliehen versucht hatte und lieber woanders wäre? Und die ihn dazu bringen würde, sich eine romantische Komödie anzusehen?

Vielleicht hatte es mehr mit der Enttäuschung zu tun, als er geglaubt hatte, sie sei weggefahren. Mehr mit der Tatsache, dass er gern zu Ende brachte, was er anfing. Vor ihm lag ein Abend, an dem er sich von seiner besten Seite zeigen musste. Dabei konnte er sich nicht erinnern, jemals stärker das Bedürfnis verspürt zu haben, richtig böse zu sein.

»Ich habe keine Ahnung, wann ich mir das letzte Mal eine DVD angesehen habe, geschweige denn drei. Allerdings bin ich mir nicht sicher, ob *Hangover* streng genommen eine romantische Komödie ist«, gestand Izzy. »Ich gönne mir fast nie eine Pause.«

Sie saß auf dem Sofa ihm gegenüber und hielt ihre Knie umschlungen. Sie war nicht die einzige verblüffte Person im Raum. Xander konnte kaum glauben, dass er sich gerade drei romantische Komödien angesehen und dabei zusammen mit Izzy auch noch gelacht hatte.

Sie saßen in dem Zimmer neben der Küche, in dem nach der Renovierung zwei Sofas aufgestellt worden waren. Xander versuchte nicht hinzuschauen, als Izzy ihre Position veränderte und dabei ihr hochgerutschtes Kleid ein Stück ihres Oberschenkels sehen ließ.

»Wenn du abends keine Filme schaust, was machst du dann?«, erkundigte er sich.

»Meistens bereite ich Sachen für den Laden vor oder erledige Hausarbeiten und kümmere mich um meine Brüder.«

Sie klang entspannt, obwohl sie von Tagen und Abenden sprach, die ständig ausgefüllt waren mit Arbeit. Es klang ja fast so, als ob sie noch mehr um die Ohren hatte als er.

»Wie kommt es, dass du die ganze Arbeit machst? Bist du nicht zu jung, um Mutter zu spielen?« Er versuchte, sie wie beiläufig ein wenig auszuhorchen, um seine Neugier zu befriedigen.

»Das war nicht geplant, aber es hat sich eben so ergeben, seit unsere Mum weg ist.«

»Irgendetwas habe ich anscheinend nicht mitbekommen. Deine Mutter ist verschwunden und hat dich mit diesen Babys zurückgelassen. Ich nehme an, die erledigen nicht mal den Abwasch, oder?« Xander war selbst erstaunt, wie empört er war. »Und was ist mit deinem Dad?«

Sie zuckte förmlich zusammen. »Mein Dad hat uns verlassen. Ich spreche nicht darüber.«

Er schwieg und rieb sich das Kinn.

Sie lachte bitter. »Ich weiß deine Besorgnis zu schätzen, aber ich komme klar damit, wie es ist. Unsere Mum hatte eine schwere Zeit, in der sie vier Kinder großzog. Jetzt soll sie ihr eigenes Leben führen. Sie kann ja nicht ewig bei uns bleiben, immerhin sind wir erwachsen. Das würden wir auch gar nicht wollen. Als sie die Chance auf ein zweites Glück bekam, drängten wir sie, sie zu ergreifen. Ihr neuer Partner bekam eine auf vier Jahre befristete Stelle in Neuseeland angeboten, also war die Sache klar. Sie musste gehen.«

Flüchtig dachte Xander an seine Eltern und den Verlust seiner Mutter. Ihre Krankheit hatte sie ihm Stück für Stück genommen. Ihr Tod hatte sein Leben verändert. Bevor seine Mutter krank wurde, hatte er eine Ehe geführt, von der er glaubte, sie würde ewig halten. Nach dem Tod seiner Mutter musste er dann feststellen, dass die Beziehung nicht annähernd so stark war, wie er geglaubt hatte. Ähnlich wie in Izzys Fall war seine ältere Schwester Christina stets für ihn da gewesen.

»Was ist mit deinen Brüdern?«

»Parker und Barney stehen auf Pizza und Death Metal. Sie kommen nur zum Proben nach Hause, zum Essen oder um zur Toilette zu gehen. Und dann gibt es noch Ollie, der sich zurzeit in Thailand aufhält. Ich habe seinen Van und seinen Anteil an Vintage at the Cinema übernommen, solange er auf Reisen ist. Ollie ist gar nicht so übel, aber die Zwillinge, einmal von der Leine gelassen, können das Haus in Nullkommanichts in ein Chaos verwandeln. Meine Mum und ich haben viel Mühe darauf verwendet, uns allen ein schönes Zuhause zu bieten, da kann ich es einfach nicht ertragen, wenn sie es verwüsten. Wenn ich die Kontrolle habe, kann ich dafür sorgen, dass alles perfekt ist, denn für mich bedeutet ein perfektes Zuhause Sicherheit.«

»Und du bist so besessen davon, ein gutes Zuhause zu schaffen, dass du regelrecht eine Karriere daraus gemacht hast.«

Für jemanden wie ihn war das eine beängstigende Vorstellung. Aber ihren zusammengekniffenen Lippen nach zu urteilen, war sie da anderer Meinung.

»Okay, meine Situation ist ungewöhnlich, aber so ist es nun mal.« Ihre Augen funkelten. »Wenn die Familie auseinandergebrochen ist, ist ein stabiles Zuhause sehr wichtig.«

So aufgebracht, wie sie darüber sprach, war »auseinandergebrochen« eine sehr vereinfachte Darstellung. Die Ehe seiner Eltern dagegen war schlicht gescheitert. Sie hatten viele Häuser, und mit Anfang zwanzig dämmerte es Xander, dass sie nie mehr gemeinsam im gleichen Haus auftauchten.

»Es mag mich ja nichts angehen, aber solltest du dich in deinem Alter nicht mehr amüsieren, statt eine Haussklavin zu sein?« Er musste behutsam sein, aber manche Dinge sollten ausgesprochen werden.

Sofort reagierte sie trotzig. »Es ist meine Entscheidung.«

Xander wurde mit jedem ihrer Worte skeptischer. Das war das Problem – Leute, die sich ausnutzen ließen, erkannten es meist selbst nicht. »Wann hat zuletzt jemand für dich gekocht?«

»Das warst du, gerade erst, falls du es vergessen hast. Und ich habe dir gesagt, es war wundervoll.« Sie lächelte. Wenn sie die Nase rümpfte, wie jetzt, erschienen Grübchen auf ihren Wangen.

Er verspürte den absurden Wunsch, den Finger auf diese Grübchen zu legen. »Das meinte ich nicht. Also verrate mir, wann es war.«

Ihr Lächeln erstarb. »Na schön, du hast gewonnen. Ich kann mich nicht erinnern, wann zuletzt jemand für mich gekocht hat.«

»Na bitte«, meinte er tadelnd. »Das ist nicht gut. Nur weil du Sachen pink anstreichst und mit Blumen und Schleifen verzierst, ist noch lange nicht alles in Ordnung.«

Ihre finstere Miene verriet, dass ihr diese Bemerkung überhaupt nicht gefiel.

Prompt setzte sie sich auf. »Das musst du gerade sagen. Sieh dich an. Du hast nicht einmal ein Zuhause, und wenn es danach aussieht, als würdest du eines bekommen, sagst du, du willst es nicht. Wenn du mir Vorhaltungen machst, was ist dann damit?«

Er wich innerlich zurück, da sie nicht ganz unrecht hatte. Aber nachgeben konnte er auch nicht.

»Jeder, der sein Zuhause verloren hat, reagiert anders darauf. Nicht jeder kompensiert das mit kuscheligen Kissen und Girlanden und bildet das Wort *Love* mit ausgeschnittenen Buchstaben, die er irgendwo drapiert«, konterte er. Außerdem hatte er Astrid ihre gemeinsamen Häuser in Hampstead und in Frankreich überlassen, weil die Ehe seinetwegen in die Brüche gegangen war. Er wollte mit diesen Häusern ohnehin nichts mehr zu tun haben. Sie hätten ihn nur ständig daran erinnert, was er kaputtgemacht hatte.

Xander beobachtete, wie Izzys Augen sich weiteten, als könne sie nicht glauben, was er gerade gesagt hatte. Möglicherweise war er zu hart gewesen. Aber sie sollte akzeptieren, dass Pastelltöne nicht die Lösung für alles waren. Für ihn jedenfalls wurde nichts besser dadurch, dass Gegenstände aufgehübscht wurden. Die Probleme lagen tiefer. Dieses Haus war voller schmerzlicher Erinnerungen, und es war quälend, sich ihnen zu stellen. Zumindest hatte die Renovierung in mancherlei Hinsicht reinigend gewirkt. Vorher war es noch voller Dinge gewesen, die seiner Mutter gehört hatten und die ihn an die Tragödie der Vergangenheit erinnerten. Das war so bedrückend gewesen, dass er es hier nicht ausgehalten hatte.

Jetzt wappnete er sich für Izzys Gegenangriff, doch stattdessen wurde sie blass und sagte: »Tut mir leid, ich habe nicht nachgedacht ...« Sie arrangierte ihre Füße auf dem Sofa neu. »Wir alle haben unser Päckchen zu tragen. Ich hätte sensibler sein sollen, was deines betrifft.«

Xander war sich nicht ganz sicher, welches Päckchen sie meinte, aber er nahm an, dass sie ihn mittlerweile ganz gut durchschaute. Es störte ihn nicht halb so sehr, wie es sollte, denn seltsamerweise hatte er das Gefühl, sie auch ein wenig besser kennengelernt zu haben.

Dies war die perfekte Gelegenheit, das Gespräch zu beenden, ehe sie noch weiter bohren konnte.

»Ich glaube, es wird Zeit, dass jemand dir noch ein Bier bringt.«

Er stand auf und streckte sich. Dabei bemerkte er, dass Izzy einen Blick auf seine Bauchmuskeln warf. Ihre Miene verriet, dass ihr sehr gefiel, was sie sah. Und das wiederum gefiel ihm.

# 31. Kapitel

Donnerstagabend, 12. Juni
LUCE & DIDA
In Luces Wohnung
*Sex on the beach oder ein verregneter Sommer in Matlock*

»Hey, alles okay hier?«

Luce betrat auf Zehenspitzen ihr Wohnzimmer, wo Dida vor ihrem Laptop saß.

Dida lächelte. »Ja, Ruby war toll. Sie ist schnell eingeschlafen, nachdem wir eine halbe Stunde über Ponys gesprochen haben. Und ich weiß, dass Aidies Eltern gern mit den Kindern zu Hause bleiben, wenn ich Bœuf Stroganoff zubereite. Ging die Lieferung des Hochzeitskleides glatt?«

»Ja, bestens. Zu guter Letzt.« Luce zog die Nase kraus und schenkte sich Kaffee aus der Karaffe auf dem Tablett ein. In der Theorie hielt sie nichts von Hochzeiten, aber sie hatte die Hingabe der Beestons bewundert. »Steffie liebte das Kleid, und es passte. Zum Glück, denn sonst wäre ich aus dem Fenster gesprungen. Die Kleider der Brautjungfern und der Hochzeitskuchen waren toll und das Outfit ihrer Mum und die Schuhe und die Servietten und der geschmückte Saal und die Schleifen. Oh, und Steffie hat mir sogar ihr Ehegelübde vorgelesen.« Luce nahm an, ihre Miene verriet, dass alles ein bisschen viel gewesen war. »Danke, dass du dich um Ruby gekümmert hast, während ich unterwegs war.«

»Bevor sie ins Bett ging, hat Ruby mir jede einzelne von Ollies Ansichtskarten gezeigt und mir genau erklärt, wohin er gereist ist.« Dida rührte Zucker in ihren Kaffee und biss in einen Brownie. »Dann hatte ich also recht mit dieser Geografie-Vermutung.«

»Hast du die jüngste E-Mail von ihm gesehen?« Luce versuchte, beiläufig zu klingen.

Dida schob sich einen Krümel in den Mund. »Die mit den Bikini-Girls?«

»Sex am Strand«, sagte Luce verächtlich, denn sobald sie daran dachte, dass Ollie mit einer anderen schlief, machte es sie verrückt. Sie hatte gehofft, es laut und derbe auszusprechen, würde es weniger bedeutsam machen. Sie aß einen großen Bissen von ihrem Brownie und ließ Zucker und Schokolade in ihrem Blut wirken. Jeder, der fand, Schokolade könne einen nicht unmittelbar trösten, irrte sich einfach.

»Vielleicht auch nicht«, meinte Dida vernünftig, nahm sich einen weiteren Brownie und klopfte ihn nachdenklich auf ihren Teller. »Vielleicht will er dir nur eine Reaktion entlocken.«

»Was?«, fragte Luce.

»Was diese Sexsache angeht, würde ich mir keine Sorgen machen. Der wird bald wieder zurück sein. Aber vielleicht solltest du ihm irgendein Signal senden.«

Genau das hatte Luce hören wollen, nur fragte sie sich, wie Dida sich da so sicher sein konnte.

Luce stieß einen langen Seufzer aus. »Sex am Strand von Thailand oder ein verregneter Sommer in Matlock – ich wüsste, für was ich mich entscheiden würde.« Für Luce war die Sache klar – Thailand gewann.

»Ich weiß es auch, aber es wäre nicht Thailand …« Dida lachte und sah Luce mitfühlend an. »Du musst ihm unbedingt eine E-Mail schicken. Irgendetwas Belangloses, damit er sieht, dass du ihn nicht vergessen hast. Du könntest ihm von Ruby und ihrer momentanen Begeisterung für Falabellas erzählen. Ich glaube, das würde Ollie gefallen.«

Luce grinste dankbar. »Ja, vielleicht tu ich das.« Sie würde ihren ganzen Mut zusammennehmen müssen, aber darin hatte sie in jüngster Zeit sehr viel Übung bekommen. »Was ist mit dir? Hast du dir schon überlegt, wie du mit diesem Fahrradurlaub umgehst?«

Dida verdrehte die Augen. »Du kennst mich. Ich werde den Urlaub am Pool verbringen, während ich Prosecco in mich hineinschütte.« Sie lachte. »Und dafür sorgen, dass der Vintage Cinema Club dieses verdammte Geschäftsdarlehen bekommt.«

Jetzt lachte Luce auch und kreuzte die Finger fest. Es schadete wirklich nicht, von Dida die eine oder andere Lektion fürs Leben zu lernen.

# 32. Kapitel

Donnerstagabend, noch später, 12. Juni

Das Pink House
*Der Gedanke an kühles Bier*

»Hey …« Xander drehte sich zu Izzy um, als sie ihm in die Küche folgte. »Du solltest dich ausruhen und warten, während ich das Bier hole.«

»Ich wollte mir nur kurz die Beine vertreten.« Sie musste sich bewegen. »Ich bin es nicht gewohnt, faul auf der Couch zu liegen.«

Während er das Bier holte, lehnte sie sich an die Kücheninsel, den einen nackten Fuß auf den anderen gelegt. Sie war ihm ohne Schuhe gefolgt, und der Kalksteinboden fühlte sich glatt und kühl unter ihren Fußsohlen an. Sie erschauerte, als sie sah, wie sein T-Shirt hochrutschte und die Jeans sich straffte, während er sich zum Kühlschrank hinunterbeugte. Selbst aus relativer Distanz war er noch umwerfend. Und aus der Nähe brandgefährlich. Aber komplett tabu.

Den ganzen Abend über war er auf Abstand zu ihr geblieben, genau wie er es ihr versprochen hatte. Insgeheim hatte sie gehofft, er würde sich ihr nähern. Zugleich hatte es etwas unglaublich Wundervolles, stundenlang mit einem Mann, der im Prinzip ein Fremder war, Filme anzuschauen. Drei ganze Filme lang hatte sie sich gewünscht, er würde sein Wort brechen und auf dem Sofa über sie herfallen. Verdammt.

Er richtete sich auf und stellte zwei grüne Flaschen auf die Arbeitsfläche. Selbst seine Ellbogen sahen toll aus. Wie konnte ein Mensch in jeder Hinsicht dermaßen attraktiv sein? Sie hörte, wie er die Flaschen öffnete. Xander drehte sich um, wischte sich mit dem Handrücken über die Stirn und fuhr sich mit den Fingern durch die Haare.

»Bitte sehr, ein kühles Bier.« Er schien sie mit sinnlichem Blick zu mustern, während er auf sie zukam.

Izzy lief das Wasser im Mund zusammen, aber nicht wegen der Aussicht auf das kühle Bier, sondern weil sein Duft sie erreichte, bevor er bei ihr war. Was auch immer das für ein Duft sein mochte, sie bekam jedes Mal weiche Knie davon.

»Hier, bitte …«

Ohne Schuhe reichte sie ihm nur noch bis zum Schlüsselbein, und sie verspürte ein flaues Gefühl im Magen beim Anblick seiner Halsgrube. Er hielt ihr die Flasche hin und strich sanft damit über ihren nackten Arm, als er sie ihr gab.

Sie zuckte angesichts der Kälte zusammen. »Hey.«

Er erwiderte nichts, hob nur eine Braue und trank einen Schluck. Seine Augen waren dunkel und wachsam. Sie folgte seinem Blick abwärts zu ihren Nippeln, die sich unter ihrem T-Shirt aufgerichtet hatten. Natürlich wegen der überraschenden Kälte an ihrem Arm. Mit der Nähe dieses sexy Typen hatte es nichts zu tun. Redete sie sich ein. Als er ihr ins Gesicht sah, war sein Blick verschleiert, und Izzy musste grinsen. Sie teilte die Lippen, während sie sehnsüchtig wartete.

Langsam, ganz langsam näherte sich sein Gesicht ihrem. Kurz bevor sein Mund ihren berührte, wich er seitlich aus, sodass nur sein Wangenknochen ihren streifte. Kein weiterer Kontakt. Izzy gab ein leises Stöhnen von sich. Er wich ein Stück zurück, um sie zu betrachten. Ihr Herz pochte, und nervös hob sie die Hand an die Wange, dorthin, wo er sie berührt hatte. Sein Lächeln war entwaffnend, und sie schmolz dahin.

Dann fühlte sie seine Lippen sacht an ihren, das zarteste Necken seiner Zunge, bevor er sich wieder von ihr löste. Sie erschauerte. Heißes Verlangen durchströmte sie.

Einen Moment lang ließ er seine Hand noch auf ihrem Arm ruhen. Dann, als hielte er seinen Körper bewusst auf Abstand zu ihrem, hob er die Hand an ihren Hinterkopf und zupfte sanft an ihren Haaren, ehe er mit beiden Händen hindurchfuhr. Als seine Zunge ihren Hals liebkoste, schob sie ihre Finger unter sein T-Shirt, doch er nahm ihre Hand behutsam fort.

»Keine Berührungen. Noch nicht«, flüsterte er rau und bog ihren Kopf leicht zurück, um mit dem Zeigefinger über ihre Lippen zu fahren. »Immer wenn ich dich küsse, nimmst du Reißaus, also werden wir es mal ohne versuchen.«

Er glaubte demnach, er küsse sie und nicht umgekehrt, obwohl sie doch … Sie hielt unvermittelt inne, als er eine Hand unter ihren Rock schob, direkt zwischen ihre Beine. Als sie die Schenkel ein wenig spreizte, waren seine Finger bereits in ihrem Slip und streiften ihren Kitzler. Dies war nicht der Moment, um zu der Erkenntnis zu gelangen, dass das womöglich keine gute Idee war. Nicht, wenn er gerade das tat, was er tat. Sie drängte sich seiner Hand entgegen, passte sich seinen Bewegungen an, fühlte die intensiver werdende Lust. Sie hielt sich auf beiden Seiten an der Arbeitsfläche aus Granit fest, da ihre Beine nachzugeben drohten, und schloss die Augen. Es war so lange her, seit sie das getan hatte, aber es ging alles so schnell, als hätte er unbeabsichtigt eine Art Kettenreaktion in ihr ausgelöst. Und es gab nichts, was sie dagegen tun konnte, außer, es zu genießen. Konnte es peinlicher sein, als kurz vor dem Höhepunkt zu stehen, mit einem Mann, den sie kaum kannte, in einer Küche … Aber dann interessierte sie das einfach nicht mehr, denn ihr ganzer Körper explodierte und implodierte gleichzeitig. Regenbogen, Feuerwerk, kristallene Labyrinthe, ein Sturz vom höchsten Berg. Als sie auf den hellen Steinfußboden sank, schaute sie auf und sah die mächtige Erektion, die sich in Xanders Jeans wölbte. Das erinnerte sie daran, dass sie ihm nun etwas schuldig war.

Im nächsten Moment war er neben ihr, lehnte sich mit dem Rücken gegen die Kücheninsel, die Beine lässig vor sich gekreuzt.

In seinen Augen lag ein beeindrucktes Funkeln, mit dem sie angesichts des einseitigen Vergnügens nicht gerechnet hatte. Er hielt ihr eine Flasche hin. »Bier in der Pause?«

Verlegen lächelnd nahm sie das Bier und versuchte wieder zu Atem zu kommen. »Danke. Und danke für … Du weißt schon. Es war toll, der Hammer.«

Ein zufriedenes Lächeln erschien auf seinem Gesicht. »Dann nehme ich an, du bist froh, dass du gekommen bist?« Sie war sich nicht sicher, welches Kommen er meinte, aber es war ein dickes fettes Ja für beide.

Sie grinste. »Du glaubst hoffentlich nicht, dass ich das immer mache, sobald mir jemand ein Bier gibt.«

»Ich würde gern herausfinden, was erst passiert, wenn du es trinkst.«

»Ehrlich, ich tue so etwas eigentlich nie.« Aus irgendeinem Grund war es ihr wichtig, das klarzustellen. »Ich meine, für gewöhnlich kommt es nicht vor, dass ich in der Küche anderer Leute zu Boden sinke.«

Er lachte. »Geht mir genauso. Aber für dich habe ich gern eine Ausnahme gemacht. Nur für heute Abend, okay?«

Irgendwie wurde es dadurch besser. Spontan strich sie mit dem Finger über seinen Oberschenkel, über dem sich die Jeans spannte. »Ich werde mich gleich revanchieren.« Sie konnte kaum glauben, dass die sinnlich heisere Stimme ihr gehörte.

Sie strich ein weiteres Mal mit dem Zeigefinger über seinen Schenkel und erschauerte.

»Ist das eine Drohung oder ein Versprechen?«

Ihr blieb keine Zeit, darauf zu antworten. Er trank seine Flasche aus, sprang auf und stellte sie geräuschvoll auf die Arbeitsfläche. Dann bot er Izzy die Hand und zog sie hoch.

»Hat nicht jemand dafür gesorgt, dass Kissen hier sind?« Er zwinkerte, zog sein T-Shirt aus und knüllte es zusammen.

Izzy sog scharf den Atem ein. Definierte Muskeln, breite Schultern und gebräunte Haut. »Hübsche Bräune, die du da hast, Xander.«

Er winkte ab. »Kommt vom Job – ein Filmdreh in Südamerika.« Dann legte er sich auf den Boden, den Kopf auf das provisorische Kissen aus seinem T-Shirt gebettet.

*Wow*, dachte Izzy und war sich nicht sicher, was er als Nächstes erwartete. »Und jetzt?«

»Deine Entscheidung.«

Sie betrachtete die Haare, die sich von seinem Nabel über seinen flachen Bauch abwärts hinzogen und zwischen seinen sexy Hüftknochen in der Jeans verschwanden.

»Das ist mal eine Abwechslung. Normalerweise kommandierst du alle herum …« Sie sprach nicht weiter, da ihr Blick auf die Wölbung fiel, die seine Erektion bildete. Sie schluckte hart.

Für einen Moment zögerte sie, da sie nicht wusste, was sie nun mit diesem wunderschönen Mann, der vor ihr lag, anfangen sollte. Aber dann hob sie vorsichtig einen nackten Fuß und stellte ihn behutsam auf seinen Oberschenkel. Sie hörte, wie Xander den Atem anhielt. Langsam bewegte sie den Fuß in Richtung seines Beckens und erhöhte den

Druck. Sie spürte seine Wärme unter ihrer Fußsohle. Sein tiefes Stöhnen verriet ihr, dass sie auf dem richtigen Weg war. Prompt drückte sie mit dem Fuß seine Erektion. Xander stöhnte von Neuem.

»Komm, setz dich auf mich.« Seine Stimme klang heiser.

Moment mal, war sie nicht diejenige, die das Kommando hatte?

»Jetzt.«

Sie setzte sich rittlings auf ihn, stützte sich mit den Händen auf seine Brust und sah ihm in die Augen. Während sie sich bewegte, um eine bequeme Position zu finden, spürte sie seine Wärme durch ihren Slip hindurch. Ein lustvoller Ausdruck erschien auf seinem Gesicht.

»Das ist besser. Jetzt lieg still, und nicht berühren.« Er gab wieder Kommandos, aber diesmal störte es sie nicht mehr.

Er legte die Hände an ihre Hüften und zog sie nach vorn. »Sorry, aber wenn du so weitergemacht hättest, wäre ich sofort gekommen.« Er räusperte sich. »Was diese Knöpfe vorn an deinem Kleid angeht, habe ich schon die ganze Zeit Lust, sie zu öffnen.«

Lächelnd öffnete er bereits den zweiten Knopf. »Geblümter BH. Warum überrascht mich das nicht?« Sacht rieb er mit dem Daumen einen ihrer Nippel. »Gefällt mir übrigens, die Seide.« Er fuhr fort, sie zu liebkosen, und als sie es nicht mehr aushielt, zog er die BH-Körbchen herunter.

Er atmete schwer aus, als er ihre Brüste entblößte.

Izzy war benommen und verwirrt von der Begierde, die seine Berührungen in ihr auslösten. Er zog sie näher zu sich heran, umfasste ihre Brüste mit beiden Händen und fuhr mit der Zunge über eine der Knospen, ehe er daran saugte. Er bereitete ihr weiter süße Qualen, indem er den anderen Nippel rieb. Izzy atmete stoßweise und bewegte das Becken auf seinem Bauch. Überraschend stieß sie ein lautes Stöhnen aus und hatte das Gefühl, als gehöre die Stimme zu jemand anderem. Sie presste die Knie gegen seine Seiten und schloss die Augen, überwältigt von den Wellen der Lust, die sie durchfluteten. Sie wusste, dass er jede ihrer Bewegungen genau beobachtete.

Er wandte erst den Blick ab, als sie auf ihm zusammensank. Aber diesmal erholte sie sich schneller und setzte sich wieder auf. Sie fing an, die Knöpfe seiner Jeans zu öffnen.

Xander richtete sich unvermittelt auf und fuhr sich durch die Haare. »Mist, ich muss erst ein Kondom suchen.« Er verzog das Gesicht. »Aber falls ich eines finde, ist wahrscheinlich das Verfallsdatum schon abgelaufen.«

»Schon gut, ich habe welche.« Sie rutschte von ihm herunter, durchquerte den Raum und kramte in ihrer Handtasche. Im Stillen dankte sie Luce dafür, dass sie immer dafür sorgte, dass Izzy Notfallsachen dabeihatte. Sie warf ein Folienpäckchen in Xanders Richtung. »Das sind Luces, nicht ...«

Er schnitt ihr halb lachend das Wort ab. »Im Augenblick ist es mir egal, wem die gehören.« Er kam ihr entgegen und zog ihr das Kleid mit einer einzigen Bewegung über den Kopf.

Kurz darauf landeten ihr BH und der Slip auf dem Boden, und Izzy beobachtete ihn dabei, wie er seine Jeans auszog. Beim Anblick seiner schieren Größe erschauerte sie.

Er drängte sie sanft in den Nebenraum auf eins der Sofas, und sie spürte den Samtstoff an ihrem nackten Rücken. Dann stand er vor ihr, nahm ihre Hände in seine und platzierte sie links und rechts von ihr.

»Kein Anfassen und definitiv kein Küssen.« Seine Stimme war kaum mehr als ein raues Flüstern. »Nicht, bis es vorbei ist.«

Sie blickte auf sein zerwühltes dunkles Haar und entdeckte eine winzige Narbe an seiner Wange, als er ihre Beine spreizte. Er befand sich jetzt auf ein Knie gestützt über ihr und brachte ihr Becken in Position, ehe er mit seinem harten Schwanz sanft ihren Kitzler berührte.

»Fertig …« Er legte die Hand auf ihren Arm und sah ihr in die Augen. Sie war unfähig, den Blick von dieser intensiven tintenschwarzen Tiefe abzuwenden. Es schien eine Ewigkeit zu dauern, in der seine Pupillen sich weiteten, bis Izzy ganz ruhig dalag.

Und dann glitt er geschmeidig in sie.

Sie öffnete den Mund und stieß einen Schrei aus. Sie lag auf diesem federbettweichen Sofa und gab sich den lustvollen Bewegungen hin, schloss dabei fest die Augen und konzentrierte sich auf das Durcheinander der Gefühle, das sie überwältigte. Als Xander ein raues Stöhnen von sich gab, machte sie die Augen wieder auf und sah sein wundervolles Gesicht, vor Lust verzerrt, und als er ein letztes Mal tief in sie eindrang, ließ sie sich von ihm mitnehmen. Wer immer behauptet hatte, der weibliche Orgasmus dauere fünfundzwanzig Sekunden, musste untertrieben haben. Als ihr Körper erschlaffte, sank Xanders Kopf an ihren Hals. Und erst da begann er sie zu küssen.

# 33. Kapitel

Donnerstagnacht/Freitagmorgen, 12./13. Juni

Betrifft: RE: vom Strand winkend

Hi Olls,
freut mich, dass du eine tolle Zeit hast. Wollte dir nur schreiben, dass Ruby begeistert ist von deinen Karten. Sie redet ständig davon – und von ihrer neuen Besessenheit von Falabella-Ponys!

Aus Matlock winken dir zu,

Luce & Ruby xx

# 34. Kapitel

Donnerstagnacht/Freitagmorgen, 12./13. Juni
XANDER & IZZY
Das Pink House
*Höhlenmensch aus der Übung*

Viel später zog Xander seinen taub gewordenen Arm unter Izzys Haarpracht hervor, um auf die Uhr zu sehen. Er hatte keine Ahnung, wie er später über all das denken würde, aber das würde er dann morgen sehen. Momentan wollte er es nicht anders haben.

»Es ist halb drei. Kommt nun der Teil, in dem ich dich ins Bett bringe?« Er wusste nicht, wie er sich verhalten sollte, aber er würde die Dinge einfach nehmen, wie sie kamen.

»Danke für das Angebot.« Sie rieb sich verschlafen die Augen. »Aber ich kann ganz gut gehen.«

Er grinste unwillkürlich, ignorierte ihren Protest und hob sie einfach auf die Arme. Noch während er die Worte aussprach und jetzt, wo er sie fest an sich drückte, wurde ihm bewusst, dass es das war, was er hatte tun wollen, seit er sie an dem Abend, als er sie in seinem Container entdeckt hatte, zu seinem Wagen getragen hatte. Er ging mit Izzy auf den Armen durch die Eingangshalle und die breite Treppe hinauf. Dabei hatte er nur diesen einen Gedanken: dass er sich für die Zukunft nichts anderes wünschte als das hier. Nur dass es natürlich vollkommen verrückt war. Das durfte er nie und nimmer zulassen. Also verdrängte er diesen Gedanken gleich wieder und richtete seine Aufmerksamkeit auf ihre wallenden Haare und ihre Knie in seiner Armbeuge, das Brennen dort, wo ihre Finger sich an seinem Nacken in seine Haut gruben.

Die Art und Weise, wie sie ihren nackten Körper an ihn schmiegte, sagte ihm, dass er sie in sein Bett tragen würde, nicht in eines der Gästezimmer. Als er sie unten hochgehoben hatte, dachte er daran, wie angenehm es wäre, an sie geschmiegt tief und fest zu schlafen. Doch jetzt, fünfzehn Stufen später, spürte er ihre Haut, die sich an seiner rieb, und wie unwiderstehlich sie sich anfühlte und dass seine Erektion mit jedem Schritt gegen ihren Po stieß.

Diese ganze Sache hatte ihn überrumpelt. Er war völlig aus der Übung in solchen Dingen, um es milde auszudrücken. Er hoffte, dass sich oben in seiner Tasche Kondome befanden, denn die würden sie dringend brauchen.

# 35. Kapitel

Freitagnachmittag, 13. Juni
LUCE & DIDA
Vintage at the Cinema
*Krimskrams*

»Izzy sucht also drei weitere Schlafsofas?« Luce spielte mit dem Post-it-Zettel, auf dem die entsprechende Notiz stand. »Dass sie in diesem Container festsaß, hat sich für uns zum Vorteil entwickelt, nur dass kein Kind diesseits von Paris mehr ein französisches Bett haben wird, da alle demnächst in einem pinkfarbenen Haus in der Nähe von Ashbourne sein werden. Ich hatte gehofft, Izzy heute zu sehen, um zu hören, wie ihr Besuch auf der Baustelle gelaufen ist.«

»Es hapert ein bisschen mit den Nachrichten.« Dida sah von ihrem Laptop auf. »Sie rief mich heute Morgen an und erklärte, Chou-fleur hätte den Geist aufgegeben. Sie bat mich, heute Nachmittag für sie einzuspringen, damit sie zu Hause arbeiten kann. Kein Problem, da ich ohnehin hier sein wollte. Sie klang allerdings ein wenig aufgeregt.«

Luce lachte. »Hoffen wir mal, dass das ein gutes Zeichen ist. Wäre ein heißer Typ wie Xander hinter mir her, so wie er hinter ihr her ist, würde ich den bestimmt nicht von der Bettkante stoßen.«

Dida zuckte mit den Schultern. »Izzy hat eine Auszeit verdient.«

Luce lächelte über Didas Euphemismus. Auszeit? Manchmal merkte man Dida wirklich ihr Alter an.

Dida redete weiter. »Okay, meine Neuigkeit lautet, dass ich unseren Businessplan für den Vintage Cinema Club fast fertig habe. Ich werde ihn bald an den Manager der Bank schicken, damit er den Darlehensantrag bearbeiten kann, während ich in Italien bin. Was ist mit dir? Hast du Ollie schon eine E-Mail geschickt?«

Luce machte ein verlegenes Gesicht. »Eigentlich wollte ich das gar nicht, aber ich konnte nicht schlafen, und da dachte ich, was soll's, und hab ihm eine geschrieben. Geschieht mir recht, wenn ich meinen iPad mit ins Bett nehme. Bei Tageslicht hätte ich das nie getan.«

»Na bitte, ist doch klasse.« Didas Jubel verwandelte sich in ein mitfühlendes Lächeln. »Und nun wartest du auf eine Antwort?«

»Jap. Checke alle paar Minuten mein Handy, während wir reden. Noch nichts bis jetzt.« Luce schüttelte den Kopf. »He, siehst du den Typen dort drüben neben dem Messingbett? Das ist Mr. Browntree, unser Susie-Cooper-Sammler, der mir beim Hereinkommen verraten hat, dass er auch an Art déco interessiert ist.«

Dida reckte sich, um ihn sehen zu können. Sie wich derartig erschrocken zurück, dass sie dabei drei Stehlampen umwarf. »Verdammt, das ist ein Witz, oder?«

Luce fing die taumelnden Ausstellungsstücke auf. »Gibt's ein Problem?« Eher eine rhetorische Frage angesichts Didas gequälter Miene.

»Das ist David Browntree, mein Gynäkologe und Geburtshelfer. Was zur Hölle macht der denn hier?« Dida hatte sich hinter einem Paravent versteckt.

»Ich schätze mal, er kauft schöne Dinge und bringt uns dringend benötigte Einnahmen«, erwiderte Luce amüsiert. »Selbst Gynäkologen haben noch andere Interessen als …«

»Genug!«, brachte Dida sie zum Schweigen. »Es ist schon schlimm genug, wenn ein Mann einen da untenrum untersucht, aber ihm auf der anderen Seite des Verkaufstresens zu begegnen und zu wissen, was er gesehen hat … Sorry, aber das kann ich auf keinen Fall.«

Luce kicherte zwar, verstand sie aber vollkommen. »Na schön, dann versteck dich oben im Brautstudio. Du hast noch massig Zeit für diesen Darlehensantrag, denn normalerweise bleibt Mr. Browntree ziemlich lange. Ich schicke dir eine SMS, sobald er weg ist, okay?«

Luce bekam keine Antwort, denn Dida war schon halb die Treppe hinauf, und als sie sich wieder umdrehte, stand Xander vor dem Tresen.

Er fuhr sich durch die Haare, sah cool aus wie immer, auch im Anzug, obwohl es ein warmer Tag war. Konnte ein Mann anziehender aussehen? Er duftete auch zum Niederknien. Izzy musste komplett bescheuert sein, wenn sie den nicht wollte.

»Hi, kann ich helfen?« Luce lächelte, aber nicht zu sehr, wegen Izzy.

Xander biss sich auf die Unterlippe, was die Sinnlichkeit seines Mundes noch betonte. Luce konnte nicht glauben, dass Izzy ihn abblitzen ließ.

Er neigte den Kopf zur Seite. »Ist Izzy da?«

»Nein, tut mir leid.« Luce sah, wie enttäuscht Xander war. Aber auf keinen Fall würde Luce zulassen, dass Izzy einen Fünf-Sterne-Hottie abblitzen ließ, der offensichtlich in sie verknallt war. »Sie werden sie ganz bestimmt zu Hause antreffen. Sie wissen, wo das ist, oder?« Das war wohl eine weitere rhetorische Frage.

»Vielen Dank. Albert Street, richtig?« Xander wandte sich zum Gehen.

Natürlich wusste er das ganz genau. »Nummer acht«, rief

Luce ihm hinterher, obwohl diese Information vollkommen unnötig war. »Sie wird im Souterrain arbeiten. Gehen Sie durch den Garten, von der Rückseite aus.« Luce hoffte, dass er alles verstanden hatte.

Ein heißer Typ für Izzy. Auf dem Silbertablett. Wenn Izzy das vermasselte, würde sie Ärger mit Luce bekommen.

# 36. Kapitel

Freitagnachmittag, 13. Juni
IZZY
Zu Hause in der Küche
*Muster wiederholen sich*

Izzy saß über ihre Nähmaschine gebeugt neben der offenen Terrassentür an ihrem Küchentisch und war Dida unendlich dankbar, dass sie im Kino für Izzy eingesprungen war. Nie und nimmer hätte sie Luce nach dem, was gestern geschehen war, unter die Augen treten können. Sie konnte es ja selbst kaum fassen und versuchte, nicht mehr daran zu denken. Denn sobald sie es tat, und sei es auch noch so kurz, schmolz sie dahin, weil es so wundervoll gewesen war. Und dann schämte sie sich und bekam Angst, jemand könnte es erfahren. Allein die Vorstellung bescherte ihr Schweißausbrüche.

Xander hatte sie um halb sieben wachgerüttelt und ihr einen Becher Kaffee sowie ihre ordentlich zusammengelegte Kleidung angeboten. Er war definitiv ein Mann praktischer Prinzipien. Wie dumm von ihr, dass sie geglaubt hatte, es könnte anders sein. Andererseits hatte sie ohnehin keine Ahnung von der Etikette bei One-Night-Stands. Jede Hoffnung, mit einem langsamen Kuss geweckt zu werden, war jedenfalls dahin.

Heute Morgen trug er einen Anzug und war schon auf dem Sprung zu einem Meeting. Er musste seit Stunden auf sein, denn ihr Van war bereits von einer Reparaturwerkstatt abgeholt worden. Xander hatte dafür gesorgt, dass der Wagen später zu ihr nach Hause gebracht werden würde. Noch ehe sie richtig wach war, hatte er sie schon in die Stadt gefahren. Sie stand vor ihrem Haus und schaute ihm hinterher, während er in der sprichwörtlichen Staubwolke verschwand.

Sie hatte geduscht und war zum alten Kino gefahren, um ihre Morgenschicht zu absolvieren. Luce war glücklicherweise nicht da. Sobald sie wieder zu Hause war, hatte Izzy herumtelefoniert, um die drei Schlafsofas zu bekommen. Jetzt lenkte sie sich mit der geistig nicht sehr fordernden Arbeit des Girlandenherstellens ab. Das und ihre bleierne Müdigkeit hätten eigentlich reichen müssen, um ihren Verstand auszuschalten. Doch zwischen dem Hantieren mit Flaggen und Scheren und dem Bügeleisen holte die Erinnerung an die Geschehnisse der vergangenen Nacht sie ein. Sie ging nicht mit fremden Männern ins Bett. Schlimmer war jedoch, dass Xander ein arroganter Klugscheißer war, und das ärgerte sie fürchterlich.

Sie konzentrierte sich wieder auf das Girlandenmuster.

Dummerweise küsste er verdammt gut, von allem anderen ganz zu schweigen. Er war ein göttlicher Liebhaber. Auf gar keinen Fall würde sie mit Luce darüber sprechen, die sie mit Sicherheit ausquetschen würde, sobald sie Wind davon bekam. Nein, die vergangene Nacht war kein Fehler gewesen, das wollte sie sich nicht einreden. Sie hatte es getan, weil sie sich verzweifelt danach gesehnt hatte und ihr Körper ein Nein als Antwort nicht mehr akzeptierte. Sie hätte lieber nicht allein mit ihm in einem ansonsten leeren Haus bleiben sollen. Wäre sie bei Verstand gewesen, hätte sie einen der Zwillinge angerufen, damit der sie in seinem Corsa abholte.

Sie nähte mechanisch weiter.

Eigentlich hätte sie sich schämen müssen, aber das tat sie nicht. Xander sah unfassbar gut aus, und es war überwältigend aufregend gewesen. Aber damit musste die Geschichte beendet sein. Jetzt war sie hier und bastelte verzweifelt Girlanden, nachdem sie vom Kino eilig nach Hause gefahren war. Morgen früh musste sie sich als Erstes eine Haushaltsauflösung ansehen, anschließend wieder ins alte Kino. Jede Minute war schon verplant. Wo sollte sie Zeit für ein gelegentliches Date hernehmen, ganz zu schweigen von mehr? Männer wollten außerdem ständig die Kontrolle haben, und das durfte sie nicht zulassen. Ob er nun gut küsste oder nicht, sie würde diesen Mann ziehen lassen.

Verbissen bastelte sie weiter.

Da es schon bald später Nachmittag war, hätte sie in der Dating-Welt sehnsüchtig darauf gewartet, dass er sich endlich meldete. Allerdings wusste sie nicht einmal, ob Xander überhaupt ihre Nummer hatte. Vielleicht musste sie die Initiative ergreifen und Kontakt zu ihm aufnehmen. Und sei es nur, um ihn wissen zu lassen, dass nicht mehr laufen würde als das, was schon zwischen ihnen gelaufen war. Ein Danke-aber-nein-danke war nur höflich. Zivilisiert.

Ein Klopfen an der Glastür durchdrang das Klappern der Nähmaschine.

Mist. Eine Unterbrechung konnte sie momentan nicht gebrauchen.

Girlandenwimpel tanzten vor ihren Augen, als sie zur Tür ging, wo sie stutzte.

»Xander?«

Sofort meldete sich ein flaues Gefühl im Magen, und ihr Herz fing an zu pochen. Was machte er hier, an ihren Türrahmen gelehnt, die Hände in den Taschen seines tadellosen Jacketts? Und mit aufgewühlter Miene.

»Ist der Van noch nicht zurück? Ich habe denen übrigens gesagt, sie sollen überall neue Reifen aufziehen.« Zu ihrem Erstaunen ging er an ihr vorbei in die Küche.

Sie lief ihm hinterher, lenkte ihn um das Bügelbrett herum und schob ihn mit dem Rücken gegen das Spülbecken. Eine neue Angst meldete sich. »Ich kann mir keine vier neuen Reifen leisten.«

»Die alten sind voller Nägel von der Baustelle. Das ist meine Schuld, deshalb habe ich gern die Verantwortung übernommen. Es ist alles bezahlt.« Er klang unglaublich gelassen und sah einfach auf einen Punkt über ihrem Kopf.

Es war ihr unangenehm, dass er alle Reifen bezahlt hatte. »Ich weiß nicht ...«

»Wie dem auch sei, ich bin hier, um mit dir über letzte Nacht zu reden.« Er klang brüsk, seine Miene war unerwartet ernst.

Es war doch gar nicht so schlecht gewesen, oder? »Ich hoffe, du glaubst nicht, dass ich es normalerweise gleich beim ersten Date tue. Denn so ist es nicht.«

Er zögerte und nestelte an seinem Gürtel herum. »Sicher, wir haben Filme angeschaut, aber ein Date war es eigentlich nicht ...«

»Was?« Sie sah ihn überrascht an.

Er rieb sein Kinn mit dem Daumen. »Die Sache ist die, ich möchte die Dinge einfach klarstellen, damit es keine Missverständnisse gibt.« Er holte Luft. »Das, was letzte Nacht passiert ist, mache ich normalerweise auch nicht, deshalb ist es nur fair, wenn ich es erkläre. Es ist nicht so, dass ich dich als Mensch nicht respektiere, denn das tue ich. Und es ist auch nicht so, als fände ich dich nicht attraktiv, denn das bist du. Sehr sogar.« Sein Mundwinkel hob sich, während er zögerte. »Aber mein Lebensstil lässt eine Beziehung nicht zu, und so leid es mir tut, es kann keine Wiederholung geben.« Seine Anspannung, die sich unter anderem in kleinen Fältchen um seine Augen zeigte, ließ nach, nachdem er das ausgesprochen hatte. Er wirkte regelrecht erleichtert.

Sie starrte ihn perplex an. Vielleicht erklärte das auch seinen übereilten Aufbruch heute Morgen. Immerhin besaß er so viel Feingefühl, das, was passiert war, nicht als Fehler zu bezeichnen.

Sie verdaute den Schock erst einmal, dann erwachte ihr Zorn. »Na, vielen Dank auch. Freut mich, dass du so denkst. Und wenn du die Höflichkeit besessen hättest, mich ausreden zu lassen, hätte ich genau das zuerst gesagt. Dann wäre das ja geklärt, oder? Schön, dass wir beide wissen, wo wir stehen.«

Warum hatte sie dann das Gefühl, als hätte er sie geohrfeigt?

Er drehte sich zur Seite und schüttelte ein Stück Girlande von seinem Knöchel, das sich darum verfangen hatte. »Jedenfalls hoffe ich, dass es unser berufliches Verhältnis oder die hervorragende Arbeit im Pink House nicht beeinträchtigt. Ich habe viel zu tun in den nächsten Tagen, deshalb gebe ich dir einen Haustürschlüssel.«

Erstaunt sah Izzy, wie er den Schlüssel auf den Tisch warf. Einfach so. Ziemlich kühl. Fast kalt. Möglicherweise erklärte das ihr Frösteln, das ihr beinah die Zähne klappern ließ.

Aber vielleicht sollte sie gar nicht wütend sein, denn das leichte Beben seiner Stimme deutete an, dass er nicht so beherrscht war, wie er zu sein vorgab. Klar, er hatte ihr zu verstehen gegeben, dass nichts weiter lief zwischen ihnen. Aber für einen arroganten Schnösel hatte er sich dabei ziemlich respektvoll ausgedrückt, was sie verblüffte. Abgesehen davon hatte er betont, wie attraktiv er sie fand, und alle Schuld auf sich genommen. Tatsächlich wirkte er schuldbewusst und zerknirscht, aber nicht auf wehleidige Weise. Etwas in den dunklen Tiefen seiner Augen berührte sie so, dass es beinahe körperlich schmerzte.

»Okay.« Na gut, das war's dann wohl. Die Sache war erledigt, aber wer hätte gedacht, dass sie sich so ernüchtert fühlen würde? Sie bekam doch genau das, was sie gewollt hatte.

Er wandte sich zum Gehen und blieb noch einmal stehen. »Es ist gut, dass wir das geklärt haben.« An der Tür zögerte er erneut, als widerstrebe es ihm zu gehen. »Tut mir leid, falls ich dir einen falschen Eindruck vermittelt habe. Das war nicht meine Absicht.« Eine Sekunde später war er fort.

# 37. Kapitel

Montagnachmittag, 16. Juni
IZZY
Das Pink House
*Nicht auf den Fluren rennen*

Izzy sagte sich, dass es wie ein heimlicher Raubzug sein würde.

Rein, Girlande aufhängen, schnell wieder raus.

Und dann wäre schon alles vorbei. Dann konnte sie ihr gewohntes Leben wieder aufnehmen. Ihr richtiges Leben, nicht das, in dem sie die ganze Nacht nicht zu Hause war und von einem Orgasmus nach dem anderen überwältigt wurde, die alle die Niagarafälle wie das kleinere Weltwunder aussehen ließen. Sie würde sich wieder auf ihr Zuhause und die Arbeit konzentrieren, von totaler Unabhängigkeit träumen und nachts wach liegen, weil sie nicht wusste, was sie tun würde, wenn das Einkommen aus Vintage at the Cinema wegbrach. Sie würde in ihr Leben zurückkehren, wie es vor jenem Abend im Container gewesen war, vor dem Pink House und der langen Einkaufsliste und natürlich vor diesem Mann namens Xander, der alles auf den Kopf gestellt hatte.

Heute würde sie diejenige sein, die Kommandos brüllte. Sie hatte ihn angerufen und ihm gesagt, er solle die Trittleiter im Spielzimmer aufstellen und dass sie mit dem Schlüssel ins Haus kommen würde. Und sie hatte ihm unmissverständlich zu verstehen gegeben, dass sie ihn nicht antreffen wollte. Wenn er nicht so ein arroganter Schnösel gewesen wäre, hätte er die Girlande auch sehr gut selbst aufhängen können. Es gab ihr ein herrliches Gefühl der Macht, zur Abwechslung diejenige zu sein, die Anweisungen gab. Daran hätte sie sich gewöhnen können.

Und nun war sie im Haus und hängte also die Girlande auf. Es schien alles noch einfacher zu sein, als sie es sich vorgestellt hatte. Im Spielzimmer gab es eine Bilderleiste, sodass nur ein paar Reißzwecken nötig waren. Wenigstens war es nett, dabei an Dobbin zu denken, der sich demnächst daran erfreuen würde. Falls Xander sich hier irgendwo aufhielt, ließ er sich zumindest nicht blicken. Vermutlich versteckte er sich im Gartenhaus.

Izzy würde nicht über den Fehler nachdenken, den sie Donnerstagnacht begangen hatte. Oder was für wundervolle Empfindungen diese Nacht ausgelöst hatte. Überall. Seitdem hatte sie kaum noch an etwas anderes denken können. Doch damit war jetzt Schluss. Sie hatte sich im Griff. Sie dachte nicht einmal daran, als sie den vertrauten Geruch des Hauses wahrnahm, unten an der Treppe, wo auch Xanders Duft in der Luft zu liegen schien.

Obwohl sie schnell arbeitete, war sie nach einer halben Stunde erst zur Hälfte fertig.

Wenn schon nachdenken, dann über die schlechten Dinge. Zum Beispiel, dass er ihr vorgeworfen hatte, von ihrem Zuhause besessen zu sein, und wie er über die Wimpel und ausgeschnittenen Buchstaben gespottet hatte. Plötzlich überkam sie der dringende Wunsch, diese Buchstaben wieder mit nach Hause zu nehmen. Diese fünfzehn Zentimeter großen Buchstaben, mit denen sie das Wort *Love* auf einer der Kommoden gebildet hatte, einfach hier weiterhin seiner Verachtung auszusetzen, behagte ihr ganz und gar nicht. Es war, als würde sie einen Teil von sich selbst zurücklassen.

Spontan lief sie aus dem Spielzimmer und die Treppe hinauf zum Gästezimmer. Sie schnappte sich die Buchstaben von der Kommode und stopfte sie in ihre Tasche.

Das war schon viel besser.

Sie rannte die Treppe hinunter, wobei sie zwei Stufen auf einmal nahm, und lief bereits durch die Eingangshalle, als eine vertraute heisere Stimme sie beinah zu Tode erschreckte.

»Da hat es aber jemand eilig.«

Xander kam aus dem Salon und stand ihr direkt im Weg. Lediglich der Tatsache, dass er die Hände ausstreckte, war es zu verdanken, dass sie nicht gegen ihn prallte.

»Kein Rennen auf den Fluren.« Er klang streng, aber als sie mit der Faust gegen seine Brust hieb, zuckten seine Lippen.

Izzy ärgerte sich über die Wirkung seiner Nähe auf sie und über ihre weichen Knie.

Verspätet meldete sich ihre Empörung darüber, dass er sich nicht an die Bedingungen gehalten hatte. »Du solltest gar nicht hier sein!«

Xander lehnte sich unbeeindruckt mit der Schulter gegen die Wand. »Deine Freundin hat absolut recht, was dich betrifft. Es ist sehr leicht, dich auf die Palme zu bringen.«

Izzys Nackenhaare sträubten sich vor Wut. »Nicht, dass es etwas mit dir zu tun hätte.«

Was war das hier überhaupt? Es klang ja bald nach einem Streit zwischen einem alten Ehepaar!

Er hielt ihrem Blick stand. »Vielleicht solltest du es mal ruhiger angehen. Sofort in die Offensive zu gehen, bringt einen nicht immer weiter.«

Musste er eigentlich jedes Mal so herablassend klingen? Sie beschloss, einfach zu ignorieren, dass er möglicherweise recht hatte. »Du bist derjenige, der sein Wort nicht gehalten hat.«

Er seufzte und sah hinauf zur Brüstung. »Das ist mir klar, aber ich bin hier, um dir etwas Wichtiges mitzuteilen.«

»Aha. Und was?«

Xander gab ein Na-endlich-Seufzen von sich. »Ich wollte dir sagen, dass ich mich als Interessent für das alte Kino eingetragen habe. Auf diese Weise erfahre ich, wie es um den Verkauf des Gebäudes steht.« Nach einer kurzen Pause fügte er hinzu: »Ich dachte, das würdest du gern wissen. Es könnte für dich nützlich sein.«

Izzy machte den Mund auf und wieder zu, aber nichts kam heraus. Sie musste sich zusammennehmen, denn es handelte sich um eine Gelegenheit, die sie nicht vermurksen sollte. Xander bot ihr gerade etwas auf dem sprichwörtlichen Silbertablett an. Sie musste sich konzentrieren und mit beiden Händen zugreifen.

»Dann wirst du also das Kino kaufen?«, fragte sie rundheraus. »Hast du überhaupt so viel Geld?« Auf einmal war es ihr egal, wie unhöflich sie klang.

Xander wippte auf den Absätzen, und sie machte einen Schritt nach hinten. Besser, ihm nicht so nah zu sein. Prompt flackerte die Erinnerung daran auf, wie seine Bartstoppeln sich angefühlt hatten, als sie sein Gesicht umfasst und ihn geküsst hatte. Unwillkürlich presste sie die Beine zusammen, weil sich zwischen ihnen ein glühendes Verlangen meldete. Am besten wäre gewesen, gleich ein paar Meilen Distanz zwischen sich und ihn zu legen, nicht nur einige Schritte. Aber das musste vorerst genügen.

Er räusperte sich, um ihre Frage zu beantworten. »Da ich über genügend Eigenkapital und eine gute Zahlungsmoral verfüge, stehe ich bei der Bank ganz gut da.« Ein Schatten huschte über sein Gesicht. »Aus den Rippen schneiden kann ich mir das Geld allerdings nicht. Die meisten Bauleute haben mehr Schulden als Kapital.«

Izzy kaute auf ihrem Daumen und ließ sich nichts anmerken. Eine Lektion in Ökonomie später hatte er ihr immer noch nicht verraten, ob er die Absicht hatte, das Gebäude zu kaufen.

Xander kniff die Augen zusammen. »Wohin willst du dann ziehen?« Ein wenig Besorgnis schwang in seiner Stimme mit. »Hast du einen Plan?«

Izzys Mut sank, denn auf einmal wurde die ganze Situation sehr real. Sämtliche Ideen und Initiativen des Vintage Cinema Clubs schienen hinfällig zu werden.

»Wir haben ein Geschäftsdarlehen beantragt, um das Gebäude zu kaufen ...« Izzys Stimme bebte, denn es kam ihr plötzlich alles sehr unwahrscheinlich vor. »Oder um es wenigstens mieten zu können, wenn wir den neuen Besitzer überzeugen können.«

»Aha. Ja ... Großartige Idee.« Xanders tiefe Sorgenfalten erzählten eine andere Geschichte.

Izzy wurde mit jeder Sekunde mutloser. »Du glaubst nicht, dass wir es schaffen können, oder?«

»Das habe ich nicht gesagt.« Xander seufzte und rieb mit dem Daumen über sein Kinn. »Aber es wird verdammt hart.«

Was nichts anderes hieß, als dass der Vintage Cinema Club kaum noch eine Chance hatte, gerettet zu werden. Izzy verstand die Botschaft laut und deutlich. Ihr Brustkorb hob und senkte sich heftig mit jedem Atemzug.

»Die Sache ist nur, dass Luce eine alleinerziehende Mutter ist. Für sie wird es schwer, aber wenigstens kann sie Hilfen beantragen. Dida hat einen wohlhabenden Mann, auch wenn die Ehe mit ihm die Hölle ist. Ich dagegen bin auf mich allein gestellt. Ich bin selbstständig, und wenn ich mein Einkommen verliere, ist mir die Lebensgrundlage entzogen.« Izzy wusste, dass sie fast jammerte, aber sie konnte nichts dagegen tun. »Ich habe wirklich hart gearbeitet und muss mein Unternehmen am Laufen halten. Zu versagen, ist einfach keine Option.« Irgendwie kam ihr der Untergang schon wie eine beschlossene Sache vor.

»Ich bin mir sicher, es wird sich alles zum Guten wenden.« Xander hakte die Daumen in die Gürtelschlaufen.

Izzy erkannte an seiner Miene, dass er nichts dergleichen glaubte.

Shit. Was jetzt? Sie musste den Eindruck erwecken, etwas Konstruktives zu tun. Trotz zeigen und den Anschein erwecken, es sei ihr Ernst.

Sie rang sich ein Lächeln ab. »Ich werde bald nach Frankreich reisen, um Ware zu besorgen. Damit sollte ich vorerst über die Runden kommen.« Eine glatte Lüge. Nach Frankreich zu fahren, ohne Ollie am Steuer, der sie beriet, war eine fast noch beängstigendere Vorstellung, als kein Einkommen mehr zu haben.

Xander verzog das Gesicht, und in seine Augen trat ein schrecklich sanfter Ausdruck. Für einen Moment empfand sie das, was sie so häufig fühlte – dass er kurz davor stand, die Arme um sie zu schlingen und seine Lippen auf ihre zu pressen. Und wider jede Vernunft war sie bereit dafür. Was zur Hölle machte er nur mit ihr, dass sie sich verzweifelt danach sehnte, mit ihrer Zunge über seinen Hals zu fahren, kaum dass sie sich sahen? Obwohl ihr Verstand sie doch eindringlich warnte. Besinnungsloses Knutschen wäre das perfekte Gegengift für ihre Ängste und ihren Schmerz gewesen. Also gab sie nach, senkte die Lider, holte tief Luft. Was auch immer sie Freitagnachmittag gesagt hatte, jetzt konnte sie nicht mehr widerstehen.

Sekunden verstrichen, während sie zitterte, in der Erwartung seiner sinnlichen Lippen auf ihren und deren Wärme. Doch nichts geschah. Ihre Arbeit hier war fast beendet, und falls Xander keine neue traumhafte Einkaufsliste einfiel, was höchst unwahrscheinlich war, konnte dies das letzte Mal sein, dass sie ihn sah. Kein gutes Gefühl. Wenn dies ihre letzte Chance war, musste sie eben die Initiative ergreifen. Zeit, einen Blick zu riskieren. Als sie die Augen wieder aufmachte, stand er nicht mehr vor ihr, sondern entfernte sich bereits. Wenn sie es nicht besser gewusst hätte, hätte sie glatt den Eindruck gewinnen können, dass er vor ihr floh. Er steuerte auf die Küche zu. Izzy hob die geballten Fäuste an die Lippen. Ein Gefühl grenzenloser Leere breitete sich in ihr aus.

»Fabelhaft. Dann lasse ich dich mal machen.« Er winkte noch einmal.

Kurz darauf hörte sie die Tür zum Garten zufallen, und da wusste Izzy, dass sie wieder allein war.

# 38. Kapitel

Montagnachmittag, 16. Juni
XANDER
Das Pink House
*Es ist ein Vogel*

Xander ging über den Rasen und setzte sich auf die Stufen des Gartenhauses. Erneut in Izzys Nähe zu sein, hatte ihn gefreut. Umso deutlicher war ihm klar, dass sein plötzliches Auftauchen eine schlechte Idee gewesen war. Zum Glück hatte er sich gerade noch rechtzeitig zurückgezogen. Wie er ihren erwartungsvollen Lippen hatte widerstehen können, war ihm ein Rätsel. Es stimmte schon – seine Schuldgefühle, weil er mit ihr geschlafen hatte, aber nicht mehr wollte als das, waren echt. Aber ihr von seinem Kaufinteresse am alten Kino zu erzählen, war ein reiner Vorwand gewesen, um mit ihr zu reden. Dazu gratulierte er sich, denn gleichzeitig tat er ihr damit etwas Gutes. Er wusste, dass sie alle Informationen brauchte, die sie bekommen konnte, und dies war ein guter Grund, um mit ihr in Kontakt zu bleiben, nachdem ihre Arbeit hier getan war. Zwar hatte er ihr langfristig nichts zu bieten, doch je öfter er sie sah, desto klarer wurde ihm, dass er sie auch nicht einfach aus seinem Leben verschwinden lassen wollte.

Er hoffte, dass er den Eindruck vermieden hatte, er stamme aus einer reichen Familie, in der jeder jeden Betrag leicht aufbringen konnte, wenn man die richtigen Fäden zog – egal, ob für eine Luxusimmobilie im Zentrum Londons oder zur Finanzierung eines Millionen teuren Films. Instinktiv wusste er, dass er vor Izzy als Bauträger mit begrenzten finanziellen Mitteln besser dastand.

Das Problem war nur, dass ihm wehtat zu sehen, wie hart Izzy arbeitete und wie optimistisch sie war, während er gleichzeitig wusste, dass die Bank wahrscheinlich keinen Gedanken an den Darlehensantrag verschwenden würde. Izzy hatte vorhin verletzlich und aufgebracht gewirkt, deshalb ärgerte er sich im Nachhinein, das Thema angeschnitten zu haben. Und als er das Verlangen verspürte, sie in die Arme zu nehmen, hatte er sich aus dem Staub gemacht.

Es war heute doppelt wichtig, Abstand zu ihr zu halten, auch wenn es ihn drängte, das Gegenteil zu tun. Sein unangekündigter Besuch bei ihr hatte ihm deutlich vor Augen geführt, dass, wenn er Sex hatte, die Person ihm nichts bedeuten durfte. Und Izzy fiel leider nicht in diese Kategorie. Es hätte also gar nicht erst passieren dürfen, und auf keinen Fall hatte er Izzy wehtun wollen.

Genau aus dem Grund blieb er im Garten und wartete darauf, dass die Zeit verging. Anderthalb Stunden, sie musste längst weg sein. Er konnte getrost wieder hineingehen. Aber als er die Küche betrat und Izzys Van durchs Fenster sah, stieß er einen Fluch aus. Warum brauchte sie so lange? War sie womöglich von der Trittleiter gefallen? Sofort bekam er Panik und lief ins Spielzimmer, und als er sie dort nicht fand, eilte er die Treppe hinauf. Im ganzen ersten Stock keine Spur von ihr. Blieb nur der Dachboden, und tatsächlich stand die Tür offen.

»Was tust du hier oben?«, rief er und machte keinen Hehl aus seinem Ärger.

Auf dem Dachboden waren sämtliche Sachen seiner Mutter gelagert, und er wollte auf keinen Fall, dass jemand sich dort aufhielt. Izzy war nicht nur noch da, obwohl sie längst hätte fort sein sollen, sie befand sich auch in einem Teil des Hauses, in dem sie absolut nichts zu suchen hatte. Der Dachboden war tabu, außer für ihn und Christina.

Er stürmte hinein und entdeckte Izzy sofort, die sich unter der Dachschräge in der Hocke befand und etwas auf dem Boden betrachtete.

Als sie sich zu ihm umdrehte, spannten sich ihre Nackenmuskeln, und Xander erhaschte einen Blick auf ihre helle Haut am Rücken, wo ihr T-Shirt ihr aus der Jeans gerutscht war.

Ihre Stimme klang besorgt. »Es ist ein Vogel. Er muss durch das offene Oberlicht hereingekommen sein.« Sie strich über die zerzausten braunen Federn. »Ich habe gehört, wie er gegen das Fenster geflogen ist, als ich im ersten Stock gerade fertig war. Als ich hier oben ankam, hatte er sich schon selbst außer Gefecht gesetzt. Zuerst dachte ich, er sei tot, aber ich glaube, er kommt wieder zu sich.«

»Spielst du hier die Landtierärztin?« Sofort tadelte er sich für diese spöttische Bemerkung. Es schnürte ihm die Kehle zu, als er sah, wie Izzy den kleinen Vogel behutsam hochhob und, ihn in ihren Händen haltend, auf Xander zukam.

Er sah die zuckenden kleinen Lider und die zarten dünnen Krallen.

»Er ist so leicht.« Ein Lächeln umspielte ihre Lippen – es galt dem Vogel, nicht ihm. Sie deutete mit einer Kopfbewegung an, er solle das Fenster weiter öffnen. »Ich glaube, er ist bereit zu fliegen.« Sie streckte die Arme durch die Fensteröffnung und hielt den Vogel in der flachen Hand. Einen Moment später breitete er die Flügel aus und flog davon.

Izzy grinste Xander über die Schulter hinweg an. »Fertig.«

Er hatte das Gefühl, dass es besser war, sie nicht anzusehen. »Hattest du keine Angst, ihn in der Hand zu halten?« Er fand ihr Selbstbewusstsein verwirrend. Flippten Frauen bei so etwas nicht aus? Er wollte keine Vergleiche anstellen, aber Astrid wäre lieber weggelaufen, als den Vogel anzufassen.

Seufzend sah er, wie Izzy sich die Hände am Hosenboden ihrer Jeans abwischte. Manche Menschen konnten nicht anders, sie mussten helfen und sich um alles und jeden kümmern. Es war nicht Astrids Schuld, dass sie nicht so gestrickt war. Einmal hatte sie seine Mum in deren letzten Lebensmonaten besucht, und das hatte gereicht. Danach war sie nicht wiedergekommen. Trotz ihrer manchmal bissigen Art hatte Izzy ein mitfühlendes Herz. Kümmerte sich um einen verletzten Vogel. Hätte Astrid auch nur ein Zehntel von Izzys Mitgefühl gehabt, wäre die Geschichte anders ausgegangen. Xander verspürte prompt das heftige Verlangen, Izzy wenigstens noch einmal an sich zu drücken.

»Warum sollte ich Angst haben, einen Vogel zu halten?« Sie sah ihn verstört an, als habe sie es mit einem Schwachsinnigen zu tun. Grinsend deutete sie auf den Dachboden. »Du hast ein paar sehr schöne Sachen hier oben. Alles antik wie in unserem alten Kino.«

Xander atmete tief ein. »Das sind die Sachen meiner Mutter.« Ihr Tod lag acht Jahre zurück, und noch immer fand er es schmerzlich, manche der Dinge anzusehen.

Izzy blickte skeptisch. »Es ist eine Schande, sie hier oben zu verstecken. Willst du nicht einiges davon unten aufstellen?«

Er verzog das Gesicht. »Die sind alle irgendwie mit Vergangenheit beladen … Sie erinnern mich an die Angst und den Schmerz, als sie starb.« Er sprach nur selten über seine Mutter, schon gar nicht über ihre Sachen, deshalb war ihm schleierhaft, warum er es jetzt tat.

»Es ist nach wie vor schmerzhaft, an sie zu denken?« Izzy stand jetzt sehr nah bei ihm, fast nah genug, dass ihre Haare sich in seinen Bartstoppeln verfangen konnten.

Xander stöhnte. »Ich weiß nicht.« Er dachte meistens lieber nicht an seine Mum und betrat erst recht nicht den Dachboden oder sah ihre Sachen durch. Bis die Renovierungen im Haus anstanden, hatte er diese Kammer stets verschlossen gehalten. Indem er die Sachen wegschloss und nicht mehr daran dachte, schützte er sich vor der qualvollen Erinnerung an den Tod seiner Mutter.

Izzy sah ihm in die Augen. »Wenn man sich vor den Erinnerungen an jemanden, den man geliebt hat, verschließt, ist es, als sei derjenige ganz verschwunden. Wenn man sich jedoch an die glücklichen Zeiten erinnern und jeden Tag an sie denken kann, lebt die Person auf diese Weise weiter, nur eben anders.«

»So habe ich das noch nie betrachtet.« Er fuhr sich durch die Haare, die der durch die Dachluke hereinwehende Wind durcheinandergebracht hatte. »Es fällt mir jetzt leichter, hier zu sein, weil die Renovierungen dem Haus eine neue Atmosphäre verliehen haben. Alles fühlt sich anders an.« Er empfand es als Erleichterung, dass die Haltegriffe und der Treppenlift verschwunden waren. In gewisser Hinsicht war es das perfekte Haus für eine kranke Person gewesen. Als seine Mutter auf das untere Stockwerk beschränkt war, erwiesen sich die breiten Türen als gut mit dem Rollstuhl passierbar. Selbst als sie weder sprechen noch sich bewegen konnte, wusste er, dass sie sich gern in den sonnendurchfluteten Räumen des Erdgeschosses aufhielt. Sie hatte sich den richtigen Ort zum Sterben ausgesucht.

Izzy hatte recht. Möglicherweise kapselte er sich von seiner Mutter mehr ab, indem er ihre Sachen wegschloss, als wenn er sich damit umgab.

Sie runzelte die Stirn. »Ich weiß nicht, wie es für andere Leute ist, aber ich besitze noch das Brotschneidebrett meiner Großmutter, und jedes Mal, wenn ich ein Stück Brot abschneide, denke ich an die schöne Zeit mit ihr. Ich kann nicht mehr mit ihr zusammen sein, aber mich jeden Tag an sie zu erinnern, ist auch schön.«

Er lächelte. »Erinnere mich daran, wenn ich das nächste Mal bei dir um Toast mit Marmelade bitte.« Er redete weiter, um die plötzlich aufkommende Enttäuschung bei diesem Gedanken zu verbergen, denn es war nicht sehr wahrscheinlich, dass er je wieder zum Frühstück bei ihr sein würde. »Meine Mum lebte als Kind in diesem Haus. Es war etwas Besonderes für sie. Obwohl sie am Ende ihres Lebens allein hier wohnte, fand sie es behaglich und nie zu groß.«

Izzy sah sich in dem Raum um. »Es ist seltsam, aber ihren Sachen nach zu urteilen, habe ich den Eindruck, dass sie ein liebenswerter Mensch war. Es verströmt eine wunderbare Atmosphäre. Trotzdem habe ich das Gefühl, dass diese Dinge unten ins Haus gehören.«

Xander nahm eine kleine Federzuglampe. »Vielleicht nehme ich die schon mal mit nach unten für meinen Schreibtisch, wo ich gerade hier bin. Die hat sie zum Lesen im Bett benutzt.« Ein wenig wehmütig fügte er hinzu: »Sie war ein dynamischer Mensch und stets auf der Suche nach antiken Sachen. Ihr hättet euch gut verstanden. Komm, wir gehen nach unten und schauen, wie sich die Lampe im Arbeitszimmer macht.«

Nicht, dass er auf Zeit spielte und Izzy hier zu halten versuchte. Aber doch, genau das tat er. Es gab etwas, das er ihr sagen musste. Jetzt, wo sie ihre Arbeit hier beendet hatte und gehen wollte, überkam ihn eine seltsame Panik. Der Gedanke, sie vielleicht nicht mehr wiederzusehen, erzeugte ein schreckliches Gefühl der Leere.

Er folgte ihr die beiden Treppen hinunter und betrachtete dabei ihren Nacken und die Korkenzieherlocken in ihrem Pferdeschwanz. Es war die Hölle, sie nicht zu berühren, und doch genoss er jeden Schritt des Weges mit ihr.

»Ich finde, wir sollten reden«, sagte er mit rauer Stimme, als sie sein Arbeitszimmer betraten.

Er hoffte, sie würde ihm zuhören. Er hatte das Richtige tun wollen, indem er ihr erklärte, dass er keinen Sex mehr mit ihr haben würde, weil eine Beziehung nicht infrage kam. Es wäre für sie beide nicht fair gewesen. Doch jetzt meldete sich ein ganz anderes Gefühl, denn die Vorstellung, keinen Sex mehr mit ihr zu haben, war auch schwer erträglich. Er stellte die Lampe geräuschvoll auf den Schreibtisch und drehte sich zu ihr um. Im gleichen Moment stieß sie versehentlich mit ihm zusammen. Er legte die Hände auf ihre warme Taille, und Izzy wich nicht zurück. Als er seine Finger über die seidige Haut unter ihrem T-Shirt gleiten ließ, atmete er den vertrauten Duft ihrer Haare ein.

»Reden? Worüber denn?«

Er hatte einiges wieder geradezubiegen. »Über das, was ich bei dir zu Hause gesagt habe.«

»Hm?«

Die Art, wie sie den Kopf neigte und ihn mit der leisesten Andeutung eines Lächelns ansah, verriet ihm, dass sie nicht so leicht lockerlassen würde. Immerhin war sie noch hier und hörte ihm zu.

»Dazu stehe ich nach wie vor. Zu dem, was ich erklärt habe. Bis auf den letzten Teil. Ich habe meine Meinung darüber geändert.« Das klang nicht so klar, wie er gehofft hatte.

»Bitte?«

Wenn sie weiter so auf ihrer schmollend vorgeschobenen Unterlippe kaute, würde er bald die Beherrschung verlieren. »Was ich damit sagen will, ist, dass ich für eine Beziehung nicht gemacht bin. Trotzdem scheint es mir nur natürlich zu sein, wenn wir das, was neulich nachts passiert ist, wiederholen. Wenn du es auch willst.« Er lächelte jetzt, vor allem über die Absurdität seiner Äußerung. Zumindest hatte er den Eindruck, dass auch Izzy gleich lächeln würde.

Sie lehnte sich in seinen Armen zurück, und er spürte deutlich ihren Herzschlag. »Ich stimme dir im Wesentlichen zu.« Tatsächlich grinste sie wie jemand, dem gerade genau das angeboten worden war, wonach er sich sehnte. »Ein letztes Mal könnte mir auch ganz gut passen, bevor ich abreise.«

Er hob den Daumen und strich über ihren Wangenknochen. Sie erschauerte. Er fuhr mit der Hand in ihre Haare am Hinterkopf, sodass sie ihn ansehen musste. Da waren diese rauchgrauen Flecken in ihren Augen und die geweiteten Pupillen. Er hielt den Atem an.

Mit heiserer Stimme fragte er: »Du hast nicht zufällig noch ein Kondom in deiner Tasche?«

Er hörte, wie sie scharf die Luft einsog. Langsam nickte sie.

# 39. Kapitel

Donnerstag, 19. Juni
Ansichtskarte von Dida in Assisi an die Crew von Vintage at the Cinema

*Toller Tag allein in Assisi … Sitze auf den Stufen eines Tempels der Minerva, an der Piazza de Commune, und esse ein Gelato. Begleitung wundervoll zivilisiert, Hotels fabelhaft, Essen lecker, Landschaft sensationell, Oregano der HAMMER. Bester Urlaub ever! Wünschte, ihr wärt alle hier. Liebe Grüße, D xx*

# 40. Kapitel

Freitagnachmittag, 20. Juni
LUCE & IZZY
Arbeit im Vintage at the Cinema
*Kleingeld und eine Tonne Backsteine*

»Wie läuft es beim Abladen? Und bist du bereit für ein Getränk?« Luce saß an der Kasse auf einem Hocker am Tresen, den Arbeitskasten vor sich, und nähte.

»Fast fertig, und Tee wäre toll, danke.« Izzys Antwort kam von irgendwo hinter dem Lloyd-Loom-Sessel, den sie durch den Laden schleppte. »Ich passe hier auf, während du dich um die Getränke kümmerst.«

Seit einer halben Stunde lud Izzy die sofort verkäuflichen Sachen aus dem Van, die sie heute Morgen bei einer Haushaltsauflösung erworben hatte.

Luce rutschte vom Hocker, und als sie mit den Getränken zurückkehrte, stellte Izzy gerade eine Trittleiter neben die Tür.

»Ich frage mich, wie es Dida geht.« Luce stellte die Becher auf den Tresen. Über Dida zu reden, führte vielleicht zu einem Gespräch über Ollie.

»Arme Dida, sie wollte überhaupt nicht mitfahren.« Izzy runzelte die Stirn. »Meinst du, sie hat schon etwas von der Bank gehört?«

»Wahrscheinlich nicht.« Selbst Luce mit ihrem nichtunternehmerischen Verstand wusste, dass es dafür noch zu früh war.

Da Izzy in dieser Woche jeden Tag gefragt hatte, machte sie sich vermutlich Sorgen wegen des Darlehens und schien Rubys Karten vergessen zu haben. Luce wollte aber unbedingt herausfinden, ob sie in letzter Zeit etwas von Ollie gehört hatte, denn seit Luce ihm diese verdammte E-Mail geschickt hatte, schaute sie ständig in ihr E-Mail-Postfach. Seit acht Tagen hatte sie jetzt nichts von ihm gehört.

Izzy schlürfte ihren Tee und notierte Lagernummern. »Ich kann mir Dida nicht auf einem Fahrrad vorstellen, aber da ich weiß, dass sie die Zitronen des Lebens einfach in ihren Gin-Tonic schmeißt, wird sie sich längst an den Pool gelegt haben und sich die ganze Woche nicht mehr von dort wegbewegen.«

»Hast du eigentlich deine Wimpel fertig?« Luce wusste, dass die dunklen Ringe unter Izzys Augen sie verrieten. Bestimmt hatte sie rund um die Uhr gearbeitet, um die Girlanden fertig zu bekommen, und vielleicht erklärte das auch ihre gedämpfte Stimmung. Dass Izzy heute noch kein einziges Mal geflucht hatte, musste ein Zeichen für einen niedrigen Energielevel sein.

»Ich habe die Girlande am Montag angebracht, und das war's dann mit den Einkünften aus dem Pink House.«

»Das war's? Echt?« Luce legte die Nadel, in die sie einen Faden zu fädeln versuchte, aus der Hand. »Und was ist mit Xander? Du solltest da dranbleiben und ihn nicht ziehen lassen. Dafür ist er einfach zu toll.«

Izzy zuckte gleichgültig mit den Schultern. »Der ist schon weg … Nach London.« Sie zögerte. »Hat allerdings nichts mit mir zu tun.« Sie hob das Kinn, um diesen Worten Nachdruck zu verleihen.

»Oh, fuck …«, rutschte es Luce heraus. »Manchmal treibst du mich in den Wahnsinn, Izzy Mellor, weißt du das? Auf dem Silbertablett, und du lässt ihn gehen? Ich weiß genau, du könntest eine aufregende Zeit mit Xander verbringen, wenn du es dir nur gestatten würdest.« Das musste mal gesagt werden, fand Luce, und nun hatte sie es getan.

»Fünfzig Pence«, sagte Izzy und verzog keine Miene.

»Was?« Luce verstand nicht, was sie meinte. Und erschien da nicht eine zarte Röte auf Izzys Wangen?

Grinsend schwenkte Izzy eine Dose vor Luces Nase. »Das F-Wort kostet fünfzig Pence. Glaub mir, ich weiß es, denn ich habe es oft genug benutzt. Die Fluchkasse war deine Idee, also los, zahlen.« Izzy kicherte.

Einer von Izzys Kicheranfällen war das Letzte, was Luce jetzt brauchte.

»Okay, du hast mich erwischt.« Luce holte Kleingeld aus ihrer Rocktasche und ließ es klappernd in die Dose fallen. »Aber hör lieber mit dem manischen Kreischen auf, denn da kommt ein Kunde, und den wollen wir nicht vertreiben.«

Als Izzy zur Tür sah, erstarb ihr Lachen und wurde zu einem Stöhnen. »Shit, Shit und noch mal Shit.«

»Tja, apropos Fluchkasse, das wären dann zusätzliche sechzig«, verkündete Luce, nahm die Dose und bemerkte, wie Izzy blass wurde. »Oje, es ist Xander. Sagtest du nicht, er sei in London?«

Izzy hob die Hand an die Stirn und fiel in sich zusammen. »War er auch. Dass er jetzt hier auftaucht, kann nur einen Grund haben: Es gibt einen Kaufinteressenten für das Kino.« Sie sah aus, als würde sie gleich ohnmächtig werden, und sie packte verzweifelt Luces Arm, während ihre Stimme fast schrill wurde. »Was machen wir jetzt? Wenn es ein weiteres Angebot gibt, sind wir erledigt.«

Luce war selbst mulmig, aber eine von ihnen musste die Nerven behalten.

»Ruhig, atme!«, befahl Luce ihrer Freundin. »Und gerate nicht in Panik, ehe wir gehört haben, was er uns zu sagen hat.«

Izzy gab nur einen erstickten Laut von sich, nahm sich jedoch zusammen. Sie setzte sogar ein Lächeln auf, wenn auch mühsam beherrscht, und gab sich ganz professionell. »Hallo, Xander, was kann ich denn heute für dich tun?«

Das war schon besser. Zunächst war Luce stolz auf Izzy, aber dann bemerkte sie, dass Xander, was auch immer er ihnen zu sagen hatte, Izzy ansah, als wollte er sie verschlingen. Mit Haut und Haaren.

Izzy strich sich die Haare aus dem Gesicht, warf Luce einen besorgten Blick zu und schoss direkt ihre Frage an Xander ab. »Gibt es einen Käufer für das Gebäude? Ja, gibt es, oder? Du musst es uns sagen …«

Xander sah aus, als wüsste er gar nicht, wovon sie sprach. Dann lächelte er.

Dieses Lächeln galt allein Izzy, und Luce sah den sanften Ausdruck in seinen dunklen Augen. Für einen flüchtigen Moment wünschte sich Luce, jemand sähe sie mit so viel Liebe an.

Er hustete nervös. »Nein, es hat nichts mit dem Gebäude zu tun.«

Luce spürte Izzys Erleichterung. »Heilige Scheiße, warum hast du das nicht gleich gesagt. Wir sind schon völlig fertig.«

So viel zur Höflichkeit gegenüber Kunden. Luce verdrehte die Augen und seufzte ebenfalls erleichtert.

Xander wirkte amüsiert. »Christina ist begeistert von deiner Arbeit im Pink House. Sie möchte, dass du in Frankreich bei der Umgestaltung ihrer Scheune hilfst. Ich nehme nicht an, dass das für dich infrage kommt? Aber du könntest es vielleicht mit deiner ohnehin geplanten Einkaufstour verbinden.«

»Wow, absolut, das klingt toll. Wir brauchen dringend Zeug aus Frankreich, und natürlich kann sie …« Luce verstummte, als sie Izzys skeptische Miene bemerkte. Wenn Izzy das jetzt vermasselte, würde sie ihr an die Kehle gehen.

»Nein, tut mir leid, das kann ich unmöglich.« Izzys Antwort war knapp und entschlossen. Außerdem sehr kundenunfreundlich. Ganz und gar nicht im Sinne des Vintage Cinema Clubs, was seltsam genug war, weil Izzy doch eigentlich mit Elan dabei war.

Luce zweifelte wieder an Izzys Fortschritten. Es gab Zeiten, da brauchte sie jemanden, der sie in den Hintern trat, damit sie die Chancen, die ihr das Leben bot, nicht ständig ruinierte. Dies war einer dieser Augenblicke. »Izzy, du musst dich nicht sofort entscheiden. Denk einfach darüber nach.«

Xander war sofort auf Luces Seite. »Gute Idee. Ich brauche nicht gleich eine Antwort. Lass dir Zeit.«

Xander klang sehr verständnisvoll, doch zugleich strahlte er eine Entschlossenheit aus, die Luce gefiel.

»Nein, ich brauche keine Zeit, da es absolut nicht infrage kommt«, erwiderte Izzy, anscheinend fest entschlossen, sich ins eigene Fleisch zu schneiden. »Tut mir echt leid, aber du weißt, dass ich ein Unternehmen habe, dazu drei Brüder, na ja, momentan zwei, da einer auf Reisen ist. Allerdings bin ich mir nicht sicher, dass er das genießt. Und egal, wie du darüber denkst, die brauchen mich …« An diesem Punkt sah Izzy ihn düster an. »Ich bin vollkommen ausgebucht und kann mir nichts mehr aufbürden. Punkt.«

Was? Diese kleine nebenbei erwähnte Information über Ollie ließ Luces Herz schneller schlagen. Sie versuchte sich nichts anmerken zu lassen, indem sie den Mund hielt und die Arme um ihre Taille schlang. Vielleicht hatte dieser Nebensatz von Izzy gar nichts zu bedeuten, trotzdem war es die beste Neuigkeit, die sie in den fünf Monaten seit Ollies

Abreise erhalten hatte. Auch wenn es egoistisch war, freute sie sich diebisch darüber, dass Ollie möglicherweise doch nicht so viel Spaß hatte, wie sie bisher geglaubt hatte.

Unterdessen drückte Izzy sich vor dem Angebot … Vielleicht war es für sie doch nicht die Chance ihres Lebens, aber es würde französische Ware für das alte Kino bedeuten, was für alle gut wäre. Und wenn Izzy und Xander sich dadurch noch näher kamen, war das Luces Ansicht nach auch gut. Abgesehen davon konnte sie den Feind sozusagen im Auge behalten, obwohl Luce nicht ganz sicher war, ob diese Bezeichnung auf Xander zutraf.

»Ich verstehe …« Xander sah Izzy prüfend an. »Ich dachte mir schon, dass es eher unwahrscheinlich ist.«

*Bitte gib nicht so leicht auf*, dachte Luce. Ihr Impuls, lautstark zu protestieren, widersprach allem, was sie stets predigte. Glücklicherweise hielt sie Xander nicht für jemanden, der rasch aufgab. Sein sanfter Blick war verschwunden, und sein Mund verriet Entschlossenheit.

»Wir müssen definitiv noch nicht Nein sagen, sondern können darüber reden.« Luce wusste, dass sie verzweifelt klang, aber genau das war sie auch.

Izzy warf die Haare zurück. »Ich fürchte, es wird beim Nein bleiben.«

Luce schaute sich unwillkürlich Hilfe suchend um, dann fasste sie sich ein Herz. Manchmal musste man radikal handeln.

»Lassen Sie uns auf dem Weg zu Ihrem Wagen darüber sprechen.« Luce sah Xander bedeutungsvoll an. »Haben Sie in der Nähe geparkt?« Mit etwas Glück würde er begreifen, um was es ihr ging.

»Ja, direkt vor der Tür sogar.« Xander ergriff tatsächlich die Gelegenheit und spielte mit. »Verzeihung, aber ich kenne Ihren Namen gar nicht.«

»Luce«, antwortete sie. »Ich bin Luce.« Im nächsten Moment war sie schon draußen auf dem Gehsteig und winkte Xander zu, damit er ihr folgte und von Izzy wegging.

Erleichtert blies sie sich die Haare aus der Stirn, während er die Hände tief in die Taschen seiner Jeans schob und hinaus in die Sonne trat.

»Nein ist definitiv nicht ihre endgültige Antwort.« Luce merkte, dass sie möglicherweise plapperte, damit er nicht losfuhr, bevor sie alles gesagt hatte. »Geben Sie mir noch ein oder zwei Tage, und ich werde sicher ihre Meinung ändern können.«

Xander stieg in seinen Wagen. »Ich verstehe. Danke für Ihre Unterstützung.« Er fuhr sich durch die Haare. »Aber überlassen Sie das ruhig mir. Ich werde mir etwas einfallen lassen. Wir bleiben in Kontakt.«

Luce hoffte, dass er das ernst meinte.

# 41. Kapitel

*An: Die Vintage at the Cinema Crew*
*Betrifft: Reingefallen*

*Hi, Leute,*
*die zukünftige Mrs. Joe Kerr war hier für die Anprobe des Hochzeitskleides. Wenn wir geglaubt haben, GI Joe's würde nur ein klitzekleiner Laden werden, haben wir uns GRÜNDLICH geirrt. Die haben große Pläne – drei Etagen plus Keller mit Terrasse zum Fluss hin und Outdoor-Gelände für den Verkauf von Gartenmöbeln und Statuen. :(*

*Liebe Grüße,*
*Luce xx*

# 42. Kapitel

Montagnachmittag, 23. Juni
LUCE & DIDA
Im Vintage at the Cinema
*Absolut kein Flirt*

Wow, die Chefin war wieder da. Luce floh hinter einen Kleiderständer, wo sie demonstrativ jedes Etikett überprüfte, während Didas Absätze auf den Holzdielen klapperten; sie befand sich auf einem Rundgang durch das ganze Kino, um zu sehen, ob alles in Ordnung war. Im Grunde überprüfte sie jedoch nicht, sondern nahm eher wieder Kontakt auf. Bestätigte sich, dass sie wieder zu Hause war. So nannte Luce es. Diesmal war das noch wichtiger als sonst, da man ihnen das alte Kino wegzunehmen drohte.

»Luce?« Dida war wieder hinter dem Tresen, nachdem sie ihre Runde beendet hatte. Jetzt sah sie die Bücher durch und brauchte offenbar Ansprache.

»Hier drüben.« Luce kam hinter dem Kleiderständer hervor.

Dida sah sie erwartungsvoll an. »Das Zu-verkaufen-Schild verwandelt mein Herz jedes Mal in Stein, wenn ich es sehe.« Sie schüttelte sich, ehe sie fortfuhr: »Zunächst mal: Hast du etwas von Ollie gehört?«

Luce ließ die Schultern hängen. »Nein.« Obwohl sie immer noch alle zehn Minuten ihren E-Mail-Posteingang checkte statt alle fünf, hielt die Vorstellung an das, was Ollie in Thailand machte, sie bis spät in die Nacht wach. Gegen drei Uhr morgens verfluchte sie ihre lebhafte Fantasie und bereute es, die Ping-Pong-Szene in *Priscilla – Königin der Wüste* gesehen zu haben.

Dida verzog das Gesicht. »Vom Geschäftsdarlehen gibt es auch noch nichts Neues. Aber was ist mit GI Joe's?«

Luce machte schon den Mund auf, als sie merkte, dass von ihr gar keine Antwort erwartet wurde, denn Dida setzte ihre Tirade fort. Immerhin wurde Luce nicht zum Ziel ihrer Frustration, wie sie als E-Mail-Absenderin fast befürchtet hatte.

»Drei Etagen und ein Außenverkaufsbereich sind Wahnsinn. Das hat uns gerade noch gefehlt.« Dida warf die Haare zurück, zupfte ihr Leinentop zurecht und stieß einen Seufzer aus.

Luce wollte sie darauf hinweisen, dass es sich tatsächlich um vier Etagen handelte, entschied sich dann aber lieber dagegen. Vermutlich litt Dida einfach noch unter den Nachwirkungen des Urlaubs.

»Danke übrigens für die Postkarte, die ist gerade eingetroffen.« Luce betrachtete das Foto eines Freskos und drehte die Karte um. »Hört sich nach einem schönen Ort an.«

Dida verdrehte die Augen. »Der Urlaub war ja auch nicht schlecht, aber mein Problem ist Aidie, nicht nur das alte Kino. Er dreht langsam komplett durch.«

Aidies Extreme waren nichts Neues.

Dida hob eine sorgfältig nachgezeichnete Braue. »Die Maler kommen morgen, um die Küche zu renovieren.«

»Wow.«

Dida registrierte Luces erstaunten Blick. »Genau. Total unerwartet. Diese abscheulichen grünen Küchenschränke fliegen raus. Aber wenn Aidie sich von Granny-Smith-Gate verabschiedet, hat er wegen irgendetwas ein furchtbar schlechtes Gewissen. Das hat absolut nichts mit dem Kino zu tun. Im Urlaub bin ich zufällig auf Fotos von den Brüsten einer Frau auf seinem Handy gestoßen.«

Luce verdrehte die Augen. »Aidie stand schon immer auf Brüste. Wollte er nicht, dass du dir deine zum Vierzigsten vergrößern lässt?«

Dida schniefte pikiert und schaute auf ihren üppigen Busen hinunter. »Die Sache ist bloß die, dass die Titten auf seinem Handy ziemlich klein waren, und da gab es eine Menge Fotos, alle von den gleichen Brüsten. Außerdem verlangt er immer noch keinen Sex, den ich ihm vorenthalte.«

Luce schüttelte den Kopf so mitfühlend, wie es ihr möglich war. »Hast du ihn wegen der Fotos zur Rede gestellt?«

Dida zuckte mit den Schultern. »Eine Konfrontation kommt in dem Fall eher nicht infrage, weil ich versehentlich sein Handy in der Badewanne versenkt habe. Tatsache ist jedoch, dass er sich besorgniserregend anders verhält.«

Die Art, wie Dida sich mit beiden Händen durch die Haare fuhr, verriet Luce, dass »besorgniserregend« noch untertrieben war.

»Wie war das Radfahren?«

Dida überlegte. »Sagen wir mal so: Ich würde es wieder tun. Wie sich herausstellte, kann Radfahren in der richtigen Gesellschaft toll sein.«

Luce war verblüfft über diese neuen Töne. Gesellschaft konnte allerdings nur eines heißen, nämlich nicht ihr Ehemann. Aber das passte nicht recht zu Dida. »Hast du jemanden kennengelernt?«

Dida strich ihre Hose glatt und fuhr mit den Händen über ihre Schenkel, ein sicheres Zeichen dafür, dass sie etwas beschäftigte. Sehr sogar.

»Es war nichts.« Diese Beschwichtigung hieß, es musste von großer Bedeutung gewesen sein. »Da war ein Typ aus

Newcastle, er war sehr nett und ruhig und vernünftig. Wir wurden einander zugeteilt, und das war angenehm. Das ist alles.«

Das erklärte Didas Worte, es sei der beste Urlaub gewesen, den sie je gehabt hatte. Luce ließ nicht locker. »Und ...«

»Er mag Opern.«

Das war wirklich von Bedeutung. Dida war der einzige Mensch, den Luce kannte, der das aushielt.

Und eine weitere große Sache fiel Luce ein. »Ist er Single?«

Dida schniefte. »Frisch geschieden, aber so war es wirklich nicht zwischen uns. Wir haben absolut nicht geflirtet. Er hat sich derartig gut benommen, dass Aidie ihn für schwul hielt.«

Das beantwortete schon Luces nächste Frage, nämlich, wie diese Bekanntschaft direkt vor der Nase ihres irrwitzig besitzergreifenden Mannes möglich war. »Aber es knisterte?«

»Schwer zu sagen.« Dida verzog das Gesicht. »Er sieht klasse aus und war hinreißend zivilisiert. Aber er blieb eindeutig distanziert.«

Luce grinste. Gut zu wissen, dass dieser Mann im Text auf der Postkarte gemeint war. »Steht ihr noch in Kontakt?«

Dida schob das Kinn ein Stück vor. »Nein, wir haben uns alle am Flughafen voneinander verabschiedet. Wir haben keine E-Mail-Adressen ausgetauscht, und das war wohl am besten so.«

»Wie schade.« Luce lächelte verlegen.

Dida lachte. »Was? Wird Miss One-Night-Stand mit dem Alter weich? Bringt der Verkauf all dieser Brautkleider deine romantische Seite zum Vorschein?«

Luce ging nicht auf diesen Seitenhieb ein. »Es gibt nur ein entscheidendes Kriterium: Vermisst du ihn?«

»Wenn du so fragst, ja, das tue ich. Sehr sogar.« Dida lächelte reumütig. »Aber wenn du wissen willst, ob ich deswegen etwas unternehmen werde, dann ist die Antwort ein klares Nein, verdammt.«

Luce entschied, ihr das nicht durchgehen zu lassen. »Fluchkasse!« Sie schwenkte die Dose vor Didas Nase, während sie aus dem Augenwinkel draußen vor dem Schaufenster einen Range Rover rangieren sah. Das musste Xander sein.

»Von mir aus.« Didas Nasenflügel bebten, als sie in ihre Handtasche griff. »Ich hoffe, deine Fluchkasse akzeptiert ausländische Währung, denn ich habe nur Euro.«

Dida kramte in ihrem Portemonnaie, und Luce sah Männerbeine in verwaschener Jeans aus dem Wagen springen.

»Ich glaube, wir bekommen Besuch von Xander aus dem Pink House. Das erzähle ich dir noch schnell. Er hat Izzy gebeten, bei der Umgestaltung des Hauses seiner Schwester in Frankreich zu helfen. Allerdings hat Izzy ihm einen Korb gegeben.«

»Was?« Dida reagierte empört. »Ein solches Angebot kann sie nicht ablehnen, besonders jetzt nicht.« Sehr selten kam es vor, dass Didas rote Lippen aussahen wie die von Cruella De Vil, aber dies war einer dieser Momente. »Wann war das?«

Luce gab es lieber gleich zu, um nicht Didas vollen Frust abzubekommen. »Letzten Montag. Ich weiß, ich hätte strenger sein sollen, aber Izzy ist stur, und es ist nicht immer ratsam, direkt dagegen anzugehen …«

Xander kam herein und trat an den Verkaufstresen. »Ich nehme nicht an, dass Izzy hier ist, oder?«

Luce betrachtete dies als ihren Glückstag. Wäre Izzy hier gewesen, hätte sie Xanders Angebot erneut rundheraus abgelehnt. Aber jetzt wusste Dida Bescheid, deshalb bestand eine gute Chance, Izzy zur Vernunft zu bringen.

»Tut mir leid, sie liefert Sachen aus. Kann ich Ihnen weiterhelfen?« Luce setzte ein doppelt freundliches Lächeln auf. Auch wenn Xander nur Augen für Izzy hatte, konnte das ja nicht schaden.

Er zuckte mit den Schultern. »Na ja, Izzy schien nicht gewillt zu sein, meiner Schwester in Frankreich bei der Umgestaltung ihrer Scheune zu helfen. Aber sie erwähnte Waren aus Frankreich, die sie besorgen wollte.«

»Was war das gerade mit Waren aus Frankreich?«, raunte Dida ihr zu.

»Xander, das ist Dida.« Luce hatte das Gefühl, die beiden miteinander bekannt machen zu müssen, da Dida sich ja ohnehin schon zu Wort gemeldet hatte. »Dida gehört das Kino.« Luce hoffte, die Klärung der Hierarchie würde Didas Einmischung entschuldigen.

»Freut mich, Sie kennenzulernen. Das ist ein erstaunliches Gebäude, das Sie hier haben«, sagte Xander charmant. »Und es stimmt, französische Antiquitäten würden sehr gut hierher passen. Würde Izzy nach Frankreich kommen, könnte sie Waren besorgen. Also, wenn das als Anreiz hilft – ich würde Ihnen gern jede Menge Möbel mitbringen.«

Dida gab einen überraschten Laut von sich. »Wow. Das klingt ja, als hätte unsere Izzy einen bleibenden Eindruck hinterlassen.«

Hätte Dida nicht Vintage-Schuhe von Dior getragen, hätte Luce ihr auf die Zehen getreten, damit sie sich heraushielt. Leider konnte sie ihr daher nur einen warnenden Blick zuwerfen.

»Wirklich, das wäre toll. Das ist sehr großzügig von Ihnen«, erklärte Luce. »Wir werden alles versuchen, um Izzy zu überzeugen. Aber sie ist eine kleine Stubenhockerin.«

Obwohl Luce die Bilanzen meistens egal waren, wurde sie ganz aufgeregt bei der Vorstellung, wie viele Kunden und damit Geld begehrte französische Möbel einbringen würden. Damit würden sie einem Mietvertrag ein ganzes Stück näher kommen.

»Überlassen Sie das uns«, sagte Luce selbstsicherer, als ihr zumute war. »Sie wird dort sein.«

»Großartig.« Xanders Grinsen verriet, dass er genau das bekommen hatte, weswegen er hier war. »Rufen Sie mich an, falls Sie noch etwas wissen müssen.«

Luce begleitete ihn hinaus, und als sie wieder hereinkam, stand Dida am Tresen und studierte die Bücher.

»Der Mann scheint daran gewöhnt zu sein, das zu bekommen, was er will. Und klasse sieht er auch noch aus.« Dida klopfte mit dem Stift gegen ihre Zähne, offensichtlich beeindruckt. »Was sein Angebot betrifft, könnte eine Ladung französischer Möbel uns eine Weile über Wasser halten. Izzy ist es jedenfalls gelungen, an diesem ganz speziellen Feind dranzubleiben, was?«

Luce holte Dida nur ungern auf den Boden der Tatsachen zurück, aber es musste sein.

»Vergiss nicht, dass wir Izzy erst mal überzeugen müssen hinzufahren«, sagte Luce skeptisch. »Irgendwelche Vorschläge, wie wir das bewerkstelligen?«

Dida legte den Stift gegen ihr Kinn. »Unser Vintage Cinema Club sollte einen Frauenabend veranstalten. Wie sieht es mit Freitag aus?«

# 43. Kapitel

Freitagabend, 27. Juni
DIDA, LUCE & IZZY
Didas Haus
*Schwere Waffen und zwischen den Zeilen lesen*

»Ich kann es nicht fassen, wie verändert die Küche schon nach dem Grundanstrich aussieht. Hellgrau passt eindeutig besser, der Tür nach zu urteilen, die schon fertig ist. Aber es ist eine Menge zu streichen, oder?«

Luce plauderte und hielt das Tablett, das Dida mit Tellern, Eiscreme, Aprikosenmus und der köstlichen mit Sahne gefüllten Mandel-Baiser-Tarte belud, Didas berühmter Partyleckerei.

»Es war die reinste Qual, die richtige Farbe zu finden.« Dida verzog das Gesicht und nahm einen weiteren Eisbecher sowie gekühlten Wein. Unzählige schlaflose Nächte hatte sie deswegen gehabt und etliche Male die Tür probeweise gestrichen. »Hoffentlich verschwindet der Geruch nach Farbe, wenn wir genügend Prosecco trinken.«

Dida hätte normalerweise mitten beim Anstreichen keine Gäste bewirtet, aber dies war ein Notfall, und es handelte sich nur um ihre Freundinnen. Sie hatte natürlich recht gehabt mit ihrer Prognose, dass Aidie nicht vor Samstag zurück sein würde. Worüber die anderen nur den Kopf schüttelten. Die Streichunterlage hatte sie in einen Schrank gestopft, Eric aus dem Wintergarten gescheucht und Lolly und Ruby vor den Fernseher im Schlafzimmer gesetzt, wo sie sich *My Little Pony* ansahen. Die Kanapees und der sautierte Thunfisch waren schnell weg gewesen. Die vier in der Küche aufgereihten leeren Weinflaschen legten die Hoffnung nahe, dass Izzy jetzt für Vorschläge empfänglich war.

»Hast du etwas von Ollie gehört, Iz?«, fragte Dida ganz beiläufig, während sie das Tablett an dem langen Tisch im Wintergarten ablud.

Sie saßen an den offenen Türen, die in den Garten führten, und die Kerzen flackerten in der hereinwehenden Abendbrise.

Luce beugte sich vor, offenbar froh über Didas Frage.

»Ich habe schon seit einer Weile nichts mehr von ihm gehört.« Izzy trank einen Schluck Wein. »In der letzten E-Mail schrieb er, dass er für eine Weile offline sein würde. Komisch, es klang ein bisschen, als hätte er Heimweh.«

Dida bemerkte, dass Luces Anspannung wich und ein Lächeln über ihr Gesicht huschte. Dida riskierte, ihr zuzuzwinkern.

»Es muss hart sein, die Bilanz im Blick zu behalten, wenn man auf Reisen ist.« Dida musste die Gelegenheit ergreifen und das Gespräch auf Izzys Reise bringen. »Aber Urlaub ist toll, nach einer kurzen Auszeit geht es einem so viel besser.« Das galt allerdings nicht für sie, da sie nach ihrer Rückkehr eine schreckliche Woche gehabt hatte. Sorgen wegen Aidie, dauernd Maler um sie herum und der Frust darüber, dass sie Hamish aus Newcastle hatte ziehen lassen, auch wenn ihr in dem Fall kaum eine andere Wahl geblieben war. Dida tauschte einen Blick mit Luce und signalisierte ihr, dass es Zeit war, Izzy in den Hinterhalt zu locken.

Luce kam gleich zur Sache. »Wenn du nach Frankreich reist, wird das wie ein Arbeitsurlaub sein, oder?«

Sie sagte das, als sei es längst beschlossene Sache, und unterstrich ihre Worte mit einem Lächeln. Allerdings verschwieg sie schlauerweise Xander. Dida und Luce waren der Ansicht, Xander sei ein heikleres Thema, als die Zwillinge allein zu lassen.

Dida meldete sich zu Wort. »Du würdest dir nicht die geringsten Sorgen machen müssen, wie es hier läuft. Wir springen alle für dich ein, solange du fort bist. Ich kann jeden Morgen vorbeikommen und nach den Jungs schauen, ihre Wäsche machen und darauf achten, dass sie die Wohnung nicht verwüsten.«

»Das würde ich dir niemals zumuten, Dida.« Izzy schüttelte sich.

Dida ärgerte sich, dass sie so vorgeprescht war. Da sie Izzy von der Reise überzeugen wollte, war die Vorstellung eines verwüsteten Hauses eher kontraproduktiv, zumal dieses Szenario bei Parker und Barney absolut nicht unrealistisch war.

»Nun, ich werde sie mit mehr Kuchen und Lasagne versorgen, als sie essen können, und ich habe schon mehr als genug Freiwillige, die für dich einspringen werden. Außerdem haben alle sich bereit erklärt, Geld für die Ware beizusteuern.«

Während Dida auf Izzys Reaktion wartete, schnitt sie die Baisertarte an, und als sie die beladenen Teller verteilte, vernahm sie begeisterte Laute.

»Hier, nehmt auch Aprikosenmus.«

Dida gab zuerst Izzy das Glas und schaute zu, wie sie die orange Flüssigkeit auf ihr Dessert tröpfeln ließ. Dida konnte nicht sagen, ob Izzys ausdruckslose Miene auf ihr Zögern oder auf Trunkenheit zurückzuführen war. Sie beschloss trotzdem, die schweren Geschütze aufzufahren.

»Du weißt, dass es von uns allen den Druck nehmen würde. Eine solche Einkaufstour kann für den Mietvertrag entscheidend sein. Wir würden dich nicht bitten, aber für uns alle steht unser Lebensunterhalt auf dem Spiel. Deiner ja auch und Ollies ebenfalls, sobald er zurückkommt.« Dida sprach mit einem solchen Nachdruck über den Tisch hinweg, dass sie dabei fast eine Kerze auspustete.

Izzy seufzte schwer, und es war ein schlechtes Zeichen, dass sie den Löffel aus der Hand legte, ohne einen Bissen gekostet zu haben.

»Ich weiß, dass ich diese Reise machen muss. Es ist nur …« Sie klang eher resigniert als betrunken.

Dida hatte nicht erwartet, dass Izzy so leicht nachgeben würde.

»Nur was, Schätzchen?«, hakte Luce behutsam nach. »Liegt es an Xander?«

Izzys Erröten, das mit zwei hellen Flecken auf den Wangen begann und sich allmählich bis hinunter in den Ausschnitt ihrer Weste ausbreitete, war Antwort genug.

»Was denn? Du magst ihn? Oder ärgerst du dich, dass du ihn hast gehen lassen? Oder willst du keine Zeit mit ihm verbringen, weil du ihn zu sehr magst? Oder magst du ihn gar nicht, sondern findest ihn zu aufregend …?« Es sprudelte aus Luce nur so heraus.

Manchmal war weniger mehr. Luces Aufzählung eröffnete Izzy die Chance, sich zu sammeln, und jetzt gab sie nichts mehr preis.

»Nein, es ist alles in Ordnung, ich bin erwachsen. Mir wäre es lieber, Xander wäre nicht dort, aber wenn er schon da ist, werde ich damit klarkommen. Wenigstens kann er das Fahren übernehmen.« Izzy zuckte mit den Schultern und atmete tief ein. Sie schien aufrechter dazusitzen. »Keine Sorge, ich weiß, wie lebenswichtig diese Chance für uns ist, und ich werde tun, was ich tun muss, und dafür sorgen, dass wir die Ware bekommen. Aber vorher mache ich mich über dieses Dessert her.«

Dida sah die über den Baiserstücken schwebenden Löffel.

»Großartig. Stoßen wir auf Izzy, auf Frankreich und auf einen langen profitablen Sommer an.« Sie schnappte sich die am nächsten stehende Flasche und füllte die Gläser bis zum Rand. »Auf den Vintage Cinema Club.« Bevor Izzy ihre Meinung noch ändern konnte.

# 44. Kapitel

Samstagabend, 28. Juni
IZZY & LUCE
Corks Bar
*Pickled Bears und eine Passionsfrucht-Allergie*

»Du erinnerst dich also an den Kuss im Badezimmer in Xanders Haus?« Luce saß auf dem Barhocker, ließ die Beine baumeln, stupste mit dem dazugehörigen Schirmchen gegen ihren *Cuba Confidential*-Cocktail und rührte dann mit dem Strohhalm in ihrem Drink.

Izzy hielt mit ihrem Glas auf halbem Weg zum Mund inne. Luce von dem Kuss an jenem Nachmittag zu erzählen, war ein Fehler gewesen, besonders angesichts des noch viel bedeutsameren Patzers danach. Es war Izzy ein Rätsel, wie sie den zweimaligen Sex mit Xander hatte für sich behalten können. Wenn man vor den Freundinnen etwas für sich behielt, lag es allerdings meistens daran, dass in der Zwischenzeit noch etwas Sensationelleres passiert war.

Happy Hour in Corks Bar am Samstagabend war Luces Vorschlag gewesen, wo sie doch normalerweise die Teezeit mit Ruby verbrachte. Aber da Ruby bei Lolly spielte, nahm Izzy an, dass noch mehr Leute als Luce dahintersteckten. Zwar war es Izzy als Katerkur nach dem vielen Prosecco am Vorabend bei Dida verkauft worden, doch sah es verdächtig nach einer Fortsetzung von Luces Befragung über Xander und die Frankreichreise aus. Gestern Abend hatte Izzy dem Thema noch knapp ausweichen können.

Und die Knutscherei im Badezimmer? »Kalter Kaffee.« Izzy schlürfte von ihrem Cocktail *Pass The Basil* und ärgerte sich, dass sie den genommen hatte statt des *Pickled Bear*, den sie eigentlich hatte haben wollen. Insgeheim hoffte sie, dass jetzt die Fragerei über Xander aufhörte. Sosehr sie dieses Intermezzo mit ihm auch genossen hatte, seit vergangenem Montag war das Thema erledigt.

»So kalt, dass du gestern Abend rot geworden bist, kaum dass sein Name fiel?« Luce ließ einfach nicht locker.

»Das lag wahrscheinlich am Alkohol«, erwiderte Izzy rasch und spürte schon wieder die aufsteigende Hitze. Sie zermarterte sich das Hirn, wie sie das Thema wechseln könnte. Leider fiel ihr nichts ein.

»So wie du jetzt rot wirst, meinst du?«, konterte Luce.

»Nein, das ist nur eine Passionsfruchtallergie. Passiert gelegentlich«, versuchte Izzy sich herauszureden. »Ich wusste gleich, dass ich lieber eine *Margarita* statt dem hier hätte nehmen sollen.« Sie deutete auf ihren Cocktail.

Luce sprang direkt darauf an. »Um Himmels willen, nein. Letztes Mal hattest du zwei *Margaritas* auf nüchternen Magen, und die haben dich umgehauen. Wir mussten einen Feuerwehrmann, der gerade keinen Dienst hatte, darum bitten, dich zum Taxi zu tragen. Eine Schande, dass du zu betrunken warst, um ihn dir anzusehen, denn der war heiß. Schade auch, dass er mir entgangen ist, weil ich dich nach Hause bringen musste.«

Klasse. Izzy atmete ein wenig auf. Erinnerungen an Cocktail-Desaster konnten den ganzen Abend dauern.

»Wie dem auch sei, wir sind nicht hier, um über Cocktails zu plaudern.« Aha, nun rückte Luce mit ihren wahren Motiven heraus. »Ich wollte diese Xander-Sache mal klären, denn zwei Wochen mit ihm allein in Frankreich ist eine lange Zeit, vor allem, da seine Schwester genauso entschlossen zu sein scheint wie ich, euch beide zusammenzubringen.«

Izzys Magen sackte. »Shit, du machst Witze, oder?«

Luce schüttelte den Kopf, und ihre Lippen zuckten amüsiert. »Nein, sie ist davon überzeugt, dass die häusliche Izzy genau das ist, was Xander braucht.«

Izzy wurde blass und sah Luce durchdringend an. »Und woher weißt du das?«

Luce schaute kurz zur Decke. »Das ist eine lange Geschichte. Ich wollte mir lieber selbst einen Überblick verschaffen, und als ich mir die Konten genauer ansah, stellte ich fest, dass Christina schon vorher Sachen von uns gekauft hat. Tja, also rief ich sie an und plauderte ein bisschen mit ihr.« Luce grinste triumphierend. »Anscheinend hat Xander ein paar schwere Jahre hinter sich, aber letzte Woche fing er wieder an zu lächeln. Ich glaube, dafür bist du verantwortlich.«

Izzy gab einen Klagelaut von sich. »Warum hast du mir das nicht schon längst gesagt?«

Luce schüttelte den Kopf. »Jedes Mal, wenn ich versuchte, es dir zu erzählen, hast du die Unterhaltung an dich gerissen.«

Das stimmte. Sobald Luce von Xander anfing, hatte Izzy das Gespräch sofort in eine andere Richtung gelenkt.

»Diese Happy Hour war meine letzte Hoffnung, es dir endlich zu erzählen«, gestand Luce. »Ich kann nicht so tun, als würde ich mich nicht darüber freuen, dass du mit Xander eine zweite Chance bekommst, denn er ist wirklich klasse. Außerdem tust du uns allen mit dieser Reise einen riesigen Gefallen. Und ich weiß, dass du lieber zu Hause bleiben würdest. Du verlässt für uns deine Komfortzone. Wenn du Xander wirklich unbedingt auf Distanz halten willst, sollten wir vor der Reise mit Christina sprechen, damit sie sich nicht zu sehr einmischt.«

Die gute alte Luce. Izzy konnte sich selbst kaum eingestehen, geschweige denn ihrer Freundin, wie ihr Herz gepocht hatte bei der Aussicht darauf, erneut Zeit mit Xander zu verbringen. Und dass ihre anfängliche Weigerung einfach ignoriert wurde, sodass ihr keine Alternative blieb, ließ ihre Haut prickeln. Sie hatte zu verdrängen versucht, wie wundervoll die Nacht mit ihm gewesen war, und dann noch dieser romantisch sinnliche Nachmittag, den sie in dem Bewusstsein verlebt hatte, dass es sich um eine einmalige Sache handelt. Damals hatte sie ihn verzweifelt begehrt. Er hätte ihr kaum deutlicher zu verstehen geben können, dass er an einer dauerhaften Beziehung nicht interessiert war. Und das war ihr ganz recht gewesen, weil auch sie nichts Festes wollte.

So zögernd sie wegen der bevorstehenden Reise war, lag sie nachts doch manchmal wach und staunte immer noch über das, was zwischen ihr und Xander passiert war. Allerdings war ihr nicht klar, wie das mit ihm in Frankreich laufen sollte. Am besten, sie verkündete laut und klar, dass sie sich ausschließlich aufs Geschäftliche konzentrieren würde, denn darum ging es schließlich.

»Glaubst du, das wäre okay?« Izzy hätte Luce am liebsten umarmt.

»Du gibst die Bedingungen vor. Und deine erleichterte Miene verrät mir, dass du froh darüber bist, wie wir das geklärt haben.« Luce ergriff Izzys Hand und drückte sie. »Wir stehen dafür alle in deiner Schuld, also sind wir dafür verantwortlich, dass du dich auf dieser Reise wohlfühlst. Überlass Xander und seine Schwester mir. Ich werde dafür sorgen, dass sie die Botschaft verstehen.«

Izzy atmete auf. »Danke. Weißt du eigentlich, wie brillant du bist?« Sie schlang die Arme um Luce und küsste sie auf die Wange. »Du bist für mich wie eine Schwester.«

»Ach, echte Schwestern sind oft gar nicht so toll, aber trotzdem danke.« Luce errötete leicht und spielte mit dem Eis in ihrem Glas, ehe sie Izzy eindringlich ansah. Auch ihr Ton war jetzt anders. »Hast du mit ihm geschlafen?«

Izzy verschluckte sich prompt an ihrem Cocktail. Als ihr Hustenanfall sich beruhigte, krächzte sie: »Was? Ich?«

Luce stürzte sich gleich darauf. »Deiner Reaktion nach zu urteilen, ist das ein Ja.«

Mist, vor Luce konnte sie nichts verbergen.

Luce grinste breit, aber Izzy vermutete, dass sie ihre Freude noch dämpfte.

»Mensch.« Jetzt umarmte Luce sie, diesmal so begeistert, dass Izzy kaum Luft bekam. »Ich wusste, da gab es eine Informationslücke über deinen Aufenthalt im Pink House. Na, freut mich jedenfalls für dich, du Luder.«

Nur übersah Luce dabei eines.

»Wir beide, Xander und ich, waren uns einig, dass es nicht mehr passieren wird.« Izzy verschwieg strategisch, dass es genau genommen zweimal passiert war. »Keiner von uns wollte mehr, aber wie soll ich jetzt zwei Wochen mit ihm verbringen? Als er neulich ins Kino kam, bin ich fast gestorben, dabei war er nur ein paar Minuten da.«

Luce zog die Mundwinkel nach unten. »Wenn ich mir Sorgen machen würde, den Typen zu begegnen, mit denen ich geschlafen habe, könnte ich den Fuß nicht mehr vor die Tür setzen.« Sie lachte leise. »Mit jemandem Sex zu haben, ist eine Momentsache. Ein bisschen wie das Trinken eines Milkshakes – es passiert, beide haben eine gute Zeit, dann ist es vorbei.«

Izzy war nicht blöd, aber das konnte sie nicht nachvollziehen. »Ich verstehe den Bezug zu Milkshakes nicht.«

Luce zuckte mit den Schultern. »Der Punkt ist, dass man den Augenblick genießt, und das war's. Man denkt nicht weiter darüber nach, schon gar nicht, wenn man der Person begegnet.«

Izzy schob die Lippen vor. »Du meinst also, ich fahre mit Xander nach Frankreich und blende den Sex aus?«

»Ganz genau. Und glaub mir, ich sollte es wissen.« Luce grinste One-Night-Stand-erfahren.

»Klar, danke dafür.« Izzy war sich nicht sicher, ob sie das schaffen würde, aber wenigstens hatte sie jetzt eine Taktik.

»Und? Wie war es?«, fragte Luce erwartungsvoll.

Da gab es kein Ausweichen mehr, daher antwortete Izzy lieber gleich. »Der absolute Hammer. Zehn plus vier. Nächste Frage.«

Luce nickte zufrieden. »Das verlangt definitiv nach einem weiteren Cocktail.« Sie leerte ihren Drink und schob ihr leeres Glas über die Theke. »Brauchst du noch Kleider? Wir wollen ja, dass du richtig hübsch aussiehst.«

# 45. Kapitel

Sonntagnachmittag, 29. Juni
XANDER & IZZY
Izzys Garten
*Etwas weniger geschäftlich*

»Wo du schon unangekündigt am Sonntagnachmittag aufgekreuzt bist, würde ich gern wissen, warum du diese verdammte Frankreichreise eigentlich machst.«

Xander stand da und beobachtete Izzy, die Hände an den Hüften und innerlich auf Hochtouren. Alles sehr vertraut. Er ärgerte sich über sich selbst, denn das hätte viel besser laufen können. Ja, er hätte sie vorab darüber informieren sollen, dass er vorbeikam, aber dadurch wäre es so formell geworden. Und nach Luces Anruf wollte er die Dinge schnell klarstellen, bevor sie zu dieser Reise aufbrachen. Es war besser, hier eine Auseinandersetzung zu haben als in Frankreich.

Er versuchte, sich seine Enttäuschung nicht anmerken zu lassen. »Ein Trip nach Frankreich – war es nicht das, was du wolltest?« Nur mit Izzy hatte er das so falsch angehen können.

Was ihre Frage betraf, warum er das tat – die hatte er sich selbst schon oft gestellt. Er redete sich ein, er tue das alles nur für Izzy. Weil sie an dem letzten Tag im Pink House so besorgt und aufgebracht war aus Angst, ihren Lebensunterhalt und das Kino zu verlieren. Er hatte sich eingebildet, ihr mit der Reise zu helfen.

Izzys Augen funkelten. »Du kommst mit einem Angebot hereingeweht, und alle drängen mich, es anzunehmen. Ist dir denn nicht klar, wie sehr ich es hasse, kontrolliert zu werden?« Sie brachte ihre Klagen vehement vor. »Ich fühle mich wie ein Insekt, das jemand aufgehoben hat – egal, wie sehr ich strample, ich kann nicht mehr entscheiden, wohin ich gehe, weil jemand anderes über mich bestimmt.«

Verdammter Mist. Wie hatte er das alles dermaßen falsch anpacken können?

»Na ja, Insekt …«, versuchte er sie zu beschwichtigen, aber ihm war klar, wie schwach das klang.

Izzy verdrehte entsprechend die Augen. »Du wusstest, dass ich bei diesem schlauen Angebot nicht Nein sagen konnte.«

Er hatte ein paar Tage gebraucht, bis ihm ein Deal eingefallen war, dem sie unmöglich widerstehen konnte, besonders nach ihrer ersten schockbedingten Weigerung, auf die er nicht gefasst gewesen war. Aber es war ganz typisch für Izzy, ihn zu überrumpeln, indem sie exakt das Gegenteil von dem tat, was er erwartete. Umso stolzer war er auf sich, eine Idee gehabt zu haben, der sie sich nicht verschließen konnte, da die anderen aus der Cinema-Crew Druck ausüben würden. Entscheidend war jedoch, dass ihr Unternehmen auf lange Sicht davon profitieren würde. Und genau darum war es ihm gegangen. Er hoffte, dass sie das irgendwann begriff.

Xander sah sie fest an. »Du warst diejenige, die gesagt hat, sie wolle französische Ware für Vintage at the Cinema besorgen. Das könnte die Rettung sein, hast du gesagt. Diese Idee habe ich nur aufgegriffen, auch als Dank für deine Arbeit im Pink House.« Diese letzte Anmerkung fügte er spontan an. »Und um deine Frage zu beantworten: Es gibt nicht nur einen Grund, weshalb ich das tue.« Zumindest das stimmte.

»Aha.« Sie klang nicht überzeugt, aber sie wirkte schon nicht mehr so aufgebracht. Ein Fortschritt.

Er versuchte es erneut. »Da kommen mehrere Gründe zusammen, und alle Beteiligten profitieren davon.«

Izzy schnaufte verächtlich. »Du redest wie der typische Produzent. Geht's nicht ein bisschen weniger geschäftlich?«

Xander zählte im Stillen bis zehn. Wer tat hier wem einen Gefallen? Er hatte im Umgang mit Izzy noch viel zu lernen.

»Ich hoffe einfach, dass es dir und deinem Unternehmen helfen wird. Ich übernehme die Reisekosten und die Kosten für die Unterkunft. Du musst nur die Waren bezahlen, die du mit zurückbringst.« Wichtiger Punkt, deutlich klargemacht. Auf dieser Basis hätte niemand außer Izzy noch groß überlegt. »Außerdem helfe ich damit auch Christina, um ihr etwas zurückzugeben für das, was sie in all den Jahren für mich getan hat. Ihr Bein ist gebrochen, sie schafft es nicht alleine, außerdem ist sie sehr angetan von deiner Arbeit. Es passt alles perfekt, unter diesen Umständen ...«

Izzy ließ ihn nicht ausreden. »Du klingst schon wieder nach Sitzungssaal ...«

Er redete weiter und machte sich in Gedanken Notizen für zukünftige Herausforderungen. »Zudem hilft es deinen Freundinnen bei Vintage at the Cinema. Lokale Künstler und Kunsthandwerkerinnen zu unterstützen, ist immer eine gute Sache.«

»Lokale Künstler unterstützen?« Sie klang äußerst skeptisch. »Du redest dauernd davon, andere zu unterstützen.«

Xander sah sie forschend an. »Hast du ein Problem damit?«

Izzy stutzte verwirrt. »Es passt nur nicht ganz zu deinem Image als kaltschnäuziger Immobilienhai, das ist alles.«

Xander grinste. »Immobilienhaie müssen nicht zwangsläufig kaltschnäuzig sein. Vielleicht bin ich ein Menschenfreund.«

Das brachte sie zum Lachen. »Von wegen – Menschenfreund *und* Unternehmer.« Sie nahm eine Handvoll Blüten, die von der Clematis abgefallen waren, die die Gartenmauer hinaufrankte, und ließ sie auf den Boden fallen, eine nach der anderen. Sie sah so heiß aus, wenn sie wütend war. Doch sobald ihre Wut nachließ, wirkte sie auf eine Art verletzlich, die ihn rührte. Was seinen Höhlenmenschenimpuls, sie gegen die Mauer zu drücken und über sie herzufallen, betraf – das war etwas, das er möglichst schnell lernen sollte zu beherrschen.

Xander musste zugeben, dass sein Angebot auf sein schlechtes Gewissen zurückging, weil er mit Izzy im Bett gelandet war, obwohl er ihr nichts anderes anbieten konnte. Indem er ihr und ihren Freundinnen etwas Gutes tat, hoffte er, diesen Fehler wiedergutzumachen.

Tief im Innern wusste er, dass er es auch aus egoistischen Gründen tat. Zwar war sein Leben ein dysfunktionales Chaos, in dem er niemanden gebrauchen konnte. Aber zugleich fühlte er sich in Izzys Nähe viel menschlicher. Sie hatte etwas an sich, das gewöhnliche Dinge zu etwas Besonderem machte. Sie strahlte Güte aus, und wenn sie da war, fühlte er sich wie ein besserer Mensch. Und so hatte er sich schon sehr lange nicht mehr gefühlt.

Izzy konnte sehr ungestüm sein, so wie heute, aber sie war auch aufrichtig und klug. Innerhalb weniger Minuten hatte sie oben auf seinem Dachboden den Schmerz und die Trauer über den Tod seiner Mutter in etwas verwandelt, womit er umgehen konnte. Ein solcher Mensch, zu dem er eine derartige Verbindung spürte, war ihm nie zuvor begegnet. Obwohl er wusste, dass er ihr keine dauerhafte Beziehung bieten konnte, wollte er sie doch auch nicht einfach gehen lassen. Zumindest noch nicht.

Momentan wollte er sie auf keinen Fall in seinem Bett.

Aber sie nicht mehr in seinem Leben zu haben, konnte er auch nicht ertragen. Daher stimmte er dem Szenario zu, in dem sie auf Distanz blieben und die Finger voneinander ließen. Trotz seiner zahlreichen fragwürdigen Motive hoffte er wirklich, weiterhin ehrlich ihr gegenüber sein zu können. Auf lange Sicht würde er sich von ihr lösen müssen, aber dieser Notwendigkeit würde er sich später stellen. Wichtig war, dass sie keine Gefühle entwickelte und dadurch verletzt wurde. Allerdings schien es ohnehin das Letzte zu sein, was sie wollte.

»Also, du Menschenfreund, was springt wirklich für dich dabei heraus?« Sie sah ihn an, den Kopf zur Seite geneigt. »Oder geht es tatsächlich nur um das Wohl anderer?«

Jetzt lachte Xander, aber eher erleichtert, weil sie ihn langsam vom Haken ließ. »Nein, ich freu mich auf den Wein und die Sonne und die Landschaft. Sehr idyllisch. Du wirst es dort lieben.«

Und dabei sollten sie es jetzt belassen. Sie wussten beide, wo sie standen, eigentlich schon seit dem sehr aufregenden, sehr leidenschaftlichen Nachmittag.

»Dann sehen wir uns am Flughafen. Bordeaux. Elfter Juli.« Und nach diesen Worten verschwand er aus ihrem Garten.

# 46. Kapitel

Montag, 7. Juli
Izzys To-do-Liste

- *Bevor ich nach Frankreich reise … Hilfe!*
- *Den Jungs beibringen, wie man Spaghetti Bolognese kocht*
- *Den Jungs die Spüle und das Spülmittel zeigen*
- *Den Jungs zeigen, wie man abwäscht*
- *Den Jungs erklären, wo der Supermarkt ist*
- *Den Jungs beibringen, wie man die Waschmaschine benutzt*
- *Bedienungsanleitung der Waschmaschine zur Sicherheit aufschreiben*
- *Dito Dyson*
- *Mich ermahnen, nicht mit du weißt schon wem herumzuknutschen*
- *Den Jungs zeigen, wie sie den Müll leeren müssen*
- *Den Jungs die Recyclingtonne zeigen*
- *Liste für Recycle- und Restmüll schreiben*
- *Ausgiebig waschen*
- *Ausgiebig bügeln*
- *Steuer für Chou-fleur bezahlen*
- *Hausversicherung klären*
- *E-Mail an Ollie schreiben*
- *Flugticket ausdrucken*
- *Haus gründlich von oben bis unten putzen*
- *Pillenrezept abholen*

- *Euros von der Post holen*
- *Wunschliste der Cinema-Crew vervollständigen*
- *Jede Menge Sonnencreme Faktor 50 (oder riskieren, krebsrot auszusehen)*
- *Flugzeugtaugliche kleine Kosmetikflaschen kaufen*
- *Rollkoffer von Dida abholen*
- *Kaugummivorrat kaufen*
- *Und noch mal mich selbst ermahnen, nicht wieder mit du weißt schon wem zu knutschen*
- *UNTER GAR KEINEN UMSTÄNDEN*
- *Taschenbücher kaufen/Kindle auffüllen*
- *Neuen Bikini kaufen*
- *Farbpinsel zum Mitnehmen kaufen*
- *Latzhose waschen*
- *Packen*

# 47. Kapitel

Donnerstagmorgen, 10. Juli
LUCE
In ihrer Wohnung
*Eine Postkarte aus Thailand*

Luce saß an der Nähmaschine und hielt kurz am Ende der Naht inne, als sie unten das Klappern des Briefkastens hörte. Sommerkleider mit Vintage-Mustern waren momentan der Renner, sodass Luce bei der Nachfrage kaum hinterherkam, vor allem seit Izzy die Kleider ins Schaufenster gehängt hatte. Luce hörte das Klappern, und diesmal war sie entschlossen, nicht darauf zu reagieren.

Jeden Tag, sobald sie den Postboten hörte, lief sie wie eine Irre die Treppe hinunter und war bis jetzt doch immer enttäuscht worden. Es schien eine Ewigkeit her zu sein, seit zuletzt eine Karte von Ollie eingetroffen war. Dass diese Karten wöchentlich für Ruby gekommen waren, hatte irgendwie die Verbindung zu Ollie aufrechterhalten. Blöderweise hatte Luce sie für selbstverständlich gehalten und sich auf ihr regelmäßiges Eintreffen verlassen. Es hatte keinen Sinn, heute wieder die Treppe hinunterzulaufen.

Sie schnitt das lose Ende eines Fadens ab und legte den Rockteil des Kleides, an dem sie nähte, zum späteren Bügeln zur Seite. Dann nahm sie das nächste Stück Stoff und schob es unter den Nähfuß. Leider konnte sie sich nicht konzentrieren …

Zehn Sekunden später erreichte sie atemlos den Fuß der Treppe und riss den Briefkasten an der Rückseite der Tür auf. Tatsächlich, eine Postkarte! Ihr Herz pochte, und ein breites Grinsen erschien auf ihrem Gesicht. Ohne auf das Bild zu achten, drehte sie die Karte um und sah den Poststempel aus Thailand.

Yay! Sie reckte die Faust. Dann vollführte ihr Herz einen weiteren Hüpfer, als sie ihren Namen las. Lucy Morgan. Nicht Ruby, sondern Lucy. Ollie schrieb ihr. Wie oft in den vergangenen Monaten hatte sie in ihr Postfach geschaut und gehofft, eine E-Mail von ihm vorzufinden. Und jedes Mal war sie enttäuscht worden. Jetzt spielte das keine Rolle mehr, denn er hatte ihr geschrieben. Allerdings sah sie, dass die Handschrift sauberer war als Ollies ... Kleiner auch ... Und Ollie würde nie türkisfarbene Tinte verwenden, oder? Diese Postkarte war gar nicht von ihm. Wie hatte sie so blöd sein können? Ihr Mut sank, als sie die Nachricht las.

*Fantastische Flitterwochen hier in Thailand. Das Kleid war absolut perfekt. Danke für Ihren Beitrag zu unserem schönsten Tag. Melde mich wegen der Fotos, sobald wir zurück sind. Liebe Grüße, Steffie und Brin alias Mr. und Mrs. Johnson, geborene Beeston x*

*PS: Ich kann es immer noch nicht fassen, dass ich wirklich verheiratet bin!!!*

Luce drehte die Karte um. Beim Anblick der Braut und des Bräutigams, Hand in Hand an irgendeinem thailändischen Strand, vor dunklen Silhouetten von Palmen im Sonnenuntergang, kam ihr beinah das Frühstück wieder hoch.

Sie rannte nach oben und wollte die Karte in den Müll werfen, als ihr ihre eigene Kundenservice-Initiative wieder einfiel. Verdammt. Sie sollte die Karte lieber zur Post von glücklichen Kundinnen heften.

# 48. Kapitel

Freitagvormittag, 11. Juli
XANDER & IZZY
Auf dem Flohmarkt in Vaunac, Frankreich
*Schnelle Arbeit*

»Na, ist das genug französisches Zeug für dich?« Xander grinste, als sie um die Ecke eines der hohen Steinhäuser bogen und vor ihnen ein riesiger Platz voller Verkaufsstände mit Antiquitäten lag.

»Wow …« Izzy blieb unvermittelt stehen und staunte über das bunte Durcheinander. »Das ist ja mehr als toll. Hier gibt es alles, vom Traktor bis zum Abendanzug.«

Das stimmte. Man konnte kaum einen Fuß vor den anderen setzen zwischen all den Kisten und Stapeln und Ständen. Xander konnte wenig damit anfangen, aber für Izzy war es die reinste Fundgrube.

»So riesig hätte ich mir das nicht vorgestellt«, gestand sie atemlos, während sie ihren Pferdeschwanz fester zog. »Das ist so aufregend. Ich weiß gar nicht, wo ich anfangen soll.«

Xander lachte über Izzys kindliche Begeisterung und weil er zum ersten Mal wieder die echte Izzy erlebte, seit er sie an diesem Morgen am Flughafen abgeholt hatte. Während der ganzen Fahrt war sie missmutig gewesen und hatte so viel Abstand zu ihm gehalten, wie es das Innere des Mietwagens zuließ.

Zwar hatten ihr Murren und Augenverdrehen jede Unterhaltung schwierig gemacht, doch ihr Duft und ihre Rundungen, die sich unter dem geblümten Kleid aufreizend abzeichneten, hatten ihn ganz benommen gemacht. Es war wie eine Überdosis Himbeereis, das ihm das Hirn vereiste. Sie zwei Wochen lang nicht anzurühren, würde die Hölle sein, zumal er mittlerweile geradezu besessen von ihr war. Dass sich in ihm alles wie warmer Sirup anfühlte, nur weil er einer Frau über einen lauten, geschäftigen Flohmarkt folgte, war ihm ein Rätsel. Aber so war es nun mal.

Es gab keinen Grund zu der Annahme, dass sie sich anders als distanziert ihm gegenüber verhalten würde. Er hatte sie mehr oder weniger dazu gedrängt, mit ihm diese Reise zu machen, und auch wenn ihre Finanzen enorm davon profitieren würden, setzte eine so lange gemeinsame Zeit mit einem Fremden ziemliches Vertrauen voraus, auch wenn sie bereits mit ihm geschlafen hatte. Es war mutig von ihr, sich auf diese Sache einzulassen. Was ihn betraf, führte er seit acht Jahren ein dysfunktionales Leben. Und dann zog er eine Frau aus einem Baustellencontainer, und es warf ihn prompt aus den eingefahrenen trüben Gleisen. Es war, als hätte sein tristes Dasein sich plötzlich in einen exotischen tropischen Regenwald verwandelt.

»Dies ist ein *Vide Grenier.*« Xander redete wie ein Touristenführer. »Das bedeutet so viel wie Dachbodenentrümpelung. Offenbar hat jeder wirklich alles angeschleppt. Das sieht für uns nach viel Arbeit aus.«

Von der befürchteten Befangenheit zwischen ihnen war nicht viel zu spüren. Izzy verhielt sich ihm gegenüber neutral und professionell, als sei nie etwas zwischen ihnen gewesen. Fast, als hätte sie Unterricht darin genommen.

»Wie typisch Frankreich.« Sie drehte sich zu ihm um, als sie den Platz betraten. »Die flirrende Hitze und die stechende Sonne; sobald man den Schatten verlässt, wird einem ganz schwindelig. Dazu diese schöne Sprache.« Izzy wurde allmählich lockerer.

»Du fühlst dich nicht matt, oder?« Sofort kam er sich angesichts ihres vehementen, beinah empörten Kopfschüttelns albern vor. »Verstehst du denn die Sprache der Einheimischen?«

»Ich komme zurecht, aber mein Französisch ist nicht so gut wie deines. Es muss toll sein, zwei Sprachen fließend zu sprechen.«

Er nahm an, dass sie von seinem Geplauder mit den Leuten auf dem Parkplatz vorhin beeindruckt war. Die hatten schon eine Kiste Kronenbourg in Arbeit gehabt, obwohl es erst zehn Uhr am Vormittag war.

Er würde von sich nicht behaupten, dass er fließend Französisch sprach. »Das habe ich eher nebenbei gelernt, weil ich in meiner Kindheit jeden Sommer hier verbracht habe. Das erklärt auch, warum ich hin und wieder von Leuten gegrüßt werde.«

Allerdings hielt er es für besser, nicht näher auf seine Kindheitserinnerungen einzugehen. Dank des Unternehmens seines Vaters in der Gegend besaß die Familie mehrere angesehene Weingüter im Südwesten. Izzy würde vermutlich verstört sein, wenn sie das Chateau sah, das die Familie ganz in der Nähe besaß. Da sie Reichtum gegenüber sehr kritisch war, hatte er seine reiche Herkunft bis jetzt heruntergespielt. In der Vergangenheit hatte er nie darüber gesprochen, um keine Goldsucherinnen anzulocken. Nun verschwieg er es zum ersten Mal, weil eine Frau nichts von reichen Männern wissen wollte.

Was seine Mutter betraf, so hatten die jährlichen Sommeraufenthalte in Frankreich ihre geschwächte Gesundheit immer deutlicher gezeigt. Es war beängstigend gewesen, als Teenager mitanzusehen, wie es ihr von Jahr zu Jahr schlechter ging. Und das war erst der Anfang des Albtraums gewesen, der noch folgen sollte. Seit er mit Izzy auf dem Dachboden vom Pink House gewesen war, dachte er wieder öfter an seine Mum. Das Seltsame war, dass Izzy zwar physisch keinerlei Ähnlichkeit mit ihr besaß, ihre Energie und Offenheit ihn dennoch an seine Mutter erinnerten. Izzy strahlte die gleiche Wärme aus und nahm jeden in ihrer Nähe für sich ein.

Als er Izzy eingeholt hatte, wühlte sie gerade in Kartons voller Stoffe, Bücher und Geschirr. Er tippte ihr auf die Schulter, und sie drehte sich um.

»Es ist himmlisch hier, aber ich habe keine Ahnung, wo ich anfangen soll. Verrate mir noch mal, was Christina sich vorgestellt hat.«

Xander lächelte ermutigend. »Christina wünscht sich, ihre Worte, dass du ihr Haus in ein Zuhause verwandelst, indem du einkaufst wie für dich selbst. Ganz einfach, oder? Dass du das tust, ist mein Geschenk an sie. Wäre ihr Knöchel nicht gebrochen, hätte sie es selbst gemacht.« Aber falls Christina vorschwebte, dass Izzy ihn bändigte und einen häuslichen Menschen aus ihm machte, konnte sie es vergessen.

»Na ja, ich hoffe, deine Schwester wird nicht enttäuscht sein. Die Scheune ist schon sehr schön, wie sie ist.« Izzy kramte tief in ihrer Rocktasche, zog ein Kaugummi heraus, wickelte es aus, schob es sich in den Mund und begann heftig zu kauen.

Izzy mit kalten Füßen? Izzy bebend? Izzy nicht mehr rebellisch, sondern verletzlich, was ihn jedes Mal umhaute.

»Damit wären wir schon zwei.« Er räusperte sich und nahm sich zusammen. »War nur ein Scherz. Christina ist sehr leicht zufriedenzustellen, besonders, was deine Sachen angeht.« Xander untertrieb nicht, da Christina von allem schwärmte, was Izzy im Pink House vollbracht hatte.

»Es ist nur eine große Verantwortung.« Izzy schob die Hände erneut tief in die Taschen. »Ich bin nicht so clever wie die anderen im Kino, ich bin nur gut darin, Farbe auf Sachen aufzutragen. Ich fühle mich wie eine Hochstaplerin und bin mir nicht sicher, ob ich das hier kann.«

Sie klang so verzagt, dass er sie am liebsten in die Arme genommen und nicht mehr losgelassen hätte. Verdammter Hände-weg-Vorsatz. Es gab Zeiten, in denen verbaler Trost nicht mehr ausreichte, aber mehr hatte er hier nicht anzubieten.

»Sei nicht so hart zu dir selbst.« Xander wollte ihre Hand drücken, ließ es aber bleiben und hob die schon ausgestreckte Hand an den Kopf, um sich dort zu kratzen. »Du betrittst einen Raum, veränderst ein paar Kleinigkeiten, und schon erwacht alles zum Leben. Das habe ich noch nie vorher erlebt.«

Das entsprach der Wahrheit. Und dafür brauchte sie gar kein Zubehör. Kaum hatte sie heute Morgen Christinas hallenden Flur betreten, schwungvoll und mit wehendem Kleid, war es heller geworden im Haus.

Er räusperte sich und fuhr fort: »Ich weiß, dass du es kannst, und ich bin hier, um dir in jeder Hinsicht zu helfen.« Er beobachtete, wie ihre Miene sich ein wenig entspannte. »Also kein Druck. Aber da du eine ganze Lastwagenladung Möbel brauchst und dann noch eine Scheune verschönern musst, sollten wir schnell loslegen.«

»Okay. Sobald ich etwas eingekauft habe, werde ich mich besser fühlen.« Izzy zog das Gummiband von ihrem Pferdeschwanz ab, schüttelte die Haare und band sie wieder zusammen. Das war sicher auf ihre Nervosität zurückzuführen. »Dort drüben sehe ich eine hübsche Tagesdecke.«

Xander war froh, dass sie endlich loslegte. »Eines noch. Du bekommst bessere Preise bei Privatanbietern als bei Händlern. Und du musst feilschen. Fang mit einem absurd niedrigen Preis an. Wenn du mich zum Übersetzen brauchst, sag einfach Bescheid.«

Izzy sah ihn verdutzt an. »Und woher weißt du das alles?«

»Jahrelange Übung beim Kauf von französischen Antiquitäten mit meiner Mum.« Die hatte in jedem Sommer Flohmärkte abgegrast, um Sachen für das Chateau zu finden. Und immer hatte sie Xander mitgenommen.

»Natürlich.« Jetzt erschien sogar ein Lächeln auf Izzys Gesicht. »Viele der Sachen auf dem Dachboden kamen aus Frankreich, oder?«

»Ich schätze, sie hat jeden verfügbaren Drahtkorb im Südwesten Frankreichs gekauft.«

Izzys Augen glänzten, als sie die Hand auf sein Handgelenk legte. »Ich kann einem Drahtkorb auch nie widerstehen.«

Xanders Puls beschleunigte sich prompt. »Und ich sehe etwa hundert Meter von hier einen Bastkorb.« Er lächelte wehmütig. »Für die hatte sie ebenfalls eine Schwäche.«

Izzy drückte seinen Arm, dann ließ sie ihn los. »Was soll ich deiner Ansicht nach für diesen Kronleuchter bieten?«

»Fang mit zehn Euro an. Mal sehen, ob sie uns dafür zwei verkaufen. Sobald wir zweihundertfünfzig Euro ausgegeben haben, machen wir eine Pause und trinken etwas.« Bei der Erinnerung an das letzte Mal, als sie zusammen Bier getrunken hatten, schlug sein Herz schneller. Und strafte seinen Vorsatz, darauf künftig verzichten zu wollen, Lügen.

# 49. Kapitel

Freitagvormittag, 11. Juli
IZZY & XANDER
Auf dem Flohmarkt in Vaunac, Frankreich
*Sie wussten beide, von wem sie sprach*

»Gut, dass wir mit dem gemieteten Lieferwagen hergekommen sind.« Xander saß bequem im Schatten eines Sonnenschirmes auf der Terrasse einer Bar und trank einen Schluck Bier.

Izzy schob die Sonnenbrille auf den Kopf und stupste die Zitronenscheibe in ihrem Perrier an. Xander und Christina hatten an alles gedacht, sogar an den Lieferwagen, dessen Lenkrad sich auf der linken Seite befand und den Xander fuhr. Natürlich hatte er auch hier gern alles unter Kontrolle. Alles wie gehabt. Und seine Begründung, das sei eben eine Jungssache, hatte sie auch schon tausendmal gehört. Sie verdrehte nur die Augen.

Es war seltsam gewesen, am Flughafen anzukommen und auf den attraktivsten Mann weit und breit zuzugehen, in dem Wissen, dass er auf sie wartete. Zum Glück hatte ihr Koffer Rollen, denn als ihr Blick auf Xander fiel, wie er da an einer Säule lehnte, mit diesen hohen Wangenknochen und den zerwühlten Haaren, drohten ihre Beine nachzugeben. Am liebsten hätte sie ihm das Superdry-T-Shirt vom Leib gerissen und wäre gleich an Ort und Stelle über ihn hergefallen. Dass sie genau wusste, was für ein wunderbarer Körper sich unter der Kleidung befand, machte die Sache nur schlimmer. Seit sie in Frankreich angekommen war, schien das Blut in ihren Adern zu kochen. Sie würde die meiste Zeit so tun müssen, als wäre er gar nicht da.

Da sie Luces Rat befolgen wollte, auf Sex zu verzichten, musste sie den Mann ausblenden. Leider war Xander überhaupt nicht arrogant gewesen, wie sie es halbwegs erwartet hatte, sondern zuvorkommend und hilfsbereit. Außerdem benahm er sich wie ein perfekter Gentleman. Er blickte ihr nicht einmal mehr auf die Brüste, auch nicht, wenn sie sie ihm versehentlich darbot – was, wie sie sich zerknirscht eingestehen musste, häufiger vorkam. Mutter Natur und der natürliche Überlebensdrang der Spezies hatten da ihre Hände im Spiel. Ihr Verstand sagte Izzy klar und unmissverständlich, dass Xander tabu war. Ihr Körper sandte ihr ganz andere Signale. Das Lustzentrum in ihrem Gehirn feuerte eine Million Botschaften pro Minute ab und forderte sie auf, ihn sich zu schnappen – und zwar sofort.

Da sie ihm gegenübersaß, sah Izzy, wie seine Halsmuskeln sich bei jedem Schluck bewegten – nichts Besonderes, oder? So war das nun mal, wenn jemand trank. Nur fand sie es absurd ablenkend.

»Wann hast du das letzte Mal Urlaub gemacht?« Obwohl er seine Sonnenbrille trug, wusste sie, dass er sie genau beobachtete, wie er das schon den ganzen Vormittag über getan hatte.

Da viele Besucher des Flohmarktes Urlauber waren, handelte es sich um eine ganz normale Frage. Trotzdem kam es Izzy viel zu irreal für einen Urlaub vor, hier mit Xander zu sitzen.

Blinzelnd blickte sie in ihr Getränk. »Mit Urlaub hatte ich es bisher nicht so.« Daran zu denken, verursachte ihr beinah Ausschlag. Es hatte diesen Familienurlaub in Biarritz gegeben, kurz bevor ihr Dad die Familie verlassen hatte, außerdem eine verregnete Woche in Wales mit dem schrecklichen Alastair, kurz bevor der sie fallen gelassen hatte. Izzy kaute an der Seite ihres Daumennagels. »Mein letzter Urlaub liegt sechs Jahre zurück, und der war Mist. Und bei dir?« Wenige Details erzählen und im Zweifel eine Frage stellen. Das wirkte immer.

Vielleicht projizierte sie ihre eigenen Gefühle auf ihn, jedenfalls erstarb sein Lächeln, als er an seinen Urlaub dachte. Sein hohles Lachen verriet, dass er das Thema lieber nicht angeschnitten hätte.

»Würdest du mir glauben, wenn ich sage, dass mein letzter Urlaub meine Flitterwochen mit meiner Ex waren?« Er klang bitter. »Das war vor zehn Jahren.«

»Oh, verdammt, das tut mir leid.« Das hatte sie nun davon, denn nun war die Exfrau plötzlich wieder präsent.

Xander beeilte sich, die Unterhaltung auf unverfängliches Terrain zurückzuführen. »Jeder weiß, dass das Leben eines Filmproduzenten ein einziger langer Urlaub ist, nur manchmal eben schlicht ermüdend.« So wie heute.

»Du scheinst aber stets eine gute Bräune abzubekommen, was immer du tust.« Verdammt. Das war ihr einfach herausgerutscht, und dass sie rot anlief bei der Erinnerung daran, wie seine Bräune am unteren Rücken verblasste, machte es nicht besser.

Sie probierte es erneut mit einem Lächeln. »Lass uns eine Liste anfertigen, damit wir sehen, wie wir vorankommen. Sag mir, was wir alles schon haben.« Auch nicht gut, dieses mehrmalige »Wir«, aber nicht zu ändern.

Er beobachtete amüsiert, wie sie Stift und Papier aus ihrer Tasche holte. Er konnte doch jetzt unmöglich daran denken, wie sie ganz andere Sachen aus ihrer Tasche gekramt hatte … oder? Der einzige Vorteil bestand darin, dass sie nicht noch mehr erröten konnte.

Xander seufzte und fing an: »Kerzenständer, Decken, Strohhüte, Koffer, Schubkarre … Kommst du mit?«

»Warte …« Sie notierte hastig. Die Effizienz und Konzentration, mit der er sich jeder Aufgabe widmete, war erstaunlich, geradezu beängstigend. Immerhin arbeitete er klaglos mit.

»Okay, du kannst weiter aufzählen.« Sie kaute auf ihrem Stift, während sie wartete. Als sie schließlich aufschaute, ging sein Blick in die Ferne, und er sah dabei so melancholisch aus wie ein Model auf einem Vogue-Foto. Sie blickte in die gleiche Richtung, um herauszufinden, was seine Aufmerksamkeit fesselte.

Izzy stutzte. Er starrte eine Frau an. Groß, schlank und atemberaubend schön. Sein Blick folgte ihr auf ihrem Weg durch die Menge.

Izzy schluckte den schlechten Geschmack im Mund herunter. Mist, wenn das Eifersucht war, dann hatte sie jedenfalls kein Recht darauf. Es sollte ihr gleichgültig sein, wen er ansah, denn sie hatte keinerlei Anrecht auf ihn. Wollte sie auch gar nicht haben. Allerdings war das kein gewöhnlicher Blick. Sie sah ein, dass es sie nichts anging, zwang sich aber dennoch zu fragen: »Kennst du sie?« Mehr war nicht nötig, sie wussten beide, wen sie meinte.

»Und ob.« Xander riss sich los und schüttelte den Kopf. »Das ist Astrid, meine Exfrau.«

Izzy erstarrte, während er sein Bier austrank. Und wieder erwachte die Begierde in ihr beim Anblick seiner Halsmuskeln, die sich strafften. Oder entstand dieses Gefühl etwa auch aus ihrer Eifersucht?

»Wir besaßen ein Haus hier. Astrid hat es nach der Scheidung behalten. Für gewöhnlich hält sie sich später im Sommer hier auf, aber offenbar ist sie in diesem Jahr früher angereist.« Sein Lächeln verriet ein gewisses Unbehagen, während er das Glas in der Mitte des Tisches abstellte.

Shit. Warum musste Astrid so perfekt aussehen?

Izzy biss sich auf die Lippen. »Sie sieht toll aus. Wie eine dunkelhaarige Kate Middleton, nur viel hübscher.«

Es war Izzy nie in den Sinn gekommen, dass er mit einem Supermodel zusammen gewesen war. Sie fühlte sich völlig entmutigt und beugte sich vor, wobei sie ihre Turnschuhe, die ihr heute Morgen wie die vernünftigste Schuhwahl erschienen waren, um die Stuhlbeine hakte. Sie zupfte ihr Kleid mit dem eingerissenen Knopfloch und der einen sich ablösenden Tasche glatt und stellte fest, dass ihr erst vor knapp vier Stunden aufgetragener pinkfarbener Nagellack schon abblätterte. Hoffnungslos. Dann sank ihr Mut noch weiter, denn auf ihren Armen hatten sich trotz der Sonnencreme mit Schutzfaktor fünfzig zahlreiche Sommersprossen gebildet. In ihrem Gesicht bestimmt auch, was alles noch schlimmer machte. Zwar dachte sie nicht einmal daran, Xander zu daten, doch von einer Minute auf die andere schien er ihr Lichtjahre weit weg und unerreichbar zu sein.

Xander lachte trocken. »Astrid ist viel ehrgeiziger als Kate Middleton.«

Izzy starrte ihn perplex an. »Was?«

»Nein, das ist nicht ganz fair.« Xander grinste verlegen. »Astrid ist großartig. Wir arbeiten hin und wieder noch zusammen. Sie ist klug, witzig und beängstigend gut in ihrem Job.« Er stützte das Kinn auf die Hand. »Ich glaube, du würdest sie mögen.«

Irgendwie war Izzy da weniger optimistisch. Sie sah noch einmal in die Menge, in der Astrid, beinah einen Kopf größer als alle anderen, leicht zu entdecken war. Welch ein Vorteil für Astrid, ihm auf gleicher Höhe in die Augen sehen zu können statt nur auf die Hemdknöpfe an seiner Brust. Mathe gehörte nicht zu Izzys Stärken, aber es war nicht schwer auszurechnen, um wie viel länger Astrids Beine waren als ihre. Auch wenn Xander nicht mehr mit ihr zusammen war, gehörte diese Sorte Frau in sein Beuteschema, nicht Izzy. Und irgendwie war sie froh über diese ernüchternde Erkenntnis. Klein, dreist, abgerissen und aus Matlock – das war nicht Xanders Kragenweite. Kein Wunder, dass er nichts Festes wollte. Nicht mit ihr.

Er stand auf und dehnte die Schultern. »Wollen wir uns wieder an die Arbeit machen?«

Izzy erhob sich ebenfalls. »Klingt gut.« Viel zu spät, um sich zu wünschen, sie hätte Stilettos statt der praktischen Turnschuhe angezogen. Die hätten nicht so abgewetzt ausgesehen. Aber hohe Absätze hätten in dem Fall auch keinen Unterschied gemacht. Dazu hätte es schon mehr als hochhackiger Schuhe bedurft. Manche Hindernisse im Leben waren nun mal unüberwindbar.

Xander hatte offenbar nicht die Absicht, sich vor seiner Ex zu verstecken. Immerhin steuerte er mit Izzy die Grillbude an, wo er sich in die Schlange stellte, während sie sich Körbe anschaute. Er kaufte für sie beide köstliche Baguettes mit gegrilltem Lamm, die sie aßen, während sie weiter an den Buden vorbeischlenderten.

Xander hielt offenbar längst nicht mehr Ausschau nach Astrid; Izzy fiel das schwerer. Den restlichen Nachmittag wähnte sie Astrids Silhouette hinter jedem Schrank. Aber falls sie noch dort auf dem Flohmarkt gewesen war, sahen sie sie nicht. Izzy musste immerzu daran denken, was für ein attraktives Paar Xander und Astrid gewesen sein mussten. Die Vorstellung von ihnen beiden, wie einem Modemagazin entstiegen, ließ sie erschauern.

»Dein Französisch ist besser, als du denkst. Du hast wie ein Profi gefeilscht.« Xander kam von einem weiteren Gang zum Lieferwagen zurück, als sie gerade mit einem der Bauern aus dem Ort handelte.

»Ich habe oft meine Ferien in Frankreich verbracht, als ich jünger war.« Bevor ihr Vater die Familie verlassen hatte. Aber es stimmte schon – allein hier zu sein, die Gerüche wahrzunehmen und die Sonne, die auf die Ziegeldächer der Häuser schien, während Leute umherschlenderten, versetzte sie in ihre Kindheit zurück.

Die Sache mit Exfrauen und gescheiterten Beziehungen war, dass sie Ballast bedeuteten. Das galt nicht unbedingt für den schrecklichen Alastair. Der war, um beim Ballast-Vergleich zu bleiben, vielleicht eine kleine Papiertüte, noch dazu zerknüllt. Aber es war ein weiterer Grund, keine Beziehung einzugehen. Wenn man da nicht mitmachte, wurde man auch nicht verletzt. Das sollte sie lieber nicht vergessen.

»Ich sage das nur ungern zu einer rücksichtslosen Schnäppchenjägerin, deren Energie offenbar nicht nachlässt, aber ich glaube, wir sollten uns auf den Rückweg machen.« Viel später erst schaute Xander, inzwischen total staubig und ächzend unter dem Gewicht eines Kofferstapels, auf seine Uhr. »Wenn wir zurück sind, müssen wir noch ausladen. Und – ich kann kaum glauben, dass ich das sage – wir können morgen wieder herkommen. Morgen findet der Flohmarkt auch statt.«

Wer hätte gedacht, dass Xander um vier Uhr an diesem Nachmittag noch so viel Begeisterung aufbringen würde.

»Danke, vielleicht komme ich darauf zurück.« Izzy grinste. »Jetzt sag nicht, du entwickelst Geschmack an Antiquitäten.«

»Niemals.« Xander verzog übertrieben angewidert das Gesicht. »Es hat mir trotzdem Spaß gemacht.«

Izzy hob skeptisch eine Braue. »Wirklich?« Sie verstand nicht, wie Schrott und Plunder kaufen und die Ex sehen ihm Spaß gemacht haben konnten.

Seine Mundwinkel zuckten. »Drei Dinge fand ich besonders gut.«

»Und welche?« Das wollte sie unbedingt hören, obwohl sie, seinem Lachen nach zu urteilen, ihm hinterher wahrscheinlich am liebsten eine Ohrfeige verpassen würde.

»Deinen konzentrierten Gesichtsausdruck beim Einkaufen und wie dein Kleid an deinem Po saß, wenn ich hinter dir ging.« Ein breites Grinsen erschien jetzt auf seinem Gesicht. »Außerdem noch die Sommersprossen auf deiner Nase …«

# 50. Kapitel

Samstagmorgen, 12. Juli
XANDER & IZZY
Christinas Terrasse, Les Cerisiers, Frankreich
*Sperrzonen*

Als Izzy durch das hohe Scheunentor auf die Terrasse neben der Küche hinaustrat, musterte Xander ihre helle Haut bis hinauf zum Saum ihrer Shorts.

Sie kam wacklig auf ihn zu, mit Kaffeebecher und einer Kanne auf einem Tablett. Ihre Miene zeugte von Konzentration, um nichts zu verschütten. Sie wirkte sehr spärlich bekleidet. Er verspürte den Drang, den BH-Träger hinaufzuschieben, der ihr bis zum Ellbogen heruntergerutscht war.

»Das ist ein bisschen unterhalb der Gürtellinie, angesichts der Umstände.« Er musste sich irgendwie verteidigen.

So viel Bein zu zeigen, war einfach unfair.

»Was?« Sie sah ihn an, als hätte sie keine Ahnung, wovon er sprach.

»Deine Shorts. Die sind unfair in Anbetracht der Sperrzone um dich herum, die für mich gilt.« Es war das erste Mal, dass er Luces Konditionen ansprach. Aber wie realistisch war es denn auch, dass er die Hände von ihr ließ, wenn sie in diesem Outfit herumlief? »Es ist einfach nicht fair.«

»Wie bitte? Du hast mir schließlich zuerst klar zu verstehen gegeben, dass du nicht zu haben bist.« Für einen Moment wirkte sie trotzig, aber dann erschien ein Lächeln auf ihrem Gesicht. »Na, Pech jedenfalls. Es ist erst acht und schon sechsundzwanzig Grad warm hier draußen. Du wirst dich also an mein Outfit gewöhnen müssen.«

Na fabelhaft. Ihr freches Grinsen war immerhin besser als Schweigen. Leider bekam er vom Anblick ihrer Shorts einen Ständer, auf den er lieber verzichtet hätte.

Xander schenkte Kaffee ein und schob Izzy, die bereits ein Croissant zerriss, einen großen Becher hin. Er konnte diese Gelegenheit ebenso gut dazu nutzen, etwas zu klären, was seit dem gestrigen Nachmittag zwischen ihnen stand und ihn beschäftigte.

»Um das mit Astrid mal klarzustellen«, begann er und hatte sofort Izzys Aufmerksamkeit.

»Hm?« Sie tat, als wäre sie mit dem Bestreichen des Croissants mit Marmelade vollauf beschäftigt.

Seiner Erfahrung nach war es besser, offen über Exfrauen zu sprechen. Dann gab es keine Geheimnisse, und jeder wusste, woran er war. Es war besser, Izzy ins Bild zu setzen und ihr zu erklären, dass es zwischen ihm und Astrid keinen Groll gab. Im Gegenteil, durch die Filmfirma hatten sie nach wie vor miteinander zu tun.

Er räusperte sich. »Ich war derjenige, der für das Scheitern unserer Ehe verantwortlich war. Astrid traf überhaupt keine Schuld.« Er hoffte, dass damit schon einiges geklärt war.

Izzy biss sich auf die Lippen und wich seinem Blick aus. »Okay.« Sie sagte das langsam, als hätte sie keine Ahnung, warum er ihr das erzählte.

»Es lag ganz allein an mir. Ich habe zu viel von ihr erwartet. Dass unsere Ehe in die Brüche ging, war einzig und allein meine Schuld.« Da Astrid sich in der Gegend aufhielt, erschien es ihm umso wichtiger zu sein, sie von jeder Verantwortung für das Scheitern ihrer Ehe freizusprechen. »Trennungen sind immer hart, aber wir haben uns tatsächlich freundschaftlich getrennt und pflegen bis heute ein gutes Arbeitsverhältnis.«

Dass Izzy ihr Croissant zweimal mit Marmelade beschmiert hatte, deutete Xander als Hinweis, dass sie genauer zuhörte, als sie vorgab.

Er redete weiter, um klarzustellen, dass er nichts Schlechtes über Astrid zu sagen hatte. »Sie ist wirklich erstaunlich, und ich will auf keinen Fall, dass du schlecht von ihr denkst.«

Izzy stutzte, sah ihr Croissant an, dann ihn. Ihr Lächeln war einen Tick zu strahlend. »Großartig, das ist ja gut zu wissen. Danke, dass du mir das gesagt hast.«

War Izzy gereizt? Aber es gab an dem, was er gesagt hatte, nichts, wogegen sie hätte protestieren können. Zumal er unterschlagen hatte, dass er momentan mit Astrid zusammenarbeitete.

Nun, da das geklärt war, konnten sie ihren Tag angehen. »Was hast du später noch vor? Heute stehe ich dir zur Verfügung.« Er lächelte in Izzys Richtung. Wenn sie seine Körpertemperatur mit ihren nackten Schenkeln auf gut zwanzig Grad über der des ohnehin schon heißen Morgens steigerte, konnte er ihr das wenigstens ein kleines bisschen heimzahlen.

Izzys zusammengekniffene Augen signalisierten ihm zwar, er solle diese Anspielungen unterlassen, aber ihre Erwiderung fiel überraschend kühl und unbeeindruckt aus. »Vielleicht besuche ich heute Morgen noch einmal den Flohmarkt.«

Xander stieß einen Seufzer aus, wie sie es wohl nicht anders erwartet hatte. Hauptsächlich tat er es jedoch, um sich die Wirkung, die sie auf ihn hatte, nicht anmerken zu lassen. Es sollte schließlich nicht so aussehen, als ginge er gern mit ihr auf den Flohmarkt. »Okay, aber nur unter der Bedingung, dass wir Zeit für ein richtiges Mittagessen finden.« Er war sich auch gar nicht sicher, ob Izzy – oder Luce – allzu erfreut darüber wären, wenn sie wüssten, wie sehr er sich darauf freute, auch den zweiten Tag mit Izzy über diesen Markt zu schlendern. Er hatte sich danach gesehnt, Zeit mit ihr zu verbringen, und der gestrige Tag war keine Enttäuschung gewesen. Es war erstaunlich und seltsam angenehm, gleichzeitig aber auch knisternd und elektrisierend.

Izzy verdrehte die Augen und überging seine Bitte um ein richtiges Mittagessen. »Und vielleicht können wir später ausprobieren, wie einige der Dinge, die wir gekauft haben, im Haus wirken.«

Das war keineswegs okay. Essen war erst einmal wichtiger.

Also ließ er nicht locker. »Wir können in Périgueux essen. Christina hat mir genaue Anweisungen gegeben, dort nach Handtüchern für den Pool zu suchen.«

Er sagte das lockerer, als er sich fühlte. Ein gemeinsamer Flohmarktbesuch war eine Sache. Aber Hausrat zu zweit zu kaufen und dafür einen Laden aufzusuchen, der in Périgueux die Nummer eins für Hochzeitswunschlisten war, eine ganz andere. Er war sich nicht sicher, ob er bereit dafür war.

# 51. Kapitel

Samstagnachmittag, 12. Juli
IZZY & XANDER
Chic Couleurs, Périgueux, Frankreich
*Begeistert von Handtüchern*

»Morgen wirst du mich definitiv nicht um ein richtiges Mittagessen bringen. Pommes mit Mayo sind ja ganz in Ordnung, aber ein Mann muss essen, und das Essen hier ist zu gut, um es sich entgehen zu lassen.«

Xander musste laut sprechen, um den Verkehr um sie herum zu übertönen, und seine Miene verriet, dass er sehr wohl registriert hatte, dass das Mittagessen erneut ausgefallen war.

»Du hättest mich ruhig warnen können, dass du ohne Rücksicht auf Verluste deinen Willen bekommst.«

»Jahrelange Übung durch das Zusammenleben mit Brüdern, fürchte ich«, erwiderte Izzy lachend. »Aber diese Fritten im Pappbehälter waren doch köstlich, und nachdem wir heute Vormittag so lange auf dem Markt waren, blieb einfach nicht mehr genug Zeit für ein ausgiebiges Mittagessen. Übrigens ist mir noch niemand begegnet, der derartig viel zu murren hat.«

Sie versuchte vergeblich, ernst zu bleiben. Sie hatte nicht vor, sich seinem Geschmack anzupassen, aber die Shorts, die sie heute Morgen beim Frühstück getragen hatte, waren möglicherweise doch zu viel gewesen. Es lag nicht in ihrer Absicht, ihn zu provozieren, nur hatte Xander es genau so gedeutet. Wie dem auch sei, die Shorts hatten Anlass zu Neckereien zwischen Izzy und Xander gegeben, anfangs spielerisch, dann wilder. Das lag ebenso an ihr wie an ihm, aber irgendwie hatte sie auch nicht aufhören können. Außerdem war es viel lockerer zwischen ihnen als gestern nach ihrer Ankunft. Da waren sie deutlich befangener gewesen. Und sie war inzwischen überzeugt davon, zumindest nach außen hin, diese Sexsache mit Xander ausblenden zu können, so wie Luce es ihr geraten hatte. Insgeheim war das jedoch etwas anderes. Xanders Nähe ließ ihren Körper vibrieren wie Klaviersaiten, und leider klemmte die Rückspultaste ihrer Erinnerung an den Sex mit ihm. Daher war ihr nicht nur wegen der glühenden Sonne ständig heiß.

Hoffentlich durchschaute Xander nicht, dass sie auf keinen Fall in ein Restaurant gehen würde, denn sie konnte ihn einfach nicht eine ganze Mahlzeit hindurch ansehen. Tatsächlich hatte sie immer weniger Appetit, je länger sie mit ihm zusammen war. Normalerweise schlang sie ihr Essen herunter, aber in seiner Nähe spielte ihr Magen verrückt, sodass Essen das Letzte war, wonach ihr der Sinn stand.

»Immerhin beklage ich mich nicht darüber, in diesen Handtuchladen zu gehen.« Xanders Brauen zogen sich zusammen. Gekränkter Protest war eine weitere Masche, die er perfektioniert hatte. »Eigentlich gehe ich überhaupt nicht shoppen, aber diesmal mache ich eine Ausnahme, um zur Abwechslung neue Sachen zu sehen statt ständig altes Zeug. Wir biegen hier ab …«

Er führte sie in eine Seitenstraße und war ihr für einen Moment so nah, dass ihre Hüften beinah aneinanderstießen. Izzy tat es als Versehen ab.

»Das ist doch nur eine weitere geschickt verpackte Klage.« Natürlich ließ sie ihm das nicht durchgehen, wünschte jedoch, sie hätte nicht »geschickt« gesagt, da sie ja keine

Komplimente austeilen wollte. Auch wenn sie von seinem Durchhaltevermögen beim Shopping verblüfft war, wollte sie ihre Position nicht schwächen, indem sie das ihm gegenüber zugab.

»Da wären wir. Chic Couleurs. Na, ist das mal ein Shopping-Imperium?« Er grinste triumphierend, als sie den Laden durch die Doppelglastür betraten, als wäre er persönlich für die beeindruckende Szenerie vor ihnen verantwortlich.

Obwohl sie das Gefühl nicht loswurde, zu viele Zugeständnisse zu machen, musste sie ebenfalls grinsen, als sie das große kühle Gebäude betrat und die stilvollen, dezent bestückten Regale betrachtete.

»Haushaltswaren in Regenbogenfarben, das ist ja mehr als perfekt.« Sie seufzte. »Sind das nicht tadellose Auslagen?«

»Selbst ich muss gestehen, das ist beeindruckend.« Xander warf ihr einen Seitenblick zu. »Aber irgendwie habe ich das Gefühl, wir sollten hier drin Händchen halten.«

Izzy musste schlucken. »Was?«

Er grinste. Mist, sie war schon wieder auf einen seiner Tricks hereingefallen. Sie hätte es angesichts ihrer langen Erfahrung mit ihren Brüdern besser wissen müssen, statt darauf anzuspringen.

»Na ja, all diese Poster mit Hochzeitslisten und Essgeschirr? Es dreht sich alles um frisch verheiratete Paare. Vergiss nicht, ich kenne mich damit aus, denn das hatte ich alles schon.« Xander lachte kurz. »Wenn ich die anderen Kunden hier als Maßstab nehme, wird man uns wahrscheinlich gar nicht bedienen, wenn wir nicht herumknutschen.«

Shit. Was hatte das Kribbeln zu bedeuten? Diese Panik vor der Ehe war doch albern, schließlich machte er nur Scherze. Und was er über Paare sagte, stimmte ja auch. Inmitten dieser bunten Farben drehte sich alles um verheiratete Paare, und genau aus denen bestand die Kundschaft. Es handelte sich um die Sorte Geschäft, die Izzy für gewöhnlich mied wie die Pest, weil sie mit der Ehe absolut nichts am Hut hatte.

Er musterte sie amüsiert. »Vielleicht sollten wir so tun, als wären wir verheiratet, während wir Handtücher aussuchen? Oder eine Hochzeitsliste erstellen, nur so zum Spaß.«

Jetzt reichte es. Und was sein Lächeln betraf, das eine Wirkung auf sie hatte, als wäre sie gerade von einer Klippe gestürzt … Wenn es das war, was ihr das Tragen von Shorts einbrachte, würde sie morgen einen langärmeligen Jumpsuit tragen. Mit Füßen dran.

Ihr finsterer Blick hätte ihre Brüder sofort eingeschüchtert. »Komm endlich und halt die Klappe.«

»Ganz, wie Sie wünschen, Mrs. Blackman.«

»Wie bitte? Mrs. Wer?« Izzy verstand zunächst nicht. »Wer ist Blackman?«

»Ich natürlich.« Er sah sie verblüfft an. »Wie kannst du das nicht wissen?«

Izzys Magen sackte. »Aber in deinen Unterlagen steht immer Porter …«

»Ja, Christina Porter. Ich bin Blackman«, erklärte er gelassen. »Ach, und der Vollständigkeit halber – Astrid heißt Duval mit Nachnamen; hieß sie auch immer, da sie während unserer Ehe ihren Mädchennamen behalten hat.«

»Das gefällt mir gar nicht.« Und das war noch untertrieben. Sein Nachname erklärte wenigstens, warum sie bei ihrer Online-Recherche nichts unter Xander Porter gefunden hatte. Aber mit einem Mann zu schlafen, dessen richtigen Namen sie nicht einmal kannte? Selbst Luce bestand darauf, den Namen zu erfahren, bevor sie mit einem Mann ins Bett ging. Und was diese sinnliche Stimme betraf, mit der er Izzy mit seinem Namen ansprach … Mrs. Blackman? Verdammt, auch das machte sie ganz benommen.

»Weißt du eigentlich, dass du so blass geworden bist, dass ich jede einzelne Sommersprosse in deinem Gesicht erkennen kann?« Offensichtlich genoss er das Spiel. »Na los, Mrs. Blackman, was kaufen wir ein?«

Sie hob die Hand, halb mahnend, halb andeutend, dass sie ihn gleich schlagen würde, wenn er nicht aufpasste. Doch sofort bereute sie es, als er ihr Handgelenk packte.

Ein Prickeln lief ihren Arm hinauf und breitete sich in ihrem ganzen Körper aus. Sie sah für einen kurzen Moment, wie sein Blick verschleiert wurde, und wusste, dass sich dieser schrecklich sinnliche Mund ihrem nähern würde. Ihr Herz hüpfte, und sie hielt den Atem an, in dem klaren Bewusstsein, dass sie ihn geradezu herausforderte – drängte? –, sie zu küssen.

Er stand da, hielt ihr Handgelenk fest, und dann ließ er es einfach los.

Aus irgendeinem Grund hatte er bereits einige Worte gesprochen, ehe er zu seinem scherzhaften Ton von vorhin zurückfand. »Pass lieber auf. Dieser Angestellte dort drüben macht schon ein Gesicht, als hätte ich dich auf den Tresen geworfen und dir das Kleid vom Leib gerissen.« Ein weiteres umwerfend schiefes Lächeln. »Was ich übrigens gern tun würde. Du musst mir nur grünes Licht geben.«

Mist. Sie musste dem ein Ende bereiten, und zwar schnell, auch wenn sie beide wussten, dass es sich nur um einen leeren Bluff handelte.

»Träum weiter.« Sie hob das Kinn. Was war auf einmal los mit ihm?

Das flaue Gefühl musste auf Erleichterung zurückzuführen sein und konnte nichts mit Enttäuschung zu tun haben. Auf gar keinen Fall hatte sie sich gewünscht, dass er sie küsste. Oder? Sie raffte ihr Kleid, damit es nicht aussah, als würde sie davonstürmen, und ging zügig, aber elegant, zur geschwungenen Treppe. Als sie merkte, dass er ihr gar nicht folgte, warf sie ihm einen tadelnden Blick über die Schulter zu. »Komm schon, Mr.-wie-auch-immer-dein-Name-lautet, Handtücher gibt es im ersten Stock.«

»Du musst mich freundlicher ansehen, sonst glauben die anderen noch, wir hätten einen kleinen Krach unter Liebenden.«

Sie versuchte auszublenden, wie unwiderstehlich er aussah, wenn er auf diese Weise wie jetzt lächelte. Unwiderstehlich? Sie konnte nicht ganz bei Trost sein, so etwas zu denken, wo sie doch hundert Gründe hatte, ihm zu widerstehen. a) Er war nicht das, was sie wollte. b) Nach einer Nacht mit Xander wusste sie, dass Affären sie nur verwirrten, weshalb sie ab jetzt tabu waren. c) Er hatte ihr klargemacht, dass er sie gar nicht wollte, und das sollte genügen. d) Er befand sich in einer anderen Liga. e) … Sie hätte den ganzen Tag weiter aufzählen können, aber jetzt musste sie sich erst einmal auf die Auswahl an Handtüchern konzentrieren.

Sie lief die Treppe hinauf und dachte daran, wie sie Christinas Scheune einrichten würde – leuchtend pinkfarbene Petunien in den Blumentöpfen rund um den Pool, dazu die Farben der Quilts, die sie gestern gefunden hatte, eine matschgrüne Gießkanne, auf die sie heute Morgen gestoßen war. Sie steuerte direkt die Handtuchregale an und nahm die fuchsiaroten in Augenschein.

Sie war noch immer genervt von Xanders Neckereien und ärgerte sich über sich selbst, weil sie ihn begehrte, obwohl sie es doch besser wissen sollte. Trotzdem zwang sie sich, ganz unbeschwert zu klingen, als sie fünf Minuten später die Hände auf die perfekten Handtücher legte.

»Wie würden denn Kirschrot und Pistaziengrün zu den cremefarbenen Liegestühlen am Pool passen?«

»Pistaziengrün und Kirschrot?« Xander trat neben sie und benahm sich verdächtig lammfromm. »Was genau habe ich mir denn darunter vorzustellen?«

Ah, es ging schon wieder los. »Sagen wir: Mintgrün und helles Pink?« Sie hielt zur Erklärung zwei Handtücher hoch und wedelte damit vor seiner Nase.

»Großartig, ja, die würden toll aussehen.« Er grinste, verzog dann aber das Gesicht. »Wow, nicht zu glauben, wie begeistert ich mich anhöre. Handtücher! Ich sollte sagen, dass es mir völlig wurscht ist und ich endlich gehen will.«

# 52. Kapitel

Samstagnachmittag, 12. Juli
XANDER & IZZY
Christinas Haus, Les Cerisiers, Frankreich
*Große Türen und Steinmauern*

Izzy rieb ihre Fingerknöchel gegen die Stirn und verschmierte dabei unbeabsichtigt Schmutz und Schweiß, während sie die Arbeit begutachtete. »Es ist immer wieder erstaunlich, wie ein paar hübsche Sachen ein Haus verändern können, nicht wahr? Es sieht schon viel weniger karg aus.«

Xander betrachtete ebenfalls die Veränderungen in dem riesigen Wohnbereich, der sich direkt zum sonnengefluteten Garten öffnete.

»Du weißt ja, dass ich kein Fan von altem Zeug bin, aber ich denke, du hast es voll hinbekommen.« Selbst er musste zugeben, dass sie es verstand, einen Raum in ein Zuhause zu verwandeln. Allerdings hatte er den Eindruck, dass es weniger mit den Materialien zu tun hatte als mit ihr. Die Art, wie sie fluchend und Kaugummi kauend und mit zerwühlten Haaren loslegte, hauchte dem Haus sofort Leben ein.

»Sogar diese zwei antiken Milchkannen sind großartig.« Als er die Kannen jetzt dort sah, konnte er gar nicht mehr glauben, dass er Izzy wegen des Kaufs dermaßen kritisiert hatte. Ihr strenger Blick zu ihm verriet, dass sie sich auch daran erinnerte.

»Dass sie voller Blumen sind, hilft natürlich.« Immerhin das gab sie zu. »Genauso wie die Gegenstände aus der Landwirtschaft, die Sachen sehen klasse aus.« Sie lehnte die antike Heubodenleiter, die sie trug, an eine nackte Steinwand.

Xander war es gewohnt, ständig zu arbeiten, aber er musste einräumen, dass Izzys Arbeitsmoral außerordentlich war.

»Es ist eine Scheune, aber dir ist schon klar, dass Tiere hier nicht mehr herpassen würden, oder?« Er wartete auf ihre Reaktion, und die bestand darin, dass sie den Zeigefinger hob. »Na ja, jemand muss dich anscheinend hin und wieder bremsen, wenn deine Fantasie mit dir durchgeht. Und ich übernehme das gerne. Wie dem auch sei, sollten wir nicht endlich schwimmen gehen, wie ich es schon die ganze Zeit vorgeschlagen habe?«

»Später vielleicht.« So wie sie die Nase krauszog, war das wohl wieder als Absage zu werten.

Er zuckte mit den Schultern. »Es ist Verschwendung, einen Pool zu haben und ihn nicht zu nutzen.«

Er hoffte, dass er weniger besessen von der Idee klang, als er tatsächlich war. Der Verstand sagte ihm, dass Schwimmen gefährliches Terrain war; der für die Sinnenfreuden zuständige Teil seines Gehirns war aber stärker. Dauernd musste er daran denken, wie sie nach dem Sex dagelegen hatte, ihr Kopf über der Sofalehne. Und dieses Bild projizierte er auf eine Sonnenliege. Hier würde sie natürlich einen Bikini tragen, aber wenigstens diese Chance wollte er bekommen, selbst wenn Anfassen verboten war.

Sie reagierte auf diese Bemerkung, indem sie hinausging. Offenbar hatte sie es heute Nachmittag mit nonverbaler Kommunikation. Früher am Tag war sie auf seine Neckereien eingegangen, angefangen mit der Rache für die Shorts, wobei sie immer zweideutiger wurde.

Izzy war definitiv eine Kämpferin. Wie sehr er auch stichelte, sie wich nie zurück. Dummerweise hatte sich für ihn dieses Geplänkel verselbstständigt. Das Problem bestand darin, dass in Izzys Nähe sein Schwanz jeder Vernunft in die Quere kam. Was war nur los mit ihm? Vor zwei Wochen war er noch der griesgrämige und entschlossene Einzelgänger gewesen, und heute Nachmittag hatte er mit ihr Sachen in einem Laden für Hochzeitsgeschenke gekauft. Sicher, er hatte sich widerspenstig gegeben, aber trotzdem.

Im Lauf der vergangenen acht tristen Jahre hatte Christina ständig behauptet, er müsse nur die richtige Frau treffen, dann würde seine Abwehr sofort enden. Was das wissende Grinsen seiner Schwester sowie ihre Bemerkung, Izzy bringe ihn zum Lächeln, betraf, konnte sie ihre Hoffnungen getrost begraben. Er brauchte ihre Einmischung nicht.

»Heute geht es um prompte Veränderungen, das Streichen spare ich mir für später auf.« Izzy war zurück, mit einem Eimer und dem halben Garten im Arm. Sie sah ihn herausfordernd an. »Nicht mehr lange, dann ist dein Haus in Bakewell an der Reihe, oder? Es muss hübsch werden, bevor du einziehst.«

Das war ein heikler Punkt oder wäre es zumindest gewesen, hätte Christina es gehört.

»Der Makler rief an und teilte mir mit, er habe einen Mietvertrag abgeschlossen. Es wurden schon Gebote abgegeben, bevor es überhaupt auf dem Markt war, und jemand machte ein Angebot, das einfach zu gut war, um es abzulehnen.« Was auch für seine gute Laune in den vergangenen zwei Wochen verantwortlich gewesen war.

Das war's dann also. Ein weiteres potenzielles Zuhause vermietet, ohne dass er auch nur eine Nacht darin geschlafen hätte.

Izzy machte ein missbilligendes Gesicht. »Ich bedauere die Person, die jeden Morgen auf diesem Balkon Höhenangst bekommt.« Sie fing an, Blätter von einem Stiel zu zupfen. »Ein spektakuläres Haus, aber es passte auch gar nicht so recht zu dir, oder?« Warum sollte sie die Dinge nicht beim Namen nennen?

Xander machte sich innerlich auf das gefasst, was als Nächstes folgen würde. »Und das heißt?« An manchen Tagen schien Izzy eine Art Wahrheitsdroge zu sich zu nehmen, die zu diesen absolut unverblümten Äußerungen führte. Er würde es nie zugeben, aber irgendwie gefiel es ihm. Aber zuzugeben, dass sie recht hatte, kam Hochverrat gleich.

»Ich meine nur, dass du keine große Verbindung zu dem Haus hast. Mir ist auch nicht ganz klar, wie jemand, der Shopping eigentlich hasst, seinem Haus die Atmosphäre einer Shopping Mall verleihen kann. Du würdest dich dort niemals wohlfühlen.« Sie sagte das mit einem Lächeln, aber auch ein wenig urteilend.

Er hielt einen Moment inne, dann erwiderte er: »Vielen Dank für diese psychologische Analyse.« Unter gar keinen Umständen hätte er zugegeben, dass sie da möglicherweise richtiglag.

Die Architekten hatten nicht am Wow-Faktor gespart, was eigentlich eine gute Entscheidung war. Nur ließen ihn die großen offenen Flächen mit dem Beleuchtungssystem einer Kleinstadt kalt.

Izzy sagte nüchtern: »Das Pink House passt viel besser zu dir.«

»Wie bitte?« Xander stutzte. Damit hatte er nicht gerechnet.

Sie zuckte mit den Schultern. »Es sieht einfach aus, als würdest du dorthin gehören. Du solltest wirklich lieber dort einziehen.« Sie grinste zufrieden, während sie den Tisch abwischte. »Sorry, aber ich stelle nur das Offenkundige fest.«

»Aha.« Er schüttelte den Kopf. »Danke für diese Erkenntnis.« Natürlich kam das absolut nicht infrage, und zwar aus allen nur erdenklichen Gründen. Er wollte in gar kein Haus ziehen, schon gar nicht in das. Wozu brauchte er ein Zuhause, wo er doch in den vergangenen acht Jahren sehr gut ohne ausgekommen war? Zum Glück war das Thema damit wohl erledigt.

Aber wenn er glaubte, das Izzy schon fertig war, hatte er sich getäuscht.

Sie sah ihn mit einem weiteren ihrer durchdringenden Blicke an. »Wenn du es nicht erkennen willst oder zu stur bist, brauchst du vielleicht jemanden, der dir Verstand in deinen Dickschädel hämmert.« Nur Izzy kam mit dieser groben Ausdrucksweise bei ihm durch, einfach weil sie zugleich aufrichtig war. Und sie war ehrlich. Tief im Innern war ihm klar, dass sie nur das Beste für ihn wollte. Noch wichtiger war, dass sie all das nicht aus Eigeninteresse sagte.

Xander verkniff sich ein Lächeln. »Du willst mich schlagen? Schon wieder?«

Izzy sah aus, als wollte sie erneut hinausmarschieren, doch dann blieb sie vor einem kleinen Tisch stehen und fragte: »Hey, ich will ja nicht neugierig sein, aber bist du das auf dem Foto?« Dass sie auf ein kleines gerahmtes Bild an der Wand deutete, konnte man sehr wohl als neugierig werten.

Er trat zu ihr und sah sich das Bild an. »Das sind Christina und ich als Kinder.« Er musste über die schlaksigen Kinder auf dem Foto lächeln.

Er spürte Izzys warmen Atem am Nacken, als sie näher hinschaute. »Wie ich sehe, hattest du damals schon diese arrogante Haltung.« Der freundschaftliche Stoß in die Rippen, den er von ihr bekam, rangierte schon nah am Tabu. »Ihr seht euch sehr ähnlich, nur dass Christina blond ist.« Die dritte Person auf dem Bild überging sie taktvoll, auch wenn Taktgefühl sonst nicht gerade zu ihren Stärken gehörte.

»Da kann ich nicht älter als fünf gewesen sein.« Xanders Stimme klang ein wenig heiser. »Und das ist unsere Mum …« Der unschuldige, zuversichtliche Ausdruck auf den Gesichtern machte ihn bei der Erinnerung an das, was dann später kam, traurig.

»Schon merkwürdig, wie Fotos die Erinnerung wecken können, oder? Selbst in Farbe wirkt die Vergangenheit wie in Sepia getaucht.« Izzy klang beinah verträumt.

Es kam oft vor, dass sie beiläufige Bemerkungen machte, als nähere sie sich über Umwege einem Thema. Und nie war er darauf vorbereitet.

Er lachte trocken. »Alles war Kodachrome, bevor das Digitalzeitalter anbrach.«

»Deine Mum sieht so jung und hübsch aus.« Izzys Stimme wurde sanft wie ihre Hand, die seine berührte, nur für eine Sekunde. »Sie ist reizend, Xander.«

Das stimmte, das war sie.

Er seufzte wehmütig. »Es ist seltsam, wenn ich mir überlege, dass sie jetzt für immer vierundfünfzig bleiben wird.« Daran hatte er noch nie gedacht.

»Das war ihr Alter, als sie starb?« Fast hätte sie ihm die Hand auf die Schulter gelegt; sie war nah genug, dass ihre Haare sein Ohr kitzelten.

Xander klang traurig. »Ja. Sie litt an einer degenerativen neurologischen Krankheit, so ähnlich wie MS, nur seltener. Die Krankheit hat sie einfach ausgelöscht. Sie verbrachte ihr letztes Lebensjahr im Pink House.« Er redete nicht oft darüber. Die meisten Leute wollten das ohnehin nicht hören.

»Das tut mir so leid.« Ihre warmen Finger, die seinen Arm berührten, erzeugten ein Kribbeln auf seiner Haut. »Es muss schrecklich gewesen sein.«

Da sie das Thema noch nicht fallen ließ, erzählte er weiter.

»Die Krankheit breitete sich im Lauf der Jahre immer mehr aus, aber am Ende ging es ziemlich schnell.«

»Arme Mum, armer Xander.« Jetzt legte sie den Arm um ihn, und er schloss die Augen, als sie ihn an sich zog.

Er gab ihrer Wärme nach, die sich langsam auf ihn übertrug, und dann umarmte sie ihn ganz. Es lag nichts Sexuelles darin, nur eine wundervolle Kraft; er wünschte, das würde nie aufhören.

Als sie sich schließlich von ihm löste, war die Anspannung in ihm verschwunden.

»Oh, verdammt«, murmelte sie in die Schwermut hinein. »Das war wohl ein echtes Fettnäpfchen, als ich meinte, du gehörst in das Pink House. Das hätte ich lieber nicht sagen sollen, und das hätte ich wohl auch nicht gesagt, wenn ich gewusst hätte …«

»Nein, das ist okay.« Er stieß sie sanft mit dem Ellbogen an. »Das konntest du ja nicht wissen.« Er war sich nicht sicher, wann eine Umarmung je eine solche Nachwirkung bei ihm gehabt hatte.

Izzys Hände bedeckten noch immer ihr Gesicht. »Es tut mir wirklich sehr leid. In Zukunft werde ich vorsichtiger sein.«

Xander lachte leise. »Tja, aber möglicherweise hast du recht.« Wie kam es nur, dass diese Frau mit ihrem lockeren Mundwerk mühelos den Nagel auf den Kopf getroffen hatte? »Vielleicht fühle ich mich im Pink House wohler – trotz all der traurigen Dinge, die sich dort ereignet haben.«

Sie hatte davon gesprochen, dass er besser in das Pink House passte – aber was war damit, dass sie perfekt hierher passte? Denn so war es. Und dass ihm nichts fehlte und er sich wohlfühlte, sobald sie in seiner Nähe war, stellte ein weiteres Rätsel dar, über das er ständig grübelte. Er spürte seinen Puls, während er beobachtete, wie die helle Haut ihres Nackens sich anspannte, als sie sich bückte, um den Eimer aufzuheben, den sie abgestellt hatte.

Er sah auf seine Uhr. »Es ist fast fünf. Selbst eine Sklaventreiberin wie du muss doch einsehen, dass es jetzt Zeit zum Schwimmen ist.« Er brauchte eine Abkühlung, auch wenn das für sie vielleicht nicht galt. »Es ist unsinnig, Badehandtücher zu kaufen, wenn wir sie nicht benutzen.« Seine aufgestaute sexuelle Energie musste irgendwie umgeleitet werden. Ein Sprung in den Pool war möglicherweise die Lösung des Problems.

»Es fällt mir schwer aufzuhören, wenn noch so viel zu tun ist.« Sie stieß einen langen Seufzer aus. »Aber gut, gehen wir schwimmen.«

Was? Er hatte mehr Widerstand erwartet.

Er betrachtete sie misstrauisch. »Du hast nicht etwa aus Mitleid nachgegeben?«

Ihre schuldbewusste Miene verriet, dass er ins Schwarze getroffen hatte. Der Versuch eines Lächelns misslang ihr. »Ich könnte ja auch zur Abwechslung kooperativ sein.«

Izzy und kooperativ, das passte nicht.

Sie warf die Haare zurück. »Fein, ich gehe mich umziehen, wir sehen uns dann am Pool.«

So viele Gedanken schwirrten Xander im Kopf herum. Er wollte Izzy sagen, sie dürfe sich niemals schlecht fühlen, wenn sie seine Mum erwähnte, oder müsse sich entschuldigen oder brauche seine Erlaubnis. Er wollte ihr versichern, dass sie nichts tun könne, niemand könne das, und wie gut ihm ihre Umarmung getan hatte …

Aber sie war schon halb durch den Garten.

# 53. Kapitel

Samstagnachmittag, 12. Juli
XANDER & IZZY
Am Pool
*Rasches Umziehen*

Wenn Izzy sich auf das Haus konzentrierte, konnte sie Xander weitgehend aus ihren Gedanken verbannen. Hörte sie damit auf, wurde es schwieriger. Am Pool zu faulenzen, nah bei Xanders gebräuntem und schrecklich schönem Körper? Das war die reinste Tortur. Deshalb hatte sie sich im Haus umgezogen und sehr schnell geduscht, um als Erste am Pool zu sein.

Sie warf ihren Sarong an den Beckenrand – warum hatte sie eigentlich einen so knappen Bikini gewählt? – und glitt am tiefen Ende ins Wasser. Hineinspringen und den Bikinislip verlieren, das passierte einem nur einmal im Leben, und Luce lachte noch immer schallend darüber, wie Izzy einmal ein Unterwasserballett im Pool aufgeführt und dabei versucht hatte, ihren Slip festzuhalten. Zum Glück hatte sie diese Erfahrung hinter sich, sodass ihr zumindest das heute erspart bleiben würde.

Das Wasser schlug über ihr zusammen und fühlte sich angenehm kühl an nach der klebrigen Hitze des Nachmittags. Als Xander auftauchte, war sie vollauf damit beschäftigt, einen Ball im Pool umherzuwerfen. Sie tauchte mit dem Oberkörper unter, um ihre Brüste zu verstecken, und hielt den Blick fest auf den Ball gerichtet, um Xanders muskulöse

Oberschenkel nicht anzugaffen, die in ihrem Gesichtsfeld erschienen.

»Du bist ziemlich schnell für jemanden, der gar nicht in den Pool wollte.« Xander stand am Beckenrand und blickte auf sie herunter.

Izzy warf den Kopf zurück und verfluchte im Stillen die abtrünnigen Strähnen. Mist auch, dass sie ihre Sommersprossen nicht verbergen konnte. Aber noch blöder war, dass sie zu Xanders Bauchmuskeln hinaufsah. Sie hoffte nur, Luce und Dida würden zu schätzen wissen, wie sehr sie sich hier beherrschte. Von den seelischen Qualen ganz zu schweigen. Glücklicherweise trug er Boxershorts; bei einem Badeslip wäre sie vermutlich durchgedreht.

Den Blick fest auf seine Fußknöchel gerichtet zu halten, schien eine gute Idee zu sein. Wenn sie die Zähne fest zusammenbiss und die Arme um sich schlang, bekam sie die Schmetterlinge im Bauch vielleicht in den Griff. Natürlich handelte es sich immer noch um den selbstbewussten Typen, der sie in seinem Baucontainer erwischt hatte und so tat, als regiere er die Welt. Doch wer hätte gedacht, dass sich unter dem teuren Anzug und dem arroganten Auftreten ein verletzlicher Mensch befand? Als er über den Verlust seiner Mutter sprach, hätte sie ihn am liebsten in die Arme geschlossen und nicht mehr losgelassen, um ihm den Schmerz zu nehmen. Was sie schließlich auch getan hatte. Nur war so viel Nähe nicht gerade ideal gewesen. Seinen Duft einzuatmen, hatte das Verlangen nach mehr entfacht. Aber das musste sie ausblenden. Außerdem hatte sie ihre Lektion gelernt. In Zukunft musste sie besser auf ihre Worte achten.

Je öfter sie Xander sah, desto überzeugter war sie, dass es besser war, Distanz zu wahren. Ein Umkreis von zwei Meilen war noch zu nah. Seine Abneigung gegen eine feste Beziehung war sicher nicht nur auf seine Arbeit und seinen unsteten Lebensstil zurückzuführen. Das Wenige, was sie bisher über seine Vergangenheit erfahren hatte, unterstrich, weshalb er für emotionale Komplikationen nicht zu haben war. Wenn ein Mann ein Schild mit der Aufschrift »Unbedingt aus dem Weg gehen« um den Hals trug, dann war es Xander.

Ein leises Rauschen war zu hören, als er eintauchte, und Izzy entspannte sich. Wenn er untertauchte, gab es für sie weniger zu sehen, was sie dahinschmelzen ließ. Momentan entdeckte sie nur aufgewühltes Wasser, wo er seine Bahnen zog.

Irgendwann stoppte er am tiefen Ende des Beckens, tauchte auf und schüttelte sich das Wasser aus den Haaren. Durch die nach allen Richtungen fallenden Tropfen hindurch sah er Izzy grinsend an.

Dann schwamm er wieder los. Definitiv ein Mann mit einigen Problemen und großem Fitnessbedürfnis. Einen solchen Körper bekam er schließlich nicht nebenbei.

Sobald er wieder sicher unter Wasser war, schwamm auch sie los, zog sich am Beckenrand hoch und schlüpfte in ihren Sarong. Dann nahm sie sich zwei frische pistazienfarbene Handtücher, setzte sich auf einen Liegestuhl und trocknete ihre Haare.

»Ich glaube, du kannst jetzt aufhören, deine Haare abzurubbeln.«

Izzy, den Kopf im Handtuch, sah Xanders Füße vor ihren auf den Steinen. Kleine Pfützen bildeten sich darum, da ihm das Wasser von den Knöcheln lief.

»Sieh nur, deine Beine sind von der Sonne geküsst.« Seine sinnliche Stimme ließ Izzy erschauern.

Sie hörte auf, ihre Haare zu trocknen, warf das Handtuch beiseite und betrachtete ihre Schienbeine. Angesichts dessen, was die Sonne mit ihrer Haut machte, gab sie einen genervten Laut von sich. »Lauter Sommersprossen, ich weiß. Es ist schrecklich.«

»Auf deiner Nase auch.« Er hörte sich an, als gefielen ihm die Sommersprossen.

»Tja, da sind sie wohl, was? Ein bisschen Sonne, und sie tauchen überall auf.« Verdammt, wie flirtend das klang – *überall.* Und flirten wollte sie keinesfalls.

»Wie geht es deinem Fuß eigentlich? Du bist doch in zerbrochenes Glas am Container getreten. Lass mich mal schauen, wenn du schon hier sitzt.«

Déjà-vu oder was? Hier saß sie und ließ sich schon wieder von ihm herumkommandieren.

Er kniete vor ihr, umfasste ihren Knöchel und hob sanft den Fuß, um sich die Sohle anzusehen. Er wischte den Staub und das Wasser mit dem Daumen ab und brachte sein Gesicht nah an die Narbe.

»Gut verheilt.« Er nickte zufrieden, ließ ihren Fuß aber nicht los.

Izzy war es unangenehm, ihm ihr kurzes, stämmiges Bein zu präsentieren. »So viel zu meinen Stampfern.« Manchmal fand sie es wirklich unfair, dass gertenschlank nicht in ihren Genen vorkam. Nicht, dass sie Vergleiche anstellte. Astrid war in dieser Hinsicht unerreichbar, mit der konnte sie sich unmöglich messen. Das war, als würde man einen Ford Focus mit einem Formel-1-Ferrari vergleichen.

Xander biss sich auf die Lippen, während er eingehend ihren Knöchel betrachtete, ihre Ferse nach wie vor in der Hand haltend. »Nee, du bist einfach gut gebaut.«

Sie wusste nicht, ob sie das als Kompliment oder als Beleidigung werten konnte. »Ich wäre gern spindeldürr, aber ich esse eben zu gern Kuchen. Und die Gene kommen auch noch dazu.«

Er lachte. »Ich weiß jedenfalls, wen ich lieber im Bett hätte.«

Sie schluckte, riss sich aber sofort zusammen. Das war tabu. Und unterhalb der Gürtellinie. Kam nicht infrage. Sie würde ihm nicht die Genugtuung verschaffen und eine Reaktion darauf zeigen.

Grinsend fügte er hinzu: »Ich weiß, ich sollte nicht mal dran denken. Ich meine ja auch nur.«

Sosehr sein verletzliches Ich ihr Mitgefühl verdiente, sosehr verdiente die andere Version dieses Mannes gelegentlich einen Schlag auf den Kopf. Und zwar hart.

Er atmete tief ein und konzentrierte sich wieder, indem er das Thema wechselte. »Sorry, dass ich das abwürge, aber die Leute hier essen früh. Wenn wir irgendwo eine Pizza essen wollen, solltest du dich lieber fertig machen. Legere Kleidung ist okay, es ist kein vornehmes Restaurant. Ich will dich nicht drängen, aber es wird Zeit.«

Schon wieder kommandierte er. Und sah sie ein wenig ungeduldig an, als fragte er sich, warum sie nicht sofort loslegte. »Gibt's ein Problem?«

Sie verkniff sich ein Grinsen, denn er hielt ihren Knöchel immer noch fest.

Kühl erwiderte sie: »Es gibt kein Problem.« Sie gab sich Mühe, nicht zu ironisch zu klingen, hätte aber beinah gekichert. »Wenn du meinen Fuß loslässt, kann's losgehen.«

# 54. Kapitel

Samstagabend, 12. Juli
IZZY & XANDER
Pizzeria Le Gourmand
*Karierte Tischdecken und totale Feiglinge*

»Es ist nicht vornehm hier, aber nachdem du das Dessert gekostet hast, verstehst du vielleicht, warum die Ausgewanderten von dem Restaurant begeistert sind. Das Eis ist auch köstlich.« Xander lächelte neckend. »Bist du dir sicher, dass ich dich nicht überreden kann, es zu probieren?«

Izzy erwiderte sein Lächeln. »Die Desserts sind wirklich fantastisch, aber zwei waren echt genug. Drei schaffe ich auf keinen Fall.« Außer den Köstlichkeiten genoss sie die kopfsteingepflasterte Terrasse am Marktplatz, der voller Menschen war. Hier fiel es ihr leicht, eine unbeschwerte Unterhaltung mit ihm zu führen, denn sie musste Xander nicht ständig ansehen. Ein halber Meter karierte Tischdecke zwischen ihnen war nicht viel Abstand, aber besser als nichts.

Xanders Blick schweifte in die Ferne, während er sich zurücklehnte. »Apropos beliebt bei Auswanderern, da vorn kommt Astrid.« Er tat einen Atemzug. »Allein.«

Izzy erinnerte sich an ihre gertenschlanke Erscheinung von neulich, daher bezweifelte sie, dass Astrid wegen der Eiscreme hier war. Sie folgte Xanders Blick, vorbei an den Familien an den übrigen Tischen, und sah zur Bar. Selbst von hinten sah Astrid aus wie gerade einem Modemagazin entstiegen. Izzy staunte, dass der Rücken einer Person derartig anmutig wirken konnte.

Xanders Bemerkung verlangte nach einer Frage. »Hat sie denn einen Partner?« Nicht, dass das irgendeine Rolle spielte.

»Früher schon, aber soweit ich weiß, im Moment nicht.«

Izzy beobachtete, wie auf Astrids ebenmäßigem Gesicht ein Lächeln erschien, während sie mit dem Kellner plauderte und sie sich dann von der Bar abwandte. Diese langen, geschmeidigen Arme und Beine, die glänzenden gewellten Haare, die sich kein bisschen kräuselten, waren unverkennbar, als sie zwischen den Tischen hindurchging. Schon von Weitem kam Izzy sich bei ihrem Anblick klein und armselig und unscheinbar vor, doch im Näherkommen befürchtete Izzy, sie würde in der Gegenwart dieser Frau einfach zu einem Nichts zusammenschrumpfen.

»Okay, ich würde sagen, sie kommt definitiv auf uns zu.« Es klang, als wollte Xander ihre Ankunft kommentieren.

Obwohl Izzy eine mittlere Pizza Provençale mit Pommes frites gegessen hatte, ganz zu schweigen von den Desserts, verspürte sie ein flaues Gefühl im Magen, als Astrid anmutig und entschlossen näher kam.

Xanders Miene entspannte sich. »Wahrscheinlich will sie kurz über ein Projekt sprechen, an dem wir zusammen arbeiten. Offenbar geht es schneller voran, als wir erwartet haben.«

Das war dann also die tolle Arbeitsbeziehung, von der er gesprochen hatte, als er Izzy unbedingt über sein Verhältnis zu Astrid aufklären wollte. Und jetzt erlebte sie es eben hautnah. Dazu dieses mehrmalige »wir«. Ihr Herz pochte, obwohl es doch völlig unsinnig war, eifersüchtig zu sein. Denn Astrids Anblick unterstrich nur, dass Xander für sie unerreichbar war. Trotzdem wünschte Izzy sich jetzt nicht nur, sie wäre jemand anderes, sondern auch, sie wäre an einem anderen Ort.

»Das ist großartig, dann kann ich euch miteinander bekannt machen.« Xander wurde immer begeisterter. »Ihr zwei werdet euch gut verstehen.«

Izzy verkrampfte sich und rutschte tiefer auf ihrem Sitz; noch ein Stückchen weiter, und sie würde unter dem Tisch landen.

Er zögerte. »Es ist doch in Ordnung für dich, dass du sie kennenlernst, oder?«

Warum, um alles in der Welt, sollte das für Izzy nicht in Ordnung sein? Welchen auch nur halbwegs vernünftigen Grund konnte es geben? Mal abgesehen von dem Ford-Ferrari-Vergleich, der sie bei jeder Begegnung mit Astrid nur wenig besser als ein abgerissener Tramp dastehen lassen würde. Von den Minderwertigkeitsgefühlen ganz zu schweigen.

»Sie sieht ein bisschen einschüchternd aus.« Das war die Untertreibung des Jahrzehnts und alles, was Izzy gerade einfiel. Beim Anblick des ockerfarbenen Seidenkleides der jetzt nur noch drei Tische entfernten Frau schnürte sich ihr die Kehle zu. »Ehrlich gesagt würde ich sie lieber nicht kennenlernen.« Ihre Stimme klang panisch. »Wenn es dir nichts ausmacht.«

Xander hob die Brauen. »Du würdest dich nicht darüber freuen?«

»Lieber würde ich meinen eigenen Kopf essen.« Izzy sah ihn mit großen Augen flehend an und hoffte, dass er verstand. »Würden meine Beine mitspielen, würde ich aufspringen und wegrennen.« Und Astrid bahnte sich ihren Weg mit anmutigem Hüftschwung.

Xander wirkte perplex. »Ich habe noch keinen Blickkontakt aufgenommen.«

»Tut mir leid, dass ich ein solcher Waschlappen bin …« Izzy krümmte sich innerlich; sie hatte keine große Sache daraus machen wollen.

»Das ist schon in Ordnung. Mir fällt aber nur ein Weg ein, um sie abzulenken, und ich weiß nicht, ob er dir gefallen wird.« Er sah sie zweifelnd an.

Izzy schüttelte den Kopf. »Ich bin verzweifelt genug, um zu tun, was getan werden muss.« Alles war besser, als vor Astrid zu sterben.

Im nächsten Moment war Xander aufgestanden und beugte sich über Izzy. »Sorry, aber das ist das Einzige, was mir einfällt …«

Izzy erschrak. Shit, das konnte nicht sein Ernst sein. Ihre Augen weiteten sich vor Entsetzen. Wenn eine Begegnung mit Astrid ihr schon peinlich gewesen war, war dies noch zehnmal schlimmer.

Sie spürte seine Stoppeln, dann lagen seine Lippen auf ihren. Sie schmeckte ihn, leicht und süß wie die Crème Caramel, die sie vorhin gegessen hatten. Das Herz klopfte ihr bis zum Hals.

Als er sich endlich wieder von ihr löste, war sie benommen.

Verblüfft rieb sie sich mit dem Handrücken über den Mund. Wie musste sie aussehen? Tatsächlich achtete jedoch niemand auf sie, stattdessen waren sämtliche Blicke auf Astrid gerichtet, die in ihrem Seidenkleid mit der Anmut, die nur große Frauen besaßen, eilig die Terrasse verließ.

Gelegentlich war es ein Vorteil, klein und gewöhnlich zu sein. Izzy war froh, unsichtbar zu sein, und das ganz ohne Harry-Potter-Umhang.

Xander strich mit dem Daumen über sein Kinn, ein zufriedenes Lächeln auf dem Gesicht. »Danke dafür, Izzy. Ich würde sagen, es hat funktioniert. Meinst du nicht?«

Izzy kam sich vor, als würde sie einen Goldfisch auf dem Trockenen imitieren; Worte kamen jedenfalls keine aus ihrem Mund. Sie sackte ein wenig in sich zusammen, als sie endlich ausatmete. Obwohl Xander sich nichts anmerken ließ und wie ein Kellner mit Zwangsneurose auf dem Tisch herumwischte, bemerkte sie doch, dass der Kuss nicht ohne Wirkung auf ihn geblieben war.

Xander setzte sich wieder und zupfte seine Jeans zurecht. »Tja, nachdem wir das geklärt haben, wie wäre es mit Kaffee?«

# 55. Kapitel

Samstagabend, 12. Juli
IZZY & XANDER
Im Garten von Christinas Haus in Cerisiers, Frankreich
*Im Dunkeln tappen*

»Soll ich die Laternen anzünden?« Izzy folgte Xander barfuß über den Rasen und konnte gerade noch die Umrisse der Liegestühle erkennen. Hinter ihnen leuchteten die Fenster der Scheune, in der Xander das Licht eingeschaltet hatte, als er die Getränke holte.

»Manchmal ist es angenehm, im Dunkeln zu sitzen und den Zikaden zu lauschen.« Xander überließ ihr den ersten Liegestuhl, gab ihr ein Bier und setzte sich in den zweiten.

Izzy registrierte die bewusste Distanz, akkurat eingehalten, von etwa einem Meter, und ihr Verstand sagte, dass sei gut so. Aber nach dem erneuten Kuss war das Verlangen nach einer Fortsetzung stark. Sie schlang die Arme um sich, um die Nachwirkungen des Kusses zu dämpfen, die sich diesmal ziemlich heftig bemerkbar machten. Hinzu kam, wie Xander auf der Rückfahrt im Wagen geduftet hatte. Das alles zusammengenommen zerrte an ihren Nerven.

Izzy lehnte sich auf dem Liegestuhl zurück, blickte zum Blätterdach hinauf, das die Bäume über ihnen bildeten, und suchte nach irgendeiner neutralen Bemerkung. »Ich mag es, wie dunkelblau die Blätter vor dem Himmel aussehen.« Das war doch ganz gut.

Xander lachte. »Es ist ein Walnussbaum. Hätten wir Oktober, würden uns die Nüsse auf den Kopf fallen. Der Kirschbaum, nach dem das Haus benannt ist, befindet sich auf der anderen Seite der Scheune.« Er senkte die Stimme. »Übrigens tut es mir leid, dass ich vorhin einfach über dich hergefallen bin.«

»Du musst dich nicht entschuldigen.« Nur mit Mühe verkniff sie sich, »jederzeit wieder« hinzuzufügen.

Xander trank einen Schluck Bier. »Astrid ist gar nicht so einschüchternd …«

Izzy beendete im Stillen diesen Satz: »Wir sind Freunde und Geschäftspartner und hegen große Bewunderung füreinander.« So in etwa hatte er ihr das ja bereits erklärt.

Sie zwang sich zu einem Lachen. »Geschieden, aber trotzdem Freunde, wie Chris Martin und Gwyneth Paltrow, was?« Wenn er noch mehr von Astrid schwärmte, wurde ihr schlecht. »Ich habe noch nie in echt eine Frau gesehen, die so sehr wie ein Topmodel aussieht. Ihr wart das reinste Traumpaar.«

»Nee, waren wir nicht.« Xander winkte ab. »Wir waren allerdings ziemliche Stars bei gemeinsamen Filmproduktionen. Vielleicht lag darin das Problem. Wir waren jung, talentiert und ehrgeizig. Und der beste Weg bei dem Konkurrenzkampf in der Branche war, es gemeinsam zu versuchen statt allein.«

»Aha.« Izzy nahm an, Xander wollte ihr die Zusammenhänge deutlicher erklären. Offenbar wusste er nicht, dass man bei Dates die Expartner besser nicht zur Sprache brachte. Allerdings handelte es sich hier keineswegs um ein Date zwischen ihr und Xander, oder? Besser, sie vergaß das nicht. Dummerweise wollte ein Teil von ihr – der masochistische vermutlich – unbedingt jedes Detail über ihn und Astrid erfahren. Hinzu kam, dass die Dunkelheit, die sie beide umgab, es viel leichter machte, Geheimnisse auszuplaudern. Und viel leichter, sie begierig aufzusaugen.

Izzy machte sich erschauernd auf mehr Informationen gefasst, als er weiterredete.

»Ich glaube, es passte einfach alles zwischen uns.« Er hielt sein Bier gegen das Licht, das aus dem Haus drang, und sah hindurch. Fast war es, als rede er mit sich selbst. »Sie war clever und erfolgreich. Ich verschaffte ihr Kontakte, die sie allein nicht bekommen hätte. Eigentlich hätte es eine Win-win-Situation sein müssen.« Elegant überging er die Tatsache, was für ein glamouröses Paar sie gewesen waren.

Er trank einen großen Schluck von seinem Bier. »Ich bin mir nicht mal sicher, ob Liebe etwas damit zu tun hatte. Wenn es so gewesen wäre, hätten wir die Auszeit, die ich mir für meine Mutter nahm, überstanden.«

Izzy lauschte erstaunt im Dunkeln und stellte die Frage, bevor sie nachdenken konnte. »Du hast dich um deine Mum gekümmert?« Ihre Stimme klang eine Oktave höher vor Erstaunen, und sofort ärgerte sie sich darüber. Dabei war sie doch so entschlossen gewesen, nicht einfach mit irgendwas herauszuplatzen. Und diese Frage war unhöflich und neugierig. »Sorry, du musst nicht darauf antworten. Ich hätte wirklich nicht fragen sollen.« Sie hoffte, den Fauxpas damit ein bisschen wiedergutgemacht zu haben.

»Nur die letzten sechs Monate ihres Lebens.« Er erzählte trotz ihrer Entschuldigung weiter. »Christina war in Hongkong, meine Eltern lebten nicht mehr zusammen, und es war niemand sonst da. Also blieb nur ich. Ich sah es kommen, daher nahm ich eine Auszeit von der Filmarbeit und zog zu meiner Mum ins Pink House. Soweit möglich, arbeitete ich von dort aus.«

Deshalb war für ihn das Pink House mit vielen Erinnerungen behaftet. Es war nicht nur das Haus, in dem seine

Mum gelebt hatte und gestorben war. Er hatte sie dort auch jeden Tag leiden sehen. Das erklärte seine empfindliche Reaktion auf dem Dachboden neulich.

»Durch die Arbeit waren Astrid und ich häufig unterwegs. Die Idee war, dass sie zwischen den Projekten zum Haus meiner Mutter kommt. Das tat sie auch ein paarmal, konnte es jedoch kaum erwarten, wieder abzureisen. Sie hasste Krankheiten. Es war nicht ihre Schuld, nur war es einfach nicht ihr Ding, Leute zu pflegen. Ich hätte es besser wissen müssen und ihr das ersparen sollen.«

Es war nicht Astrids Ding gewesen, aber Xanders anscheinend schon. »Mir war nicht klar, dass du dich um deine Mum gekümmert hast. Das ist bewundernswert.« Izzy war schwer beeindruckt.

»Eigentlich nicht. Ich hatte Hilfe, zwei Pflegerinnen, die regelmäßig kamen.« Xander tat, als sei das keine große Sache gewesen.

»Aber sich um jemanden zu kümmern, ist wirklich nicht so einfach.« Das wusste sie, weil ihre Großmutter an Krebs gestorben war.

Xander sprach mit leiser, rauer Stimme. »Es ist anstrengend, ermüdend, aber zu wissen, dass man etwas bewirkt, hilft schon. Das Schlimmste war zu sehen, wie meine Mum durch die Hölle ging und wie demütigend es für sie war, ganz zu schweigen von ihren Schmerzen.« Er schluckte. »Diese Krankheit äußert sich bei jedem sehr unterschiedlich. Wenn die Muskeln versagen, verlieren die Leute die Kontrolle über ihre Gesichtsmuskulatur, daher ist es schwer zu erkennen, wie sie sich fühlen. Meine Mutter konnte sich kaum bewegen oder auch nur sprechen, aber wir hatten Glück, denn sie war noch in der Lage zu schlucken. Am Ende starb sie an einer Lungenentzündung. Anscheinend ist das eine milde Art zu sterben.«

Warum hatte sie Glück gehabt, dass sie noch schlucken konnte? Und wieso eine milde Art zu sterben? Die Worte hallten in Izzys Kopf nach. Die schiere Trostlosigkeit dessen, was Xander schilderte, trieb ihr die Tränen in die Augen. Alles, was sie hätte sagen können, kam ihr unpassend vor, und es schnürte ihr die Kehle zu. »Ich habe so etwas nicht erlebt, aber es muss schrecklich gewesen sein.« Xanders arrogantes Auftreten auf der Baustelle hatte womöglich einen ganz anderen Hintergrund. Vielleicht war er einfach nur desillusioniert, und sie hatte sein Verhalten ganz falsch interpretiert. Es war kein Platz für Arroganz, wenn man die Hölle durchgemacht hatte, indem man sich um einen geliebten Menschen kümmerte, der langsam zugrunde ging.

Xander sprach weiter. »Wenn jemand vor deinen Augen stirbt, wünscht man sich, man hätte mehr helfen können, egal, wie sehr man sich um denjenigen gekümmert hat. Ständig fragt man sich, ob man nicht mehr hätte tun können und ob derjenige dann nicht länger durchgehalten oder zumindest weniger gelitten hätte.«

Izzy fühlte mit ihm, und sie schämte sich dafür, wie sehr sie danebengelegen hatte. Seltsam, wie schnell man voreilige Urteile fällte. Sobald man dann mehr erfuhr, erwiesen sich diese Urteile als völlig falsch. Jetzt hatte sie ein schlechtes Gewissen, weil sie Xander so falsch eingeschätzt hatte.

Er redete weiter, als könnte er nicht mehr aufhören, nachdem er einmal angefangen hatte.

»Hinterher versuchten Astrid und ich wieder zusammenzuleben, aber irgendwie war da nichts mehr. Ich vermute, unsere Beziehung war ziemlich oberflächlich, und deshalb hielt sie dem Druck nicht stand. Eine Partnerschaft ohne echte Tiefe schafft das nicht.«

Xander klang resigniert. Wie traurig musste es gewesen

sein, erst den Verlust der Mutter zu erleiden, um dann festzustellen, dass die Ehe auch am Ende war.

Er seufzte. »Da nichts mehr da war, fiel mir die Trennung seltsam leicht. Astrid behielt einfach die Häuser in London und das hier. Meine Mum hinterließ mir das Pink House, aber dort wollte ich nicht sein, daher ließ ich es leer stehen. Ich bin dieses Jahr nur wegen der vielen Löcher im Dach zurückgekehrt, weil ich mich endlich darum kümmern musste.«

Es gab so viele Gründe für ihn, weshalb er nicht in dem Haus sein wollte, und Izzy hatte ihm gesagt, er gehöre dorthin. Natürlich hatte sie das alles nicht wissen können, trotzdem war es sehr unsensibel von ihr gewesen. Bei der Erinnerung daran, wie sie ihm ihre Ideen aufgedrängt hatte, wäre sie vor Scham am liebsten im Erdboden versunken. Was seinen Verzicht auf einen festen Wohnsitz betraf, verstand sie Xander jetzt besser. Nach allem, was er durchgemacht hatte, wollte er kein richtiges Zuhause mehr. Und auch das hatte sie ihm irgendwann vorgehalten. Wie unfassbar peinlich ihr das jetzt war.

Er stieß einen langen Seufzer aus. »Ich hoffe, das erklärt einiges.«

Er musste ihr nichts erklären, aber vielleicht war das seine Art, ihrer ständigen gedankenlosen Einmischung Einhalt zu gebieten. Möglicherweise hatte er ihr das alles erzählt, damit sie endlich Ruhe gab. Izzy streckte die Hand aus, um ihn zu berühren und wissen zu lassen, dass er nicht allein war. Eine menschliche Geste, nichts weiter, denn er war ihr alles andere als gleichgültig. Doch ihre Hand fand ihn nicht in der Dunkelheit.

Wenigstens entschuldigen konnte sie sich. »Es tut mir schrecklich leid, dass ich dir erklären wollte, wo du wohnen solltest. Das wird nicht wieder vorkommen.« Sie wollte auch ihr Bedauern über den Verlust seiner Mutter ausdrücken sowie für das Scheitern seiner Ehe, für alles, was ihm widerfahren war. Doch irgendwie kam ihr das schon wieder zu aufdringlich vor.

»Manchmal ist es ganz gut, einen anderen Standpunkt zu hören.« Xander räusperte sich. »Was Astrid betrifft, so hoffe ich, dass wir ihr nicht noch einmal begegnen.«

Das hoffte Izzy auch, aus vielerlei Gründen, die nicht alle mit Astrid zusammenhingen. Auch wenn sie gerade voller Mitgefühl für Xander war, wusste sie nicht, ob sie einen weiteren Kuss überstand. Beim nächsten Mal, falls es ein nächstes Mal geben würde, wäre es vermutlich leichter für sie, wenn sie die andere Option wählte und tatsächlich ihren eigenen Kopf aß.

Xander stand auf. »Na ja, danke fürs Zuhören. Tut mir leid, dass ich gehen muss, aber es ist schon spät, und ich muss mir bis morgen noch einige Skripts ansehen.«

Das löste ein weiteres unmittelbares Problem für sie, nämlich wie sie unbefangen zusammen zum Haus zurückgehen sollten in dem ständigen Versuch, einander auszuweichen. »Ich werde noch ein bisschen hierbleiben, wenn das in Ordnung ist.«

Das Licht aus dem Haus erhellte sein Gesicht, sodass Izzy seine traurige Miene sah. Sie war hergekommen, um ein Haus einzurichten und Möbel zu kaufen, und dabei lernte sie diesen Mann immer besser kennen, der ganz anders war, als sie anfänglich geglaubt hatte. Er widerlegte jedes Vorurteil, das sie über ihn gehabt hatte. Und sie war sich nicht sicher, was das mit ihr machte.

# 56. Kapitel

Sonntagmorgen, 13. Juli
XANDER & IZZY
In der Küche in Christinas Haus in Les Cerisiers, Frankreich
*Haferriegel machen*

»Kochst du? Um sieben Uhr morgens? Und rieche ich da Karamell?«

Xander betrat die Küche, in der alle Türen offen standen. Helles Sonnenlicht fiel auf die Steinfliesen des Küchenbodens, und Izzy trug ein Kleid von der Farbe von Butterblumen und stand am Herd. Es musste am Überraschtsein liegen, dass er sie anstarrte und diese alberne rhetorische Frage gestellt hatte.

»Ja, ja und ja.« In dem Blick, den sie ihm über die Schulter zuwarf, lag eine Mischung aus Ungeduld und Tadel. »Ich hatte plötzlich Heißhunger auf Haferriegel, deshalb habe ich die Küchenschränke geplündert. Ich hoffe, das ist okay.«

Er schüttelte den Kopf, denn nur Izzy konnte auf diese schräge Idee kommen. Haferriegel, um diese Zeit? »Kein Problem.« Er war wegen des gestrigen Abends so zerknirscht, dass er ihr heute Morgen alles durchgehen lassen würde, wenn nicht sogar den ganzen Tag.

Der Punkt war, dass er sich diese ganze Reise ausgedacht hatte als Wiedergutmachung dafür, dass er mit ihr geschlafen und sie dadurch aus der Bahn geworfen hatte. Möglicherweise aber auch, um weiterhin Kontakt zu ihr zu haben. Aber sie gestern zu küssen, war absolut falsch gewesen, zumal er seine Einstellung, was Beziehungen betraf, keineswegs geändert hatte. Außerdem war da noch ihr Wunsch, er möge auf Distanz bleiben, was sowohl Izzy als auch Luce ihm vor der Reise deutlich zu verstehen gegeben hatten. Er musste zugeben, dass er Izzy seit ihrer Ankunft gern nähergekommen wäre, was überhaupt keinen Sinn ergab, wenn man den Grund für diese Reise bedachte. Doch auch wenn sie nicht zu haben war, blieb doch die Tatsache, dass sie den Kuss erwidert hatte. Leidenschaftlich.

Dabei war dieser Kuss gar nicht nötig gewesen. Im Nachhinein verstand er selbst nicht, warum er Astrid nicht einfach abgefangen hatte. Und dass er später am Abend Izzy dermaßen viel über sich erzählt hatte, musste daran gelegen haben, dass er von diesem unglaublichen Kuss noch so aufgewühlt war.

Aber er hatte auch einiges klarstellen und erklären wollen. Allerdings hatte er nie zuvor jemandem so viel von sich erzählt. Es war ihm ein Rätsel, warum er das getan hatte. Es lag an Izzys Art zuzuhören und an ihrem Verständnis, das er gespürt hatte, auch ohne dass sie etwas sagte. Sie still in der Dunkelheit neben sich zu wissen, hatte ihm das Gefühl gegeben, wieder ganz zu sein. Wahrscheinlich war das der Grund, weshalb er immer mehr erzählt hatte.

Ihm war nicht klar, warum er sich durch diese Frau mit dem losen Mundwerk besser fühlte. Unvorstellbar, dass sie bald wieder getrennte Wege gehen würden. Es würde passieren, aber vorerst blendete er das aus.

Izzy, die Teig in eine Form goss, sah ihn an. »Ich habe eine lange E-Mail von Dida erhalten.«

Neuigkeiten von zu Hause? Xander wusste nicht recht, ob er die Blase platzen lassen wollte, in der sie hier lebten.

»Habt ihr etwas von der Bank gehört?« Das beschäftigte Izzy sehr, wie er wusste, da sie fast täglich davon redete.

»Nein.«

Das war keine Überraschung. Nach allem, was er über das Antiquitätengeschäft und Banken wusste, tendierten ihre Chancen auf ein Darlehen gen null. Aber er brachte es nicht über sich, Izzy das zu sagen.

»Dida und Luce planen eine Retrofilm-Kostümnacht. Klingt doch nach einer ziemlich kreativen Werbeidee.« Sie hielt ihm den klebrigen Löffel hin. »Möchtest du mal probieren?«

Er nahm den Löffel und wollte ihr gerade sagen, wie aufregend es wäre, wenn in dem alten Kino wieder Filme gezeigt würden. Nur blieb keine Zeit dafür, da sie ihm gerade die perfekte Eröffnung für ein drängenderes Thema präsentiert hatte.

»Apropos Filme, ich habe eine E-Mail von Astrid erhalten.« Er wollte nicht näher darauf eingehen, dass Astrid den Kuss zwischen ihm und Izzy höflicherweise nicht erwähnt hatte, und konnte nur ahnen, wie sie über diese öffentliche Zuneigungsbekundung dachte. »Wahrscheinlich wollte sie gestern Abend schon mit mir darüber reden. Ich soll mir ein Angebot ansehen, und das wird mich den ganzen Vormittag beschäftigen.«

Izzy schob das Backblech in den Ofen. »Ich habe ohnehin viel zu tun.«

Immerhin reagierte sie nicht komisch darauf, dass er mit Astrid zusammenarbeiten würde. Das war gut, also beschloss er, noch ein paar weitere Informationen preiszugeben. »Es handelt sich um ein Projekt, das sie schon seit Jahren verwirklichen möchte. Potenziell eine große Sache, eine dystopische Geschichte mit Vampirdinosauriern. Anscheinend klappt es jetzt.«

»Vampirdinosaurier? Warum überrascht mich das nicht?«

Er ignorierte Izzys übermütiges Grinsen und leckte den Löffel ab. Unglaublich süß und gut. »Schmeckt nach mehr.« Genau wie Izzy, dachte er grinsend.

»Stimmt.« Ihre Stimme war belegt von der klebrigen Mixtur, die sie von ihrem eigenen Löffel aß. »Du kannst den Topf haben, wenn du willst.«

Xander nahm den Topf. Das konnte er sich nicht entgehen lassen. Aber Haferriegelteig aus einem Topf kratzen? Was für eine häusliche Szene, und wie war er so schnell da hineingeraten? Und vor allem: Warum suchte er nicht rasch das Weite? Er gab es nur äußerst ungern zu, aber er genoss es. Vermutlich ein bisschen zu sehr. Er war nur froh, dass Christina ihn so nicht sehen konnte. Ihr wissendes Lächeln wäre einfach zu viel gewesen.

# 57. Kapitel

Spät am Montagnachmittag, 13. Juli
IZZY & XANDER
Le Bac à Glaces, Brantôme
*Die Eiscreme-Szene*

»Wir müssen uns unbedingt nach draußen setzen, denn beim Eisessen gesehen zu werden, gehört dazu.« Xander führte Izzy hinaus zu den Tischen auf dem Gehsteig. »Und nach den vielen Kleiderschränken, die ich mir heute ansehen musste, werde ich das größte Eis bestellen.«

Izzy wusste, dass sie Xanders Geduld heute auf eine harte Probe gestellt hatte, und zwar stundenlang. Es war für sie beide anstrengend gewesen. Izzys Problem war jetzt, dass ihr das Geld vom Cinema Club schneller ausging als erwartet.

Xander wich vom Bordstein zurück, als ein Citroën 2CV zu dicht vorbeifuhr. »Normalerweise fahren die Autos hier langsamer. Einmal allerdings verlor ein alter Franzose die Kontrolle über sein Mofa und fuhr mitten in die Tische hinein und dann ins Schaufenster.«

»Wow, hier lebt man ja gefährlich.« Izzy lachte. »Anders geht's wohl nicht. Wollen wir uns die Speisekarte ansehen?«

Die Kellnerin war wenig hilfreich und so patzig, dass Xander unwillkürlich fragte, ob sie mit Izzy verwandt sei. Das hätte ihm fast eine Ohrfeige eingebracht. Letztlich entschied Izzy sich für drei Kugeln Himbeereis mit Erdbeersauce, während Xander Schokolade-Rum-Mokka nahm, mit extra viel Sahne. Als er sein Eis zur Hälfte gegessen hatte, hielt er inne.

»Meine Mum ging mit uns immer hierher, als wir klein waren.« Mit einem wehmütigen Ausdruck in den Augen wischte er sich einen Schokoladenklecks vom Kinn. »Seit wir zusammen auf dem Dachboden vom Pink House waren, denke ich viel an meine Mutter. Ich glaube, als ich das Haus leer stehen ließ, habe ich gleichzeitig die Erinnerung an sie verdrängt.«

Izzy seufzte. »Und wie ist es, seit du die Erinnerung wieder zulässt?« Sie betrachtete seine Bartstoppeln. Es wäre angenehmer gewesen, wenn ihr Herz nicht so pochen würde, sobald er sie ernst ansah.

Er stützte das Kinn in die Hand. »Es ist schön. Seltsam, wenn ich jetzt an sie denke, ist sie nicht mehr krank. Jetzt erinnere ich mich an sie, als sie jung war.« Er zögerte. »Und glücklich.« Für einen Moment zeigten seine Mundwinkel nach unten, aber dann erschien die Andeutung eines Lächelns auf seinem Gesicht.

Izzy blinzelte heftig, starrte auf das gekreuzte Muster ihrer Eiswaffel und kämpfte gegen die Tränen an. Es hatte keinen Sinn, wenn sie beide aufgewühlt waren. Sie nahm ein Taschentuch aus ihrer Umhängetasche und putzte sich geräuschvoll die Nase.

Schließlich schniefte sie laut und sagte mit halbwegs fester Stimme: »Das ist doch gut.« Ermutigt fuhr sie fort: »Du siehst deiner Mutter übrigens sehr ähnlich.«

Er lächelte ein wenig gequält.

Izzy blickte ihn über ihr schmelzendes Eis hinweg an. »Besonders, wenn du lächelst.« Ein plötzlicher Gedanke tauchte wie eine schwarze Krähe in ihrem Kopf auf. »Diese Sache, die deine Mum hatte, ist die …?« Erst da merkte sie, dass sie schon wieder zu weit gegangen war. Zu spät.

»Du meinst, ob die Krankheit vererbbar ist?« Er legte die Stirn in Falten. »Die Chancen stehen fünfzig zu fünfzig, dass sie vererbt wird.« Er zuckte mit den Schultern.

»Was?« Izzy stockte. Eine fünfzigprozentige Chance. Das war, als würde man eine Münze werfen. Es überlief sie eiskalt. Xander konnte es unmöglich haben. Dieser wundervolle, muskulöse, energiegeladene Mann konnte nicht enden wie … Das durfte nicht passieren. Nicht ihrem wunderschönen Xander. Das war einfach nicht fair. Er war viel zu lebendig.

»Wir wissen, dass es nicht an Christina vererbt wurde.« Seine Wangen wirkten auf einmal hohl.

»Das ist gut«, sagte Izzy mit leiser Stimme.

»Es gibt Gentests, und sie wurde negativ getestet, bevor sie Kinder bekam.«

Izzy war verblüfft, wie nüchtern er darüber sprechen konnte, während ihre Stimme vor Angst und Sorge zitterte. »Und was ist mit dir?«

Xander kniff die Augen zusammen. »Das ist der Haken. Ich hatte Beratungsgespräche, aber es hieß, ich solle den Test erst durchführen lassen, wenn es einen triftigen Grund gibt. Solange man nicht testet, besteht immerhin die fünfzigprozentige Chance, dass man es nicht hat. Testet man hingegen grundlos und erhält ein positives Ergebnis, fällt es einem unter Umständen schwer, damit zu leben.« Er lachte leise und klopfte mit den Fingern auf die Tischdecke. »Bei jedem verläuft die Krankheit anders. Das Alter, in dem die Krankheit ausbricht, variiert sehr stark, das Gleiche gilt für die Symptome. Bis man es bekommt, ist es besser, nicht Bescheid zu wissen.«

»Ich weiß nicht, was ich sagen soll …« Jetzt war ihre Stimme kaum mehr als ein Flüstern.

»Ich hatte bisher keinen Grund, mich testen zu lassen.

Außerdem bin ich von Natur aus Optimist, und Glück im Spiel hatte ich bisher auch.«

Izzy schlang die Arme um sich und hielt den Blick auf Xanders Handrücken gerichtet. Sie registrierte die gebräunte Haut und die dunklen Härchen. Verzweiflung erfasste sie bei der Vorstellung, sie könnte ihn verlieren. Sie wusste, dass sie das nicht ertragen könnte. Aber sie kämpfte gegen den Impuls an, dic Arme um ihn zu schlingen, um ihn niemals wieder loszulassen. Ein schrecklicher Gedanke schoss ihr durch den Kopf. Liebe. Nein, mit Liebe hatte das nichts zu tun, was sie gerade fühlte. Je eher sie diesen Gedanken verdrängte, desto besser. Liebe erklärte gar nichts. Er war nicht ihr Xander. Auch wenn das ihr erster Gedanke gewesen war, der sich nicht wieder verdrängen ließ. Aber er war nicht ihr Xander, und daher konnte sie ihn auch nicht verlieren. Sie war lediglich um einen Menschen besorgt, Ende der Geschichte.

»Aber wie kommst du …« Sie stoppte, da sie selbst nicht genau wusste, was sie eigentlich meinte.

Er verstand und tat es ebenso leicht ab wie alles andere zuvor. »Wenn man das schon so lange weiß wie ich, denkt man irgendwann nicht mehr darüber nach, sondern lebt einfach sein Leben.«

»Verstehe.« Tat sie keineswegs. Sie hatte keine Ahnung, wie er angesichts einer solch monumentalen Sache so ruhig und gefasst bleiben konnte. Sie war zutiefst geschockt, dabei war sie nicht einmal selbst betroffen.

»Na gut, reden wir mal von etwas anderem …« Er sah sie an und biss sich auf die Lippen.

Er wollte von etwas anderem reden? Wie konnte er? Tatsächlich hatte er seinen Löffel genommen und schob sich tropfendes, schmelzendes Mokka-Eis in den Mund.

»Reden wir zum Beispiel über eure Finanzprobleme«,

sagte er und wedelte mit dem Löffel. »Ich habe mir überlegt, dass wir das Moulin de Roc ausprobieren. Ich habe einen Tisch für Freitag bestellt. Ich hoffe, das Essen ist spektakulär genug, dass uns bei einem Abendessen Lösungen für dein Problem einfallen.«

»Was?« Sie war perplex, wie schnell er das Thema von der niederschmetternden genetischen Aussicht zum gemeinsamen Dinner wechseln konnte.

»Du ziehst die Nase kraus«, bemerkte er in gespielter Empörung. »Da hätte ich ebenso gut vier Gänge Gift vorschlagen können. Dabei hat dieses Restaurant genug Michelin-Sterne, um damit den Abendhimmel zu erhellen.«

Izzy nahm sich zusammen und schüttelte den Kopf über diesen Mann.

»Na ja, ich dachte, wenn es ein Arbeitsessen ist, bist du eher einverstanden.« Er sah sie an, und Izzy verfluchte seine Entschlossenheit. Sie wusste genau, dass er nicht nachgeben würde. Verdammt auch, dass sie in Zukunft solche Angst haben würde, ihn zu verlieren, dass sie allem zustimmen würde, was er vorschlug, und zwar für immer. In der Hinsicht musste sie sich dringend zusammennehmen, sonst steckte sie in ernsten Schwierigkeiten.

»Okay, dieses Mal bin ich einverstanden und beeindruckt.« Sie sah ihn an und versuchte, dankbar zu klingen. »Danke.« Sie holte tief Luft. »Abendessen am Freitag, um über die Arbeit zu sprechen, wäre schön.« Sie ignorierte, dass ihr der Schweiß den Rücken hinunterlief. »Aber glaub nicht, dass ich jedes Mal so leicht nachgebe.« Denn wenn sie es tat, würden die nächsten zehn Tage die Hölle sein.

Ein strahlendes Lächeln erschien auf seinem Gesicht und berührte ihr Herz. Prompt musste sie schon wieder daran denken, dass dieser vitale Mann, so voller Leben … Ängstlich schob sie den Gedanken beiseite.

Er drängte sie mal wieder. »Na los, iss dein Eis auf, sonst hat es sich bei dieser Hitze im Nu in einen Smoothie verwandelt.« Xander hatte recht. Obwohl sie im Schatten der rot-weiß gestreiften Markise saßen, war es brütend heiß, weil die Gebäude rings um sie herum zusätzliche Wärme abstrahlten.

Wenn sie noch einen Beweis gebraucht hatte, dass er mit dem Kommandieren nicht aufhören würde, dann hatte sie ihn jetzt. Sie würde Rückgrat brauchen und stark sein müssen. Sich selbst und ihm gegenüber.

# 58. Kapitel

Freitagabend, 18. Juli
IZZY
Unter der Dusche in Les Cerisiers, Frankreich
*Eine Dusche und eine Strategie*

»Okay, der Dresscode ist Smoking.« Xander stand im Türrahmen ihres Zimmers und gab Befehle aus, was er ja so gut konnte. »Wir müssen in einer Stunde los. Nico, der Besitzer, kann es gar nicht leiden, wenn Gäste sich verspäten. Meinst du, du schaffst das?« Ganz schön herablassend und überlegen.

Izzy versperrte ihm den Weg und gab sich geschäftsmäßiger, als sie beabsichtigt hatte. »Ich werde mich bemühen.« Manchmal war er wirklich so dermaßen bevormundend, obwohl … Sie hielt inne. Seit Montag übte sie sich darin, Xanders mögliche gesundheitliche Zukunft auszublenden. Es hieß, die ganze Sache entweder komplett zu ignorieren oder an diese fünfzigprozentige Chance zu glauben, die er sich gab. Andernfalls war es einfach zu schrecklich.

Xander verzog das Gesicht. »Es sind einige Erinnerungen mit diesem Restaurant verbunden. Christinas Mann hat ihr dort einen Heiratsantrag gemacht. Sie kannten sich erst seit ein paar Wochen, und Christina war so geschockt, dass sie ohnmächtig wurde. Sehr spektakulär, es gab einen ziemlichen Aufruhr. Nico hat das nie vergessen, und ich bin mir nicht sicher, ob er es je verziehen hat.«

»Noch mal: Ich werde mich bemühen.« Izzy versicherte es ihm mit Nachdruck in der Hoffnung, endlich unter die

Dusche zu kommen und nichts mehr von der Zeit zu vergeuden, die er ihr eingeräumt hatte. Sie würde vielleicht nie vornehm aussehen, aber sich auch nur halbwegs zurechtzumachen, bedeutete für sie einigen Aufwand.

Sie gab ihm zu verstehen, dass er es lieber nicht übertreiben sollte. »Und jetzt geh, na los, und mach dich selbst fertig.« Sie schickte ein spöttisches Grinsen hinterher. »Falls du glaubst, dass du es rechtzeitig schaffst.« Ihm die Tür vor der Nase zuzumachen, schien die einzige Möglichkeit zu sein, ihn loszuwerden.

Kurz darauf stand Izzy unter der Dusche, hob das Gesicht und ließ das Wasser auf sich herunterprasseln. Zu gern hätte sie mit Xander geplaudert, um herauszufinden, was da in ihm vorging. Er hatte sie in den vergangenen Tagen seltsam angesehen, aber vielleicht hatte sie sich das auch nur eingebildet. Es bestand kein Grund zu der Annahme, dass Xander ihretwegen rührselig wurde und vielleicht mehr wollte, als zwischen ihnen war. Auf alle Fälle brauchte sie eine Strategie. Strategien waren gut. Und plötzlich war es offensichtlich. Sie würde den ersten Schritt machen und ihm klar zu verstehen geben, weshalb sie an ihrem Singledasein festhalten würde. Nur um sicherzugehen, dass er keine anderen Vorstellungen hatte. Und wenn sie sich dabei zum Narren machte oder mehr über ihren Dad erzählte, als sie es üblicherweise tat, dann war das eben sein Pech.

Jetzt musste sie sich nur noch überlegen, was sie sagen würde.

# 59. Kapitel

Freitagabend, 18. Juli
XANDER & IZZY
Moulin de Roc
*Hummer und tantrischer Sex*

Xander war dicht hinter Izzy, als er ihr durch das Restaurant folgte, hinaus auf die zum Fluss hin gelegene Terrasse. Er war ihr nah genug, um ihren lockenden Duft wahrzunehmen und die zarten Härchen in ihrem Nacken zu betrachten. Ein kurzer Blick, der ihn erschauern ließ. Er hatte gehofft, sich inzwischen an die seltsamen Gefühle gewöhnt zu haben, die sie seit ihrer Ankunft in Frankreich in ihm auslöste. Vielleicht schon vorher ausgelöst hatte. Nur leider war das noch nicht passiert.

Er wusste, es gab eine logische Erklärung. Eine davon war der explosive Sex, den sie gehabt hatten. Und auch wieder nicht gehabt hatten. Jeder wusste doch, dass es am besten war, der Anziehung nachzugeben, wenn sie stark genug war und man mit demjenigen täglich nahen Kontakt hatte. Allerdings hatte er das nur von anderen gehört, denn er selbst war mit dieser Art von außerordentlicher Anziehung in seinem Leben bisher nie konfrontiert worden. Bis er Izzy traf. Die Anziehung zwischen ihnen hatte ihn wie aus heiterem Himmel getroffen und seine Hormone verrücktspielen lassen.

Seine Theorie lautete, dass es schwer genug war, der Anziehung nicht nachzugeben. Wenn man aber mit dieser Person geschlafen hatte und dann einen Rückzieher machte, nur um anschließend eine ganze Woche mit ihr zu verbringen, machte es einen regelrecht fertig. Es war wie das, was er je über tantrischen Sex gehörte hatte. Wie eine orgasmische Verzögerung, die sich über Tage ausdehnen konnte und bei der man, wenn es schließlich so weit war, durch die Decke ging. In dieser Tabuzone mit Izzy bei gleichzeitiger ständiger großer Nähe führte das zu einer permanenten Erregung, bei der kein Ende in Sicht war. Statt durch die Decke zu gehen und Erlösung zu finden, brachte es ihn schier um den Verstand. Das war seine Theorie, an die er sich hielt.

Nach vierundzwanzigstündigem Grübeln begriff er endlich. Diese Angespanntheit, dieses Gefühl, seine Welt stehe kopf, dieser atemberaubende Kuss in der Pizzeria, sein permanenter Ständer. Er war zu dem Schluss gekommen, dass das ja alles nichts Neues war, sondern schon seit Wochen so ging. Jetzt war ihm klar, dass er gegen diese Gefühle nichts ausrichten konnte. Er musste einfach das Beste aus der Situation machen.

An diesem Abend hatte Izzy ihre wilde Mähne irgendwie hochgebunden, sodass ihr anmutiger Hals auf anziehende Weise sichtbar und nackt war. Sie sah wunderschön aus in ihrem schwarzen Kleid, das ihre Hüften umschmiegte. Je eleganter sie sich kleidete, desto verletzlicher wirkte sie. Das war gar nicht gut, weil es Xander jedes Mal das Herz brach.

Izzy warf ihm einen Blick über die Schulter zu. »Habe ich dir schon gesagt, wie klasse du in dem Smoking aussiehst?«

Xander schluckte. Spielte sie mit ihrer Zunge?

»Bitte sag nicht, dass du Kaugummi kaust.« In einem anhaltend sexuell erregten Zustand zu sein, war eine Sache, aber eine Kaugummigewohnheit zu tolerieren eine ganz andere.

»Nicht gut?« Sie winkte angesichts seiner missbilligenden Miene ab. »Das hilft mir, wenn ich nervös bin. Ich werde es ausspucken, sobald wir am Tisch sind, also beruhige dich.«

Xander sah ihre vertraut trotzige Miene und den spöttischen Schmollmund. Er zupfte an seinem Hemdkragen, da ihm heiß wurde.

»Hier kommt es mir vor, als befänden wir uns auf unserer eigenen Insel.« Sie setzte sich auf den Stuhl, den der Kellner ihr bereithielt, der sie über die Hauptterrasse zu einer kleinen abgeschiedenen Stelle geführt hatte. »Was für ein wundervoller Platz, hier zwischen dem Mühlrad und dem Bach.«

Die Lichterketten über ihnen schwangen sanft in der Brise und warfen Schattensprenkel auf ihre Gesichter. Das Kaugummi wanderte in ein Taschentuch.

Xander musste lächeln. Er konnte sich nicht erinnern, wann Izzy ihn nicht aus dem Konzept gebracht hatte. Wie sie ihn in letzter Zeit ansah, fast als stünde sie kurz davor, in Tränen auszubrechen. Wie sie gemeinsam auf dem Markt Handtücher gekauft hatten. Als sie im Pink House miteinander geschlafen hatten, war der Sex überwältigend gewesen. An dem Tag, als er ihr gesagt hatte, er könne keine Beziehung führen, hatte er sich elend gefühlt. Und dass er nicht hatte aufhören können, das Foto zu betrachten, das er von ihr im Schlafzimmer gemacht hatte, ging auf die gleiche Ursache zurück. Schon bei der ersten Berührung, als er ihr aus dem Container geholfen hatte, wusste er es irgendwie. Vom ersten Tag an war da dieses primitive Gefühl in ihm gewesen. Wie hatte er es bisher nicht erkennen können?

Er schob die Hand in die Hosentasche, und seine Finger schlossen sich um das Kästchen. Ein weiterer spontaner Kauf, motiviert durch die gleiche Kraft, die allem anderen zugrunde lag. Kleine silberne Cherub-Ohrringe, an denen er nicht hatte vorbeigehen können, als er sie im Schaufenster entdeckte. Er hatte sofort gewusst, dass sie perfekt für Izzy waren. Nur musste er irgendwann mit ihr über all das sprechen und herausfinden, wie es zwischen ihnen weitergehen sollte. Denn wenn es in einer Woche vorbei war, würde er sich fühlen, als wäre er von einer Klippe gesprungen. Er hoffte, die Ohrringe würden vielleicht ein Anfang sein.

»Alles in Ordnung?« Izzy sah ihn verwirrt an.

Er setzte sich. »Izzy, ich habe nachgedacht ...« Xander hörte seine eigene, zögernde Stimme.

»Ich auch.« Izzy kniff die Augen zusammen, als konzentriere sie sich, dann räusperte sie sich. »Früher besuchten wir mit meinem Dad Restaurants wie dieses, wenn er Zeit für uns fand.« Sie sprach schneller als gewöhnlich, fast als wollte sie verhindern, dass er sie unterbrach. »Habe ich schon erwähnt, dass er ein übler Mistkerl war? Als er uns verließ, nahm er uns alles. Einfach alles. Seitdem komme ich mit sehr wenig zurecht. Meine Mutter brachte uns bei, ohne Geld auszukommen, und darüber bin ich sehr froh, denn dadurch weiß ich, was wichtig ist im Leben. Deshalb ertrage ich es auch nicht, wenn gute Sachen weggeworfen werden, und deshalb will ich unbedingt, dass das Vintage at the Cinema bestehen bleibt. Das sichert mir meine Unabhängigkeit, und ich bin nie wieder auf einen Mistkerl wie meinen Dad angewiesen.«

Xander lauschte aufmerksam. Er hatte keine Ahnung, woher das nun plötzlich kam. Der Abend nahm jedenfalls einen anderen Verlauf als geplant. Ein letztes Mal schloss er die Finger um das Kästchen, dann ließ er es los und zog die Hand aus der Tasche.

Es war wohl besser, die Taktik zu ändern. Als Xander sich zurücklehnte, nutzte der in der Nähe bereitstehende Kellner die Gelegenheit, um ihnen die Speisekarten auszuhändigen.

Xander ignorierte die Karte und sah Izzy in die Augen. »Das ist genau das, worüber ich nachgedacht habe ... Über deine geschäftlichen Schwierigkeiten. Du erwähntest, das

Geld für qualitativ hochwertige Ware sei knapp, und deshalb will ich dir einen geschäftlichen Vorschlag machen.« Er beobachtete, wie ihre Miene von panisch zu verwundert wechselte und dass sie ihm das abnahm.

»Okay, ich höre.« Sie neigte den Kopf zur Seite. »Geschäftliche Vorschläge bespricht man ja am besten unter Lichterketten.« Ihre zuerst ein wenig außer Atem klingende Stimme war jetzt seltsam tonlos.

»Ich habe von meinem Bauprojekt noch Geld übrig. Ich könnte dich unterstützen und dir das Geld leihen, das du brauchst.« Im Grunde erweiterte er damit nur die Hilfe, die er ihr ohnehin schon gewährte. Er wollte ihr damit nur zeigen, wie sehr ihm ihr Wohlergehen am Herzen lag, denn angesichts ihrer Bemühungen hatte sie den Erfolg verdient. Aber auf keinen Fall sollte sie denken, dass er Probleme üblicherweise mit Geld löste. Er wartete auf ihre Reaktion.

»Du schlägst mir also vor, mich finanziell zu unterstützen?«

»So in etwa. Die Details können wir später klären.« Er versuchte, ganz sachlich und geschäftsmäßig zu klingen und keineswegs herablassend, indem er ihr das Geld ohne jede Verpflichtung anbot.

Sie zog ein Gesicht und schüttelte den Kopf. »Nein. Kommt nicht infrage.«

Er sah ihre trotzige Miene, das Funkeln in ihren Augen, und lachte ungläubig. »Das ist deine Chance, warum solltest du sie nicht annehmen?«

»Dass du dich in mein Unternehmen drängst und die Kontrolle übernimmst? Danke, aber daran bin ich nicht interessiert.«

Xander wusste nicht, ob das Kribbeln in seinem Nacken auf ihre Ablehnung seines Angebots zurückzuführen war oder weil der Abend überhaupt nicht so verlief, wie er sich das vorgestellt hatte.

»Es liegt bei dir. Wenn du so ein Gesicht machst, weiß ich, dass es keinen Zweck hat, weiter darüber zu diskutieren.« Er beobachtete, wie sie ihr Kinn noch weiter hob. Und es stimmte, ihr Kinn drückte immer ihre Stimmung aus. Immerhin freute er sich, Izzy jetzt noch besser zu kennen. Aber es wurde höchste Zeit, auf die Bremse zu treten, bevor die Sache aus dem Ruder lief.

»Na schön, vergiss es und lass uns bestellen.« Er lächelte. »Wie wäre es mit Hummer mit Ingwer als erstem Gang? Oder hättest du lieber Artischocken-Trüffel-Pastete?«

Etwa drei Stunden und sechs Menügänge später schwenkte Xander den Brandy in seinem Glas und fand, dass er genug von sich erzählt hatte, während von Izzy bisher kaum etwas gekommen war. Zumindest nichts, was sie nicht schon vorher gesagt hatte. Für jemanden, der sich nie öffnete, hatte er sich ihr schon sehr anvertraut. Aber er musste auch zugeben, dass er sich selbst umso besser verstand, je mehr er Izzy offenbarte. Vielleicht fiel es ihm deshalb leicht, weil sie so gar nicht berechnend war und er daher wusste, dass er ihr vertrauen konnte. Wenn sie kaum etwas von sich preisgegeben hatte an diesem Abend, dann möglicherweise, weil es da nichts gab. Sie war total offen und schien nichts zu verbergen. Und ihre direkte Art gefiel ihm. Wie unverblümt und klar sie das Wenige über sich erzählt hatte, hatte ihn zwar zunächst umgehauen, letztlich fand er ihre Ehrlichkeit aber erfrischend.

»Was denkst du eigentlich, wie die Leute dich sehen? Und glaubst du, sie haben recht?« Ein letzter Versuch, sie vielleicht doch noch aus der Reserve zu locken.

Das entlockte ihr ein Lächeln. »Auch wenn ich gern als energiegeladen, ehrgeizig und erfolgreich gesehen werde, erscheine ich doch leicht neben der Spur. Kreativ, aber schräg.«

Wie sie sein Nicken missdeutete und sofort in die Defensive ging, bestätigte das nur.

»Willst du andeuten, dass ich überreagiere?« Auf einmal war sie wieder laut und aufgebracht.

Xander musste lachen. »Da, siehst du?«

Ihre Miene wurde sofort wieder sanfter, und sie zupfte ihr Kleid zurecht. »Meine aufbrausende Art ist etwas, woran ich arbeite. Meistens versuche ich, die Leute so zu nehmen, wie sie sind.« Auch sie lachte jetzt. »Wie ist es bei dir?«

Er nahm an, dass ihr Fuß sein Schienbein nur versehentlich streifte, aber es war trotzdem elektrisierend.

Und wieder lenkte sie das Thema auf ihn. Wahrscheinlich erfuhr sie genau deshalb so viel über ihn.

Er schwenkte erneut den Brandy im Glas und dachte nach. »Es hat mich immer gewurmt, dass für meinen Dad nur der Erfolg zählte, während meine Mum sich über alles freute, was wir machten. Sie wollte vor allem, dass wir glücklich sind.« Ein wenig gequält dachte er daran, dass es mit dem Glücklichsein bei ihm nicht recht funktioniert hatte. »Mein Dad lehnt alles ab, was ich im Filmbusiness gemacht habe, denn er hält nichts davon.« Xander begab sich auf gefährliches Terrain, denn bei diesem Thema ging es darum, wie Geld Erfolg definierte. Wenn Izzy Wind davon bekam, wie reich seine Familie war, genau wie ihr Vater es gewesen war, ergriff sie bestimmt die Flucht, noch bevor der Kaffee kam.

Tatsächlich spürte er ihre Anspannung auf der anderen Seite des Tisches, und er machte sich auf einiges gefasst.

»Bring mich bloß nicht dazu, über meinen Dad zu reden.« Sie klang bedrohlich. »Er war nett, bis das große Geld kam.«

»Neuer Reichtum kann schwierig sein …« Sofort war er alarmiert, weil ihm das herausgerutscht war, aber sie ging nicht darauf ein.

Ihre Augen funkelten. »Mein Dad fand nichts dabei, sich eine Geliebte zuzulegen, und als meine Mutter nicht mitspielte, schnappte er über. Um sie zu bestrafen, räumte er die Konten und überwies alles auf die Kaimaninseln, wo meine Mum nicht herankam. Mal ehrlich, was für ein Mensch tut seiner Familie das an?«

Xander holte tief Luft. Drei Stunden, und endlich öffnete sie sich. »Ich nehme an, das erklärt deine Besessenheit, alles stets unter Kontrolle zu haben?«

»Was, ich?«

Ihre verblüffte Reaktion verriet ihm, dass sie diese Verbindung bisher nie hergestellt hatte.

Xander stützte das Kinn auf die Hand und betrachtete ihren leicht verschmierten rosa Lippenstift. Seit dem Kuss in der Pizzeria fiel es ihm mit jedem Tag schwerer, nicht erneut seine Lippen auf ihre zu pressen. Doch da er das Versprechen gegeben hatte, sich an ihre Bedingungen zu halten, würde er auf Abstand bleiben. Solange sie das auch tat.

# 60. Kapitel

Samstagmorgen, 19. Juli
IZZY
Auf der Terrasse, Les Cerisiers, Frankreich
*Frühstück ausfallen lassen*

»Luce?«, rief Izzy, nachdem sie ihr Handy aus der Tasche ihrer Latzhose gezogen hatte.

»Ich habe schon gestern Abend ständig versucht, dich zu erreichen.« Ihre Freundin klang verärgert.

»Sorry, ich war mit Xander zum Abendessen aus und habe mein Handy im Haus gelassen.«

Luces Stimme wurde sanfter. »Aha, nett. Wie lief es denn?«

»Gut. Keine große Sache.« Sie verschwieg vorsichtshalber die Michelin-Sterne und die perfekte Atmosphäre. Besser so, damit Luce keinen falschen Eindruck bekam. »Wir haben gegessen und sind nach Hause gefahren, das war alles.«

»Dann ist nichts Romantisches passiert? Kein Gutenachtkuss?« Luces Schnauben verriet ihre Missbilligung.

»Nö. Nichts dergleichen. Xander bot an, mich finanziell zu unterstützen, aber ich habe abgelehnt.« Izzy blickte auf ihren halb leeren Becher und hoffte, dass Luce ihr die Enttäuschung nicht anmerkte. Es war schon irrational genug, sich das selbst einzugestehen, ganz zu schweigen davon, mit sonst jemandem darüber zu reden. Im Stillen bat sie Luce und Dida um Verzeihung, dass sie damit auch deren Chancen zunichtemachte, denn sie hatte das schreckliche Gefühl,

Privates mit Geschäftlichem zu vermischen. Aber sie durfte sich nicht noch mehr mit Xander einlassen. Dida und Luce konnten bestimmt noch andere Geldquellen auftun.

Gestern Abend hatte sie sich über Xanders Versuch, sich in ihr Leben einzumischen, aufgeregt. Dabei hatte sie sich insgeheim darüber geärgert, dass er nicht das gesagt hatte, was er ihrer Meinung nach eigentlich hatte sagen wollen. Gerade als sie glaubte, er würde vorschlagen, die gemeinsam beschlossenen Regeln zu umgehen, fing er mit dieser Idee an, in ihr Unternehmen einzusteigen. Und dann deutete er auch noch an, ihr Kontrollzwang hinge mit dem Vertrauensverlust durch ihren Dad zusammen. Da konnte sie nur die Augen verdrehen, zumal es von jemandem wie Xander kam, der ständig die Kontrolle über alles wollte. Sie hatte gerade erst ihre Meinung über ihn revidiert, und auf einmal war er wieder ganz der, für den sie ihn anfangs gehalten hatte.

»Sollen wir dir mehr Geld schicken?«, fragte Luce rundheraus.

Izzy erklärte: »Die großen, aussagekräftigen Stücke, die wir suchen, sind sehr teuer. Aber ich melde mich deswegen noch mal.«

»Nun, ich rufe auch nur an, weil ich etwas Dringendes klären muss.« Luce klang seltsam atemlos.

Irgendetwas war da los, zumal sie sich darauf geeinigt hatten, die Roamingkosten nicht mit Klatsch und Tratsch in die Höhe zu treiben, sondern stattdessen E-Mails oder Textnachrichten zu schicken.

Izzy wagte kaum zu fragen. »Dringend schlecht?« Hatte Dida eine Absage von der Bank erhalten? Das war Izzys erster Gedanke, der zweite galt den Zwillingen, an die sie seit Tagen nicht mehr gedacht hatte. Zu Schrott gefahrene Autos, gefluteter Keller …

»Dringend gut.« Luces Stimme war jetzt so hoch, dass

sie beinah erstickt klang. »Du erinnerst dich doch an Mr. Browntree? Nun, gestern habe ich ihm den Art-déco-Tisch gezeigt, der in deinem Anbau steht. Den Ollie und ich aus diesem Haus geräumt haben, bevor er abgereist ist.«

Izzy fand den Tisch nicht allzu aufregend. »Den Ollie nach seiner Rückkehr reparieren wollte?« Izzy hatte immer noch Prellungen davon, sich ständig an dem Ding vorbeiquetschen zu müssen. »Den kann Mr. Browntree gerne haben, wenn er will.«

»Will er tatsächlich, aber während er dort war, um sich den Tisch anzusehen, entdeckte er den Stapel Gemälde, den wir ebenfalls bei der Entrümpelung mitgenommen hatten.«

Izzy hob die Hand an den Kopf. Ihr Zuhause mochte weit weg ein, aber sie wusste, welche Bilder gemeint waren. Es gab einen ziemlichen Stapel, der auf den Dachbalken gelegen hatte. »Du meinst diese schrecklichen braunen viktorianischen Gemälde mit den Tiermotiven, von denen wir glaubten, dass sie sich nicht verkaufen würden?«

»Mr. Browntree meint, die könnten etwas wert sein, möglicherweise sogar sehr viel. Deshalb hat er uns veranlasst, sie gestern Abend ins Haus zu bringen, nur zur Sicherheit. Ist es in Ordnung, wenn er sie für eine Schätzung durch einen Experten mitnimmt?«

»Ja, klar.« Izzy wollte sich nicht allzu große Hoffnungen machen, war aber schon ein wenig aufgeregt. »Das ist ja fast wie bei *Bares für Rares*.« Vielleicht würde es sogar reichen, um das alte Kino zu retten. Aber es konnte ebenso gut nichts dabei herauskommen.

»Meistens erweist sich das Zeug in der Sendung als wertlos.« Luce seufzte. »Er meinte, es gebe viele viktorianische Fälschungen, also sollten wir uns tatsächlich nicht zu große Hoffnungen machen. Ich melde mich, sobald ich etwas höre.«

Izzy grinste breit. »Dann drücke ich dem Vintage Cinema Club mal die Daumen.«

»Ich muss los. Sei schön brav«, meinte Luce.

»Bin ich.«

Sofort sagte Luce: »So meinte ich das nicht.« Dann legte sie auf.

Und Izzy hatte es auch nicht ernst gemeint.

# 61. Kapitel

Samstagmorgen, 19. Juli
IZZY & XANDER
Auf der Terrasse, Les Cerisiers, Frankreich
*Freudensprünge beim Frühstück*

Es war elf Uhr, als Izzy endlich Kaffee kochte, und sie hatte immer noch keine Ahnung, wohin Xander verschwunden war. Sie zögerte, als sie einen Motor hinter der Scheune hörte, dann das Zuschlagen einer Tür.

Izzy sah Xander aus dem Haus und über die Terrasse auf sie zukommen. Immerhin trug er heute Morgen Jeans. Im Smoking hatte er etwas exquisit Verführerisches an sich gehabt, dem sie nicht hätte widerstehen können. Ein weiterer Grund dafür, dass sie sich schlaflos im Bett gewälzt hatte und sich darüber grämte, was passiert und was nicht passiert war. Aber auch ohne Anzug, in Jeans und Flipflops, war er umwerfend sexy. Und sein Lächeln war elektrisierend.

Sie versuchte, mit gefasster Stimme zu sprechen. »Da sieht aber jemand fröhlich aus heute Morgen.« Mit etwas Glück würde er nicht bemerken, dass sie selbst nur wenig besser als eine Leiche aussah.

»Ja, und zwar bin ich froh, weil ich das Problem der zusätzlichen Möbel, für die kein Geld da ist, gelöst habe. Und zwar zu einem Schnäppchenpreis, den du dir leisten kannst.«

Izzy sah ihn überrascht an. Da gab es bestimmt einen Haken.

»Ich habe eine Haushaltsauflösung im Ort für dich aufgetan. Nicolas, der Notar hier, hat mich darauf aufmerksam gemacht.« Deshalb war Xander so eilig verschwunden.

»Wow, das ist toll.« Izzy wäre am liebsten jubelnd aufgesprungen, doch sie beherrschte sich. Eine Haushaltsauflösung in Frankreich übertraf ihre kühnsten Träume.

»Es handelt sich um das Haus eines alten Mannes, der gestorben ist. Es ist vollgestopft mit Sachen, die die Familie loswerden will. Wir haben für heute und morgen einen Schlüssel für das Haus, und wir können uns nehmen, was wir wollen. Ich habe ein paar Helfer von der Farm nebenan angeheuert, die das Zeug schleppen. Da ist erstklassiger Sperrmüll für dich dabei.«

»Vielen Dank, das ist wunderbar. Ich danke dir.« Izzy wusste nicht, wie sie angemessen darauf reagieren sollte, zumal Xander jetzt direkt vor ihr stand, die Hände in den Taschen und dieses breite, unwiderstehliche Grinsen im Gesicht. Sie widerstand dem Impuls, ihm um den Hals zu fallen.

»Gern geschehen. Jederzeit.« Er tat es mit einem Schulterzucken ab, als sei es nichts Besonderes.

Dabei hatte er die ganze gestern entstandene Situation geändert. Er hatte ihr das Unbehagen über sein Angebot genommen und gleichzeitig einen Weg gefunden, wie es für Izzy funktionierte. Zu Bedingungen, die sie akzeptieren konnte. Jedes Mal, wenn sie schlecht von Xander dachte, bewies er ihr, dass sie falschlag. Sie war hier in Frankreich, um für ein Supergehalt das Haus seiner Schwester einzurichten. Zugleich musste sie Möbel einkaufen, um den Vintage Cinema Club vorerst zu retten. Xander hatte ihr die Möglichkeit verschafft, fantastische alte Möbel zu erwerben, zu Preisen, die sie sich von dem begrenzten Budget der Club-Kasse leisten konnte. Ganz zu schweigen von den Aufträgen für das Pink House. Sie stand tief in seiner Schuld. Offenbar war er einfach ein toller Typ, der anderen gerne half.

»Ich bin so dankbar dafür.« Wenn sie es sich genau überlegte, machte er sich mit allem im Leben diese besondere Mühe. Seine Bauprojekte waren top, und zweifellos legte er seine Workaholic-Dynamik und sein ganzes Talent auch in seine Filmkarriere. Und plötzlich begriff sie. Sein Handeln war die Reaktion auf die Bedrohung, mit der er leben musste.

»Es ist nett von dir, das zu sagen, aber erwähne es niemandem gegenüber.«

»Wie du aus allem das Beste herausholst und dich reinkniest, ist spektakulär. Es ist eine totale Lektion für mich, das meiste aus meinem Leben zu machen. Genau das werde ich in Zukunft tun. Es wird mein neues Mantra.« Sie nahm sich einen Moment, um sich die Worte für einen forschen Kommentar zurechtzulegen. »Nutze den Augenblick und die Gelegenheit. Von jetzt an werde ich das tun. Danke, Xander.«

»Wie gesagt: gern geschehen und jederzeit.« Er deutete eine Verbeugung an und zeigte sein sinnliches Lächeln, das ihr prompt mal wieder den Verstand raubte.

# 62. Kapitel

Sonntag, zur Mittagszeit, 20. Juli
IZZY & XANDER
Brantôme, nach der Haushaltsauflösung
*Eingewickelt mit pinkfarbenem Geschenkband*

Xander hatte nicht übertrieben, was die Qualität der Sachen aus der Haushaltsauflösung betraf. Als sie den Halbdämmer des verlassenen Hauses betrat, konnte Izzy ihr Glück kaum fassen. Das Haus war voller Antiquitäten, die von der Familie offensichtlich zurückgelassen worden waren, weil entweder die Zeit fehlte oder das Interesse. Zusätzlich zu den gewöhnlichen Haushaltsgegenständen, die sich stets gut verkauften, gab es außerdem Kleider- und Spiegelschränke, Schreibtische, von den wundervollen Betten ganz zu schweigen, dazu Gartenmöbel und Schmuck. Izzy staunte, und ihr Erstaunen wurde bei jedem Raum, den sie betrat, größer. Sie war unendlich dankbar dafür, dass Xander sich für sie eingesetzt hatte.

Anscheinend war es ihm gelungen, dieses Geschäft möglich zu machen, da er jeden Sommer, seit sie zehn waren, mit Nicolas, dem Notar, Tennis spielte. Vorteil Xander.

»Ich habe ihm jeden Fluch auf Englisch beigebracht«, hatte Xanders Erklärung gelautet. »Vor allem habe ich ihn immer gewinnen lassen, denn es war im August höllisch heiß auf den Tennisplätzen. Und ich wusste, dass sich das eines Tages auszahlen würde.«

Sie waren übereingekommen, alles in Christinas Nebengebäude zu lagern, bis es von der Transportfirma abgeholt und später in verwendbaren Mengen an das alte Kino geliefert werden würde. Mit der Hilfe einiger kräftiger Farmer, die mit zwei Traktoren samt Anhängern kamen, sowie einer Flasche selbst gebranntem Schnaps wurden die Möbel zur Scheune gebracht. Am Vormittag des nächsten Tages beluden sie den Van zum letzten Mal.

Xander wartete, bis Izzy die Wagentür zuwarf, dann fuhr er langsam durch den Ort. »Wir haben so viele Betten, dass wir ganz Derbyshire versorgen können. Wir werden auf dem Rückweg beim Notar halten, um den Schlüssel abzugeben, und dann können wir auch Brot für das Mittagessen kaufen.«

»Ich gehe zur Bäckerei, während du den Schlüssel abgibst, wenn es dir recht ist. Um diese Zeit ist es meistens voll.« Izzy wischte sich den Staub von den Beinen. »Als Dankeschön besorge ich Erdbeertörtchen für dich.«

»Ich brauche nicht noch mehr Dank«, erwiderte er lächelnd, aber die Art, wie er sich kurz mit der Zunge über die Lippen fuhr, verriet, dass er begeistert war von der Idee. »Pass auf, bald klingst du wie eine Einheimische.« Sein Blick fiel auf ihre Knie. »Sogar deine Sommersprossen verdichten sich zur Bräune.«

Sie ließ diese Bemerkung stehen und beobachtete seinen straffen Unterarm, während er schaltete. Sie wünschte, sie würde nicht das Bedürfnis verspüren, mit dem Finger darüberzustreichen. Sie lehnte sich zurück und ließ sich die warme Brise ins Gesicht wehen. Es stimmte, sie hatte sich eingelebt. Nach nur zehn Tagen waren ihr die Landstraßen und Orte und der Alltag absolut vertraut. Und auch auf beunruhigende Weise Xander, wenn er sie nicht gerade auf die Palme brachte oder ihr Herz Purzelbäume schlagen ließ. Schwer vorstellbar, dass in einigen Tagen alles vorbei sein würde.

Als Izzy bei der Bäckerei ankam, reichte die Schlange bis hinaus auf den Gehsteig. Sie stellte sich an und atmete den Duft des frischen Brotes ein. Minuten später unterhielten sich zwei Frauen hinter ihr angeregt auf Englisch, weshalb Izzy unfreiwillig mithörte. Sie drehte sich lächelnd um, damit die beiden wussten, dass Izzy alles verstand, aber sie nahmen sie gar nicht wahr.

Das Gespräch drehte sich um Poolfolien, Grillpartys und Champagnerangebote. Das verkürzte die Wartezeit, während sie in der Schlange weiter vorrückte. Dann stutzte Izzy. Gerade war es um ein Blumenfestival in St. Jean gegangen, und auf einmal war der Name Blackman gefallen.

Blackman? Sie horchte auf.

»Der arme Kerl ist immer noch allein, nach so vielen Jahren. Er hat ihr auch alles überlassen.«

»Er kann es sich leisten. Die Familie hat noch das Weingut mit dem Schloss.«

Welches Weingut? Welches Schloss? Die mussten über jemand anderen reden.

»Offenbar will er sie unbedingt zurückgewinnen. Wollte er wohl schon immer.«

Ein eiskalter Schauer lief Izzy über den Rücken. Am liebsten wäre sie einfach weggelaufen, aber ihre Füße wollten nicht. Und ausblenden konnte sie das, was sie hörte, auch nicht.

»Astrid ist ein Erfolgsmensch, aber jetzt, wo die beiden wieder zusammenarbeiten, ist es nur eine Frage der Zeit.«

Astrid. Es musste Xander sein, über den sie redeten. Aber wollte er Astrid unbedingt zurückgewinnen?

Ihr klingelten die Ohren, während die Bilder der vergangenen zehn Tage in ihrem Kopf wie Dominosteine fielen. Plötzlich sah sie alles in einem ganz neuen Licht. Dabei war es bei genauer Betrachtung doch offensichtlich. Das erklärte auch, warum er so froh gewesen war über die Ankunft in Frankreich. Denn er wusste, dass die Frau, auf die er die ganze Zeit gewartet hatte, endlich frei war und dass er sie wieder haben konnte. Und es ging doch nichts über einen Kuss mit einer anderen Frau, um bei der Ex die Eifersucht zu wecken, damit sie aktiv wurde. Xander hatte nie einen Hehl daraus gemacht, wie hoch er Astrid schätzte. Vielleicht hatte er Izzy nur deshalb abends ins Restaurant ausgeführt, damit sie beide in der Öffentlichkeit gesehen wurden und Astrid sich ermutigt fühlte, ihren Besitzanspruch geltend zu machen. Als Izzy die andere zum ersten Mal gesehen hatte, war ihr klar geworden, dass sie normalerweise gar nicht auf Xanders Radar aufgetaucht wäre. Izzy konnte niemandem außer sich selbst die Schuld geben. Sie fühlte sich klein und beschämt.

Hinter ihr drehte sich das Gespräch jetzt um Tänze mit Feuerwehrmännern, aber Izzy hing ihren Gedanken nach.

Dann betrat sie den Laden und verließ ihn mit einem knusprigen frischen Laib Brot und einer Schachtel mit Erdbeertörtchen, um die ein pinkfarbenes Band gebunden war.

# 63. Kapitel

Sonntagnachmittag, 20. Juli
IZZY & XANDER
Heuernte in Frankreich
*Langes Gras*

»Bist du so still, weil du mit der Scheune weitermachen wolltest und ich dich stattdessen zur Heuernte mitgenommen habe?«

Egal, wie schnell Izzy durch das piksige Gras über die Weide lief, Xander konnte mithalten.

»Wer ist still?« Das Tempo brachte sie ein bisschen außer Atem. »Es war toll, Heuballen umherzuwerfen und auf einem beladenen Anhänger mitzufahren. Und den Pflaumenschnaps hinterher im Farmhaus mochte ich auch, und es macht mir auch nichts, dass wir verschwitzt sind und voller Heu …« Sie wollte nur noch zurück zu Christinas Haus und hoffte, dass ihr Geplapper bis dorthin genügte.

Tatsächlich war die Heuernte die ideale Ablenkung gewesen, weil sie ansonsten nur an das hätte denken können, was die beiden Frauen hinter ihr in der Schlange vor der Bäckerei gesagt hatten.

»Du bist in der Scheune verschwunden, kaum dass wir aus dem Ort zurück waren, und zu Mittag hast du auch so gut wie nichts gegessen. Bist du immer noch sauer, weil ich dir am Freitag Geld angeboten habe?« Er war sehr beharrlich.

Sie verdrehte genervt die Augen und suchte nach einer Erwiderung, mit der das Thema beendet wäre. »Es muss sich nicht ständig alles um Geld drehen.«

Eine kurze Besprechung mit Luce wäre jetzt hilfreich gewesen. Was sollte sie nur tun? Der Kerl, von dem sie gar nichts wollen sollte, den sie aber trotzdem begehrte, liebte höchstwahrscheinlich eine andere. Sie musste die Anziehung ausblenden und versuchen, die nächsten Tage irgendwie in Würde zu überstehen. Er hatte von Anfang an klargemacht, dass sie ein One-Night-Stand war, auf den er sich besser nicht eingelassen hätte. Wenn sie mehr hineingelesen hatte, war das ihre eigene Dummheit.

»Glaub mir, wenn jemand das weiß, dann ich.« Xander klang ernst. »Wenn man jemanden an einer neurodegenerativen Krankheit sterben sieht, lernt man, dass Geld absolut nicht alles ist. Es verändert die Einstellung zum Leben. Ich werde jedenfalls über Geld nie mehr streiten.«

Shit. »Sorry. Das hätte ich mir auch denken können.«

Sie verlangsamte ihr Tempo, und er lief neben ihr und schaute auf die Uhr. »Wenn wir mit der Scheune zügig fertig werden, können wir hinterher noch Eis essen.«

Einfach so fing er mit einem anderen Thema an, von dem sie nichts mehr wissen wollte. Zu ihrem Selbstschutz würde sie kein Restaurant und keine Eisdiele mehr mit Xander aufsuchen. Aber sie würde auch keine Ausflüchte machen und dadurch noch mehr in Schwierigkeiten geraten. Diesmal würde sie sagen, was Sache war.

»Ich würde lieber verzichten, um das, was zwischen dir und Astrid läuft, nicht unnötig kompliziert zu machen.« Sie hatte das beiläufig sagen wollen, doch schwankte ihre Stimme stärker als beabsichtigt. Es war eine diplomatische Antwort, in der Astrid vorkam, ohne eine zu große Sache daraus zu machen.

»Was?« Xander blieb stehen, und Izzy hörte nur noch die Zikaden im Gras und das Summen der Bienen in den wilden Heckenrosen.

»Ich weiß, dass du versuchst, sie zurückzugewinnen. Ich bin dir wirklich dankbar für alles, was du für mich getan hast, aber wenn es dir recht ist, würde ich gern nicht mehr in der Öffentlichkeit vorgeführt werden, damit du dein Ziel leichter erreichst.« Sie gab einen verächtlichen Laut von sich, um zu demonstrieren, dass es ihr letztlich egal war. »Ich habe im Ort alles darüber erfahren. Zwei Frauen hinter mir in der Schlange beim Bäcker haben davon gesprochen.«

Xander gab sich empört. »Du kannst doch nicht ernsthaft annehmen … Astrid und ich?« Schweißperlen bildeten sich auf seiner Stirn zwischen den Heuhalmen, die auf seiner Haut klebten. Er sah hinauf zum Himmel. »Bist du deshalb so schweigsam gewesen?«

Izzy betrachtete die pulsierende Ader an seinem staubigen Hals. »Möglicherweise.«

»Du meine Güte, ich fasse es nicht.« Er fuhr sich durch die Haare und schüttelte den Kopf. »Komm mal her …«

Auf jeder ihrer Schultern landete eine große starke Hand, dann drehte er Izzy zu sich um, damit sie ihn ansah. »Lass mich dir zeigen, wen ich will.« Seine Stimme war rau, während seine Stoppeln ihre Wange streiften. Izzy nahm seine langen Wimpern wahr, die sich auf seine gebräunten Wangenknochen senkten.

Als sie den Mund öffnete, um einzuatmen, berührten seine Lippen ihre. Sie erschauerte, und dann schob er mit einem tiefen Stöhnen seine Zunge in ihren Mund, und sie spürte ihn wundervoll samtig. Er schmeckte sehr sinnlich nach Pflaume und salzigem Schweiß von der Arbeit bei der Heuernte.

»Ein Kleid für die Heuernte ist ganz nett ...« Seine raue Stimme verstummte, als er sie erneut küsste und mit einer Hand zwischen ihren Beinen hinauf unter ihr leichtes Kleid fuhr. Sie drängte sich ihm entgegen. Er schob die Finger in die Hitze zwischen ihren Schenkeln. Als er ihren Kitzler fand, stieß sie einen kleinen Schrei aus und schmiegte sich an ihn, spürte seine Härte, über der seine Jeans spannte.

Xander löste sich von ihr, und Izzy stöhnte. Aber er zog nur rasch sein T-Shirt aus. Einen Moment später spürte sie den Boden unter ihrem Rücken, und Xander legte sich neben sie in das lange Gras am Rand der Weide.

»Ist das okay?« Er knüllte das T-Shirt unter ihrem Kopf zusammen und sah sie lächelnd an.

Ein Zweig pikste sie in die Kniekehle, und Grashalme verfingen sich in ihren Haaren. Xanders schwerer Körper befand sich halb auf ihr.

»Wird auch niemand kommen?«

Er lachte leise. »Mit etwas Glück nicht.«

Und als sie sein Lächeln erwiderte, presste er die Lippen für einen weiteren sinnlichen Kuss auf ihre. Als sie wieder anfing zu atmen, drang er mit den Fingern in sie ein, und sie war erregt und feucht und hielt es kaum aus vor Begierde. Ohne den Kuss zu unterbrechen, zog er den Reißverschluss seiner Jeans auf und zerrte ihr den Slip herunter. Sie schnappte verblüfft nach Luft, dann gab sie ein leises Stöhnen von sich, als sie ihn auf vertraute Weise spürte. Sie winkelte die Knie an und erwartete ihn sehnsüchtig. Nur kurz streifte sie der Gedanke an ein Kondom, den sie aber gleich wieder verdrängte. Dank Luce nahm sie die Pille. Im nächsten Augenblick drang er tief in sie ein.

Es war schnelle, begierige, verzweifelte Lust. Izzy zog an seinen Haaren und wand sich, während er sie wild und ungestüm liebte. Sie kniff die Augen zu und blendete den blauen

Himmel über ihnen aus, und alles, was Izzy wahrnahm, war das intensivste Verlangen, das sie je verspürt hatte. Sie hörte ihre eigenen Schreie wie aus weiter Ferne, überwältigt von lustvollem Empfinden, das wie ein Feuerwerk in ihr zu explodieren schien.

»Verdammt, das mit dem Kondom tut mir leid. Ich hatte nicht mal eines dabei.« Xander schlug sich mit der flachen Hand an die Stirn und zog den Reißverschluss seiner Jeans hoch. Dann drückte er Izzy an sich. »Wochen angestauter Lust. Ich wollte es ständig seit dem letzten Mal.« Und tatsächlich begehrte er sie in diesem Moment bereits wieder, was er sich jedoch nur ungern eingestand.

Ihr Flüstern kitzelte seine Haut, wo ihr Gesicht in seine Halsbeuge geschmiegt war. »Es ist okay. Ich wollte auch nicht aufhören. Ich nehme die Pille, also ist alles gut.«

Xander küsste sie auf die Stirn. »Ich nehme an, du weißt, dass ich das nicht geplant hatte … Aber ich würde es gern fortsetzen. Vielleicht an einem weniger piksigen Ort.« Er zupfte ihr Gras von der Wange. »Ich will dich jedoch zu nichts drängen. Oder dass du vorschnell eine Entscheidung triffst. Da ist definitiv kein Druck. Übrigens gibt es abseits des Pools eine sehr ungestörte Stelle, die weitaus bequemer wäre als diese hier.« Vielleicht war es unfair, sie zu fragen, während sie noch die Nachwirkungen genoss.

Trotz der Wärme schmiegte Izzy sich an ihn. »Ich werde es mir überlegen.«

Sie atmete weitere fünf Minuten gleichmäßig an seiner Brust. Fünf Minuten mussten genügen. Er beschloss nachzuhaken. »Und?«

»Du weißt, dass ich keine Beziehung will. One-Night-Stands habe ich für gewöhnlich auch nicht, ebenso wenig belanglosen Sex …« Sie tippte unheilvoll auf seine Brust.

»Das weiß ich alles.« Er bewegte die Schulter und verkrampfte sich ein wenig unter dem Gewicht ihres Kopfes. Im Stillen sandte er ein Gebet zum Himmel bezüglich all dessen, was nicht in ihrer Liste auftauchte. »Ich dachte mehr an das, was wir gestern besprochen haben. Dass wir den Augenblick nutzen und so.« Er beobachtete, wie sie sich auf die Lippen biss. »Ich finde einfach, das sollten wir tun.«

»Ich nehme mal an, den Augenblick zu nutzen hebelt die vereinbarten Regeln aus?« Sie lächelte. »Ich werde es als ‚einmalige Belohnung' für unsere harte Arbeit sehen.«

Wenn sie nicht auf seinem Arm gelegen hätte, hätte er triumphierend die Faust gereckt.

»Passt mir gut.« Er wäre mit allem einverstanden gewesen, und nun war womöglich ein günstiger Zeitpunkt, ihr seinen Standpunkt zu all dem darzulegen. »Ich muss demnächst für eine Weile nach Amerika, deshalb kann ich auch keine Beziehung versprechen. Das habe ich ja schon erklärt.«

Xander war durchaus bewusst, dass er die Wahrheit vielleicht ein bisschen verdrehte. Zum Beispiel war dies etwas, was er eigentlich gar nicht so gewollt und gemeint hatte. Wenn er früher kalte Füße bekommen hatte, schob er der Sache einen Riegel vor, indem er klipp und klar sagte, er wolle keine Beziehung, und es auch so meinte. Punkt. Was er jetzt von sich gab, war weit weniger eindeutig. Er war ein Mann gewesen, der acht Jahre lang in einer Art Hölle gelebt und nicht erwartet hatte, dass diese Zeit einmal enden würde. Doch inzwischen hatte er sich geändert. Jeden Tag mit Izzy zu verbringen, ständig mit ihr zusammen zu sein, hatte ihn geläutert und die Trauer vertrieben. Wenn er aufhörte zu denken, fühlte er sich wie ein ganz neuer Mensch.

Und dann war noch diese Amerika-Sache. Musste er wirklich dorthin? Eigentlich schon, zumal sich das Projekt mit Astrid entwickelte. Andererseits war es ein angenehmer

Vorwand, um sich zu ersparen, dass die Sache mit Izzy endete wie die mit Astrid. Amerika war sein Sicherheitsnetz.

Amerika war ein großes Wort. Es kam ihm leicht über die Lippen. Er versuchte, nicht daran zu denken, dass Izzy nicht dabei sein würde und wie es wäre, jeden Tag aufzuwachen in der Gewissheit, sie nicht zu sehen. Leere Tage.

Xander rollte sich auf die Seite und schmiegte das Gesicht an ihren Hals. Er saugte noch einmal alles in sich auf, ihre Haare im Gras, die sommersprossige Zartheit ihrer Wangen, ihren undefinierbar süßen Duft. Was ihre betörende Wirkung auf ihn betraf, so analysierte er diese mindestens so oft, wie er die Ohrringe aus der Tasche holte, die er für sie gekauft hatte, um sie immer wieder zu betrachten. Er hatte den verstörenden Verdacht, dass es hier um mehr als um Sex ging. Dass er Izzy gefunden hatte, war wie ein Nachhausekommen, und er konnte sich nicht erinnern, wann er das zuletzt empfunden hatte.

»Wir haben noch zwei Tage und drei Nächte, bevor du fliegst.« Er lachte leise, als sie mit dem Bein wackelte, und prompt erwachte seine Erektion. »Ich schlage vor, wir machen das Beste daraus. Nutzen den Augenblick. Also los.«

# 64. Kapitel

Montagmorgen, 20. Juli
IZZY & XANDER
Les Cerisiers, Frankreich
*In Xanders Bett*

»Xander?«

Izzy lag auf dem Rücken, ihr Kopf ruhte auf seiner Brust, und sie schaute zur Decke, während das Licht der Morgendämmerung durch die dünnen Vorhänge fiel.

»Mmm …« Er bewegte sich und schluckte.

Trotz seines gleichmäßigen Atmens wusste sie, dass er wach war, die gebräunten Arme und Beine von sich gestreckt, muskulös und wunderschön, nach einer weiteren Runde fantastischen Liebesspiels. Es war erst der zweite Morgen, an dem sie in seinem Bett aufwachte, und diesmal lief er nicht gleich davon. Seinen zufriedenen Grunzern nach zu urteilen, bereute er auch nichts. Sie drehte sich auf die Seite, schmiegte das Gesicht an seinen Hals und atmete seinen Duft ein. Ein Duft, von dem sie nie genug bekommen würde, egal, wie oft sie neben ihm aufwachte. Zwei kurze Tage, dann mussten sie sich trennen. Jetzt aber würde sie sich ganz auf den Augenblick konzentrieren und wie wundervoll es war, hier neben Xander zu liegen. Es kam ihr unwirklich vor, und gleichzeitig fühlte es sich richtig an. Unvorstellbar, dass es anders sein könnte. Sie nahm ihren Mut zusammen, um ihm die Frage zu stellen, die sie seit Tagen stellen wollte. Dabei wusste sie genau, welche Antwort sie erwartete, aber sie hoffte, es würde ihr helfen, ihr Problem zu lösen. Und wenn sie es jetzt nicht tat, kam die Gelegenheit vielleicht nie wieder.

»Machst du dir nie Sorgen darüber, dass du auch krank werden könntest?« Ihre Stimme klang leise und kratzig, während sie einige Zentimeter unterhalb seines Ohres sprach.

Er bewegte den Kopf zur Seite, um sie anzusehen. Ja, er war definitiv wach. Er nahm sich Zeit zum Nachdenken. »Manchmal mehr, manchmal weniger. Kommt drauf an.« Er klang angespannt und auch ein wenig resigniert.

Sosehr sie diese Krankheit auch zu verdrängen versuchte, es gelang ihr nicht; immer wieder kreisten ihre Gedanken darum.

»Ich hatte gehofft, du hast vielleicht ein paar Tipps für mich«, sagte sie vage. Wie sie es schaffen konnte, nicht ständig daran zu denken, wäre zum Beispiel ein guter Tipp gewesen.

Er fuhr sich durch die Haare und seufzte. »Anfangs dachte ich häufig daran, aber nach dem Tod meiner Mum nicht mehr ständig. Manchmal bricht die Krankheit in jungen Jahren aus. Man kann leicht die Angewohnheit entwickeln, ständig nach Anzeichen bei sich zu suchen. Jedes Mal, wenn man stolpert oder etwas fallen lässt oder einem ein Wort nicht gleich einfällt, glaubt man, es ginge los. Aber man muss stark sein und das in den Griff bekommen, sonst treibt es einen in den Wahnsinn. Es ist eine üble Kopfsache.« Er zog die Mundwinkel nach unten.

»Kann ich mir denken.« Aber das stimmte nicht. Sie ahnte, dass sie beide noch oft darüber seufzen würden. Es war auch schwer, deswegen nicht zu seufzen. Es war schwer, nicht zu weinen, wenn sie daran dachte, dass es Xander betraf und nicht nur eine abstrakte Bedrohung war. Seit dem Tag, an dem sie Eis essen gewesen waren, war sie oft auf einem tränennassen Kissen aufgewacht. Und wenn die Krankheit gar nicht ausbrach? Was für eine Energieverschwendung war die Sorge darüber dann gewesen! Sie versuchte, sich in seine Lage zu versetzen, aber natürlich gelang ihr das nicht.

Er sprach weiter, in sachlichem Ton, aber bestimmt. »Es gibt zwei Möglichkeiten, damit umzugehen. Entweder man quält sich damit oder man kämpft dagegen, so gut es eben geht. Menschen sind darauf programmiert, stark zu sein. Wir haben als Spezies überlebt, weil wir hart im Nehmen sind. Denk mal an dich und deinen Vintage Cinema Club.«

»Was?« Izzy verstand nicht, was der damit zu tun hatte.

Xander erklärte geduldig: »Als der Vintage Cinema Club bedroht war, habt ihr nicht gekniffen und aufgegeben, sondern an allen Fronten gekämpft, mit ganzer Kraft. Was ihr da habt, ist fantastisch, und ihr seid entschlossen, es euch nicht wegnehmen zu lassen.«

»Ja, das stimmt.« Der Adrenalinstoß, den diese Worte auslösten, verwandelte sich in den Drang, vom Bett aufzuspringen.

Er grinste. »Du siehst also, es ist nicht alles düster und trostlos. Der andere positive Aspekt ist, dass ich bei einem Forschungsprojekt mitmache, bei dem Leute mit Erkrankungsrisiko beobachtet werden. Einmal im Jahr lasse ich eine Reihe von Tests über mich ergehen. Die Daten werden gesammelt, sodass man von Anfang an genaue Informationen darüber bekommt, wie sich die Krankheit entwickelt. Falls ich sie überhaupt habe. Es handelt sich um ein weltweites Projekt, sodass man Daten vergleichen kann, obwohl die Krankheit selten ist. Und wegen der vielen Daten gehören die Patienten, die bei diesem Projekt mitmachen, zu den ersten, die von Medikamenten profitieren, sobald es welche gibt. Also, an diesem einen Nachmittag, an dem ich die Tests absolviere, denke ich an die Krankheit. Ansonsten versuche ich, sie zu vergessen.«

Sie spürte das Vibrieren seiner Stimme in ihren Fingern, die auf seiner Brust ruhten. Sie konnte seinen Mund nicht sehen, aber sie wusste, dass seine Lippen eine schmale Linie bildeten. Izzy hatte keine Ahnung, wie Xander so tapfer sein konnte. Sie schnitt das Thema Behandlung an.

»Besteht denn Hoffnung auf medikamentöse Heilung?« Sie bemühte sich, sachlich zu klingen und nicht ängstlich. Sie sagte sich, dass es ihm ja jetzt gut ging. Sie durfte nicht so viel an die Zukunft denken. Schließlich wusste sie nicht einmal, ob sie mit ihm zusammen sein würde. Aber sie wollte, dass dieser wundervolle Mann alt wurde und ein tolles Leben führte. Er war so energiegeladen und fit, dass Izzy sich ihn kaum anders vorstellen konnte.

»Mehrere Labore arbeiten daran. Es ist sehr komplex, aber in der Theorie sind sie nur ein Molekül von einem Medikament entfernt. Es könnte morgen so weit sein oder noch Jahrzehnte dauern. Man muss es optimistisch sehen und an ein gutes Szenario glauben, und das besteht darin, dass ich die Krankheit nicht in mir trage. Es hat keinen Sinn, sich den Lebensmut rauben zu lassen, bevor sie ausbricht.«

»Okay.« Das alles lag weit jenseits ihrer Erfahrung, und er plauderte seelenruhig darüber. Sie konnte die Sache nicht annähernd so optimistisch sehen wie er.

»In der Zwischenzeit können wir nur …« Er schmiegte sein Gesicht an ihres. »Na ja, du weißt schon, den Augenblick genießen.« Er küsste sie, und seine Lippen waren warm und weich. »Und da habe ich auch schon eine ziemlich genaue Vorstellung, wie wir das am besten tun.«

Trotz ihrer Sorge um ihn musste sie lächeln und erwiderte im nächsten Moment einen seiner sinnlichen Küsse. Und auf einmal war das alles, was zählte.

# 65. Kapitel

Dienstagnachmittag, 20. Juli
XANDER & IZZY
Auf der Zweierschaukel, Les Cerisiers, Frankreich
*Ein paar romantische Dinge*

Obwohl Izzys Ankunft schon zwölf Tage zurücklag, hatte diese Reise erst wirklich an jenem Nachmittag im Heu begonnen. Also war es erst Tag drei, und deshalb kam der letzte Tag schon bald nach dem ersten und damit viel zu früh. Es widerstrebte ihnen beiden, sich einzugestehen, dass das »Ende« nah war. Sie verzichteten auf Pläne für den letzten Tag, obwohl Izzy die Arbeit an den Möbeln für das Kino gestern fertig bekommen hatte. Es war nicht so, dass Xander es bedauerte, dass sie die anderen Tage praktisch vergeudet hatten. Sehr viel hatte sich in den vorangegangenen neun Tagen geändert. Die Frau, die endlich mit ihm ins Bett gegangen war, war nicht mehr dieselbe, die bei ihrer Ankunft in Frankreich aus dem Flugzeug gestiegen war. Nicht nur Izzy hatte sich verändert, sondern auch er.

»Noch immer im Pyjama?« Er konnte es sich nicht verkneifen, sie wegen ihrer knappen Shorts und dem dünnen Trägerhemd aufzuziehen, als er hinaus in die Mittagssonne trat. Es war fast Zeit für das Mittagessen, und Sex hatte nach einem eiligen Frühstück sehr weit oben gestanden auf der Liste der bisherigen Tagesaktivitäten. Und jetzt hatten sie immerhin einen kurzen Kontakt zur Außenwelt hergestellt.

Izzy stieß sich auf der Schaukel ab und zog einen Schmollmund, auf den er insgeheim gehofft hatte. »Ich lese meine E-Mails und mache kleine romantische Dinge für die Türklinken.«

Sie hielt ein gepolstertes Herz hoch und rückte den Laptop auf ihren Knien zurecht. Obwohl sie unter dem Baldachin der Schaukel im Schatten saß, bekam sie jeden Tag mehr von diesen Sommersprossen, die er so liebte.

Bei der Erwähnung der E-Mails zog sich sein Herz zusammen. Er selbst hatte vorhin eine von Astrid erhalten und wünschte, er hätte sie nicht gelesen. Die Dinosauriervampire kamen anscheinend gut an bei dem Geldgeber aus Paris. So gut, dass das Meeting der Entscheidungsträger vorgezogen worden war. Astrid bat ihn inständig, heute Abend dorthin zu fahren. Und Astrid bat für gewöhnlich um nichts. Damit stellte sie ihn vor ein Dilemma, denn Nein sagen konnte er nicht.

»Was gibt's denn Neues?« Er setzte sich neben sie und knabberte zärtlich an ihrem Ohrläppchen, bevor er das Gesicht an ihren Hals schmiegte.

Izzy klammerte sich am Laptop fest. »Dida schreibt, dass die Experten von den Bildern aus Ollies Schuppen begeistert sind. Aber sobald die mit fragwürdigen Begriffen wie Provenienz anfangen, ist es gelaufen. Also erwarte nicht, dass wir bald Millionäre sind.«

Traurig, aber nichts anderes hatte er erwartet. Er fühlte mit ihr, denn er gönnte ihr und dem Rest des Cinema Clubs den Erfolg.

Sie kaute auf ihrer Unterlippe und kratzte sich im Durcheinander aus Haaren und Bändern am Kopf. »Außerdem hat sich die Bank gemeldet.« Izzy rümpfte die Nase. »Dida hat das Schreiben kopiert, aber es ist schwer zu verstehen, was die jetzt genau meinen.«

Vorsichtig sagte er: »Ich will mich ja nicht einmischen und schon gar nichts an mich reißen, aber ich könnte einen Blick darauf werfen …« Wahrscheinlich verfügte er über die Erfahrung, das Schreiben richtig zu interpretieren. Aber es lag ganz bei ihr.

»Würdest du das tun?« Ihre Miene hellte sich auf, und er schmolz dahin. »Hier …« Sie lehnte sich zurück und drehte den Laptop so, dass er lesen konnte.

Er neigte den Kopf, um das richtige Licht zu haben, und überflog die Sätze. »Da ist viel heiße Luft, aber es läuft darauf hinaus, dass der erste Typ Nein zum Darlehen sagt. Aber er will den Antrag weiterleiten, und das heißt, ihr habt noch eine Chance.« Er verschwieg seine Zweifel, um Izzy nicht die gute Laune zu verderben. Er lächelte zuversichtlich, doch als er die nächsten Zeilen las, legte sich eine eiserne Faust um sein Herz.

*Schläfst du schon mit dem Feind? Es ist wichtig, an ihm dranzubleiben. Wir sind dir was schuldig für alles ;) ;)*

Was hatte das zu bedeuten?

Nachdem er es nun mal gelesen hatte, ließ es ihm keine Ruhe.

»Was bedeuten diese Sätze am Schluss?« Er klang ungewollt hart und bitter. »Dass du mit dem Feind schläfst?«

Izzy sah ihn perplex an, dann weiteten sich ihre Augen.

»Lass uns das bitte klären. Mit dem Feind bin nicht ich gemeint, oder?« Ihn hätte kaum mehr frösteln können, wenn ihm jemand einen Eimer Eiswasser über den Kopf gegossen hätte.

»Ja, doch, du warst der Feind. Aber …«

»Warum Feind?«

Sie wurde blass unter ihrer Bräune, und ihre Stimme wurde unsicher. »Weil wir glaubten, du würdest das Kinogebäude kaufen.«

Er gab ein angewidertes Schnaufen von sich.

»Aber sieh dir das Emoticon an, es zeigt ein zwinkerndes Auge.« Ihre Stimme klang jetzt schrill und beinah empört, aber die aufblitzende Furcht in ihren Augen strafte den witzelnden Ton, den sie probierte, Lügen.

Xander warf Izzy gern mal vor, dass sie überreagierte, und er fragte sich, ob er gerade dasselbe tat. Trotzdem sprach er mit zusammengebissenen Zähnen. »Du hast einen Versuch, mir zu erklären, was das zu bedeuten hat.«

Izzy wand sich. »Es ist kompliziert.«

Falls sie glaubte, um diese Geschichte herumzukommen, indem sie sich verletzlich gab, konnte sie es vergessen. Sicher, er hatte sich in die verletzliche Izzy verliebt. Aber die Vorstellung, dass sie mit ihm zusammen war, sich anhörte, wie er sein Herz ausschüttete, und sogar mit ihm schlief, nur weil er möglicherweise an der Immobilie interessiert war, in denen sie alle ihre Läden untergebracht hatten … Und was hatte er gestern im Bett selbst gesagt, über das Kämpfen an allen Fronten? Jetzt ergab alles einen Sinn.

»Mir scheint das nicht kompliziert zu sein«, erwiderte er. »Es ist im Gegenteil ziemlich simpel.«

Mit dem Feind ins Bett gehen. Das erklärte einiges. Kein Wunder, dass sie ihn hingehalten hatte. Sie hatte nämlich gar nicht mit ihm schlafen wollen. Neun Tage lang hatte sie ihn auf Distanz gehalten, bis sie es nicht mehr länger vermeiden konnte. Hatte er sie dahin gedrängt?

»Und?« Auch wenn es wehtat, musste er es wissen. Und wie er Izzy kannte, konnte sie ihm nichts vorlügen. »Hast du es deshalb getan? Um nah am Feind zu sein?«

Sie schloss die Augen, und ihre Stimme wurde zu einem Flüstern. »Darüber wurde gesprochen, ja.«

Jetzt hatte er sie also. »Ich wusste es.«

Sie sah zu Boden. »Das war anfangs der Plan. Die anderen haben mich damit von dieser Reise zu überzeugen versucht, weil ich gar nicht fahren wollte.«

Es wurde schlimmer und schlimmer. Die anderen hatten sie mehr oder weniger genötigt, diese Reise zu unternehmen?

»Ich habe keine Ahnung, warum Dida jetzt wieder damit anfängt. Ich schwöre dir, so ist es nämlich nicht. Nicht mehr jedenfalls. Luce und Dida sind einfach nur albern.« Sie schob die Unterlippe vor, und ihre Stimme bebte. »Du musst mir glauben ...«

Wenn sie dachte, mit Tränen durchzukommen ... Er nahm sich zusammen. Wahrscheinlich hatte sie recht. Er musste so schnell wie möglich weg von hier, bevor er auf weitere Versprechungen hereinfiel. Das war nämlich das Problem – dass sie so verdammt aufrichtig klang. Vielleicht lag genau darin schon die ganze Zeit das Problem. Er war so dysfunktional gewesen und so verdammt bedürftig, dabei hätte er es besser wissen sollen, als sie an sich herankommen zu lassen.

Nun wusste er zumindest, woran er war. Die knifflige Entscheidung hinsichtlich seiner Prioritäten war gefallen.

Er hielt die Schaukel an und stand auf. »Das passt ganz gut zu meinen Plänen. Ich habe heute eine E-Mail erhalten, in der mir mitgeteilt wurde, dass ich schnellstmöglich nach Paris kommen soll.«

Er wich zurück Richtung Haus und versuchte zu ignorieren, dass ihre bestürzte Miene ihn mitten ins Herz traf.

»Keine Sorge, ich lasse dir ein Taxi kommen, das dich morgen zum Flughafen bringt. Und jetzt muss ich packen.«

Sollte sich der kleinste Zweifel melden, ob er das Richtige tat, musste er das verdrängen. Sie hatte sich zurückgezogen, als er sie zur Rede stellte. Wenn er sich irrte und ihr das, was zwischen ihnen war, wirklich etwas bedeutete, hätte sie doch wohl gekämpft. Aber so, wie die Dinge standen, war sie bereit, ihn ziehen zu lassen.

# 66. Kapitel

Früher Mittwochmorgen, 23. Juli
XANDER
Hotel Lancaster, Paris, Frankreich
*Guten Flug*

»Izzy …«

Ihre Stimme klang total verschlafen. »Xander?«

Er hatte sie geweckt.

»Xander? Wie spät ist es? Wo bist du?«

Shit, drei Uhr morgens. Übles Timing. »Ich bin in Paris, das Meeting ist gerade zu Ende. Ich wollte dich anrufen.«

Er hatte sie anrufen wollen, damit er von ihr hören konnte, dass sie ihn wollte und er sich vollkommen in allem geirrt hatte. Er wollte von ihr hören, er solle zurückkommen. Er wartete, bis sie sich gefangen hatte. Gab ihr die Gelegenheit zu einer Erwiderung, aber als sie schwieg, sprach er weiter.

»Ich wollte dir nur sagen, dass ich von hier aus direkt in die Staaten fliege … Irgendwann innerhalb der nächsten Tage.« So viel zu der dystopischen Dinosaurier-Vampir-Story, die Fahrt aufnahm. Er musste den Deal unter Dach und Fach bringen. Ein enormer Deal, weswegen er mit ganz Paris feiern sollte, weil er das gut hinbekommen hatte. Allerdings passte es auch in seine Fluchtpläne, denn er kam nicht klar mit der Möglichkeit, dass Izzy ihn benutzt hatte und nur mit ihm zusammen gewesen war, weil man sie dazu aufgefordert hatte. Und wenn das nicht zutraf, hätte sie es ihm klipp und klar gesagt, denn so war sie. Sie hätte seinen Verdacht nicht einfach stehen lassen, sondern argumentiert.

Wie um alles in der Welt hatte er nur plötzlich glauben können, er sei für eine Beziehung geeignet, wo es doch gar keine Beziehung gab?

Izzy schwieg weiterhin.

»Na schön, dann einen guten Rückflug.«

Noch mehr Schweigen.

»Leb wohl, Izzy.« Gab es noch etwas hinzuzufügen? »Und danke.« War's das? »Für alles ... Und verzeih, dass ich dich falsch verstanden habe.« Das meinte er ernst, allerdings wohl mehr seinetwegen. Dann legte er auf.

Alles geklärt. Das war's.

# 67. Kapitel

Mittwochnachmittag, 23. Juli
IZZY
Zu Hause in Matlock
*Glückliche Landung*

Gegen zwei am nächsten Tag war Izzy wieder zu Hause und ging die Albert Street entlang, vorbei am schlammbespritzten Chou-fleur. Am Bordstein parkten heute nicht viele Corsas. Sie trat durch die Pforte. Der Weg zum Haus war feucht, die pinkfarbenen Geranien im Blumentopf neben der Tür waren verwelkt. Ihr fehlte jetzt schon die Sonne. Von allem anderen ganz zu schweigen.

Was Xander betraf, so hatte sie bei seinem Anruf noch halb geschlafen. Immerhin hatte er angerufen, wenn auch mitten in der Nacht. Er würde nach Amerika reisen, genau wie sie insgeheim stets vermutet hatte, auch wenn er noch so sehr das Gegenteil behauptet hatte. Sie ärgerte sich über die letzte schreckliche Auseinandersetzung. War es erst gestern gewesen? Der Streit war so schnell außer Kontrolle geraten, dass sie es nicht hatte aufhalten können. Xander hatte alles falsch verstanden, andererseits konnte sie nicht leugnen, dass er auch ein wenig recht hatte. Ja, sie war schuldig. Auf dem Display hatten die Worte gestanden: *Schläfst du schon mit dem Feind?* Die Frage mochte scherzhaft gemeint sein von Dida, aber diese Idee hatte ursprünglich einmal zur Strategie gehört. Auch wenn sich die Dinge ganz anders entwickelt hatten, konnte sie diese Tatsache nicht leugnen.

Es war typisch für ihn, einfach anzurufen. Der Xander, den sie kannte, tat stets das Anständige. Und diesmal rief er an, um sicherzugehen, dass sie verstanden hatte, um zu bestätigen, dass es vorbei war und er wirklich gehen würde. Vermutlich wollte er sie davor bewahren, sich unnötig Hoffnung zu machen. Die Vorstellung, ihn nicht mehr wiederzusehen, war schrecklich.

Sie nahm an, dass er mit Astrid geflogen war, aber das spielte jetzt keine Rolle mehr. Izzy verstand nicht, warum sie sich wie betäubt fühlte, wo sie das doch alles hätte voraussehen können. Schließlich hatte er ihr nie mehr in Aussicht gestellt, als den Augenblick zu genießen und gemeinsam Spaß zu haben. Und sie hatte das akzeptiert, ja sogar begrüßt. Aber als er gestern aus Cerisiers weggefahren war, hatte sie sich verlassen gefühlt. Irgendwann war alles mit diesem wundervollen Mann durcheinandergeraten. Und als er ihr vorwarf, ihn benutzt zu haben, sah sie sich außerstande, diese Vorwürfe zu entkräften. Obwohl sie versichert hatte, sie wolle auch keine Beziehung, schmerzte es sie sehr, dass jemand, der ihr so viel bedeutete, nun fort war.

Das Feuerwerk war abgebrannt, und sie war frei, so wie sie es immer hatte sein wollen. Frei, um all die Dinge zu tun, die sie tun musste, und um diejenige zu sein, die sie sein wollte. Großartig.

Leider überhaupt nicht.

Sie verzichtete darauf, sich vom Flughafen abholen zu lassen, denn es tat gut, allein auf einem Platz im Bus nach Derby zu sitzen und von dort mit dem Zug nach Matlock weiterzufahren. Allein war gut. So wollte sie es. Pech für sie, dass sie sich nach zwei Wochen, in denen sie ständig mit Xander zusammen gewesen war, jetzt wie amputiert fühlte.

Ein Zweig der vernachlässigten pinkfarbenen Kletterrose über der Tür war heruntergefallen, und die Blütenblätter lagen auf der Fußmatte. Sie betrat den kleinen Flur, in dem es weniger frisch roch, als sie erwartet hatte. Muffig. Ein Packen Post lehnte an der Sockelleiste. Sie ging in die Küche. Stapelweise Pizzakartons. Bierdosen. Gitarren. Angebrannte Pfannen auf dem Herd. An der Wand Soßenspritzer. Sie bereute prompt, die selbst gemachte Bolognese vorgeschlagen zu haben.

Oben in ihrem Zimmer kroch sie ins Bett auf dem Fußboden und zog sich die mit Rosen bedruckte Decke über den Kopf. Irgendetwas an den Rosen nervte sie, dann fiel ihr etwas ein, und sie sprang auf. Sie lief zur Kommode und fegte die Buchstaben, die das Wort LOVE bildeten, herunter in ihre Unterwäscheschublade. Dann warf sie sich wieder ins Bett. Sie streckte die Hand hinaus und tastete in ihrer Tasche, bis sie den kleinen Gipsengel aus dem Müllcontainer gefunden hatte. Erschauernd hielt sie ihn an die Brust gedrückt.

Eine Weile später hörte sie das Zuschlagen der Haustür, Schritte auf der Treppe, Stimmen. Zehn Minuten danach wurde sie mit Lärm überfallen, der die Schallgrenze überschritt, als die Zwillinge mit der Bandprobe begannen.

# 68. Kapitel

Izzy an Dida und Luce: *Bin wieder da, tolle Sachen kommen bald, hab euch alle vermisst, gehe jetzt ins Bett, melde mich morgen, alles Liebe xx*

Luce an Izzy: *Kann es kaum erwarten,dich zu sehen, du fehlst mir XXXXX*

Dida an Izzy: *Du wirst das Kino retten,du bist SO UNGLAUBLICH. Vive Le Vintage Cinema Club xx*

Luce an Izzy: *Wollen wir zusammen frühstücken? Oder ich komme um elf? Umarmung, bis morgen xx*

Izzy an Luce: *Um elf :) xx*

# 69. Kapitel

Donnerstagmorgen, 24. Juli
IZZY & LUCE
Vor Izzys Tür
*Keine knallenden Korken*

Die Türklingel holte Izzy aus tiefem, aber unruhigem Schlaf. Trotz großer Erschöpfung hatte sie nicht gut geschlafen, aber es musste schon spät sein, denn normalerweise sah sie nie die Schatten der Jalousien auf dem Fußboden. Sie waren schwach, aber wenigstens wiesen sie auf Sonne draußen hin statt des grauen Nieselregens gestern. Sie schlug die Decke zurück, kroch zum Fenster, schob die Jalousie zur Seite und das Fenster hoch.

»Luce …?« Wie war es so schnell elf geworden?

Es war tatsächlich Luce, und sie stand unten auf der Straße, wo sie mit einem Mann vor dessen Interflora-Lieferwagen redete. Als der Fahrer die Hecktür zuwarf, drehte Luce sich um und sah grinsend zu Izzy hoch, den Inhalt eines halben Blumenladens im Arm.

»Izzy, wie schön, dich zu sehen. Schwing deinen Hintern hier herunter und lass mich rein.« Luce marschierte auf die Pforte zu.

Izzy zog sich ein Sweatshirt und eine Jogginghose an, dann lief sie die Treppe hinunter. Ihr erster Gedanke: Ibuprofen. Ihr Kopf hämmerte. Der zweite Gedanke: Wer wusste, dass sie pinkfarbene Blumen liebte? Xander konnte sie in dem Fall ausschließen, aber Herzklopfen bekam sie dennoch. Verdammt noch mal. Sie riss die Tür auf, und der Duft von Lilien und Rosen schlug ihr entgegen. Vor ihr stand Luce, lächelnd und wundervoll vertraut. Izzy schnürte es die Kehle zu.

»Komm her.« Luce legte den riesigen Blumenstrauß auf einen Sessel und umarmte Izzy. »Wow, wie hübsch und braun du bist.«

Izzy sah sich im Flurspiegel. Ihre Haare standen in alle Richtungen; hübsch war etwas anderes. Sie betrachtete kritisch ihren Arm. »Diese Bräune hat viel Arbeit gekostet.« Auch wenn alles andere ein Desaster gewesen war, fand sie die goldbraune Farbe ihrer Haut nicht schlecht.

»Was die Blumen angeht – nicht mal der Strauß meiner Schwester war so groß, als sie Topshop Face Of 2004 wurde.« Luce schnupperte an den Blumen. »Es sind auch deine Lieblingsfarben. Möchtest du die Karte lesen?«

Izzy war sich nicht sicher, ob sie wollte, aber Luce sollte auch nicht die vermüllte Küche sehen.

»Hier.« Luce gab ihr die Karte trotzdem.

Izzy riss den Umschlag auf und hoffte, dass ihre Freundin nicht mitbekam, wie sie den Atem anhielt. »Aaah …« Izzy überflog die Superlative: *Überwältigend … Beeindruckend … Talentiert …* Dann, als sie den Namen las, sank sie in sich zusammen. Sie setzte ein Lächeln auf und versuchte, so fröhlich wie möglich zu klingen. »Die ist von Christina, die sich bei mir bedankt. Sie ist begeistert von den Fotos, die ich ihr geschickt habe. Sie reist nächste Woche nach Frankreich.« Izzy lächelte erneut gezwungen, um zu unterstreichen, wie sehr sie sich freute. Wie kam sie bloß darauf, dass Xander ihr Blumen schicken würde?

»Das ist reizend von ihr.« Luce drückte Izzy noch einmal. »Du bist klasse, weil du die Reise gemacht hast. Erzähl mir beim Kaffee alles darüber, und ich erzähle dir die Neuigkeiten vom Vintage Cinema Club.«

Izzy schluckte hart und war den Tränen nahe. Dann wappnete sie sich für das Armageddon, in das sich die Küche verwandelt hatte, und folgte Luce.

# 70. Kapitel

Freitagnachmittag, 25. Juli
LUCE & DIDA
Bei der St.-Nic's-End-Etappe des Fun Run
*Der Fitnessdrink-Stand*

»Wir haben es gründlich vermasselt.« Luce stand hinter dem Getränketisch und jammerte. »Izzy hat Liebeskummer, Xander ist auf der anderen Seite des Atlantiks, und alles nur, weil wir hier unbedingt unser Projekt retten wollten. Ich hätte sie niemals überreden sollen, nach Frankreich zu fliegen.« Luce hatte Izzy noch nie so niedergeschlagen erlebt. Der schreckliche Alastair hatte sie zur Weißglut getrieben, aber diesmal war Izzy nicht wütend. Jetzt war sie bekümmert und trübsinnig, was Luce viel mehr Sorgen bereitete.

»Und ich bedaure diese E-Mail mit der Anspielung auf den Feind.« Dida schürzte die hellrot geschminkten Lippen und schüttelte heftig den Kopf. »Der Vintage Cinema Club steckt in einer handfesten Krise.«

Luce suchte den Himmel nach Anzeichen von Regenwolken ab. »Izzy hat sich nicht einmal darüber gefreut, dass die Gemälde begutachtet werden. Wahrscheinlich hat sie recht, und es ist ohnehin nur falscher Alarm.«

Dida stemmte entschlossen die Fäuste in die Hüften. »Wir müssen das wiedergutmachen. Ich weiß nicht, wie, aber wir werden es.« Sie schwankte auf ihren Wedge Sneakern. »Wow, wo kommen die vielen Kunden auf einmal her?« Ein Haufen Kids sah sie neugierig an; offenbar hatten sie dem

Gespräch gelauscht. Dida wedelte mit den Händen über die Auslage. »Karottensaft, Apfelsaft, Holundersaft oder selbst gemachte Limonade, ohne Kohlensäure.«

Die Kids stöhnten enttäuscht. »Nix mit Kohlensäure?«

»Sorry, das ist alles.« Luce bemerkte über die Köpfe der Kids hinweg: »So viel zum Wunsch der Elternschaft, gesunde Getränke anzubieten.«

Dida lachte. »Ich bin trotzdem lieber hier, statt als Zuschauerin an der Ziellinie zu stehen.« Sie verdrehte die Augen. »Spaß und rennen im selben Satz, das passt nicht.« Sie sah wieder die Kinder an, die immer noch da waren. »Wenn ihr lieber einen Smoothie wollt, dann lauft zu dem Typen auf der anderen Seite der Wiese, der hat einen pedalbetriebenen Smoothie-Maker. Er keucht und ist außer Atem und schon ganz rot im Gesicht, ihr könnt ihn nicht verfehlen.«

Die Kids zogen mit ihrem Geld ab.

»Wenigstens ist Aidie überhaupt aufgetaucht.« Luce sah zu der kleinen Menschenmenge, die sich um Aidies Maschine versammelt hatte.

Dida schnaubte verächtlich. »Anscheinend ist das eine Männersache. Er tut dem Vorsitzenden der Schulverwaltung einen Gefallen, der auch eine große Nummer in der Handelskammer ist. Es muss zehn Jahre her sein, dass ich meinen Mann an einem Freitagnachmittag zu Hause gesehen habe.«

»Er ist schlanker geworden.« Luce wusste nicht, wie Dida dazu stand, aber Aidie sah aus wie der Schatten seines früheren Selbst.

»Er hat Gewicht verloren.« Dida gab ein weiteres verächtliches Schnauben von sich und senkte die Stimme. »Er ist immer noch besessen.«

Luce hob fragend eine Braue. »Von seiner Personal Trainerin?«

»Genau die meine ich.« Dida zuckte mit den Schultern. »Es ist besorgniserregend. Bisher hat er sich nie auf nur eine beschränkt. Außerdem hat er jedes Interesse an den Kindern und an seinem Zuhause verloren. Ich frage mich, ob er das alte Kino deshalb verkaufen will.«

»Du meinst, er will dich verlassen?« Luce blickte erstaunt.

»Möglich. Männer wie er gründen eine zweite oder sogar dritte Familie.« Dida winkte ab. »Bisher ist er immer wieder zurückgekommen, weil ich über seine Affären hinweggesehen habe und die Kids und das Haus noch Anziehungspunkte waren. Mit seinen Affären bin ich ja noch klargekommen, aber wenn er sich verliebt hat, wäre das etwas anderes.«

Luce verzog das Gesicht. »Du glaubst, Aidie könnte …?« Verliebt sein? Höchst unwahrscheinlich, da doch alle Anzeichen darauf hindeuteten, dass Aidie gar kein Herz besaß.

»Wer weiß?« Dida schloss die Augen und schüttelte sich. »Na ja, sagen wir mal so: Letzte Woche habe ich schon mal in Gedanken geübt, woanders als im Alport Towers zu wohnen.«

Oje, die Sache war ernst, denn Dida hing an dem Haus. »Und? Hat es funktioniert?« Luce fragte sich, wo Dida wohl hinziehen könnte.

Dida schlang die Arme um sich. »Die Kids und ich kämen sicher in einem dieser Penthouses mit Blick auf den Park klar. Dem Himmel sei Dank, dass ich Lollys Bettelei nach einem Falabella nicht nachgegeben habe. In einer Wohnung könnten wir keines halten, auch wenn die Balkone groß sind.«

Die Penthouses waren toll, aber nichts, was Luce sich jemals würde leisten können. Für Dida bedeuteten sie allerdings einen dramatischen Abstieg.

Luce war es nicht gewohnt, ihre Freundin derart ratlos zu sehen. »Hast du wenigstens etwas von dem Typen aus deinem Urlaub gehört?«

»Nein.« Dida warf den Kopf zurück. »Das habe ich auch nicht erwartet.« Sie fuhr sich durch die Haare und zerrte an ihnen. »Ist auch nicht wichtig.«

Luce wusste, dass das Haareraufen ein sicheres Zeichen war. Dida war diese Sache weitaus wichtiger, als sie zugab.

»Hat er deine Nummer?« Dumme Frage, aber irgendwie wichtig.

»Wir haben Handynummern ausgetauscht, als wir in Assisi waren.« Dida zuckte mit den Schultern.

Luce schürzte die Lippen. »Er wird dich nicht kontaktieren, wenn er nicht weiß, dass du an ihn denkst.«

Dida stieß einen langen Seufzer aus. »Er war einfach ein netter Kerl, mehr nicht. Vernünftig und unkompliziert. Es war angenehm, mit ihm zusammen zu sein.«

»Du könntest ihm eine kurze beiläufige Nachricht senden, als Eröffnung.« Luce grinste. »Zum Beispiel: ‚Habe dich schrecklich vermisst.'«

»Meine Güte, doch nicht so direkt!«, rief Dida entsetzt.

»War nur Spaß.« Dass Dida ihr Humor abhandengekommen war, deutete Luce als weiteres Zeichen dafür, wie viel ihr diese Sache bedeutete. »Wenn er nicht interessiert ist, wird er nicht zurückschreiben.« Luce dämpfte ihr Grinsen zu einem Lächeln. »Es wär doch schade, es einfach wegzuwerfen. Mal ehrlich, wie viele Leute mögen schon Opern?«

Dida stellte die Pappbecher wieder auf, die umgefallen waren, und warf Luce einen Blick von der Seite zu. »Und was ist mit dir? Ich nehme an, Ollie hat noch keine E-Mail zurückgeschrieben?« Sie machte ein nachdenkliches Gesicht. »Wir könnten beide schreiben. Oder wir tun beide nichts …«

Luce seufzte. Falls Ollie sein Handy noch hatte, konnte ihn eine Nachricht erreichen, eine E-Mail dagegen vielleicht nicht. Seit sechs langen Wochen hatte sie nichts von ihm gehört, alle anderen jedoch auch nicht. Er wusste immer noch nichts von den Gemälden, die zur Hälfte ihm und zur Hälfte Luce gehörten. Aber damit würde sie sich auseinandersetzen, sollten sie sich wider Erwarten als Originale erweisen. Eine Textnachricht konnte aber vielleicht nicht schaden …

»Kundenalarm – diese Kinder sind zurück.« Dida nahm einen Krug und winkte damit der ankommenden Gruppe zu. »Vier Limonaden?« Sie wandte sich mit einem gezwungenen Lächeln an Luce. »Jedes Mal, wenn ich Aidie sehe, denke ich an seine verdammte Elvira und ihre verdammten winzigen Titten und ihre Trainerinnenbauchmuskeln und an das Zu-verkaufen-Schild über dem Kino. Echt jetzt, es reicht. Schreiben wir Textnachrichten.«

# 71. Kapitel

Freitagabend, 25. Juli
LUCE
In ihrer Wohnung
*Zweifel*

Luce hatte es sich spätabends auf ihrem Bett bequem gemacht und schaltete ihr Handy ein. Sie öffnete ihren SMS-Dienst und tippte.

*Wünschte, du wärst hier. Luce x*

Das fasste es zusammen. Kurz, aber perfekt formuliert. Mehr gab es nicht zu sagen. Sie hielt den Finger über der Senden-Taste und zögerte.

Was dachte sie sich eigentlich? Sosehr sie Ollie auch vermisste und sosehr sie ihre Einstellung geändert haben mochte, wollte sie doch auf keinen Fall wie die verzweifelte Frau aus Matlock klingen.

Sie bewegte den Finger und tippte »löschen«.

# 72. Kapitel

Sonntagabend, 27. Juli

Dida an Hamish: *Hast du mal wieder ein schönes Gelato gegessen in letzter Zeit? Dida*

Hamish an Dida: *Gelato gibt's leider keins in Morpeth. Begnüge mich mit Chocolate Chip von Lidl. Hamish*

Dida an Hamish: *Ich esse Ben and Jerry's Baked Alaska, während ich schreibe. Tosca und die Piazza del Commune kommen mir jetzt sehr weit weg vor.*

Hamish an Dida: *Der Oregano ist hier auch nicht derselbe. Hast du mal Ben and Jerry's Strawberry Cheesecake probiert?*

***

Dida an Luce: *Yeah, ich hab's getan, und er hat geantwortet! Wir unterhalten uns über Eiscreme und Oregano. Danke, dass du mir den Schubs gegeben hast. Wie läuft's bei dir? XXXXX*

Luce an Dida: *Yay, fantastische Neuigkeiten von dir und H. Siehst du, ich hab's dir ja gesagt. Ich selbst habe gekniffen. Freu mich für dich. xx*

***

Dida an Ollie: *Wann hast du eigentlich zuletzt mal deine SMS gecheckt? Da sind sehr wichtige Textnachrichten für dich gekommen!!! xx*

***

Hamish an Dida: *Kann Häagen Dazs salted caramel definitiv empfehlen. Habe Tosca-Entzug, deshalb überlege ich, mir Arien im Park in York anzuhören.*

Dida an Hamish: *Klingt wundervoll. So kultiviert. Häagen Daz Schokominze ist einen Versuch wert, falls du das noch nicht kennst.*

Hamish an Dida: *9/10 für HD Schokominze. Bisschen kurzfristig, aber du könntest nächste Woche Samstag nach York kommen. Welche Note würdest du HD Sahnepralinen geben? Falls du Zeit hast, meine ich übrigens.*

Dida an Hamish: *HD Sahne-
pralinen kriegt eine glatte 10 :)
Ja zu York, muss mich aber erst
um Kinderbetreuung kümmern.
Melde mich diesbezüglich wieder.
HD Baileys?*

Hamish an Dida: *HD Baileys werde
ich bestimmt in dieser Woche
probieren. York-Neuigkeiten:
12 von 10 Punkten.
Schick mir eine E-Mail, dann sende ich dir mehr Details.*

***

Dida an Luce: *Du wirst es nicht
glauben … H hat mich nach meiner
E-Mail-Adresse gefragt, und wir
haben eine Verabredung in York!!!
:D XXX*

Luce an Dida: *Wow, du hast ein
Date. XXXX*

Dida an Luce: *Es ist eine
Verabredung, kein Date. Das ist
ein großer Unterschied. H ist ein
Freund X*

# 73. Kapitel

Montag, 28. Juli

*Betrifft: Zurück im Zimmer*

*Hi, Luce und Ruby,*
*schön, von euch zu hören; freut mich, dass euch meine Karten gefallen haben. Ich habe jede Menge mit Pandas drauf, falls ihr die mögt. Wie schön, dass du Falabellas magst, Ruby. Ich habe neulich ein kleines Pony aus Metall gebastelt. Hing ein bisschen beim örtlichen Schmied herum – konnte nicht anders, und die Handwerker hier sind toll. Ich schenke dir das Pony, wenn ich zurückkomme.*

*Winkewinke von Koh Samui, Ollie x*

*PS: Sorry, dass ich mit der Antwort so lange gebraucht habe – war für eine Weile vom Radar verschwunden, aber jetzt bin ich wieder online.*

# 74. Kapitel

Montagmorgen, 28. Juli
LUCE & DIDA
Im St. Nic's Holiday Club
*Nur ein Freund*

»Sie haben also ein Date, Mrs. Compton?« Luce, die morgens stets zwei Minuten später als Dida eintraf, egal ob auf dem Weg zur Schule oder in den Holiday Club, rannte quer über den Spielplatz und holte Dida an der Schwingpforte ein. Ollies E-Mail hatte Luce beflügelt und ihr ein dummes Grinsen beschert, das sie zu unterdrücken versuchte.

»Es ist definitiv kein Date«, stellte Dida pikiert klar, was sehr gut zu ihrem blassblauen Hosenanzug passte. »Wir sind einfach zwei Opernfans, die einen Nachmittag im Park verbringen.«

Wenn sie das selbst glaubte, schön für sie.

»Toll.« Luce war immer noch überrascht, wie offenherzig sie war. »Aber machst du dir keine Sorgen wegen Aidie?« Der ging bestimmt mit der Grazie eines umherfliegenden Kuhfladens in die Luft, wenn er das herausfand.

Didas Nasenflügel bebten, als sie tief Luft holte. »Ich habe nichts zu verbergen und werde es Aidie schon erzählen. Dank Miss Sexy Mini-Sport-BH beehrt er uns nur noch alle zwei Wochen mit seiner Anwesenheit, und dann auch nur für eine Nacht inklusive Streit. Er will nicht mal mehr Sex zu Hause. Der ist kaum in der Position, sich zu beklagen.« Dida stieg in ihren Wagen und ließ das Fenster herunter. »Und danke, dass du die Kids nimmst. Die Kinder und Alport Towers sind mir viel zu wichtig, um sie durch Ehebruch aufs Spiel zu setzen. Es handelt sich lediglich um kultivierte Gesellschaft. Das Leben mit Aidie ist eine solche kulturelle Wüste.«

Luce merkte, dass sie zu breit grinste, und dämpfte es entsprechend. »Mrs. GI Joe will Samstagmorgen ihr Kleid abholen. Aber sie kann auch zu mir nach Hause kommen.« Da Jules schon dort gewesen war, sollte das kein Problem sein. »Meine Mum macht mit allen Kindern am Nachmittag ein Picknick in Carsington Water.«

»Ich stehe in deiner Schuld, Luce. Hamish ist nur ein Freund, und es ist erst in zwölf Tagen.« Dida verzog das Gesicht. »Aber verdammt, mein Herz pocht jedes Mal, wenn ich daran denke – und das passiert oft.«

Luce nickte begeistert. Mit Herzklopfen kannte sie sich aus. »Du musst das austesten.« Eine klitzekleine E-Mail von Ollie genügte schon, um Hochgefühle bei ihr auszulösen und Dida anzufeuern.

Dida schürzte die hellroten Lippen, dann klopfte sie mit einem ihrer pfirsichfarbenen Fingernägel gegen die Zähne. »Bilde ich mir das nur ein oder siehst du heute Morgen besonders glücklich aus?« Sie legte den Kopf schief und sah Luce neugierig an. »Hast du etwa von Ollie gehört?«

Luce mochte leicht zu durchschauen sein, aber es gab nur einen Grund, warum Dida direkt fragte. »Hast du ihm etwa geschrieben?«

»Schon möglich.« Ein Grinsen breitete sich auf Didas Gesicht aus. »Schritt eins des Vintage Cinema Clubs: Uns alle wieder ins Lot bringen. Das ganze Desaster mit Izzy hat mir klargemacht, dass es uns nicht nur ums Geschäft gehen darf. Wir müssen uns auch um uns selber kümmern.«

»Da hast du recht.« Luce zuckte dankbar mit den Schultern. »Danke, dass du das mit Ollie und mir angestoßen hast.« Seit der E-Mail an diesem Morgen empfand sie neben dem Hochgefühl eine tiefe innere Ruhe. Nur ein paar wenige Worte auf einem Display und nicht viel zwischen den Zeilen zu lesen, doch der Bruch zwischen ihr und Ollie war irgendwie geheilt. Plötzlich, nach sechs Wochen des Schweigens, war die Idee, sich gegenseitig Neuigkeiten ans andere Ende der Welt zu schreiben, gar nicht so schlecht.

»Bis zum Februar ist es nicht mehr lang.« Luce lächelte jetzt nicht mehr. Wenn sie es schnell aussprach, konnte sie so tun, als würde ihr das Herz bei dem Gedanken nicht schwer. Denn wenn sie daran dachte, Ollie bis dahin nicht zu sehen, kam es ihr vor wie eine Ewigkeit.

Kleine Lachfältchen bildeten sich um Didas Augen. »Na, das wird vielleicht eine Rückkehr. Mal schauen, ob es noch knistert.«

Luces Wangen glühten.

Dida stutzte. »Du meine Güte, ihr habt es schon getan, oder?«

»Wenn Izzy etwas davon wüsste, würde sie mich erwürgen.« Davon war Luce überzeugt. Sie würde es genauso machen, wäre sie an Izzys Stelle. Immerhin hatte Luce etwas mit ihrem Bruder angefangen und ihn so sehr verletzt, dass er verschwunden war. Genau aus dem Grund sollten die Brüder bester Freundinnen tabu sein.

»Wann war das?«, wollte Dida wissen.

»Nur einmal«, antwortete Luce verlegen. »Und eher unbeabsichtigt.«

Sie hatte es im Kopfkino so oft wieder abgespielt, dass der Film eigentlich schon ganz abgenutzt hätte sein müssen. Ollie, der sich am Vorabend seiner Abreise verabschieden wollte, aber Ruby schlief schon, und er wollte nicht, dass Luce sie weckte. Und dann endete Ollies Abschiedskuss auf

Luces Wange im Bett. Die Chemie zwischen ihnen war unglaublich, der Sex überwältigend, als würde sich alles, was sie sich monatelang versagt hatten, in dieser einen orgiastischen Stunde des Glücks entladen. Und dann fuhr er zum Flughafen. Nur dass es mehr als das gewesen war. Sie hatte es zu verdrängen versucht und deshalb auf seine E-Mail, in der er darum bat, mit ihr darüber sprechen zu dürfen, nicht geantwortet.

Luce stieß einen langen Seufzer aus. »Es ist ein elender Mist, dass man erst dann begreift, was man will, wenn man es nicht mehr haben kann.«

»Es ist nie zu spät.« Dida drückte Luces Arm. »Wir werden dafür sorgen, dass Izzy nur die guten Teile erfährt, und auch das nur, falls es nötig ist.« Dida rümpfte die Nase. »Alles in allem hat sich dieser Stand mit den Fitnessdrinks doch ausgezahlt, oder?«

# 75. Kapitel

Mittwochmorgen, 6. August

*Betrifft: Alle auf ihre Positionen*
*Die zweite Lieferung aus Frankreich trifft Montagnachmittag um zwei ein. Bitte seid da, um zu helfen, wenn ihr könnt.*

*Dida x*

# 76. Kapitel

Donnerstagnachmittag, 7. August

Ollie an Luce: *Lust auf einen Spaziergang im Park?*

Luce an Ollie: *Welcher Park?*

Ollie an Luce: *Der Park in Matlock?*

Luce an Ollie: *Was, buchst du jetzt schon einen Rückflug für Februar?*

Ollie an Luce: *Nein, ich meine jetzt ;)*

Luce an Ollie: *OMG, ist das ein Scherz?*

Ollie an Luce: *Wir treffen uns bei den Schaukeln in sieben … Minuten, nicht Monaten :)*

Ollie an Luce: *Ist das ein Ja????*

Luce an Ollie: *Uuups, JA JA JA JA*

# 77. Kapitel

Donnerstagnachmittag, 7. August
OLLIE & LUCE
Bei den Schaukeln im Park von Matlock
*Wind, dicke Jacken und zerzauste Haare*

In seiner Vorstellung war es kein verregneter, sondern ein sonniger Tag gewesen. Seit gut sechsundzwanzig Stunden, seit er Bangkok verlassen hatte, stellte Ollie sich vor, wie er auf einer Parkbank saß, der Rucksack neben ihm auf dem Boden, und die Sonne auf sein Gesicht schien, während er wartete. In den vergangenen fünf Monaten hatte er sich immer wieder ausgemalt, wie die Kids in den Springbrunnen tobten und er nach Luce und Ruby Ausschau hielt, die auf ihn zugelaufen kamen, mit wehenden Kleidern im Sonnenuntergang, nicht unter einem grauen Himmel. Auch hatte er den Verkehr um diese Uhrzeit vergessen. Unter der Rutsche stolzierte eine Ente.

Tatsächlich saß er unter dem Dachvorsprung der Toiletten auf seinem Rucksack, und der Regen lief über die verstopfte Dachrinne, während er die Minuten zählte. Aber auf einmal waren sie da, mit der Kindersicherung des Tors kämpfend. Ruby stapfte in Gummistiefeln in die Pfützen; ihre gelbe Regenjacke war kürzer als bei seiner Abreise. Sie hatte den gepunkteten Schirm dabei, den er ihr geschenkt hatte, und sah zu Luce auf, während sie rannte. Und Luce. Luce in Steppjacke und Jeans, die Kapuze auf dem Kopf, die Hände tief in den Taschen, mit hochgezogenen Schultern wegen der Regenböen, die Haare nass und zerzaust und an ihren Wangen klebend. Plötzlich gefiel ihm der Regen; der Regen war das beste Wetter, das er sich wünschen konnte, da ihm Tränen über die Wangen liefen.

Sie entdeckten ihn, und Ruby kreischte und rannte auf ihn zu und warf sich ihm in die Arme, gerade als er aufstand. »Olls? Mummy, ist das wirklich Olls?«

Er zuckte zusammen, da ihr Ellbogen ihn in den Schritt traf, als er sie hochhob.

»Hey, du.« Luce kam bei ihnen an und berührte lächelnd seine Wange, sodass er erschauerte.

In ihm zog sich alles zusammen, während sie mit Daumen und Zeigefinger sein Kinn umfasste, und dann lagen ihre Lippen auf seinen. Kurz darauf löste sie sich sanft wieder von ihm. Es war genau so, wie er es sich ausgemalt hatte, genau wie in seiner Erinnerung an jedem einzelnen Tag seit seiner Abreise.

»Hey, du bist ja ganz durchnässt, und du bist so dünn … Ich spüre deine Rippen.« Sie musterte ihn von oben bis unten. »Kein Wunder, dass du frierst, nur mit einem T-Shirt bekleidet. Du bist nicht mehr in den Tropen, weißt du?« Sie grinste.

»Warte.« Er griff in seine Tasche, und seine Hose rutschte fast herunter. »Ich habe dir etwas mitgebracht, Ruby.« Wann war seine Jeans so schlabbrig geworden? Er hatte sie auf der Toilette am Flughafen Heathrow angezogen, und es war fünf Monate her, seit er sie zuletzt getragen hatte. Seine Finger schlossen sich um etwas Kleines, Hartes und Stacheliges, und er zog das Pferd heraus, das ihn um die Welt begleitet und ihm schließlich den Weg nach Hause gezeigt hatte.

»Es ist ein Pony!« Ruby strahlte und machte es sich auf seiner Hüfte bequem. »Woher wusstest du denn, dass ich Ponys mag, Olls?«

»Gute Frage, Rubes. Ich habe es wohl irgendwie geahnt.« Er hatte das Pony für sie in der Woche gebastelt, bevor er die E-Mail über die Falabellas erhalten hatte.

Sie zappelte, und er ließ sie herunter.

»Ich werde ihn galoppieren lassen.«

Als Ruby loslief, stieß Luces Hüfte gegen seine, denn sie legte ihm den Arm um die Taille. »Rubes und ich wollten gerade Tee trinken, und du siehst aus, als könnte eine gute Mahlzeit dich aufwärmen.« Sie hakte einen Finger in eine seiner Gürtelschlaufen. »Wären Bohnen auf Toast okay?«

Bohnen auf Toast, als wäre er nie weg gewesen. Nur wusste er längst, dass es nicht wie vorher war, sondern ganz anders. Es lag etwas in der Art, wie Luce sein Kinn festgehalten hatte, wie ihre Hand auf seiner Brust lag, ihre Schulter sich unter seine Achsel schmiegte, während sie den Arm um ihn gelegt hatte. Vielleicht freute sie sich, ihn zu sehen, aber sie hatte den Finger an seinen Gürtel gehakt, als wollte sie ihn nie mehr gehen lassen. Möglicherweise war es also mehr als Wiedersehensfreude. Wie auch immer – nachdem er ohne sie gewesen war und sie wiedergefunden hatte, würde er nehmen, was sie ihm anbot.

»Klingt gut.« Bohnen auf Toast? Wenn er daran gedacht hätte, während er an irgendeinem tropischen Strand saß, wäre er wohl früher zurückgekommen. Bohnen auf Toast mit Luce und Ruby? »Mir fällt nichts ein, was ich lieber hätte.«

# 78. Kapitel

Freitag, Mittagszeit, 8. August
IZZY & OLLIE
In Izzys Küche
*Gibt's Haferriegel?*

»Ollie?«

Izzy lief die Treppe herunter, stolperte über den mit Aufklebern der Far Eastern Airlines übersäten Rucksack im Flur, lief in die Küche und blieb unvermittelt stehen. »Was machst du hier? Ich dachte, du würdest mindestens bis Weihnachten fortbleiben.«

»Ich freue mich auch, dich zu sehen.« Ollie sah von seiner Schale mit Cornflakes auf und deutete mit dem Kopf auf die Pizzakartons und den Geschirrstapel. »Was ist denn hier passiert? Zombie-Apokalypse?«

Izzy schüttelte den Kopf und versuchte, den Schock zu verarbeiten. Dass ein männliches Mitglied der Familie eine Bemerkung über die unaufgeräumte Küche machte, war auch noch nicht so oft vorgekommen. »Ich habe seit meiner Rückkehr noch nicht alles aufräumen können. Du weißt, dass ich in Frankreich war?« Sie sah, wie er nickte und mit dem Löffel wedelte. »Wie kommt's, dass du früher zurück bist?« Frankreich war mittlerweile lange her, doch ihre Putzwut musste unterwegs verpufft sein. Seit ihrer Rückkehr hatte sie noch keine Kraft gehabt, Ordnung im Haus zu schaffen. Wegen des Durcheinanders in ihrem Kopf hatte sie das Chaos nur am Rande registriert.

Ollie brummte in seine Cornflakes. »Anscheinend bin ich doch nicht so ein Weltenbummler, wie ich dachte. Ich fand, hier gibt es Wichtigeres für mich als dort.« Ein breites Grinsen erschien auf seinem Gesicht. »Schau nicht so besorgt. Du kannst Chou-fleur weiterhin benutzen und meine Verkaufsfläche haben, solange es das Kino gibt.«

Izzy fröstelte angesichts der Art, wie er über das Kino sprach, als wäre es bereits verloren. Da sie ihre Schlagfertigkeit anscheinend ebenfalls eingebüßt hatte, starrte sie ihn nur an.

»Was gibt's Neues hier? Abgesehen von der Bedrohung, der Vintage at the Cinema ausgesetzt ist, sowie der Tatsache, dass Schlachtschiffgrau deine neue Lieblingsfarbe ist. Passt übrigens gut zu deinen Ringen unter den Augen.« Ollie stand auf, stellte sein Geschirr auf die Spüle, ließ die Cornflakes-Packung jedoch auf dem Tisch stehen. Brüder verstanden sich einfach darauf, einer Frau zu schmeicheln, oder?

»Nicht viel.« Izzy verfügte nicht mehr über genügend Energie, ihm alles zu erklären.

»Mach dir jedenfalls keine Sorgen wegen des unternehmerischen Aspekts meiner Rückkehr.« Ollie drehte sich am Treppenpfeiler schwungvoll um und lief, zwei Stufen auf einmal nehmend, nach oben. »Ich wollte mich ohnehin mehr auf meine Metallarbeiten konzentrieren. Vielleicht können wir uns einen Platz in Chesterfield teilen? Du hast anscheinend eine Marktlücke mit deiner Inneneinrichtung gefunden. Gibt es übrigens Kuchen?«

»Sechstausend Meilen weit weg, und dir ist nichts entgangen.« Izzy war verblüfft, wie sehr er auf dem Laufenden war. »Und sorry, frische Backwaren sind aus.« Denn das mit dem Backen hatte sie auch nicht hinbekommen.

»Izzy, da ist jemand an der Tür«, rief Ollie vom oberen Stockwerk herunter.

Izzy rief zurück: »Gehst du?« Es war zumindest einen Versuch wert, da sie beide etwa gleich weit weg von der Tür waren.

Ollies Erwiderung drang zu ihr: »Eigentlich sollte ich noch in Thailand sein, der Besuch wird also kaum mir gelten.« Gutes Argument.

Izzy stand auf, schob ihren herunterrutschenden Träger der Latzhose hoch und stieg die Treppe hinauf zur Eingangstür. Momentan war sie mit dieser Eile überfordert. Sie strich sich die Haare aus dem Gesicht und öffnete die Tür einen Spaltbreit. »Ja?« Sie erschrak, als sie den Besucher erkannte. »Xander? Was machst du denn hier?«

Er lehnte am Türrahmen, in seiner verwaschenen Jeans. Mit seinen kurzen Haaren, den hohen Wangenknochen und diesem unsicheren, aber sexy Lächeln löste er ein sinnliches Kribbeln bei ihr aus. Unwillkürlich legte Izzy die Hand auf ihren Magen und stützte sich mit der anderen an der Wand ab. Sie sah an ihm und den Rosen vorbei und entdeckte seinen blauen Oldtimer, der vor der Gartenpforte geparkt war. Für einen Moment konnte sie sich nicht entscheiden, ob sie Xander packen und ihm den Kuss des Jahrzehnts geben oder lieber auf Abstand bleiben sollte. Letztlich blieb sie, wo sie war, noch immer verblüfft.

»Und?« Einerseits hatte sie sich so sehr nach ihm gesehnt, dass ihr ganzer Körper vibrierte, wobei die schlichte Wahrheit lautete: Am liebsten wäre sie über ihn hergefallen. Andererseits war da der Schmerz der vergangenen zwei Wochen, seit er aus ihrem Leben verschwunden war und sie im Taxi zum Flughafen hatte fahren lassen. Es war nicht einmal so, dass er Schluss gemacht hätte, denn sie waren offiziell nie zusammen gewesen. Aber sosehr sie sich für den Streit auch verantwortlich fühlte, schien seine Abreise nach Amerika doch ziemlich endgültig gewesen zu sein. Dabei hatte sie gar kein Recht gehabt, deswegen Trübsal zu blasen.

»Ich habe mich gefragt, was aus dem gemeinsamen Lunch wird, den wir nie hatten?« Xander rieb sich mit dem Daumen über die Bartstoppeln am Kinn und sah Izzy eindringlich an. »Du hast Ringe unter den Augen. Bist du dünner geworden?« Falls er eine Antwort auf diese Frage erwartet hatte, ließ er ihr jedenfalls keine Zeit dazu. »Oder wie wäre es mit einem Abendessen oder einem Drink?« Er hob eine Braue. »Oder sprichst du mal wieder nicht mit mir?«

Wow, das reichte aber. Schließlich war er es, der aus ihrem Leben verschwunden war, als hätte sie ihn vertrieben. Und er war für die zwei Wochen Funkstille verantwortlich.

Izzy verzog das Gesicht. »Ich muss darüber nachdenken.« Totale Verwirrung beschrieb es nicht einmal annähernd. Nach zwei Wochen, in denen sie ihr Leben ohne Xander weitergeführt hatte, wusste sie nicht, was sie sagen sollte.

»Na, wie wäre es, wenn du mich auf einen Saft und Haferriegel einlädst, während du darüber nachdenkst?«

»Es gibt keine Haferriegel.« Sie betrachtete seine langen Wimpern, die Narbe auf seiner Wange, und ihr Mut sank.

»Aber du hast doch immer Haferriegel da.« Wie konnte er so beleidigt klingen? »Sogar in Frankreich hast du sie gemacht.«

»Fang nicht damit an.« Seit ihrer Rückkehr hatte jeder das Fehlen von Haferriegeln beklagt. Als wäre das alles, was sie von ihr erwarteten. Sie stieß einen langen Seufzer aus und bewegte sich seitlich Richtung Treppe in der Gewissheit, dass das die völlig falsche Richtung war, da sie arbeiten sollte.

Offenbar deutete er die Tatsache, dass sie ihm die Tür nicht vor der Nase zugeschlagen hatte, als Einladung, denn er folgte ihr. Allerdings nutzte er das, um einen Blick ins Wohnzimmer zu werfen. Anscheinend besaß er nach wie vor keine Manieren und fühlte sich wie zu Hause, wie an jenem ersten Tag, als er vorbeigekommen war, um sich das Bett anzusehen. Bei der Erinnerung daran, wie unbeschwert und frech sie damals gewesen war, konnte sie nur staunen. Dahin musste sie unbedingt wieder zurück.

»Die Kommode sieht dunkelblau gestrichen toll aus. Ich überlege, noch mehr Sachen zu besorgen.« Xanders Stimme folgte ihr die Treppe hinunter. Er konnte nur das Pink House meinen. Irgendwie war sie sich nicht sicher, ob sie eine weitere Einkaufsliste bewältigen konnte angesichts der Situation, in der sie durch die letzte geraten war.

Sie schob diesen Gedanken beiseite, stellte ein Glas auf den Tisch und goss Saft ein. Danke, Ollie, dachte sie, dass du den übrig gelassen hast.

Xander strahlte mit seinen On/Off-Absichten etwas Verwirrendes aus.

»Ich dachte, du wärst in Amerika.« Sie kam um den Tisch, der sich zwischen ihnen befand, und ärgerte sich darüber, wie umwerfend Xander aussah.

»Offenbar nicht mehr, denn jetzt bin ich ja hier. Ich wollte mit dir reden. Darüber, dass ich möglicherweise voreilige Schlüsse gezogen … und überreagiert habe.« Er versuchte, ihr in die Augen zu sehen, aber sie wandte den Blick ab.

»Und? Was ist damit? Das ist Vergangenheit. Ich habe es eilig und muss zur Schicht ins Kino. Außerdem bin ich wahrscheinlich schon über den Punkt hinweg, an dem es mich noch interessieren würde.« Das fasste es ganz gut zusammen. Mürrisch zu sein, war nicht gut, aber sie hatte einfach keine Kraft mehr. Hätte er sie vor zwei Wochen alles richtig erklären lassen, dann wäre alles gut gewesen, doch jetzt sah sie keinen Sinn mehr darin.

»Ich bin nach Amerika geflohen, weil ich verärgert und gekränkt war, denn ich dachte, du hättest mich nur benutzt. Das hat mich an einem empfindlichen Punkt getroffen. Das Schlimmste war, dass ich dachte, ich bedeute dir nichts, wo ich dich doch ...« Er hielt inne. »Ich weiß, dass es falsch war, einfach wegzulaufen, und es tut mir leid. Ich habe dich damit vor den Kopf gestoßen, das ist mir klar.«

»Okay. Und weiter?« Izzy holte tief Luft, obwohl Sauerstoff jetzt nicht weiterhalf. Die ganze Situation war unmöglich. Zwei Menschen, die weder genau wussten, was sie wollten, noch in der Lage waren, es zu artikulieren, und stattdessen umeinander herumschlichen. Izzy betrachtete die Krümel auf den Dielenbrettern.

Xander verzog das Gesicht. »Es war Astrid, die mich schließlich zur Vernunft gebracht hat.«

Izzy konnte ihr Erstaunen nicht verbergen. »Astrid?« Sie hatte nicht geglaubt, den Namen je wieder zu hören.

Rasch erklärte er: »Wenn ich nicht so verblendet und mit meinen eigenen Problemen beschäftigt gewesen wäre, hätte ich schon viel früher darauf kommen können. Und wenn nicht so viele Gefühle im Spiel gewesen wären, denn die erschweren es, die Dinge klar zu sehen.« Er seufzte. »Du hast den Kuss in der Pizzeria nicht vorgespielt, auch alles andere nicht, das weiß ich, und ich hätte nicht an dir zweifeln dürfen. Es tut mir leid, dass ich es vermasselt habe. Und damit du es weißt: Es war schrecklich ohne dich.«

Er wartete auf ihre Reaktion, doch ihr fiel nichts ein. Sie biss sich auf die Lippen. Hatte er irgendetwas über Gefühle gesagt?

Er sah sie an, als wollte er tief in sie hineinblicken. »Ich hatte gehofft, dass wir reden können. Falls du überhaupt noch mit mir redest.«

Er streckte die Hand aus und berührte ihr Kinn, damit sie

ihn ansah. Sie betrachtete diese graubraunen Augen, die sie so vermisst hatte. Sie konnte seine Stimme hören, rau und sanft zugleich, doch irgendwie nahm sie die Worte nicht auf.

»Also, was meinst du?«

Nicht sicher, was sie sagen sollte, öffnete sie den Mund und schloss ihn wieder, da nichts herauskam. Tränen stiegen ihr in die Augen. Mist. Was für ein schlechter Zeitpunkt, um loszuheulen. Aber sie konnte nichts dagegen tun. Warum weinte sie überhaupt?

Er zog sie an sich, fuhr ihr mit beiden Händen durch die Haare und hielt sie fest in den Armen, während es sie schüttelte. Sie vergrub das Gesicht an seiner Brust, während ihre Tränen sein Hemd durchnässten. Es kam ihr vor wie eine Ewigkeit, bis das Schluchzen nachließ.

Selbst sein Duft war zu viel. Dieser schöne Mann nahm ihr Herz derartig gefangen, dass sie wie gelähmt war. Vielleicht wollte er sie nicht, aber zumindest wollte er reden, und sie musste entscheiden, ob sie das noch einmal konnte. Sie brauchte Zeit zum Nachdenken, am besten bei der Arbeit. Als sie endlich ihre Stimme wiederfand, kam kaum mehr als ein Krächzen heraus.

»Na schön, treffen wir uns auf einen Drink. Ruf mich später an, dann klären wir es.«

# 79. Kapitel

Freitag, Mittagszeit, 8. August
IZZY & OLLIE
In Izzys Flur
*Automarkenlogo und klingelt da was?*

»Was wollte der denn hier?«

Izzy stieß auf dem Flur mit Ollie zusammen, der ihr den Weg versperrte und sie vorwurfsvoll ansah.

»Ich habe keine Zeit für eine Befragung, Ollie. Ich muss Dida im Kino ablösen, und zwar jetzt.«

»Ich bewege mich nicht eher von der Stelle, bis du es mir sagst.« Ollie stemmte die Hände in die Hüften und machte sich breiter. »Was zur Hölle wollte der hier?«

Izzy verdrehte die Augen über seine kindische Art, wo er doch immerhin ein Mann von dreißig Jahren war. Allerdings wusste sie, dass sie ohne Antwort nicht an ihm vorbeikommen würde.

»Nicht viel.« Jetzt, wo er weg war, war sie nicht einmal mehr sicher, weshalb Xander sie überhaupt aufgesucht hatte. Sie war zu überrascht gewesen von seinem Auftauchen, und außerdem hatte er ziemlich um den heißen Brei herumgeredet.

Ollie erwiderte spöttisch: »Als ich in die Küche schaute, sah es mir aber nicht nach nichts aus.«

»Sorry, ich habe dich gar nicht bemerkt.«

Er klang triumphierend. »Genau das sage ich ja. Dir ist schon klar, wer das ist, oder?«

Es hätte keinen Sinn gehabt, ihm zu erklären, dass sie das nicht von Anfang an gewusst hatte. »Klar weiß ich, wer das ist. Wir waren zusammen in Frankreich, wo ich für seine Schwester gearbeitet habe.« Wenn er Namen hören wollte, konnte er die haben. »Er heißt Xander Blackman. Ist das ein Problem?«

Ollie schüttelte den Kopf. »Ich hätte nie gedacht, dass du mal mit jemandem zusammen sein könntest, der so reich ist. Nicht nach allem, was wir wegen Dad durchmachen mussten.«

Sie starrte Ollie an.

»Erstens bin ich definitiv *nicht* mit ihm zusammen, und zweitens ist er nicht reich. Er hat mit Immobilien zu tun, und bei solchen Leuten gleichen sich Gewinne und Verluste meistens aus. Außerdem arbeitet er als Filmproduzent und fährt eine alte Klapperkarre. Klingt das vielleicht nach Reichtum?«

Er sah sie ungläubig an. »Du irrst dich. Wie ist es möglich, dass du das nicht weißt?« Er schüttelte fassungslos den Kopf. »Das ist Xander Blackman von Colewell Blackman Morgan. Klingelt da was? Privatbankiers, Familiensitz nicht weit von Ashbourne, und denen gehört halb Hongkong, ein großer Teil Londons und garantiert mehr als ein Château in Frankreich. Filme produziert der höchstens zum Vergnügen. Ich habe den Wagen erkannt, den du eine alte Karre nennst. Es handelt sich um einen sehr seltenen Aston Martin, Wert etwa eine halbe Million. Ist dir denn das Logo nicht aufgefallen?«

Izzy stöhnte lang und tief.

Ollie meinte in tadelndem Ton: »Wie konnte dir das entgehen?«

Sie überlegte und versuchte, ruhig zu bleiben. »Ich wusste, dass seine Schwester ein fantastisches Haus in Frankreich besitzt.« Das Izzy für eine absurd hohe Summe hatte einrichten sollen. Darüber wunderte sie sich immer noch. Sie war ja selbst schuld, denn schließlich waren alle Anzeichen sichtbar gewesen. Doch sie hatte sich ablenken lassen. Netterweise hatte Ollie sie jetzt darauf aufmerksam gemacht. Offenbar war sie blind gewesen.

»Wie tief steckst du drin?« Ollie entging nicht, dass sie bei dieser Frage innerlich zusammenzuckte.

Sie seufzte. Konnte sie darauf überhaupt eine Antwort geben? Als Xander vor ihr gestanden hatte, war sie einfach hin und weg gewesen, weil seine Abreise sie zuvor derartig aus der Bahn geworfen hatte. Und was alles andere betraf …

Besser, sie ließ die Details Ollie gegenüber aus. »Ich habe ihm gesagt, dass ich auf einen Drink mit ihm ausgehen würde. Mehr nicht. Es ist okay. Ich werde das klären.« Wenn Xander ernsthaft reich war, musste sie der Sache zwischen ihnen Einhalt gebieten, egal, ob er aus Sehnsucht nach ihr aus Amerika zurückgekommen war oder wie sehr sie auch glaubte, etwas für ihn zu empfinden. Ollie hatte recht. Sie konnte nie im Leben mit jemandem zusammen sein, der die Möglichkeit besaß, sie so schlecht zu behandeln, wie ihr von Geld besessener Vater es getan hatte.

»Noch etwas …« Ollie sah sie an und wartete, bis er ihre ganze Aufmerksamkeit hatte. »Ich möchte, dass du es zuerst von mir hörst.«

Noch mehr Neuigkeiten? Izzy lehnte sich Halt suchend an den Heizkörper und hoffte, dass Dida es nicht eilig hatte, Feierabend zu machen. »Ja?«

Er begann zögernd. »Ich weiß nicht, wie du das aufnehmen wirst …«

»Was denn?«, drängte sie ihn.

Er lachte nervös. »Ich bin zurückgekommen, um mit Luce zusammen zu sein.«

Izzy versuchte, gefasst zu bleiben. »Du und Luce?« Das kam dann aber doch fast ein bisschen schrill heraus. Was für ein Morgen voller Schocks. Auch auf diese Nachricht war sie nicht gefasst gewesen.

Ollie nickte. »Jap. Ich und Luce.«

»Warum, wann, wo und wie ist das passiert?« Sie erinnerte sich daran, ihn vor langer Zeit einmal gewarnt zu haben, die Finger von Luce zu lassen. Sehr eindringlich sogar.

Aber plötzlich spielte das alles keine Rolle mehr, denn Izzy sah sein breites Grinsen, und daher schloss sie ihn einfach in die Arme.

# 80. Kapitel

Freitag, Mittagszeit, 9. August
XANDER & IZZY
Amandine's Patisserie and Coffee Shop
*Zarte Herzen und Lieblingsferraris*

»Zwei Café Latte.« Die Kellnerin stellte die Getränke vor sie und zögerte. »Wollen Sie wirklich keinen Kuchen oder ein Törtchen?« Zweimaliges düsteres Kopfschütteln, und die Kellnerin gab auf, um sich empfänglicheren Gästen zuzuwenden.

Das war meilenweit entfernt von dem, was Xander sich vorgestellt hatte, als er ein gemeinsames Abendessen vorgeschlagen hatte. Izzy saß ihm gegenüber, aschfahl trotz ihrer Bräune, außerdem wortkarger und angespannter noch als gestern, falls das überhaupt möglich war. Er hatte auf ein Gespräch gehofft, um herauszufinden, wo sie beide standen und wie es möglicherweise mit ihnen weiterging.

In gewisser Hinsicht war er froh, abgereist zu sein, denn andernfalls wäre ihm nicht so klar geworden, wie unbedingt er mit Izzy zusammen sein wollte. Es war fast ein Schock gewesen zu erkennen, wie elend er sich ohne sie fühlte. Aber nun war er zurück und entschlossen, die Dinge geradezurücken. Und gestern, als er sie wiedersah, hatte er erkannt, dass er viel mehr wollte als das, was zuletzt zwischen ihnen gewesen war. Und mehr zu wollen, änderte alles.

Izzys ausdruckslose Miene stellte allerdings einen deutlichen Kontrast dar zu ihrer gestrigen gekränkten Zurückhaltung. Dass er für ihre Niedergeschlagenheit verantwortlich war, verstärkte seine seit dem Frankreichaufenthalt steigende Anspannung. Der Anblick der hauchzarten Herzen auf dem Kaffeeschaum machte die Sache nicht besser.

Er probierte es mit einer scherzhaften Gesprächseröffnung. »Weißt du eigentlich, dass du Farbe in den Haaren hast?«

Hätte er es nicht längst gewusst, wäre die Art, wie sie sich auf die Lippen biss und die Augen schloss, ein klarer Hinweis darauf gewesen, wie sehr die Dinge sich geändert hatten. Und eine Sekunde später legte sie los.

»Warum hast du mir verschwiegen, dass du reich bist, Xander?«

Er zuckte innerlich zusammen. In der Nacht war er gedanklich alle möglichen Szenarien und peinlichen Fragen durchgegangen, aber diese war ihm nicht eingefallen. Izzy wirkte weder trotzig, noch funkelten ihre Augen. Ihr todernster Blick und die kalten Worte trafen ihn härter.

»Wo kommt das jetzt her?« Die Frage war durchaus angemessen, allerdings kannte er ja inzwischen die Probleme mit ihrem Vater. Seine Nervosität verstärkte sich.

»Mein Bruder Ollie ist von seiner Reise zurück. Er hat dich gestern erkannt.«

Xander seufzte. Was für ein schlechtes Timing. Pech für ihn. »Na ja, du wusstest, dass ich nicht arm bin, Izzy.« Zumindest so viel stimmte.

Sie beugte sich vor und zischte: »Die größte Privatbank Londons, halb Hongkong, ein gewaltiges Stück von Derbyshire, ganz zu schweigen von einem oder zwei Schlössern nennst du ‚nicht arm'?«

»Okay, ich gestehe, du hast mich erwischt.« Seine Stimme wurde rau. Es gab wirklich kein Leugnen mehr. »Ich spreche aus gutem Grund nie über meinen Reichtum. Sobald jemand davon weiß, sieht er nicht mehr mich, denn die meisten Menschen können das Geld nicht ignorieren.« Das gehörte zu den Dingen, die er am Reichtum hasste, denn es verschob jedes Mal das Gleichgewicht. »Als wir uns in Frankreich unterhielten, sagtest du, wie wichtig es sei, die Leute so zu sehen, wie sie sind, und nicht als das, was sie darstellen. Damit hattest du vollkommen recht.«

Sie sprach ruhig, aber seltsam düster. »Mag sein, aber uns beiden ist klar, dass es hierbei auch um Täuschung geht.« Es war nicht direkt ein Vorwurf, aber natürlich hatte sie auch damit recht.

»Täuschung ist ein bisschen hart ausgedrückt.« Mehr hatte er zu seiner Verteidigung nicht vorzubringen. »Als mir klar wurde, dass du Probleme mit reichen Leuten hast, habe ich nicht bewusst gelogen. Aber ich gebe zu, dass ich nicht wollte, dass du es erfährst, denn ich wusste, du würdest sonst die Flucht ergreifen.«

Zum ersten Mal lächelte sie, wenn auch nur andeutungsweise. Es musste ein triumphierendes Lächeln sein. »Da haben wir es. Das beweist, ich hatte recht. Reiche Männer taugen alle nichts, denn sie können einfach nicht ehrlich sein.«

So klein und zierlich, dass er es ohne sie nicht aushielt, schaffte sie es trotzdem immer wieder, ihm mit ihrer Aufrichtigkeit den Boden unter den Füßen wegzuziehen.

»Izzy, es ist albern, alle reichen Leute über einen Kamm zu scheren. Das sollte dir klar sein. Du hast Zeit mit mir verbracht, hast meine Integrität erlebt. Und wenn du mich besser kennenlernst, wirst du wissen, dass du mir vertrauen kannst.« Noch während er das aussprach, erkannte er den Haken an der Sache.

Denn er hatte mehr oder weniger zugegeben, dass er sie belogen hatte. Vielleicht war es an der Zeit, in die Offensive zu gehen. Wie die Dinge standen, hatte er nichts zu verlieren.

»Du machst mir Vorhaltungen, aber du bist selbst nicht ganz sauber, oder?«

»Was?«, rief sie empört.

»Nach Frankreich zu reisen, um den Feind im Auge zu behalten, war auch nicht sehr ehrlich.« Es nagte immer noch an ihm, obwohl er es verstand. »Du solltest also lieber nicht zu selbstgerecht auftreten.«

»Das war doch etwas völlig anderes.« Sie fing sich rasch wieder und sah ihn über den Tisch hinweg finster an. »Und das weißt du ganz genau.«

»Etwas zu tun, während man behauptet, etwas anderes zu tun, zählt also nicht als Täuschung, wenn du diejenige bist?«

Ihre Reaktion verriet ihm, dass er einen Punkt gemacht hatte. Trotzdem konterte sie sofort mit undurchdringlicher Miene. »Ich habe dir dieses Missverständnis in Frankreich erklärt.«

In seiner Erinnerung hatte sich das ein wenig anders abgespielt. »Und wieso tilgt deine Erklärung die Schuld, meine hingegen nicht?«

»Weil ... Weil ...«

»Weil du mit zweierlei Maß misst, ganz einfach. Steig herunter von deinem hohen Ross und sieh der Wahrheit ins Gesicht.« Auf einmal begriff er den Ursprung ihres Angriffs. »Du bist deshalb auf mich losgegangen, weil es sich im Grunde um deinen Dad dreht, stimmt's?«

Ihr Zusammenzucken sagte alles.

»Du sprichst von Vertrauen, und mein Vater hätte der Mensch sein sollen, dem ich vertraue.« Ihre Stimme klang bitter. »Er las uns Geschichten vor und brachte uns ins Bett, und wenn ich schlecht geträumt hatte, tröstete er mich, bis ich wieder einschlafen konnte. Doch letztlich hat er uns alle bloß verarscht. Ich darf mich nicht noch einmal in eine solche Lage bringen. Jemandem zu vertrauen, der reich ist, kommt für mich nicht infrage. Deshalb ist mir meine Unabhängigkeit so wichtig.«

Dies war Xanders letzte Chance. Auch wenn Izzy ihn kirre machte, wollte er sie doch nicht verlieren. Er merkte allerdings, wie sie ihm entglitt. »Aber dein Dad war nicht immer reich, oder?«

»Er war Ingenieur mit einem kleinen Unternehmen, aber eines seiner Designs wurde weltweit erfolgreich, und durch das Patent floss plötzlich das Geld in Strömen.«

Xander blies die Wangen auf. »Unsere Mum hat uns dazu erzogen, den Menschen stets über das Geld zu stellen. Das habe ich verinnerlicht.« Er musste sie davon überzeugen, dass er nicht wie ihr Dad war. Oder wie seiner.

Izzy schüttelte den Kopf, offenbar taub für alles, was er sagte. »Ich hatte nicht vor, mit jemandem zusammen zu sein, aber falls doch, dann mit jemandem, der nie die Macht besitzen würde, mich zu kontrollieren.«

»Und für diesen Posten bin ich ungeeignet?« Offensichtlich. Es sei denn, er würde sich in einen buddhistischen Mönch verwandeln. Ihre Worte klangen sehr nach dem Ende der Beziehung. Nicht mehr lange, und sie würde sich auf immer von ihm verabschieden.

»Es tut mir leid, Xander. Du bist ein wundervoller Mann, und ein Teil von mir weiß, dass alles, was du sagst, wahr ist. Aber zwischen uns liegen Welten, sowohl finanziell als auch die Herkunft betreffend. Ich würde dir niemals vertrauen können, und ohne Vertrauen würde ich mich niemals sicher fühlen.«

Da war es, das Ende. Ihm kam ein letzter flüchtiger Gedanke. »Du willst unbedingt die Kontrolle behalten, aber wenn du dich an das klammerst, was dein Vater dir angetan hat, beherrscht er weiterhin dein Leben. Du wirst erst dann die Kontrolle haben, wenn du das überwindest.«

Er holte tief Luft. »Danke jedenfalls für deine Ehrlichkeit.« Etwas anderes hatte er von ihr auch gar nicht erwartet, trotz seines Vorwurfs vorhin, sie messe mit zweierlei Maß.

Er hatte diesen Kampf nicht verloren, und er war auch noch nicht fertig. Tatsächlich hatte sie ihm einiges zum Nachdenken gegeben.

»Jetzt bin ich derjenige, der noch etwas vorhat.« Er schaute auf seine Uhr. »Ich muss ins Krankenhaus für die jährlichen Tests.« Er hatte gehofft, sie würde ihn begleiten wollen, aber das kam jetzt nicht mehr infrage.

Ihr Gesichtsausdruck änderte sich. »Deshalb bist du zurückgekommen?«

Er hatte die Mitleidkarte nicht spielen wollen, aber schlimmer noch war, dass ihre Besorgnis ihm zu Herzen ging.

»Es ist einer der Gründe, weshalb ich zurückgekommen bin.« Der Hauptgrund saß ihm gegenüber, mit tiefer Falte zwischen den zusammengezogenen Brauen. Es kostete ihn seine ganze Selbstbeherrschung, um sie nicht einfach in die Arme zu schließen und nie mehr loszulassen.

Sie stieß sich vom Tisch ab. »Lass dich von mir nicht aufhalten.« Abgesehen davon, dass sie das Herz im Kaffeeschaum weggewischt hatte, blieb ihr Kaffee unangetastet. Sie war bereits aufgestanden und berührte mit einer Hand kurz seine Schulter. »Denk darüber nach, was wir über das Pink House gesagt haben, Xander. Du gehörst dorthin, und du brauchst ein Zuhause.« Sie drückte leicht zu. »Und sei in Zukunft vorsichtig bei dem, was du aus deinen Containern fischst.« Sie konnte also immer noch ein wenig bossy sein, auch wenn ihre Stimme brüchig klang. »Wir sehen uns.« Sie wandte sich ab, verbarg das Gesicht hinter ihrer Hand und eilte zur Tür.

Xander schloss kurz die Augen. Als er sie wieder öffnete, fiel sein Blick auf das Stück heller Haut unter dem Saum ihres T-Shirts, während sie um die Ecke der Glasvitrine der Patisserie verschwand. Er rieb sich den Nacken, wo sie ihn berührt hatte, und verspürte ein verstörendes Gefühl der Leere.

Als er aufstand, tauchte die Kellnerin auf und verdrehte mitfühlend die Augen, dann hielt sie inne und musterte ihn genauer. Mit gedämpfter Stimme erkundigte sie sich: »Sie machen nicht bei dieser Poldark-Serie mit, oder?«

»Was?« Wäre er nicht so niedergeschlagen gewesen, hätte er innerlich gestöhnt.

»Es liegt an Ihren Haaren, und mit diesem Bart sehen Sie aus wie …«

Er lachte hohl. »Die wollten mich als Body-Double, aber ich hatte einen zu harten Waschbrettbauch.« Die Kellnerin glotzte nur. »Bringen Sie mir bitte die Rechnung?«

Ein strahlendes Lächeln erschien auf ihrem Gesicht. »Ist schon bezahlt, danke. Ihre Freundin hat mir auf dem Weg nach draußen zehn Pfund gegeben.«

»Na klar, was denn sonst.« Er schüttelte den Kopf und versuchte, über diesen unwirklichen Vormittag hinwegzukommen.

Das war typisch Izzy, stur und unabhängig bis zum Schluss.

Sein Handy piepte, und er schaute aufs Display. Eine Textnachricht vom Makler:

*Wir haben mehrere Interessenten für das Kinogebäude. Bitte melden Sie sich zwecks weiterer Informationen.*

Izzy war schon am Tiefpunkt, und das konnte alles nur noch schlimmer machen.

# 81. Kapitel

Samstagnachmittag, 15. August
IZZY & LUCE
Im Kino
*Aus Litauen angereist*

»Die Kunden sind ganz verrückt nach den französischen Antiquitäten.« Luce schrieb die Codes und Preise in das Verkaufsbuch. »Ich habe gerade zwei weitere Taufkleider verkauft, und die Kundin davor hat einen ganzen Stapel Drahtkörbe erstanden.«

Izzy entrollte Poster auf dem Tresen und blendete dabei aus, wie sehr sich alles in ihr zusammenzog bei der Erwähnung der Drahtkörbe.

Sie versuchte zu lächeln. »Wir werden aus allen Nähten platzen, wenn die nächste Ladung eintrifft, und danach kommt noch eine Lieferung.«

Tatsächlich fiel es ihr schwer, etwas auch nur annähernd Französisches anzusehen, da jedes Stück mit Erinnerungen behaftet zu sein schien. Ob es nun Xanders unbeschwertes, neckendes Lachen war, wenn sie ein weiteres Paar Kerzenständer gekauft hatte, oder die Art, wie er sie geküsst hatte, als sie Spinnweben von einem Nachttisch fegte. Jedes verdammte Teil erinnerte sie an Xander.

Luce sah von ihrer Arbeit auf. »Das ist ein echter Coup für den Vintage Cinema Club, aber wenn ich dich so ansehe, wünschte ich, wir hätten dich nicht zu dieser Reise gedrängt.«

Izzy wusste, dass sie sich zusammenreißen musste, egal, wie schlecht es ihr ging. »Du musst dich nicht schuldig fühlen. Xander war toll, und er hat uns sehr geholfen. Es ist nicht deine Schuld, dass es einfach zu viele Hindernisse gab.«

»Und dieses Gelddding ist nicht verhandelbar?« Luce gab den Versuch nicht auf, sie zu überreden.

»Niemals.«

Luce machte ein besorgtes Gesicht. »Weinst du dich immer noch in den Schlaf?«

Izzy nickte reumütig. Aus Erschöpfung und Lethargie kam sie manchmal kaum aus dem Bett, und der Vorsatz, das Haus aufzuräumen, war längst verblasst. Ihre Sachen lagen immer noch auf einem Haufen, wo sie sie am Tag ihrer Rückkehr hingeworfen hatte. Sie schaffte es nicht, sie wegzuräumen, ganz zu schweigen davon, sie zu waschen.

»Ich versuche, später ins Bett zu gehen und stattdessen Möbel anzustreichen.« Izzy zwang sich zu einem Lächeln. Nicht einmal das Anstreichen konnte sie aufmuntern. Eine Kommode hatte sie dunkelblau gestrichen, eine andere schlachtschiffgrau, ehe sie innehielt und sich fragte, was das nun wieder sollte. Izzy musste das Gespräch dringend von sich ablenken.

»Wie läuft es eigentlich zwischen dir und Ollie?« Izzy grinste. »Er mochte dich schon immer, oder?«

Luce lachte. »Du hast mir deutlich zu verstehen gegeben, dass er tabu ist, schon als ich dich das erste Mal bei dir zu Hause besucht habe. Andererseits wissen wir nach zwölf Jahren doch ziemlich genau, was wir beide wollen.« Luces Augen leuchteten. »Möglicherweise hast du uns sogar einen Gefallen damit getan, uns voneinander fernzuhalten.«

»Damals wollte ich bloß nicht, dass meine beste Freundin und mein Bruder sich gegenseitig wehtun oder mich ausschließen.« Izzy fühlte sich ein wenig schuldig. »Jetzt sieht die Sache anders aus.« Vor allem, da Luce sie darauf aufmerksam gemacht hatte, dass sie seit Ollies Abreise keinen einzigen One-Night-Stand mehr gehabt hatte. »Hoffen wir mal, dass du mehr Glück dabei hast als ich, ihn sesshaft zu machen.« Izzy lachte. »Und er hat noch immer nicht gelernt, seine Cornflakes nach dem Frühstück in den Küchenschrank zurückzuräumen.«

Luces Wangen färbten sich zart pink. »Es ist seltsam, denn seit Ollie zurück ist, kommt es mir vor, als könnten wir gar nicht anders, als zusammen zu sein, und Ruby ist auch glücklich. Es ist noch früh, aber wir sind schon fast wie eine Familie.« Sie lächelte verträumt. »Ollie sucht schon ein Kostüm für die Retrofilm-Kostümnacht, obwohl die noch weit weg ist. Es gibt ein Foto von ihm als Jagdhund, damals, neunzehnhundertachtundachtzig, und das frischt er auf, indem er sich als einer der einhundertundeins Dalmatiner verkleidet. Er wollte, dass ich mich auch als einer verkleide, aber Partnerlook muss ich nun doch noch nicht haben, deshalb gehe ich als Pocahontas.«

Izzy war verblüfft, was Liebe aus den Leuten machen konnte. »Was ist aus dem Retro-Teil der Kostümnacht geworden? Ich dachte, die Kostüme sollten an alte Filme erinnern.« Irgendwer musste ja dagegenhalten, auch wenn sie gerade ein bisschen kraftloser war als sonst.

»Pocahontas war eine historische Figur, bevor sie bei Disney verfilmt wurde.« Luce blieb ungerührt. »Jedenfalls kommt Dida als Bridget Jones im Bunny-Kostüm. Das ist definitiv Post-Pocahontas.«

Izzy gab es seufzend auf. »Gibt es noch immer keine Neuigkeiten wegen der Gemälde?«

Luce seufzte genervt. »Nee. Was schade ist, da Ollie und ich darüber gesprochen haben. Wir würden das Kinogebäude definitiv kaufen, falls die Bilder das große Geld einbringen. Haha.«

Izzy konnte sich ein Lächeln über diese neue, extrem glückliche Luce nicht verkneifen. »Das ist cool. Ist dir klar, dass du und Ollie das erste Paar des Vintage Cinema Clubs seid?« Nachdenklich kaute sie auf ihrem Nagel. »Dida und Aidie zählen nicht, denn selbst wenn ihm das Gebäude gehört, weigere ich mich einfach, ihn mit einzubeziehen.«

Luce erwiderte darauf nichts, weil sie von irgendetwas draußen auf der Straße abgelenkt war.

»Alarmstufe Rot! Wir bekommen gerade Besuch von besagtem Mann.«

Izzy war perplex. »Sollte der an diesem Wochenende nicht in Litauen sein?«

»Ja, sollte er«, zischte Luce lächelnd mit zusammengebissenen Zähnen. »Überlass das mir. Wir dürfen es nicht riskieren, dass du ihn anschreist.«

Izzy musste leider zugeben, dass das nicht passieren würde, weil sie viel zu erschöpft war, um richtig wütend zu werden. Sie beobachtete, wie Aidie vor dem Korb mit rostigen Werkzeugen vor der Tür stehen blieb.

»Bilde ich mir das nur ein, oder sieht er alt aus?«, fragte sie; so oft traf sie Aidie nicht.

Luce zischte die Antwort wieder. »Gewichtsverlust kann einen schnell hager wirken lassen.«

Seinen Watschelgang hatte Aidie allerdings nicht verloren. Luce hob die Stimme. »Hi, Aidie. Können wir dir helfen?«

Aidie legte geräuschvoll ein Holzflugzeug auf den Tresen. »Das hier hätte ich gerne.«

»Großartig.« Luce behielt ihren heiteren Ton bei, während sie das Warenschild abzog. »Zehn Pfund fünfzig, bitte.«

Aidie lachte schallend. »Schreib es auf Didas Rechnung.«

»Wenn du meinst.« Luce warf Izzy einen Dreister-Scheißkerl-Blick zu.

»Dida ist also in York?« Aidies Auftreten verriet, dass er die Antwort bereits kannte.

Luce warf die Haare zurück. »Falls du dich fragst, die Kinder sind mit meiner Mutter und Ruby in Carsington, wo sie ein Picknick veranstalten.«

Izzy nickte Luce ermutigend zu für diese schlaue Erwiderung.

Aidies verächtlicher Laut verriet, dass er die Kinder überhaupt nicht im Sinn hatte. »Oper mit einem schwulen Nordost-Engländer ... Besser sie als ich.«

Luce strahlte und nahm das Flugzeug. »Soll ich es einwickeln oder nimmst du es so mit?«

»Vielleicht ist er auch gar nicht so schwul, wenn man seine E-Mails liest ...« Aidie verzog das Gesicht. »Jemand sollte ihr mal erklären, dass sie ein Passwort für ihren Laptop braucht.«

Izzy ließ sich nichts anmerken, obwohl sie innerlich mit Dida fühlte.

»Passwörter sind für Leute, die etwas zu verbergen haben.« Luces Miene war undurchschaubar, und sie hielt Aidies Blick tapfer stand. »Ich hole dir eine Tüte.« Luce bückte sich hinter dem Tresen.

Izzy zeigte Luce unterhalb der Tresenkante den erhobenen Daumen. Luce legte das Flugzeug in eine Sainsbury-Tüte, rollte diese oben zusammen und klebte sie mit Klebeband zu.

»Bitte sehr, Aidie.« Sie schob das Paket über den Tresen und zeigte genügend Zähne für eine Zahnpastawerbung. »Genieß deinen Nachmittag.«

Aidie nahm das Flugzeug, trat zurück und wippte auf den

Absätzen. Dann beugte er sich vor und kniff die Augen zusammen. »Das ist noch nicht das Ende.«

Damit wandte er sich ab und watschelte aus dem Laden.

»Verdammte Axt, was war das denn?«, rief Luce perplex. »Der hat ja beinah geknurrt. Vielleicht hätte ich ihm lieber eine richtige Tragetasche geben sollen.«

Izzy beruhigte Luce. »Ich bin mir nicht sicher, ob eine Tragetasche geholfen hätte. Alles andere hast du brillant hinbekommen.« Sie zögerte. »Ich möchte nicht an Didas Stelle sein. Wir können nur hoffen, dass die Sache mit Hamish und dann noch der Hunger ihn nicht durchdrehen lassen.«

Luce rieb sich die Nase. »Du weißt doch, dass er nicht einmal bei Lollys Geburt aufgetaucht ist. Ich erschauere jedes Mal, wenn ich daran denke, dass er den Vintage Cinema Club komplett in der Hand hat. So wie der heute aussah, kann alles passieren.«

Luce an Dida: *Aidie war gerade im alten Kino, nicht gerade gut gelaunt; er meinte, er hat deine E-Mails gelesen :( Umarmung xx*

Dida an Luce: *Danke. Aidie ist ein Arsch. In den E-Mails steht nichts drin xx*

# 82. Kapitel

Samstagabend, 9. August

*Betrifft: weitere GI-Joe's-Neuigkeiten*

*Hi, Leute,*
*die zukünftige Mrs. GI Joe's hat heute ihr Hochzeitskleid abgeholt. Fabelhafte Neuigkeiten – GI Joe's hat Probleme mit der Warenlieferung, deshalb verzögert sich die Eröffnung. Sie hat mich im Laden herumgeführt, und der ist toll. Tausend Dank an Izzy, dass sie nach Frankreich gereist ist – die erste Ladung ist eingetroffen und FANTASTISCH. Wir sehen uns Montag, um die nächste Lieferung auszuladen. Ich liebe Kleiderschränke :)*
*Alles Liebe, Luce xx*

# 83. Kapitel

Montagnachmittag, 18. August
DIDA, IZZY, LUCE & DIE CREW
Im Kino
*Ich mag keine Montage*

»Also, Henni hat die Verkehrshütchen draußen aufgestellt und wartet auf den Lieferwagen.« Dida marschierte durch das Kino, während sie zu den anderen redete. »Wir haben hinten eine Fläche abgesperrt, um ausladen zu können. Außerdem habe ich vier Zitronenkuchen für das Café mitgebracht und Prosecco für den Feierabend. Es scheint alles fertig zu sein für einen großartigen Start in die Woche.«

Vielleicht lag es an den neuen roten Michael-Kors-Pumps, die sie sich für Samstag gegönnt hatte. Oder an dem Rock von Mint Velvet, der ihre Hüften praktisch verschwinden ließ. Oder es lag am Kater nach dem tollen Tag in York mit Hamish – auf den ohnehin alles hinauslief. Jedenfalls schwebte Dida an diesem Nachmittag wie auf Wolken.

Izzy zwinkerte ihr zu, als Dida an ihr vorbeikam. »Ich nehme an, York lief gut?«

»Es war toll, danke.« Wenn sie die Augen zumachte, konnte sie jede Sekunde des Samstags noch einmal abspielen. Wie sie zusammen entlang der weißen Stadtmauern geschlendert waren, das Picknick mit Champagner, die wunderbare Musik …

Izzy beugte sich näher zu ihr. »Es gab also eine ‚Verbindung'?«

Dida versuchte es zu erklären. »Eher auf der geistigen Ebene.«

Unter den richtigen Umständen hätte es geknistert. Sollte es je zu einem Kuss zwischen ihnen kommen, würde der wahrscheinlich die Leistung des Ferrybridge-Hochspannungswerkes in den Schatten stellen. Aber hierbei ging es nicht nur um sie. Jede kleine Entscheidung, die sie traf, konnte große Auswirkungen auf das Leben der Kinder haben. Sich auf etwas einzulassen, konnte Didas Position schwächen. Und sie musste bei klarem Verstand bleiben, denn es ging um ihre Zukunft – sowohl mit den Kindern als auch mit Aidie.

»Und was ist mit Aidie?«, wollte Izzy wissen.

Dida zuckte mit den Schultern. »Als ich zurückkam, hatte er sich etwas zu essen geholt, und am nächsten Morgen fuhr er schon wieder. Er weiß, dass es ihm nicht zusteht, über Seitensprünge zu reden.« Der sehr unbeholfene Sex später diente lediglich dazu, das Revier zu markieren, und hatte mit Lust nichts zu tun gehabt. Die Art und Weise, wie er ihr seine Überlegenheit demonstriert hatte, war noch eine andere Geschichte. Bei der Erinnerung daran rieb sie sich das Handgelenk.

Izzy blickte mitfühlend, dann stutzte sie. »Sind das blaue Flecken an deinem Arm?« Sie schaute genauer hin. »Was ist passiert?«

Dida rieb seufzend die Flecken, deren Farbe seit Samstagnacht intensiver geworden war. »Mehr oder weniger mein erster Versuch, Aidie den Sex zu verweigern. Es endete mit einem heftigen Streit.«

Izzy zischte leise. »Dida, das können wir nicht einfach so hinnehmen. Er hat dir wehgetan.« Sorgenfalten erschienen auf ihrer Stirn. »Weiß Luce davon? Es ist nicht bloß …«

Dida unterbrach sie. »Ich weiß, was es ist. Ich werde mich

an den Anwalt wenden.« Sie hatte den Anruf heute Morgen aufgeschoben. »Ich mache es, sobald die Lieferung da ist. Wir reden später. Und danke, Izzy.« Dida zögerte, sich an den Anwalt zu wenden, weil sie erstens wie ein Feigling dastünde, und zweitens sie Aidie nicht noch zorniger machen wollte. Ein Anwalt brachte sie in Zugzwang, und solange die Chance bestand, das Kino zu retten, wollte sie keine rechtlichen Schritte gegen Aidie unternehmen.

Ollie rief von der Tür: »Großer blauer Lastwagen fährt vor. Der könnte es sein ...«

Luce rannte beinah zur Tür. »Alles klar, Leute. Ich bin gespannt, was da ankommt.«

In der nächsten Stunde liefen sie rein und raus, beladen mit Kartons und kleineren Sachen, während die Muskeltypen die schweren Dinge schleppten.

Dida reichte Izzy ein Stück Kuchen in einer Serviette. »Hier, Zitronenkuchen zur Stärkung.« Dann bot sie auch den anderen Kuchen an. Es war wichtig, dass die Crew bei Kräften blieb, und Izzy konnte einen Kalorien-Boost sicher gebrauchen, so blass, wie sie an diesem Nachmittag aussah.

»Cheers.« Izzy nahm den Kuchen und schob ihn in die Tasche ihres Kleides. »Schon komisch, wie lange das Beladen gedauert hat und wie schnell der Lastwagen jetzt entladen wird. Es sind nur noch ein paar Sachen.«

Das war Didas Stichwort. »Genau, es wird Zeit, darauf anzustoßen.«

»Erheben wir das Glas auch auf die Oper in den Ruinen?« Izzy lächelte kurz über den Karton mit Leinenwäsche hinweg, den sie trug.

»Vielleicht mal, wenn wir unter uns sind.« Dida bog ab zur Küche. »Ruf mal alle zum Tresen, ich hole den Prosecco aus dem Kühlschrank.«

Zwei Minuten später war sie zurück und stellte den Wein

zusammen mit den Gläsern auf den Verkaufstresen. Auf keinen Fall würde sie nach dem schrecklichen Showdown bei der Geburtstagsparty einen Toast riskieren. Trotzdem schien es wichtig zu sein, diesen Tag entsprechend zu würdigen.

Einer nach dem anderen stellten die Mitarbeiter die letzten Kartons ab, die das Durcheinander in dem alten Kino noch vergrößerten, und fanden sich um den Tresen zusammen. Nur Luce war noch draußen auf dem Gehsteig und sprach in ihr Handy. Dida beobachtete sie durch das Schaufenster, wie sie mit den Händen wedelte, was sie häufig tat. Heute aber flatterten ihre Hände wie wild, und kurz darauf kam Luce hereingerannt, wobei sie einen ohrenbetäubenden Schrei ausstieß. Sie warf sich dem verschwitzten Ollie in die Arme, sodass er gegen die Kommode taumelte, die er gerade abgestellt hatte.

Atemlos stieß Luce zusammenhanglose Worte hervor. »Die Bilder … Ein Vermögen wert … Auktion sechsstellig … Vielleicht dreihunderttausend … Alles für ein paar vergilbte Gemälde …«

Dida lauschte verblüfft.

Luce wirbelte herum, nahm den Strauß Tulpen vom Tresen und warf die Blumen in die Luft, und während Wasser und Blütenblätter auf alle herabregneten, holte sie tief Luft und rief: »Oh, verdammt! Die Bilder sind ein Vermögen wert! Ollie und ich können das Kino kaufen!«

Mit tränenüberströmtem Gesicht zog sie Ollie zu Dida und Izzy, damit sich alle umarmen konnten.

»Wir haben es verdammt noch mal geschafft! Der Vintage Cinema Club kann das Kino retten. Ist das nicht toll?«

Alle klopften sich gegenseitig auf die Schultern und beglückwünschten sich. Ollie nahm die Flasche, entkorkte sie und schenkte die Gläser voll.

Schließlich hatten alle ein Glas in der Hand, und die Aufregung hatte sich ein wenig gelegt. Dida hatte sich auf den Tresen gesetzt, weil ihre Beine nachzugeben drohten, und räusperte sich.

»Nun, Leute, die zweite Frankreich-Lieferung ist hier, die Verkaufszahlen sind hoch wie nie, und nun sieht es dank des Glückstreffers mit einigen Gemälden ganz danach aus, als wären Luce und Ollie in der Lage, das Gebäude zu kaufen. Dies ist wirklich ein Nachmittag der guten Nachrichten.«

»Ja, echt supergut!« Henni schwenkte ihr Glas.

Dida sah draußen einen Lieferwagen, aus dem eine Leiter gehoben wurde. Kam der Fensterreiniger nicht vormittags? Sie sprach weiter: »Unsere ‚Vintage at the Cinema sagt Bonjour'-Anzeigen sind in allen Lokalzeitungen erschienen. Ein dickes Dankeschön an euch, Izzy und Luce, aber danke auch an alle anderen für eure Unterstützung.«

Alle riefen »Yeah!« und »Vive La Vintage at the Cinema!«

Während Dida sich mit allen abklatschte, behielt sie die Leiter draußen im Auge, die jetzt vor der Eingangstür aufgestellt wurde. Ihr Magen zog sich zusammen, als sie den schon bekannten Mann erblickte. Das reinste Déjà-vu.

»Entschuldigt mich bitte einen Moment.« Die Crew ließ sie vorbei, und Dida lief hinaus auf den Gehsteig. Sie konnte kaum glauben, was gerade passierte.

»Vorsicht, Schätzchen, es bringt Unglück, unter einer Leiter hindurchzugehen.« Es handelte sich tatsächlich um denselben Mann wie beim letzten Mal. Er hielt einen Bohrer in der Hand und trat ihr in den Weg.

Dida verspürte ein heftiger werdendes Kribbeln im Nacken. »Was zum Geier haben Sie diesmal vor?« Er konnte unmöglich … Oder doch? Als wäre das angriffslustige Grinsen noch nicht genug, hielt er auch noch ein Plastikschild in der Hand. Didas Mut sank.

Nur mit Mühe fand sie ihre Stimme wieder. »Das ist kein Verkauft-Schild, oder?« Sie klang panisch. »Dieses Gebäude ist nicht verkauft ... Es kann unmöglich verkauft sein ... Das wüsste ich doch ...« Dieser Mistkerl Aidie. Dida riss sich zusammen, denn sie war der letzte Mensch, der anfing zu weinen. Sie konnte sich *Kinder in Not* ansehen und hatte nicht einmal einen Kloß im Hals. Sie schaffte es trockenen Auges durch Schulkonzerte, während die Eltern um sie herum Rotz und Wasser heulten. Also würde sie sich jetzt auch nicht gehen lassen. Sie atmete tief ein und ärgerte sich, weil ihre Schultern bebten. Dieser elende Dreckskerl von einem Ehemann. Der hätte es sie doch bestimmt wissen lassen, wenn er ihren Traum verkauft hätte.

Der Typ schüttelte den Kopf. »Noch einmal, meine Liebe: Ich hänge nur die Schilder auf. Alles andere müssen Sie mit dem Makler klären.«

Es war die gleiche Unterhaltung, die sie schon einmal geführt hatten. Und letztes Mal war es schon schlimm gewesen. Dies war noch übler. »Nennen Sie mich nicht ‚meine Liebe'.« Didas Stimme bekam einen drohenden Unterton.

Der Typ winkte ab, zog ein zerknittertes Stück Papier aus der Tasche und wedelte damit. »Hier, eine E-Mail, kam heute Morgen. Objekt verkauft. Da können Sie nichts machen.«

Dida begriff erschüttert, dass er wahrscheinlich vollkommen recht hatte.

Vintage at the Cinema hatte ihrem Leben einen Sinn gegeben und sie mit Stolz erfüllt. Sie hatte ihre ganze Energie hineingesteckt und Erfüllung darin gefunden. Es hatte sie von ihrer schrecklichen Ehe abgelenkt und ihr Kraft gegeben, die sie andernfalls vielleicht nicht gefunden hätte. Wenn Aidie wirklich für das Aus des Kinos verantwortlich war, dann war sie auch mit ihm fertig.

# 84. Kapitel

Dienstagmorgen, 19. August

*Betrifft : Talking Italian*

*Amore Dida,*
*ich denke an unser Gespräch gestern Abend ... Es tut mir schrecklich leid, dass du solchen Ärger hast und ich nicht unschuldig daran bin. Lass dir Zeit und tue, was immer das Beste für dich ist. Ich werde warten.*

*Tante belle cose, Hamish*

# 85. Kapitel

Freitagnachmittag, 22. August
LUCE & IZZY
In Luces Zimmer
*Der Duft von Himbeeren*

»Hier kommt dein Tee. Wie läuft es? Kann ich irgendwie helfen?«

Luce steckte den Kopf zur Tür herein und sah, wie schon seit Tagen, Izzy an der Nähmaschine, daneben das Bügeleisen inmitten der Stoffdreiecke. Izzy hatte ein großes Haus, und doch hatte sie sich in Luces kleiner Wohnung verkrochen, damit Xander sie nicht fand. Auch wenn er gar nicht mehr nach ihr suchte. Luce nahm an, dass Izzy es allein mit ihren Erinnerungen zu Hause nicht aushielt.

Izzy sah unvermittelt auf. »Ich bin fast fertig. Ist das zu glauben? Herzen und Engel und genug Wimpel, um damit den ganzen Matlock Park zu schmücken. Dieses glückliche Paar macht keine halben Sachen, aber immerhin haben sie mit dieser Last-Minute-Bestellung meinen Verstand gerettet und mein Konto auch. Ich hatte gar keine Zeit, über Xander oder das Kino nachzudenken.« Izzy erschauerte. »Irgendwas Neues von Dida?«

So ging das nun schon seit Tagen. Izzy war hier, Ollie übernahm ihre Schichten, und Luce brachte Izzy die Neuigkeiten aus der Welt dort draußen.

Luce überlegte. »Hamish wartet nach wie vor geduldig, bis Dida nachgedacht hat.«

»Dieser Mann scheint wirklich ein Prachtexemplar zu sein.« Izzy schnitt einen Baumwollfaden ab.

Luce hob einen Wimpel vom Boden auf. »Dida war endlich beim Anwalt, um sich wegen einer Trennung beraten zu lassen. Sie hat bis jetzt gezögert, in der Hoffnung, dass Aidie sich den Verkauf des Kinos noch einmal überlegt und vielleicht wartet, bis das Geld für die Gemälde da ist. Aber das hat er nicht getan.«

»Aidie ist echt übel, oder?« Izzy klang wütend.

Luce wusste, dass sich diese Bemerkung eher auf Didas blaue Flecken statt auf das Kino bezog.

Sie zuckte mit den Schultern. »Diesmal ist Aidie zu weit gegangen, aber Dida glaubt, er hat es getan, weil er Schluss machen will. Es war schon immer ein Albtraum für sie, mit ihm zusammen zu sein, und sein Geld war nie eine wirkliche Entschädigung dafür.«

Izzy lächelte schwach. »Apropos reiche Leute, hat jemand Xander gesehen?« Sie mochte geschafft und krank aussehen, aber ihren Sinn für Ironie hatte sie noch nicht verloren.

Luce ärgerte sich, dass ihr diese Bemerkung über Aidie herausgerutscht war. »Keine Ahnung, wo Xander ist. Möglicherweise respektiert er deinen Wunsch, von ihm in Ruhe gelassen zu werden.« Luce sah, dass Izzy immer noch litt.

Izzy wechselte das Thema. »Gibt es etwas Neues über einen Ort, an den wir mit den Läden ausweichen könnten?«

Luce antwortete: »Es gibt überhaupt nichts.« Zum ersten Mal in ihrem Leben würde sie viel Geld haben, nur half ihr das kein bisschen weiter. »Ollie sucht überall, und er hat ein leer stehendes Gartencenter gesehen und eine abgelegene Scheune, aber das kam beides nicht infrage. Kaum zu glauben, dass es hier so viele leere Geschäfte gab, als wir anfingen, und jetzt findet man überhaupt keine Ladenflächen mehr.«

Izzy machte ein sorgenvolles Gesicht. »Wir alle lieben, was wir tun, aber es geht nicht nur ums Geld. Das alte Kino hat auch eine enorme soziale Bedeutung für uns. Die Motivation wird leiden, wenn wir wegziehen müssen, von den Umsatzeinbußen ganz zu schweigen, wenn wir diese Gegend verlassen.«

Luce war das absolut klar, und es war ermüdend, sich ständig Sorgen zu machen. »Bist du morgen wieder hier?«

»Nicht, wenn ich es verhindern kann. Ich bin fast fertig und liefere das hier morgen früh aus. Ich treffe die Leute auf halbem Weg nach Sheffield, vielleicht schaue ich anschließend im Kino vorbei. Ich will da sein und helfen, wenn die letzte Ladung aus Frankreich eintrifft.«

Luce spürte Beklommenheit. »Nutz die Zeit. Dida meint, wir haben noch zwei Monate, vielleicht auch weniger. Anscheinend geht der Deal ziemlich schnell über die Bühne.«

»Ich hasse es, echt.« Izzy fuhr sich durch die Haare, und ein schwacher Himbeerduft breitete sich aus. »Aber ich bin begeistert, dass wir uns wehren. Aidie kann uns das Gebäude wegnehmen, aber wir werden immer der Vintage Cinema Club bleiben. Das kann er uns nicht nehmen.«

# 86. Kapitel

Samstagvormittag, 23. August
IZZY
Ein Parkplatz nahe Curbar Edge
*Eine steife Brise und nachfolgender Wind*

»Verdammtes Verkauft-Schild.« Izzy hatte es im Vorbeifahren am alten Kino gesehen und murmelte sechs Blocks weiter immer noch empört vor sich hin, als sie an dem Landschloss Chatsworth House vorbeikam. »Das ist alles so unfair.« Als sie hügelaufwärts aus Baslow herausfuhr, wurden die Weiden von Birkenwäldern abgelöst und diese irgendwann von Moorlandschaft.

An dieser Situation war überhaupt nichts fair. Alle hatten sich schwer ins Zeug gelegt, um die Läden erfolgreich zu machen, und jeder liebte seine Arbeit, nicht nur wegen des Einkommens. Diesen letzten Gedanken verdrängte sie vorerst lieber, denn die Vorstellung, ohne Geld dazustehen, war zu beängstigend. Momentan verfügten sie über Berge von Waren, aber was nützte das, wenn es keinen Platz mehr gab, um sie unterzubringen? Wenigstens kam durch diese Mega-Bestellung an Wimpeln etwas Geld herein. Der Käufer hatte im Voraus gezahlt, und Izzy hatte die Girlanden im Eiltempo fertiggestellt, da es keinen Sinn hatte, ins Bett zu gehen, wenn sie ohnehin nicht einschlafen konnte.

Sie schaute auf die Karte auf ihrem iPhone, bog links ab, und nach einer halben Meile die holprige Straße entlang, die zwischen Heidekraut hindurchführte, gelangte sie an eine breite Parkplatzeinfahrt. Ein mit Moos überwuchertes Schild mit der Aufschrift *Coppice Wood* bestätigte ihr, dass sie hier richtig war. Izzy lenkte Chou-fleur über den losen Schotter und hielt an der Mauer. Am anderen Ende des Parkplatzes entdeckte sie einen Eiswagen. Das einzig Gute an diesem Vormittag weit und breit. Izzy schaute auf ihr Handy. Zehn Minuten waren genug Zeit für ein Eis, um anschließend immer noch professionell aufzutreten, wenn der Kunde eintraf.

Also ging Izzy zu dem Eiswagen, während Wolkenschatten über den Parkplatz huschten. Zum Glück hatte sie ihre dicke Strickjacke angezogen, zumal der Wind hier frischer wehte. Dummerweise trug sie ein Kleid darunter. Sie winkte dem Teenager in dem Eiswagen, der sein Handy weglegte und die Glasscheibe aufschob.

»Ja?«

Izzy klemmte das Kleid zwischen die Knie, damit es nicht hochwehte, und zog die Strickjacke fester um sich, während sie die Bilder im Fenster betrachtete.

»Vielleicht möchtest du Kaugummi-Eis probieren.«

Izzy erschrak, als sie die raue Stimme hörte, direkt neben ihrer Schulter. Sie hielt zunächst den Blick gesenkt und sah die zerschrammten Lederschuhe, die gebräunten Füße, und ihr Herz schlug schneller. Verwaschene Jeans. Sie wagte es kaum zu hoffen und den Blick weiter zu heben. Daumen, die durch die Gürtelschlaufen gehakt waren, verrieten es. Ein im Wind flatterndes T-Shirt, und sie wusste, dass niemand sonst mit einem löchrigen T-Shirt mit der Aufschrift *Cannes Film Festival 84* herumlaufen würde.

»Xander?« Kurz erhaschte sie einen Blick auf harte Bauchmuskeln, dann sah sie in dunkelbraune Augen. Ihr Puls beschleunigte sich. Sie schluckte und spürte keinerlei Zorn. Nun, da er sie gefunden hatte, kamen ihr die zwei

Wochen ohne ihn wie eine quälend lange Ewigkeit vor. »Was machst du hier?«

Xander betrachtete Izzy, die mit hochgezogenen Schultern im Wind stand. Jedes Mal, wenn er sie sah, war es, als würde er nach Hause kommen.

»Ich war unterwegs und wollte mir ein Eis kaufen, genau wie du.« Die Haare, die er sich aus dem Gesicht strich, hatten angefangen, sich an den Enden zu ringeln. »Was nimmst du?«

Sie biss sich auf die Lippen. »Ich glaube, ich verzichte doch lieber.«

Sie wich vom Eiswagen zurück und lehnte sich gegen eine Steinmauer. »Ich bin hier mit jemandem verabredet.«

Xander lehnte sich mit dem Po ebenfalls an die Mauer. Da er ihr Bedürfnis nach Aufrichtigkeit kannte, musste er ihr schnell die Wahrheit gestehen.

»Ja, mit mir.« Er beobachtete, wie sie stutzte.

»Du willst die Wimpelgirlanden?«, fragte sie ungläubig. »Dann hast du die Bestellung aufgegeben?«

Er scharrte mit den Schuhen und wünschte, er würde sich nicht so schuldig fühlen. »Indirekt. Es war die einzige Möglichkeit, die mir einfiel, wie ich dich dazu bewegen könnte, dich mit mir zu treffen.« Er unterschlug, dass er den finanziellen Druck von ihr nehmen wollte, bis er seine Angelegenheiten geregelt hatte. Und es hatte ja auch funktioniert, oder? Wie hätte er sie sonst sehen können, wenn sie seine Anrufe ablehnte, ihm nicht aufmachte und auch nicht mehr im Kino war?

»Aha.« Sie schüttelte den Kopf und blinzelte in die Sonne. »Ich nehme an, du hast davon gehört, dass das alte Kino verkauft wurde?« Sie schaute weiter in den blauen Himmel und stieß einen langen Seufzer aus.

Er musste ihr reinen Wein einschenken, also sagte er rundheraus: »Ich weiß, du hasst es, wenn Leute sich in dein Leben einmischen, aber ich muss dir etwas gestehen … Ich habe das Kino gekauft.« Ein Schutzhelm wäre jetzt vielleicht nicht schlecht gewesen.

»Was?« Izzys Aufschrei war ohrenbetäubender, als er erwartet hatte. »Das alte Kino wird dir gehören?«

Er blieb ruhig und hoffte, sie würde nicht wütend werden. »Der Vertrag wurde heute Morgen unterzeichnet. Es tut mir leid, aber es gab einen weiteren Interessenten, und Aidie war wild entschlossen zu verkaufen. Einzuspringen und den Preis in die Höhe zu treiben, war meine einzige Chance, wie ich das Kino retten konnte. Es ging alles sehr schnell, und es tut mir leid, dass ich dir vorher nichts davon erzählen konnte, aber der Deal stand auf Messers Schneide.«

»Verdammt, Xander.« Sie strich sich die Haare aus der Stirn.

Er wartete, aber mehr kam nicht. Das war also ganz gut gelaufen. Bei Izzy war es schwer vorherzusehen, wie sie die Dinge aufnehmen würde. Er wappnete sich für den nächsten Punkt, der einen Tick schwerwiegender war.

»Ich habe ein paar Unterlagen dabei, die du dir ansehen sollst.« Er zog einen Umschlag aus der Gesäßtasche. »Es geht darum, dass das Kino treuhänderisch in deinen Besitz übergeht.« Dazu war viel Planung nötig gewesen. Hoffentlich würde sie das eher annehmen können als eine reine Schenkung. »Sobald du unterschrieben hast, kannst du das Gebäude nutzen, wie du möchtest.« Und wieder wartete er gespannt auf ihre Reaktion.

Sie kaute heftig auf ihrem Daumen, und für einen Moment glaubte er, sie würde anfangen zu weinen. Der Knoten in seiner Brust zog sich fester zusammen. Er liebte diese Frau so sehr, dass er immer noch staunte, wie lange er gebraucht hatte, um das zu erkennen. Sein Hals war wie zugeschnürt, und er musste sich beherrschen, sie nicht einfach in die Arme zu nehmen und dadurch womöglich alles zu ruinieren.

»Warum, Xander?« Ihre mit krächzender Stimme vorgetragene Frage entlockte ihm ein Lächeln.

»Nun, da gibt es viele Gründe.« Dass er sie liebte, als hinge sein Leben davon ab, war nur der Anfang. »Vor allem wollte ich deine Unabhängigkeit.« Er machte eine Pause. »Ich habe Geld, aber wir beide wissen, dass Geld im Leben nicht wichtig ist. Gelegentlich kann ich allerdings damit jemandem sehr helfen. Und dies ist eine dieser Gelegenheiten. Es wird mich glücklich machen. Du bist so talentiert, und ich habe noch nie einen Menschen getroffen, der so selbstlos ist wie du. Ich war ziemlich abgestumpft, aber zu erleben, wie du alles stets wichtiger nahmst als dich selbst, hat mir wieder ein gutes Gefühl gegeben. Du hast mir geholfen, die Dinge in einem anderen Licht zu sehen und vieles zu begreifen. Im Gegenzug wollte ich dir Freiheit kaufen, damit du nie mehr von jemandem abhängig bist. Du wirst die Kontrolle und stets ein Einkommen haben.«

Izzy schniefte und sprach mit zitternder Stimme. »Ich weiß nicht, was ich sagen soll. Jedes Mal, wenn du mich überraschst, hast du dir etwas Neues, Tolles, Beeindruckendes einfallen lassen.« Sie schlang die Arme um sich und schien ziemlich oft an ihrem Kleid zu zupfen.

Xander drehte ein kleines Kästchen in seiner Hosentasche. Engel-Ohrringe. Er hatte sie ihr schon einmal schenken wollen, und zwar an jenem Abend, an dem ihm klar geworden war, dass er sie liebte. Damals hatte er nur nicht gewusst, wie er es in Worte fassen sollte, da es ihm nie vorher passiert war.

Izzy redete weiter: »Ich lag so falsch, als ich andeutete, du seist wie mein Vater. In Wahrheit bist du in jeder Hinsicht anders. Du bist gut und freundlich, und du besitzt genau die Integrität, von der du gesprochen hast.« Ihre Stimme war sanft und warm jetzt, und sie beugte sich vor. »Danke, Xander, das ist das Umsichtigste und Wundervollste, was jemals jemand für mich getan hat.«

Sein Herz floss über vor Glück. »Du hast keine Ahnung, wie sehr ich dich glücklich machen will.«

»Das ist das andere Wunderbare … Du verstehst mich und kennst mich. Es gibt nur eine Sache, die mir ein Gefühl von Sicherheit verschafft, und du hast sie gefunden.«

Er betrachtete die Sommersprossen in ihrem Gesicht und das Grübchen in ihrer linken Wange. »Ich bin froh, dass ich anscheinend etwas hinbekommen habe.«

Sie zog die Nase kraus und lächelte unglaublich süß. Dann wurde sie auf einmal ernst. »Du hast das getan, damit ich mich sicher genug fühle, mit dir zusammen zu sein, nicht wahr?«

Er zögerte, denn er fragte sich, wie er darauf antworten sollte.

Sie sprach weiter: »Es geht nicht mehr nur ums Geld.« Sie sah ihm in die Augen. »Du siehst in mein Inneres und verstehst mich. Du gibst mir genug Vertrauen, um mit dir zusammen zu sein.«

Seine Stimme war leise und brüchig. »Es tut mir so leid, Izzy. Ich habe das alles für dich getan, weil du das Leben haben solltest, das du verdienst.« Das hatte er sich wieder und wieder selbst gesagt, und doch wusste er nicht, wie er es jetzt formulieren sollte. »Du bist wundervoll und die erstaunlichste Frau, die mir je begegnet ist. Aber letztlich bleibt mir nichts anderes übrig, als das zu tun, was ich getan habe. Ich werde nicht mit dir zusammen sein können, denn ich kann nicht zulassen, dass du dich an jemanden mit meiner genetischen Disposition bindest.«

»Was?« Sie hob die Stimme und starrte ihn verständnislos an.

Das war das Härteste, was er je im Leben getan hatte. Es war so kompliziert und zugleich ganz klar.

»Ich darf es nicht riskieren.« Seine Worte waren jetzt beinah nur noch ein Flüstern, und er fuhr sich mit den Fingern durch die Haare. »Wenn die Krankheit, die meine Mutter hatte, irgendwann bei mir ausbricht ... Ich liebe dich zu sehr, um dir das zuzumuten. Ich bin zurückgekommen, weil ich mit dir zusammen sein wollte. Doch je länger ich darüber nachdachte, desto mehr wurde mir klar, dass du etwas Besseres verdient hast als das, was ich dir bieten kann. Du musst mit jemandem zusammen sein, für den du an erster Stelle stehst, und das kann ich dir nicht garantieren. Und deshalb darf ich nicht derjenige sein, an den du dich bindest. Das Kino gehört jetzt dir, und ich werde mich aus deinem Leben zurückziehen.«

»Nein, Xander, nein.« Izzy stand jetzt vor ihm, und Tränen liefen ihr die Wangen hinunter. Sie schlang die Arme fest um seinen Nacken, und er atmete ihren süßen Duft ein. Fast hätte er selbst angefangen zu schluchzen. »Das werde ich nicht zulassen. Das darfst du nicht.«

Er schob die Hände unter ihre Strickjacke, spürte ihre Rückenmuskeln und legte das Kinn auf ihren Kopf. Wenn er die Augen schloss, konnte er sich für einen Moment vorstellen, er würde sie nicht gehen lassen, sondern sie für immer halten. Er konnte sich ausmalen, wie es wäre, jeden Tag neben ihr aufzuwachen und jede Nacht neben ihr einzuschlafen. Ihre Güte aufzusaugen und ihre Kraft und dadurch zu dem Mann zu werden, der zu sein er vor der Begegnung mit ihr nicht für möglich gehalten hatte. Mit dem Kauf des Kinos hatte er ursprünglich gehofft, ihr die Freiheit zu geben, mit ihm zusammen zu sein. Doch jetzt wusste er, dass sie nach allem, was sie mit ihrem Dad durchgemacht hatte, und ihrer Aufopferung für ihre Brüder nicht auch noch für ihn verantwortlich sein durfte, falls er eines Tages krank wurde und gepflegt werden musste. Er gab sie frei, damit sie ein neues Leben führen konnte, und zwar ohne ihn. Das war die einzige Möglichkeit.

Noch einmal atmete er tief ihren Duft ein, dann löste er eine Hand und griff in seine Hosentasche.

»Hier, die wollte ich dir schenken.« Er klappte den Deckel des kleinen Kästchens auf und hielt es ihr hin.

»Silberne Engel?«, flüsterte sie leise schluchzend und legte die Ohrringe auf ihre Handfläche. »Die sind wunderschön. Vielen Dank.« Sie sah ihn an und schüttelte den Kopf. »Was werden wir jetzt tun, Xander?«

Er biss sich auf die Unterlippe und nahm seine ganze Kraft zusammen. »Jeder wird seines Weges gehen und sein Leben führen, so gut er kann. Du wirst tun können, was du willst, denn du bist stark, und du wirst unabhängig sein. Als Erstes wirst du zurückfahren und allen berichten, dass das Kino gerettet ist.« Als bräuchte sie seine Anweisung. Er ließ die Möglichkeit aus, dass sie jemand anderen kennenlernen würde, aber genau so würde es kommen, denn auch das verdiente sie.

»Und was ist mit den Girlanden?«, fragte sie, als sei ihr das plötzlich wieder eingefallen. »Ich habe so viele gemacht …«

»Behalte sie.«

Er bückte sich und hob den Umschlag vom Boden auf, befreite sich von Izzys Armen um seinen Nacken und nahm sie an die Hand, um sie zum Van zu führen. Er öffnete die Tür. »Steig ein, Izzy.«

Er hob sie fast auf den Fahrersitz, entschlossen und keinen Widerstand duldend. Aber es gab keine andere Möglichkeit. In ihm brodelte es, und er wusste nicht, wie lange er sich noch würde zurückhalten können.

Er konnte ihr nicht in die Augen sehen, als er ihr den Umschlag gab. Wie es ihm gelang, mit ruhiger und gefasster Stimme zu sprechen, war ihm ein Rätsel. »Der Notar wird Montag Kontakt zu dir aufnehmen. Du musst jetzt los.« Es war für sie beide besser, wenn der Abschied möglichst schnell vonstattenging; andernfalls würde Xander es nicht schaffen. »Fahr jetzt los und sieh nicht zurück.«

Er wollte diesen Abschied hinter sich bringen. Er trat einen Schritt zurück, als der Motor stotternd ansprang, und erinnerte sich an eine Zeit, die eine Ewigkeit her zu sein schien, in der er gehofft hatte, der Wagen möge nicht anspringen. Er hörte, wie knirschend die Gänge eingelegt wurden und die Reifen über den Kies rollten. Der Schmerz war unbeschreiblich, als er einen letzten Blick auf Izzys Haare erhaschte, bevor sie in die Straße einbog. Er lief zu seinem Wagen, stieg ein und ließ den Tränen freien Lauf. Eine halbe Stunde lang weinte er um alles, was sie gehabt hatten. Und um alles, was ihnen verwehrt blieb.

# 87. Kapitel

Samstag, Mittagszeit, 23. August
DIDA, LUCE & IZZY
In der Hochzeitssuite
*Rote Augen und Kuchen*

»Wie schnell sich alles ändert. Vor fünf Minuten noch haben wir alle schweigend den Lieferwagen entladen, mit langen Gesichtern, und jetzt feiern wir. Und das haben wir alles dir zu verdanken.« Dida bahnte sich ihren Weg zwischen den Spitzenkleidern durch und umarmte Izzy, die in ihren Ärmel schniefte. »Du hast das Kino gerettet. Aber was ist mit dir?«

Dida sah über Izzys Schulter verzweifelt zu Luce. Luce war hinter Izzy hergestürmt, als diese mit ihrer überwältigenden Neuigkeit angekommen und die Treppe hinaufgerannt war. Jetzt schüttelte Luce jedoch den Kopf.

Dida setzte sich auf die Chaiselongue und zog Izzy mit sich herunter.

»Hier, meine Taschentuchbox, extra für die Brautmütter.« Luce gab Izzy ein paar Taschentücher, die sich geräuschvoll die Nase putzte und die geröteten Augen tupfte. Ihre fleckigen Wangen waren eingefallen, und sie wirkte verloren in ihrer weiten Jeansjacke.

Schließlich holte Izzy tief Luft und begann: »Xander hat das Kino gekauft, damit ich unabhängig bin.« Sie strich sich umständlich die wilden Locken aus dem Gesicht. »Aber das ist noch nicht alles. Seine Mutter starb an einer schrecklichen erblich bedingten Krankheit, und die hat er möglicherweise auch. Obwohl er es nicht mit Sicherheit weiß, will er nicht mit mir zusammen sein. Und deshalb bin ich …« Erneut fing Izzys Unterlippe an zu zittern, und schon kamen die nächsten Schluchzer.

»Oh, Mist, das tut mir so leid.« Dida drückte sie und tätschelte ihr die Schulter, während Luce vor Izzy in die Hocke ging und ihr die Knie rieb.

Als Izzys Tränenfluss nachließ, lockerte Dida ihre Umarmung und meinte: »Und wie stehst *du* jetzt zu dieser ganzen Sache?« Dida fand, Xander war ein guter, selbstloser Mann, für sie bestand daran kein Zweifel.

Izzy dachte nach. »Ich bin natürlich zutiefst betroffen darüber, dass ihm diese Krankheit droht.«

Dida konnte kaum erahnen, wie Izzy sich fühlen musste. »Ich kann nachvollziehen, dass er dir das ersparen will, vor allem, wenn er dich liebt, was offenbar der Fall ist. Sehr sogar.«

Izzy schnäuzte sich ein weiteres Mal und krächzte: »Ich weiß, es klingt, als würde ich meine Meinung ziemlich oft ändern. Aber ich bin mir ganz sicher, dass ich mit ihm zusammen sein will. Ich kann mir ein Leben ohne ihn überhaupt nicht vorstellen.«

Luce legte ihr Gesicht in Falten. »Na endlich. Du hast ja keine Ahnung, wie froh ich bin, das von dir zu hören. Wir wissen seit dem ersten Tag, dass du und Xander zusammengehört. Für jeden war es offensichtlich, außer für dich.«

»Ich habe mich an seinem Reichtum gestört, aber das mit dem Kino hat mir gezeigt, wie gut er mich versteht. Da wusste ich, dass ich mit ihm zusammen sein will, und seine möglicherweise ererbte Krankheit ändert nichts daran.«

»Es könnte eine große Verantwortung sein.« Na fabelhaft, Luce gab hier die Skeptische.

Izzy antwortete mit leiser Stimme: »Auf lange Sicht mag es nicht leicht sein. Trotzdem will ich mit Xander zusammen sein.«

Dida musterte sie kritisch. »Ich dachte mir, dass du das sagen würdest, aber in dem Fall kannst du dich hier nicht verkriechen. Du wirst zu ihm gehen und es ihm sagen müssen.« Einen anderen Weg gab es nicht. »Es ist an dir, ihn davon zu überzeugen, dass es für euch beide das Richtige ist.«

»Und das könnte schwierig werden«, warf Luce ein.

Izzy schluckte. »Ich weiß nicht einmal, wo er ist.«

Dida sprang auf und lief zur Tür. »Ich hole Tee und Kuchen. Du wirst deine ganze Kraft brauchen.« Es war das Mindeste, was sie für Izzy tun konnten, nach allem, was sie für die anderen getan hatte. »Was das Aufspüren Xanders betrifft, ist der Vintage Cinema Club an dem Fall dran. Wir stehen tief in deiner Schuld, Izzy, und wir sind für dich da. Xander ist ein starker Mann, daher vermute ich, dass du hart wirst kämpfen müssen, um zu gewinnen. Aber wir stehen an deiner Seite und kämpfen mit dir.«

# 88. Kapitel

Samstagnachmittag, 23. August
IZZY
Das Pink House
*Zitronengelbe Pumps*

»Okay, wünsch mir Glück.«

Izzy klopfte an die Haustür und schob den Gipsengel, mit dem sie geredet hatte, wieder in ihre Umhängetasche, nahm ihren Mut zusammen und kaute ein letztes Mal auf ihrem Kaugummi. Sosehr sie das auch brauchte, war es letztlich wichtiger, Xander möglichst nicht zu verärgern. Also musste der Kaugummi diesmal verschwinden.

Sie hörte ihr eigenes Herz laut genug, um den Gesang der Vögel zu übertönen, während sie eine gefühlte Ewigkeit wartete. Luce hatte darauf bestanden, dass sie ihre zitronengelben Pumps anzog, aber als Izzy jetzt an sich herunterschaute, wusste sie, dass sie mehr brauchte als Glücksschuhe, um das hier richtig hinzubekommen. Und dann war er plötzlich da und öffnete die Tür, sein Gesicht mit den Bartstoppeln und hohen Wangenknochen. Aber die tiefe Falte zwischen den Brauen verriet Izzy, dass er nicht begeistert war, sie zu sehen.

»Ich hoffe, ich störe nicht«, sagte sie trotzdem, auch wenn es offensichtlich war.

»Ich muss einen ganzen Stapel Drehbücher lesen. Aber mir ist zu Ohren gekommen, dass du beharrlich sein kannst.« Er zuckte mit den Schultern und ließ sie eintreten. »Das ist keine gute Idee, Izzy.«

Er führte sie durch den Flur und die Küche in den Nebenraum, wo er mit dem Kopf unbehaglich auf eins der Sofas deutete. Sein Verhalten unterstrich, wie wenig erfreut er über ihren Besuch war.

Sie probierte es mit einem Lächeln und wünschte, ihr Kleid säße besser und sie müsste nicht so viel daran herumzupfen.

Xander blieb stehen, seine Mundwinkel zeigten nach unten. »Es war schon schwer genug, einmal Abschied zu nehmen. Vier Stunden meines neuen Lebens ohne dich hatte ich schon hinter mich gebracht. Jetzt muss ich wieder von vorn beginnen.«

Unsicher legte sie die Umhängetasche neben sich und setzte sich auf die Sofakante. Sie biss sich auf die Unterlippe und versuchte, sich an die Worte zu erinnern, die sie geübt hatte. Luce und Dida hatten ihr dabei geholfen. Entscheidend war, alle Argumente vernünftig, logisch und ruhig vorzutragen. Doch wenn ihr nicht einmal mehr einfiel, wie sie anfangen wollte, wie sollte sie dann bis zum Ende kommen? Natürlich hatte sie mit Xanders Widerstand gerechnet, aber diese kühle Haltung machte sie mit jeder Minute nervöser.

Er sah sie mit finsterem Blick genauer an. »Trägst du Lippenstift?«

Izzy seufzte und strich sich eine Strähne aus dem Gesicht. Sie hatte sich Didas Willen widersetzt, die sie mit hellrotem Ruby Woo in den Kampf schicken wollte, und sich für einen Kompromiss entschieden. »Crushed Strawberry.«

»Aha, klar.« Der harte Ausdruck in seinen Augen löste sich für einen Moment auf. »Deine Engel stehen dir gut.«

»Ich liebe sie.« Instinktiv berührte sie ihr Ohr und legte beherzt los. »Das ist exakt der Grund, weshalb ich hier bin. Du bist der einzige Mensch auf dieser Welt, der weiß, dass diese Ohrringe das perfekte Geschenk für mich sind. Wie kannst du erwarten, dass ich dich gehen lasse, wo du mich doch so gut kennst? Verrate mir das mal.« Ihre Stimme wurde leiser, je finsterer er blickte.

Er machte einen Schritt vorwärts, blieb jedoch sofort wieder stehen und sandte ihr einen warnenden Blick. »Du musst damit aufhören, Izzy. Ich verstehe ja, dass es ein Schock war, aber du wirst dich mit der Zeit daran gewöhnen. Wir werden uns beide daran gewöhnen, das müssen wir. Es geht nicht anders, und je eher wir damit anfangen, desto früher …« Er verstummte.

Die Art, wie er sein Kinn rieb, erinnerte sie an den Tag, als sie Eis essen waren und ihr das Herz brach bei der Vorstellung, er könnte eines Tages krank werden. Damals hatte sie geweint, weil diese Aussicht sie traurig gemacht hatte. Jetzt aber war sie wütend. Nicht nur, weil die Krankheit bei ihm ausbrechen konnte, sondern auch, weil er wegen dieser Möglichkeit ihr Leben und seines ruinierte.

»Das ist nicht fair, Xander.« Der Vorsatz, ruhig zu bleiben, war dahin. »Es ist nicht fair, dass du vielleicht eines Tages krank wirst, aber fair ist auch nicht, wie du gleich alles hinwerfen willst.« Der seit Frankreich angestaute Frust entlud sich endlich. »Ja, es tut mir leid für dich, aber ich bin auch wütend. Du hältst dich für selbstlos, weil du mich wirtschaftlich gerettet hast. In Wahrheit bist du verdammt egoistisch, weil du überhaupt nicht an das denkst, was *ich* will.« Ihre Vorwürfe hallten von den Wänden wider, und sie vermochte nicht mehr zu sagen, ob sie schrie oder weinte. Ihr Gesicht war jedenfalls nass, und sie unterdrückte Schluchzer. »Wie soll ich denn damit fertigwerden?« Xander kam näher, und im nächsten Moment trommelte sie mit den Fäusten gegen seine Brust. »Was ist daraus geworden, den Augenblick zu genießen, verdammt?« Inzwischen kreischte sie wie eine Furie, aber das war ihr egal, denn sie wollte nur mit dem Mann, den sie liebte, zusammen sein. Wie konnte er ihr das verweigern? »Statt das Leben zu genießen, ergibst du dich deinem Schicksal und wartest auf den Tod, und ich weigere mich, das zu akzeptieren.«

Xander legte die Arme um sie, und während ihre Rippen gegen seinen Bauch gepresst wurden, wurde ihr Gesicht an seine Brust gedrückt. Sie schob die Hände unter sein T-Shirt und atmete seinen Duft ein.

»Es tut mir leid.« Sie wischte sich die Nase an ihrem Ärmel ab und ärgerte sich über ihr kleinmädchenhaftes Verhalten. »Ich wollte mich nicht so gehen lassen …« Auf keinen Fall hatte sie Tränen einsetzen wollen, um ihn zu beeinflussen.

Seine Stimme ließ seinen Brustkorb vibrieren. »Na ja, ich hätte mir denken können, dass du nicht kampflos aufgibst.« Er zog sie zu einem Sessel, setzte sich hinein und zog sie auf seine Knie. »Aber wo wir schon hier sind, sollten wir lieber reden als streiten. Wirst du mir ruhig alles erklären?« Er hob erwartungsvoll eine Braue.

»Ich weiß, ich bin inkonsequent, aber seit der Frankreichreise fühle ich mich elend. Heute Morgen, als ich glaubte, du hättest das Kino gekauft, damit wir zusammen sein können, verschwand der ganze Schmerz, und alles war auf einmal klar. Da wusste ich, dass ich mit dir zusammen sein will.«

»Oh, Izzy.« Er stützte sein Kinn in die Hand und schüttelte den Kopf. »Das geht nicht.«

»Weil ich dich liebe.« Sie kratzte sich am Kopf. »Ich spüre dieses schreckliche Gefühl der Leere, wenn wir getrennt sind, und es tut weh. Sobald wir wieder zusammen sind, fühle ich mich großartig.«

»Okay.«

Sie hatte diesem Mann ihre Liebe gestanden, und das war alles, was er dazu zu sagen hatte? Noch dazu mit gequälter

Miene. »Begreifst du? Wir haben nie vorher darüber gesprochen.« In letzter Zeit hatte sie sich vor ihm versteckt, jetzt kam es ihr wie die Vergeudung kostbarer Tage vor.

»Als ich aus Amerika zurückkam, habe ich dir gesagt, wie schwer es für mich ist, von dir getrennt zu sein.« Er räusperte sich. »Ich wusste, dass ich mein Leben mit dir verbringen wollte, weil ich dich so sehr liebe. Allerdings hatte ich inzwischen Zeit zum Nachdenken und bin zu dem Schluss gekommen, dass ich dich einfach nicht in diese Lage bringen darf.« Er machte ein schuldbewusstes Gesicht. »Rückblickend erkenne ich, dass ich dich schon länger liebe. Schon als ich dich aus dem Container zog, spürte ich, dass da etwas war. Nur habe ich nicht verstanden, was es war.«

Hätte Xander das zu einem anderen Zeitpunkt und in einem anderen Zusammenhang gesagt, wäre sie dahingeschmolzen. Aber es jetzt zu hören, nachdem er ihr erklärt hatte, er könne nicht mit ihr zusammen sein, war schrecklich.

Er fuhr sich durch die Haare und sprach mit leiser, fast brüchiger Stimme weiter. »Ich liebe dich, aber du hast etwas Besseres verdient als ein Leben mit mir.«

Sie verzog das Gesicht. Über diese Krankheit zu sprechen, machte sie noch realer und bedrohlicher. »Ich weiß, was passieren kann. Nachdem ich aus Frankreich zurück war, habe ich viel über die Krankheit gelesen. Ich bin stark und bereit, mich der Situation zu stellen …«

»Ich weiß, wie stark du bist, Izzy. Aber nach dem, was ich mit meiner Mum durchgemacht habe, will ich dir auf keinen Fall das Gleiche zumuten.«

»Entschuldige, aber ich sollte selbst entscheiden, was mir zuzumuten ist. Ich habe seit heute Morgen reichlich darüber nachgedacht. Dich möglicherweise irgendwann in der Zukunft zu verlieren, darauf bin ich vorbereitet, und ich bin bereit, dich während der Krankheit zu unterstützen.« Während sie sprach, rannen ihr Tränen über die Wangen. »Aber ich liebe dich zu sehr, um dich jetzt schon aufzugeben.«

Xanders Gesicht näherte sich ihrem. Sie klammerte sich an ihn.

»Du sollst so etwas nicht sagen«, meinte er schließlich. »Während ich dich so in den Armen halte, sagt mir jeder Knochen in meinem Körper, dass ich dich halten und nie mehr gehen lassen soll. Aber tief im Innern weiß ich, dass das nicht fair wäre. Es wäre zu selbstsüchtig von mir.«

Sie wischte ihre nassen Wangen an seinem T-Shirt ab und schniefte. »Xander, wir lieben einander zu sehr und müssen aufhören, uns wegen der Zukunft den Kopf zu zerbrechen. Stattdessen müssen wir das Beste aus dem machen, was uns bleibt. Mit Glück sind es viele Jahre. Selbst wenn wir nur ein paar Monate haben, würde ich mich dafür entscheiden, denn es bedeutet, dass wir zusammen sind.« Izzy nahm seine Hand in ihre und drückte sie fest. »Ich weiß, was ich will, Xander. Ich will mit dir zusammen sein, egal, was kommt. Wenn ich stark genug bin, um dir in dieser Frage die Stirn zu bieten, dann bin ich auch stark genug für eine gemeinsame Zukunft mit dir. Aber ich könnte es nicht ertragen, ohne dich zu sein.« Sie sah ihm in die Augen und bemerkte die Tränen an seinen Wimpern. »Dann haben wir das geklärt?«

Die Andeutung eines Lächelns erschien auf seinem Gesicht. »Sieht ganz so aus. Da könnten wir eigentlich einen Kuss riskieren, oder?«

Im nächsten Moment lagen seine Lippen sanft auf ihren, und Izzy liefen erneut die Tränen. Sie beweinte all das, was sie beinah verloren hätte, und alles, was sie nun haben würde.

Als sie sich wieder voneinander lösten, wusste sie, dass es noch etwas gab, was sie tun musste. Sie war ziemlich weit von Didas Schritt-für-Schritt-Anleitung abgewichen, aber nun musste sie den Weg dorthin irgendwie wiederfinden.

»Ich dachte über die Hochzeitsgirlanden nach …« Da sie ihn so sehr liebte und unbedingt eine Zukunft mit ihm wollte, waren Hochzeitsgirlanden überhaupt nicht beängstigend.

Er verdrehte die Augen. »Das mit den Girlanden wird mir noch ewig nachhängen.«

»Hattest du sie für einen anderen Zweck verplant?«

»Tja, wie wäre es hier in diesem Garten?«

»Wow, Hochzeitspläne und ein perfekter Vorschlag. Du machst dich.« Sie grinste und nahm ihren Mut zusammen. »Ich bin bereit. Für mich ist eine feste Bindung wichtiger denn je. Ich würde es gern tun, wenn du es auch willst.«

Xander schluckte, und Izzy hoffte, dass sie nicht zu weit gegangen war.

»Das ist kaum zu glauben«, sagte er schließlich. »Hast du, die unabhängigste Frau der Welt, mich gerade gefragt, ob ich Mr. Izzy Mellor werden will?« Er klang amüsiert, und seine Augen leuchteten.

Sie lachte. »Welche Ansicht ich in der Vergangenheit auch vertreten haben mag, ich habe dich genau das gefragt und meine es ernst. Was sagst du also?« Xander war der Mann, den sie liebte und dem sie vertraute. Er war der Mann, mit dem sie ihr Leben verbringen wollte, und der Antrag war die beste Methode, um es ihm zu beweisen.

Ein breites Lächeln ließ die Wangengrübchen in seinem Gesicht erscheinen. »Ich wüsste nicht, was mir lieber wäre. Hauptsache, du wirst dann auch Mrs. Blackman.«

»Ja, ja, ja!« Sinnliche Vorfreude ließ sie erschauern, als Xander mit den Fingern an der Innenseite ihres Schenkels hinauffuhr.

Seine Zunge kitzelte sie an der Halsbeuge, und seine Stimme hauchte in ihr Ohr: »Findet die zukünftige Mrs. Blackman nicht auch, dass wir diesen Augenblick nutzen und die Verlobung gebührend besiegeln sollten?«

»Unbedingt.« Izzy kicherte, als seine Lippen erneut auf ihren landeten.

Als er sie diesmal küsste, hörten sie sehr lange nicht mehr auf.

# 89. Kapitel

Später Samstagnachmittag, 23. August
IZZY, XANDER, LUCE, OLLIE, DIDA & DIE CREW
Im Kino
*Neunundneunzig Toasts*

»Tolle Idee von dir, den Eiswagen gleich mitzubringen«, meinte Dida in ihrem Liegestuhl. Draußen vor dem Schaufenster machte der Eiswagen gute Geschäfte, denn die Schlange zog sich die ganze Straße entlang.

Izzy, an einen Kleiderschrank gelehnt und eng an Xander geschmiegt, sah kaum von ihrer Eiswaffel auf. »Ich musste ihn von seinem Standplatz weglocken, aber es hat sich gelohnt.«

»Besser als Kidnapping.« Luce stützte ihren Ellbogen lässig auf Ollies Schulter; die beiden saßen Seite an Seite auf der Tresenkante.

Dida leckte genüsslich an ihrem Eis. »Ich weiß ja, wir hatten schon Kuchen vorhin, aber dieses Double Ninety Nine mit extra Schokostück ist der Hammer. Was für ein Tag, aber am Ende wurde alles gut.«

»Irgendwie habe ich das deinem Kuchen zu verdanken.« Izzy sah grinsend zu Dida. »Ohne den wäre ich vermutlich jetzt nicht verlobt.«

Izzy betrachtete Xander, der groß und attraktiv neben ihr stand, jederzeit für sie zu haben. Ein warmes Kribbeln breitete sich in ihr aus. Ihn nur kurz anzusehen genügte schon, damit sie weiche Knie bekam.

Noch immer konnte sie nicht ganz glauben, dass sie jetzt zusammen waren, von der Verlobung ganz zu schweigen. Aber wie er ihr auf der Fahrt nach Matlock gesagt hatte, würde es sich echt anfühlen, sobald sie das Pink House bezogen hatten, was sie schnellstmöglich vorhatten. Und was die baldige Hochzeit anging, hatten sie ja immerhin schon die Girlanden. Ein Glücksgefühl durchströmte sie jedes Mal, wenn sie daran dachte, Mrs. Blackman zu werden. Spontan wedelte Izzy mit ihrer Eiswaffel.

»Lasst uns mit den Eiswaffeln anstoßen. Das ist schon meine dritte, denn ich habe einen guten Grund zu feiern.«

Dida rief: »Mit Champagner anzustoßen, riskiere ich so schnell nicht mehr. Sobald hier jemand ein Glas erhebt, taucht der Typ mit der Leiter und den Schildern und den schlechten Neuigkeiten auf.«

Izzy lachte. »Das Verkauft-Schild hat jetzt eine ganz andere Wirkung, wo das Kino uns gehört. Vorher habe ich deswegen Panik bekommen, aber jetzt bin ich davon entzückt. Ich laufe immer wieder hinaus, um es mir anzusehen.« Sie sah zu Luce. »Übrigens hat Xander gehört, dass GI Joe's vielleicht gar nicht eröffnet. Er rät uns, mit den Ladenflächen in das Gebäude umzuziehen. Und dann können wir das alte Kino als Independant Cinema wiedereröffnen. Scherz beiseite, es wäre doch nett, gleich nebenan zu arbeiten.«

»Und GI Joe's ist eine großartige Ladenfläche.« Luce klang begeistert. »Na, darauf stoße ich an. Auf den Vintage Cinema Club, den wir alle so lieben und der so viel mehr ist als nur das, wo immer wir auch sein werden. Und auf alle, die uns geholfen haben, das Unternehmen zu retten!« Wow, Luce wurde auch noch ganz philosophisch. »Aber ich feiere auch, dass das mit meinen Freitagabend-Dates auf absehbare Zeit vorbei ist.« Sie nickte Ollie zu, der selig grinste.

Dida sagte: »Ruby ist bestimmt glücklich.«

»Wir lassen uns noch ein paar Wochen Zeit, bevor Ollie einzieht.« Nachdem sie so lange allein gewesen war, war es nur natürlich, dass Luce vorsichtig sein und die Dinge langsam angehen wollte.

Ollie meinte fröhlich: »Es sei denn, Luce kriegt noch kalte Füße und ergreift die Flucht ...«

Aber Luce lehnte sich an ihn und sah ihn an, als würde sie ihn am liebsten zusammen mit ihrem Eis verschlingen, also bestand diese Gefahr wohl kaum.

Izzy lachte. »Und vergiss nicht, es wird noch aufregender für euch beide, sobald die Gemälde versteigert werden.«

»Das ist noch besser als dieses Eis. Anscheinend kann man manchmal doch alles haben.« Luce grinste in die Runde.

Dida zog ein Schokoladenstück aus ihrem Eis und biss hinein. »Seit Ollie mit seinen Panda-Postkarten zurückgekommen ist, lässt die Falabella-Schwärmerei spürbar nach. Jetzt wollen Lolly und Ruby Zoowärterinnen werden.« Sie zeigte mit dem Rest ihres Schokostückchens auf Luce und Izzy, und ihre Stimme war von Schokolade belegt. »Ich stoße mit meinem Eis auf die nächste Erfolgswelle unseres Vintage Cinema Clubs an, auf die ganze Crew und auf die Rache, die ich ganz sicher an Aidie und der nächsten Mrs. Crompton nehmen werde, und zwar eiskalt.«

Izzy wusste, dass Didas Anwälte mit der Scheidung beschäftigt waren und Dida nur bluffte. Wegen der Kinder und Alport Towers, ganz zu schweigen von Aidies Kampfbereitschaft, würden Dida schwierige Zeiten bevorstehen.

»Es ist ja schon eine Art permanenter Rache, dass wir hierbleiben werden.« Luce stieß einen glücklichen Seufzer aus und wedelte erneut mit ihrer Eiswaffel. »Einen Riesendank an Xander, der das möglich gemacht hat, aber vor allem dafür, dass er Izzy endlich davon überzeugt hat, ihr Singledasein zu beenden.«

Xander drückte sie an sich, sodass sein Kinn auf ihren Haaren lag und sie sein tiefes Lachen im Ohr hatte.

»Es hat sich definitiv gelohnt, auf ihn zu warten.« Izzy sah ihn lächelnd an. »Zwei neue Paare im Vintage Cinema Club. Aber heißt es nicht, aller guten Dinge sind drei?« Izzy zwinkerte Dida zu. »Daher stoße ich an – erstens auf meinen wirklich erstaunlichen Xander, der mich zur glücklichsten Frau auf der Welt gemacht hat, zweitens darauf, das Beste aus jedem Augenblick zu machen, und drittens: Vive La Vintage Cinema Club!«

Izzy wusste, dass Dida nicht begeistert war von öffentlichen Zuneigungsbekundungen vor Kunden – und womöglich erst *mit* Kunden. Doch das interessierte sie diesmal nicht. Sie hob das Gesicht und rieb ihre Wange an Xanders Kinn, suchte seine warmen Lippen, und schon geschah es wieder. Ein kleiner Kuss, samtig und verträumt, und es war der beste der Welt, auch wenn ihr davon ein wenig schwindelig wurde.

Und während sich der Raum für Izzy zu drehen begann, lachten und jubelten alle.

ENDE

# Dank

Ein riesiges Dankeschön an meine talentierte, wunderbare Lektorin Charlotte Ledger, die viel Mühe und Fingerspitzengefühl in dieses Buch hat einfließen lassen. An ihr großartiges Team bei HarperCollins, die dieses Buch ermöglicht haben. An die fantastischen und unermüdlichen Blogger, die es angepriesen haben.

An Debbie Johnson und Zara Stoneley und alle meine schreibenden Freunde, die mich von überall auf der Welt und jederzeit unterstützen.

An meine Kinder Anna, Indi und Max, für ihre Aufmunterungen, für die tolle technische Unterstützung und für ihr Verständnis, wenn ich nicht ganz da war und mal wieder das Abendessen anbrennen ließ. Und an meinen persönlichen Helden Phil, für alles andere, was, wie er weiß, eine ganze Menge ist.